rowohlt
POLARIS

SUSANNE POPP

Madame Clicquot

und das Glück der Champagne

Roman

ROWOHLT POLARIS

Originalausgabe
Veröffentlicht im Rowohlt Taschenbuch Verlag, Hamburg,
Dezember 2020

Covergestaltung Hauptmann & Kompanie Werbeagentur, Zürich
Coverabbildung Lars van de Goor; Susan Fox / Trevillion Images
Satz aus der ITC Legacy
bei Pinkuin Satz und Datentechnik, Berlin
Druck und Bindung CPI books GmbH, Leck, Germany
ISBN 978-3-499-00277-9

TEIL I

Oktober bis Dezember 1805

Kapitel 1

Etwas war anders als sonst.

Barbe lauschte in die Nacht. In der Ferne bellte ein Hund, die Kirchturmuhr schlug zweimal. Nichts Ungewöhnliches. Wovon war sie aufgewacht?

Sie sah hinüber auf die andere Seite des Bettes, aber sie war allein. François schlief in seinen privaten Räumen, wie meistens in den letzten Monaten. Wieder einzuschlafen war unmöglich. Unruhig wanderte ihr Blick im Zimmer umher und blieb an dem ovalen Spiegel über ihrem Frisiertisch hängen, der matt schimmernd das kühle Mondlicht zurückwarf. Es war, als starre ein großes Auge sie an. Barbe stand auf und trat ans geöffnete Fenster.

Für einen zwanzigsten Oktober war es erstaunlich warm. Eine Zikade, die sich in der Jahreszeit geirrt hatte, zirpte in der Nähe. Das milde und trockene Wetter war spät im Jahr gekommen, nachdem die Ernte bereits unter einem kalten, regnerischen Sommer gelitten hatte. Fast ein Viertel der Trauben hatten sie hängen lassen müssen, die Früchte waren noch am Stock verschimmelt und verfault. Trotzdem war Barbe insgesamt zufrieden. Dank der vergangenen acht warmen und sonnigen Wochen waren die verbliebenen Trauben von vorzüglicher Qualität, besser sogar als in anderen Jahren, weswegen sie François vorgeschlagen hatte, eine Reise über Land zu unternehmen und weitere Trauben und Most zuzukaufen. Erleichtert hatte sie dabei beobachtet, wie François zumindest zeitweise seinen früheren Charme und sein Verhandlungsgeschick zurückgewonnen hatte. In der letzten Zeit hatte er häufig traurig und abwesend gewirkt, als sei er mit seinen Gedanken woanders und nicht bei der Sache.

Barbe stützte sich aufs Fensterbrett und lehnte sich ein wenig hinaus, um in den Hof hinunterzusehen. In seinem Arbeitszimmer brannte noch Licht. Sie selbst hatte sich nach den langen Tagen in der Kutsche und den ungewohnten Nachtlagern bei Bauern und in Gasthäusern völlig erschöpft gefühlt. Zwei Wochen lang waren sie und François unterwegs gewesen, und sie hatte fest damit gerechnet, dass sie bis zum Morgen durchschlafen würde. Stattdessen war sie nun hellwach und von einer unbestimmten Unruhe erfüllt. Der Geruch vergorener Trauben stieg ihr in die Nase. Vermutlich stand der Keller offen, obwohl die Arbeiter die Anweisung hatten, alles fest verschlossen zu halten.

Rasch warf sich Barbe ihren Morgenmantel über. Sie würde hinuntergehen und das Tor zum Keller kontrollieren. Und dann konnte sie bei François anklopfen und nach dem Rechten sehen.

Mit einer Kerze in der Hand trat sie hinaus auf den Flur. Am Treppenabsatz hielt sie inne. Oben schlief ihre Tochter, die fünfjährige Mentine, im Zimmer neben der Kinderfrau. Sie hatte sie heute bei ihrer Rückkehr nur kurz in ihre Arme geschlossen, weil es schon so spät gewesen war, und plötzlich verspürte sie das dringende Bedürfnis, nach ihr zu sehen. Leise ging sie die Treppe hinauf. Die Tür stand einen Spalt offen, und in der Ecke brannte eine Öllampe. Die Kinderfrau war wohl eingeschlafen, bevor sie das Licht hatte löschen können. Barbe trat ans Bett und betrachtete von Zärtlichkeit erfüllt die schlafende Mentine. Sie hatte die

Decke fortgestrampelt, lag quer in ihrem Bettchen, weil sie nach Kinderart viel träumte und sich viel bewegte, und winzige verschwitzte Löckchen kringelten sich um ihre schmale Stirn. Barbe stellte die Kerze ab, legte das Kind gerade hin, schüttelte die Decke auf, breitete sie über ihre nun friedlich daliegende Tochter und beugte sich vor, um ihr einen Kuss zu geben. Ohne wirklich zu erwachen, schlang die Kleine die weichen Ärmchen um sie und erwiderte den Kuss.

«Maman», murmelte sie zufrieden, drückte ihr Näschen gegen Barbes Wange und versank sofort wieder im Reich der Träume. Barbe lächelte, löschte die Öllampe und verließ das Zimmer.

Während sie mit ihrer Kerze in der Hand die Treppe hinunter- und über den ausgetretenen Steinfußboden des langen Flurs im Erdgeschoss ging, dachte sie an François' blasses Gesicht. Er machte sich in letzter Zeit so viele Sorgen. Stundenlang hatte er in der Kutsche schweigend neben ihr gesessen, statt, wie er es früher oft getan hatte, aufs Reitpferd zu wechseln. Sie hätte es verstanden, denn die Nebenstraßen in der Champagne waren in einem schrecklichen Zustand, und ein Ritt machte ungleich mehr Freude, als in der rumpelnden Kutsche durchgeschüttelt zu werden.

Sie liebte es, ihren Ehemann auf dem Pferd zu sehen und die Frische und Weite der Landschaft an ihm zu riechen, wenn er zurückkehrte, oftmals inspiriert und voller neuer Ideen. Er war ein unsteter Geist und brauchte viel Abwechslung. In den ersten Jahren ihrer Ehe hatte er sie oft mit seinen Einfällen überrascht. Sie hatten häufig Besuch gehabt, Diners veranstaltet und miteinander musiziert. François spielte wunderbar Geige, doch in der letzten Zeit hatte er das Instrument nicht mehr angerührt, und wenn ihr der Trubel früher manches Mal zu viel gewesen war, vermisste sie ihn nun. Was den Weinhandel betraf, dem sich François zu Beginn ihrer gemeinsamen Zeit mit so viel Enthusiasmus gewidmet hatte, schien er das Interesse daran verloren zu haben. Oder seinen Mut? Selbst zu dieser Reise, von der sie soeben zurückgekehrt waren, hatte sie ihn regelrecht überreden müssen, dabei wurde der Wein dadraußen gemacht, im Weinberg und in den Kellern, nicht im Kontor.

Zugegeben, es war nicht leicht. Doch Barbe, die als Kind viel Zeit auf dem Land verbracht hatte, begeisterte sich immer mehr für die Idee, nicht nur Wein zu verkaufen, sondern auch eigenen Wein zu produzieren. Sie war fasziniert von dem Gedanken, von der Traube am Stock bis zum fertigen Wein im Fass oder in der Bouteille alles unter Kontrolle zu behalten. Gerade mit Schaumwein hatte François in den letzten Jahren schöne Gewinne erzielt, und ihrer Meinung nach war auch dieses Jahr recht gut gelaufen. Die Befürchtungen aus dem vergangenen Winter, als ihnen der treue Louis Bohne aus Russland nur Ärger und Verdruss gemeldet hatte, hatten sich nicht bewahrheitet. Die Bestellungen, die er ihnen übermittelt hatte, waren sogar mehr als zufriedenstellend gewesen: fünfundsiebzigtausend Flaschen Schaumwein, das waren jetzt schon mehr als im gesamten vorigen Jahr.

Als sie an Louis dachte, fühlte sie sich sofort ein wenig besser. In ein paar Wochen würde er nach Reims zurückkehren. Barbe rief sich sein freundliches, stets ein wenig zu rotwangiges Gesicht ins Gedächtnis und dachte an seine klugen, humorvollen Kommentare, mit denen er die Dinge oftmals wieder ins Lot brachte. Sie wünschte sich einen Menschen herbei, der ihre Sichtweise teilte. Das Beisammensein mit dem alten Freund würde ihrem Mann sicherlich guttun, vielleicht würde er François sogar zur Vernunft bringen, zumindest hoffte sie das, denn insgeheim hatte sie Angst vor dem, was die Zukunft für sie bereithielt. François war nicht zum ersten Mal in seinem Leben von Schwermut befallen. Er hatte auch in seiner Jugend bereits solche Phasen durchgemacht, wie sie den Andeutungen ihrer Schwiegereltern entnahm. Dabei konnte man sich in diesen schwierigen Zeiten nur mit vollem Verstand und Lebensmut behaupten.

Der unselige Napoleon Bonaparte, dachte Barbe, während sie vorsichtig, um mit ihren Hausschuhen auf den unebenen Pflastersteinen nicht zu stolpern, in den Hof trat. Niemand konnte wissen, was er sich als Nächstes einfallen ließ. Gerade habe er die Österreicher bei Ulm besiegt, erzählte man sich. Doch letztlich spielte das keine Rolle, letztlich waren sie alle, Könige, Generäle oder Kaufleute, wie François den Launen des selbstgekrönten Kaisers ausgeliefert.

Sie stand jetzt vor dem Kellereingang, der jedoch zu ihrer Verblüffung fest verschlossen war. Auf ihre Nase konnte sie sich normalerweise verlassen, aber sie hatte wohl so sicher mit der Nachlässigkeit ihrer Leute gerechnet, dass sie sich hatte täuschen lassen. Vor allem dem Kellermeister Mathieu traute sie nicht recht, er war ein Filou. Dabei lag im Weinkeller der Schlüssel zum Erfolg. François überließ die Weinherstellung bisher völlig den Winzern oder eben Mathieu, doch die taten, was sie immer taten, und waren zufrieden damit, ohne nach Höherem zu streben. Ihnen fehlte das rechte Verständnis für die Herstellung von Schaumwein. Und vor allem die Leidenschaft. Sie selbst hätte sich gern den ganzen Tag im Weinkeller aufgehalten und experimentiert. Doch sie hatte den Eindruck, sich unter den Arbeitern wenig Freunde zu machen, wenn sie sich zu oft einmischte. Barbe rüttelte ein letztes Mal am Kellertor und ging zurück ins Haus. Es gab zwar viele Probleme zu lösen, aber es war trotzdem albern, mitten in der Nacht hier herumzuschleichen. Sie blieb stehen und lauschte. Alles war ruhig. Nur ihr eigener Herzschlag pochte in ihren Ohren, als sie die Treppe zum Salon emporstieg. Sie wollte noch einen Schluck Wasser trinken, bevor sie zu François ging, oder vielleicht sogar ein Glas Wein, um besser wieder einschlafen zu können. Im Salon stand sicher noch die Karaffe von vorhin.

Es hatte eine Weile gedauert, bis Barbe gelernt hatte, sich in diesem Haus wohl zu fühlen, das sie von François' Großvater übernommen hatten und in dem sie jetzt seit fünf Jahren miteinander lebten. Es lag in der Rue de l'Hôpital und somit nur einen Steinwurf von ihrem eigenen Elternhaus, dem Hôtel Ponsardin in der Rue Cérès, entfernt, war jedoch einige Jahre älter als dieses und weniger großzügig geschnitten. Aber mit der Zeit hatte sie sich daran gewöhnt. Die Proportionen passten zu ihrer dreiköpfigen Familie, und nachdem sie einige neue Möbel angeschafft hatten, lebte sie inzwischen gerne hier.

Barbe trat in den Salon. Dieser Raum hatte die größte Veränderung erfahren, sogar der Wandbespann war ausgetauscht worden. Der neue aus rot-orangefarbener Seide mit einem Muster aus Ranken und Ornamenten hatte ein Vermögen gekostet, doch er verlieh dem Raum etwas Modernes und zugleich Behagliches. Sie goss sich aus der Karaffe, die tatsächlich nach wie vor auf einem silbernen Tablett am Fenster stand, ein Glas Wein ein. Die Glut im Kamin strahlte noch ein wenig Wärme ab. Über dem Sims hing ein Porträt von François, das ihn im Alter von etwa siebzehn Jahren zeigte. Versonnen prostete sie ihm zu.

Barbe kannte die Familie Clicquot, seit sie ein kleines Mädchen war. Philippe Clicquot, ein Tuchhändler wie ihr Vater, und seine Frau Marie Catherine waren oft zu Besuch bei ihnen im Hôtel Ponsardin gewesen. Philippe Clicquot und Nicolas Ponsardin waren Geschäftsfreunde, beide erfolgreiche und geachtete Kaufleute. Schon früh hatte festgestanden, dass sie und François einmal heiraten sollten. Womöglich bereits, als François drei Jahre alt war und die Ponsardins als erstes Kind keinen Stammhalter, sondern ein Mädchen bekamen – sie, Barbe-Nicole. Aus ihren Kindheitstagen erinnerte sie sich an einen hübschen Jungen mit schwarzem Lockenkopf, ganz ähnlich, wie er auf dem Porträt zu sehen war, kein bisschen hochmütig, aber von zurückhaltendem Wesen. Sie mochte ihn, er war zu jedermann freundlich. Als er älter wurde, schickten seine Eltern ihn zur Ausbildung in die Schweiz, und sie verloren sich aus den Augen. Nach seiner Rückkehr, zwei Jahre später, war aus ihm ein junger Mann geworden, und etwas Rebellisches und zugleich Melancholisches lag in seinem Blick.

Erst hatten sie keinen rechten Bezug zueinander gefunden. Entweder war er zu schüchtern, oder aber er interessierte sich nicht für sie – und wenn es so gewesen wäre, hätte sie es ihm nicht einmal verdenken mögen. Sie war noch dabei gewesen, der Kindheit zu entwachsen, und hatte sich oftmals nicht recht wohl in ihrer Haut gefühlt. Nur der intensive Blick aus ihren grauen Augen, den sie zuweilen eher zufällig im Spiegel auffing, gab ihr eine Ahnung davon, was ihr Vater oder andere ihr zugetane Menschen meinten, die ihr versicherten, sie verfüge über Persönlichkeit und Ausstrahlung. Doch womöglich waren diese Eigenschaften ja nicht dazu geeignet, einen jungen Mann zu betören? Sie war fünfzehn. Frisuren und Mode, Handarbeiten und

Haushalt, Dinge, mit denen sich Mädchen üblicherweise auszeichneten, langweilten sie. Sie mochte Rechnen und Lesen und verbrachte zum Leidwesen ihrer Mutter, die solche Interessen unschicklich für ein Mädchen fand, so viel Zeit wie möglich im Kontor ihres Vaters, der ihr kleine Aufgaben zuteilte, oder arbeitete im Garten, wo sie Rosenstöcke heranzog. Im Hinblick auf François, der sie an einen ihrer unglücklichen Romanhelden erinnerte, war sie zutiefst verunsichert. Sie hatte sich in ihn verliebt und strengte sich ihm zuliebe mit ihrer Toilette an, blieb sogar geduldig sitzen, um sich ihr schweres goldblondes Haar frisieren zu lassen, auf dem Oberkopf toupiert und mit Wellen im Nacken. Die Kleider und Stoffe waren in den letzten Jahren leichter und luftiger geworden. Die Taille saß nun direkt unterm Busen und eine Zeitlang studierte Barbe sogar die Kupferstiche aus Paris, die die neuesten Modelle zeigten. Doch es nützte nichts. François war zwar freundlich zu ihr und scherzte mit ihr, doch auch nicht mehr oder auf andere Weise als mit den anderen.

Er blieb nur wenige Wochen in der Stadt. Es herrschte Krieg. Österreich und Preußen hatten sich zusammengetan, weitere europäische Mächte sollten folgen, und alle kämpften sie gemeinsam gegen Napoleon Bonaparte. François war nicht unter denjenigen, die das revolutionäre Frankreich verteidigten. Sein Vater hatte ihm einen Amtsposten im nationalen Exportbüro verschafft. Schreibtisch statt Front. Ruhm und Ehre ließen sich damit nicht verdienen, und es seien sogar Bestechungsgelder geflossen, tuschelten die Leute in Reims, aber Barbe hörte darüber hinweg. Selbst wenn es so war, sie machte sich nichts aus Rangabzeichen und Orden, und nach allem, was sie über den Krieg wusste, konnte sie nichts Gutes daran finden. Sie begann, zunächst ermutigt von ihrer Mutter, doch dann freiwillig und gerne, ihm Briefe zu schreiben. Er antwortete ihr. Und was für schöne Briefe er zu schreiben verstand! Die Arbeit machte ihm Freude, er besaß ein Talent für den Handel, lernte viel und beschrieb witzig und eloquent seine Vorgesetzten und Kollegen. Sie liebte seine anschaulichen und oftmals ironischen Schilderungen. Seine Briefe wurden vertraulicher. Er schätzte das Verständnis, das sie ihm entgegenbrachte, die Klugheit, mit der sie seine Gedankengänge durchdrang, und nach und nach, so las sie es aus seinen Zeilen, fühlte er sich auch ihr immer näher. Bei seiner Rückkehr sahen sie einander mit anderen Augen als zuvor.

Sie heirateten als Barbe zwanzig Jahre alt war und sie fragte sich nicht mehr, ob es Liebe sei, was sie für einander fühlten. François' innere Unruhe und seine ständige Suche nach Ablenkung schrieb sie seinem Ehrgeiz zu. Ein Jahr später kam Mentine auf die Welt und gab Barbes Leben einen neuen Sinn, und während ihr Mann viel auf Reisen war, ging sie völlig auf in ihrem Dasein als Mutter – und in ihrem immer stärker wachsenden Interesse für den Wein. Eine Zeit lang war sie damit recht glücklich gewesen. Bis François' melancholische Stimmungen auf unerklärliche Art und Weise seit dem letzten Herbst überhandgenommen hatten. Ein ganzes Jahr lang hatte er sich immer weiter von ihr entfernt. Sie seufzte, als sie daran dachte, und trank die letzte Neige Wein.

Der Eingang zu François' Kontor und dem angeschlossenen Schlafzimmer, das er nun schon so lange ihrem gemeinsamen vorzog, befand sich auf halber Höhe an der hinteren der beiden Treppen, die von den oberen Stockwerken ins Erdgeschoss führten. Sie klopfte bei ihm an, und als er nicht antwortete, streckte sie den Kopf durch die Tür. Da sah sie ihn. Offenbar war er am Tisch eingeschlafen. Sie blickte auf die zusammengesunkene Silhouette seiner Gestalt, der Kopf lag seitlich auf seinem linken Arm. Das trübe Öllicht auf seinem Tisch flackerte nur noch schwach, und wie im Salon tauchte auch hier ein Rest Glut im Kamin den Raum in ein rötliches Licht und ließ das Kanapee und die beiden Sessel wie eine Gruppe schlafender Tiere aussehen. Vor François auf dem Sekretär lagen Papiere mit Zahlenkolonnen auf zerfledderten Stapeln, weitere Unterlagen waren um ihn herum auf dem Boden verstreut, und sein Großvater blickte mit gewohnt missbilligender Miene von dem Porträt über dem Kamin herab auf die Unordnung.

«François?», sagte Barbe, während ein Luftzug unvermittelt ihre Kerze ausblies. «François, geh lieber zu Bett. Du wirst Rückenschmerzen bekommen.»

Er rührte sich nicht, doch auch sie selbst schien mit einem Mal von einer Lähmung befallen zu sein. Statt näher zu treten, blieb sie in der Tür stehen und betrachtete den reglosen François. Irgendetwas stimmte nicht. Irgendetwas war ganz und gar nicht in Ordnung. Ein ungewohnter Geruch lag in der Luft, scharf und ein wenig wie Schwefel.

«François?», sagte sie noch einmal.

Ihre Stimme klang in ihren eigenen Ohren fremd. Sie stellte den unnütz gewordenen Kerzenhalter ab, zog die Tür hinter sich zu und ging zögernd, mit vorsichtigen Schritten, als fürchte sie, der Boden könne sich vor ihr auftun, in Richtung Kamin. Sie stand nun in einigem Abstand schräg hinter ihrem Mann und trat noch einen Schritt zur Seite, sodass die Glut die Szene etwas mehr erhellte. Sein Hinterkopf sah aus, als habe er sich ein schwarzes Tuch übergeworfen und neben dem Schwefeligen war da noch etwas anderes in der Luft, das sie zuvor ignoriert hatte, dabei kannte sie diesen Geruch nur zu gut. Metallisch, nach Eisen. Dieses Schwarze an seinem Hinterkopf, dieser entsetzliche unförmige Schatten, das war Blut.

«François», flüsterte sie und blickte, unfähig, sich zu bewegen, auf die Gestalt vor ihr.

Die Öllampe verlosch mit einem leisen Knistern.

Barbe verharrte in fast vollständiger Dunkelheit, während ihre Gefühle wie von ihr fortgesogen zu sein schienen. Ganz so, wie wenn man einen Zuber Wasser auskippt. Sie wartete darauf, dass dieses entsetzliche Bild, das ihr Auge in sich aufgenommen hatte, auch ihre Seele berührte und sie zusammenbrechen ließ. Doch in ihr war nur dieses alles verschlingende schwarze Loch.

Lange stand sie so da, flach atmend und einer Ohnmacht nahe, und als sie sich wieder bewegen konnte, ging sie nicht auf François zu, sondern instinktiv von ihm weg, rückwärts, den Blick auf seine Umrisse gerichtet, die sie kaum noch ausmachen konnte. Ihre Kehle war wie zugeschnürt. Sie musste atmen, wollte fliehen, wollte jemanden zu Hilfe holen, doch ihr wurde bewusst, dass es niemanden gab. Ihr Vater war auf Verwandtenbesuch. Ihr Bruder? Bei der Armee. Ihre Schwester? Clémentine wäre ihr in dieser Situation kaum eine Hilfe. François' Eltern? Nein, das war ganz und gar unmöglich.

Sie war allein.

Etwas in ihr begriff, dass sie handeln musste, und übernahm wie eine fremde Person das Kommando. Statt den Raum zu verlassen, tastete sie nach ihrer Kerze, die sie neben der Tür abgestellt hatte, und brauchte mehrere Versuche, das Licht mit zitternden Fingern zu entzünden. Erneut sprang ihr die Szene unbarmherzig ins Auge. François, wie er vor ihr auf dem Tisch lag. Sein Gesicht war nach rechts gewandt, und sein rechter Arm hing herunter. Sie musste sich zwingen, sich ihm wieder zu nähern – diesmal von der anderen Seite, so vermied sie den Anblick dieses grauenhaften schwarzen Schattens an seinem Hinterkopf. Sie kniete sich hin, leuchtete und tastete den Boden ab und fand, was sie gesucht hatte: eine Reisepistole, die aus François' schlaffer Hand auf den Boden gefallen war. Der Anblick war so unwirklich, dass sie nicht einmal Entsetzen empfand. Und dann überwand sie sich und sah aus dieser Position, neben dem Tisch auf dem Boden kauernd, nach oben in sein Gesicht. Ihre Hand zitterte, als sie die Kerze hob, doch zu ihrer großen Erleichterung war François' Gesicht, bis auf ein Rinnsal Blut in seinem Mundwinkel, unversehrt. Die Haut wirkte wächsern, die Augen hatte er geschlossen, den Mund jedoch geöffnet. Er musste sich von unten gegen den Gaumen geschossen haben.

«Oh, François», flüsterte Barbe und streichelte sanft über seine Wange. Es war, als hätte es diese Berührung gebraucht, um die Situation wirklich werden zu lassen. Mit einem Schlag überwältigten sie Trauer und Schmerz, die sie schon die ganze Zeit in sich gefühlt hatte, wie Raubtiere, die zum Sprung ansetzten, und sie brach zusammen und schluchzte trocken und haltlos. Lange kauerte sie so da, unter Schock, die Arme um den eigenen Körper geschlungen, und wiegte sich vor und zurück, bis ihr wie eine ferne Erinnerung der Gedanke an ihre Tochter in den Sinn kam. Die süße, arglose Mentine, die oben in ihrem Bettchen lag. Dieser Moment, in dem sie ihre Ärmchen um ihren Hals geschlungen hatte.

«Denk nach, denk nach», flüsterte sie sich zwischen zwei Schluchzern zu. Im Diesseits war François nicht mehr zu retten, doch vielleicht konnte sie ihm den Übergang ins Jenseits erleichtern.

Mühsam erhob sie sich, taumelte und stieß die Öllampe um, die auf den Boden fiel und scheppernd zerbrach. Ein Geräusch wie aus einer anderen Welt. Es berührte sie nicht. Sie hatte jetzt nur noch einen Gedanken: Wenn man nur sein Gesicht betrachtete, sah man François die selbstzerstörerische Verletzung nicht an. Vielleicht konnte sie seinen Tod wie die Folge einer Krankheit aussehen lassen. Nur so würde ihm ein katholisches Begräbnis vergönnt sein und damit verbunden die Hoffnung auf Vergebung und Auferstehung. Unwillkürlich bekreuzigte sie sich.

Jemand klopfte an die Tür. «Pardon? Monsieur Clicquot, ist alles in Ordnung? Brauchen Sie etwas?»

Barbe fuhr zusammen. Das musste Alphonse sein, der junge neue Kammerdiener. Panik ergriff sie. Jetzt bewegte sich die Klinke, gleich würde Alphonse im Zimmer stehen. Hektische Überlegungen schossen ihr durch den Kopf. Nein, das durfte nicht sein, der Diener durfte François auf gar keinen Fall so sehen. Es hieß, schnell und überlegt zu handeln. Sie ignorierte den Schwindel, der sie nach wie vor schwanken ließ, und war mit zwei Schritten bei der Tür.

«Alphonse, es ist gut, dass du hier bist. Der Herr hat Fieber», sagte sie, die Stimme mühsam beherrscht.

«Fieber? Oh, ich verstehe. Soll ich den Arzt holen?»

Alphonse hatte schon einen Fuß in der Tür, und machte Anstalten hereinzukommen. Sie stellte sich ihm in den Weg.

«Nein, nein, keinen Arzt vorerst.»

«Dann bringe ich Ihnen Wasser und Tücher für Umschläge.»

«Später. Hol mir zuerst Adèle Dubois her.»

«Adèle Dubois? Die Schneiderin?»

«Genau die. Du weißt, wo sie wohnt?»

«Ja schon, aber bis dorthin brauche ich wenigstens eine halbe Stunde. Was, wenn ich Céline ...»

«Ich habe dich nicht um deine Meinung gebeten, Alphonse», sagte Barbe so scharf, dass sie über sich selbst erschrak und nicht wusste, wie sie es schaffte, so viel Autorität in ihre Stimme zu legen. «Hol mir Adèle Dubois. Und kein Wort, verstehst du, kein einziges Wort zu irgendjemand anderem! Ich will nicht, dass hier im Haus Panik wegen eines harmlosen Fiebers ausbricht.»

Sie sah ihn über die Kerze in seiner Hand hinweg bedeutungsvoll an, als stecke hinter dem Fieber eine keineswegs harmlose Gefahr, und bemerkte, wie sich die Augen des jungen Mannes ängstlich weiteten.

«Natürlich, Madame. Ich mache mich sofort auf den Weg.»

Nachdem der Diener gegangen war, drehte sie den Schlüssel im Schloss. Ihre Beine zitterten. Schwer atmend lehnte sie sich gegen die Tür, wobei ihr Blick wieder auf den Leichnam fiel. Übelkeit stieg in ihr auf, doch sie war froh, dass ihr der Gedanke gekommen war, nach Adèle Dubois zu verlangen. Der Witwe Dubois vertraute sie wie kaum einem anderen Menschen.

Sie wartete, bis der Schwindel und die Übelkeit ein wenig abgeklungen waren, und fühlte, wie sich bleierne Erschöpfung auf ihre Schultern legte. Einen weiteren Blick auf ihren toten Mann ertrug sie nicht, also ging sie hinüber ins angrenzende Zimmer, wo François' Bett stand, kroch hinein und rollte sich zusammen. Hier in der Wärme seiner Decken schien seine Seele noch immer gegenwärtig. Das ganze Bett roch nach François.

Kapitel 2

Als Barbe erwachte, hörte sie ihre Eltern miteinander streiten.

«Was hat Barbe nur mit dieser Frau?», ertönte die spitze Stimme ihrer Mutter.

Sie merkte sofort, dass sie nicht zu Hause in der Rue de l'Hôpital war, sondern bei ihren Eltern im Hôtel Ponsardin, wo sie in frische Laken gebettet in ihrem eigenen ehemaligen Kinderzimmer lag. Verwundert blickte sie auf den vertrauten blau-weiß gestreiften Baldachin ihres Himmelbetts, und ohne den Kopf zu bewegen, erkannte sie am Lichteinfall, dass es später Nachmittag sein musste.

Warum?, fragte sie sich, immer noch nicht ganz bei sich, bevor die Erkenntnis über sie hereinbrach: François war tot. Der Gedanke blieb seltsam unwirklich, ließ sich noch immer nicht richtig fassen.

«Lass sie, Adèle ist ein guter Mensch», hörte sie ihren Vater entgegnen. «Bist du etwa eifersüchtig?»

Also ging es um Adèle Dubois. Verzerrt, als würde sie sie durch eine Nebelwand betrachten, kehrten Barbes Erinnerungen zurück. Mit Adèles Hilfe war es ihr in jener Nacht tatsächlich gelungen, François' wahre Todesursache vor dem Personal zu verheimlichen. Vereinzelt tauchten Bilder vor Barbes innerem Auge auf. Madame Dubois, wie sie François wusch.

Dann François, wie er auf seinem Bett lag, ihre Eltern

und ihre Schwester standen ernst und schweigend um ihn herum.

Und dann die Beerdigung. Die Trauermesse in der Kathedrale Notre-Dame. Der Segen des Pfarrers – und doch kein Trost.

Der Sarg, wie er in die Tiefe gleitet. In geweihte Erde ...

Anschließend war sie krank geworden. Man fürchtete um ihr Leben.

Barbe wusste nicht genau, ob seitdem Tage oder Wochen vergangen waren. Immer noch defilierten Menschen und Erinnerungen vorbei. Ihr Vater an ihrem Bett, wie er ihre Hand hält. Ihr Bruder Baptiste, aufrecht, in Gardeuniform, wie er mit besorgter Miene auf sie herabblickt. Ihre Schwester Clémentine – sie steht in der Tür und tupft sich mit einem Taschentuch die Augen. Neben ihr mit schreckgeweitetem Blick die kleine Mentine. Barbe streckt die Hand nach ihrer Tochter aus, doch sie lassen sie nicht zu ihr.

François. Er ist die ganze Zeit über an ihrer Seite. Sie spricht mit ihm ...

«Eifersüchtig?», holte die Stimme ihrer Mutter sie wieder in die Gegenwart zurück. «Auf diese Person? Und Sie nennen sie beim Vornamen, als ob sie Ihre beste Freundin wäre!»

Barbe, zum ersten Mal seit langer Zeit beinahe völlig klar bei Verstand, lag ganz still und rührte sich nicht. Wenn ihre Mutter ihren Vater siezte, wurde es ernst.

Die liebe gute Adèle Dubois. Ihr Vater kannte die Schneiderin noch aus seiner Lehrzeit in Épernay. Als Jugendliche hatte sich Barbe eine ebenso romantische wie unglückliche Liebesgeschichte zwischen der schönen Adèle und ihrem Vater ausgemalt, so wie sie in den Ritterromanen vorkamen, die sie früher leidenschaftlich gerne gelesen hatte. Natürlich musste das passiert sein, bevor ihre Eltern geheiratet hatten. Lange vor der legendären Krönung von König Ludwig XVI. in Reims, bei der ihr Vater erster Vorsitzender des Krönungsausschusses gewesen war. Aber er war ein Kaufmann und stand gesellschaftlich über Adèle, also hatte er Jeanne-Clémentine Huart-le-Tertre geehelicht, ihre Mutter. Eine Vernunftheirat – und doch von gegenseitigem Respekt getragen. Adèle Dubois, die inzwischen nach Reims gezogen war, hatte einen Schmied geheiratet. Nur wenige Wochen nach der Hochzeit war er gestorben. Seitdem, seit fünfundzwanzig Jahren, war sie Witwe, alleinstehend und kinderlos bis zum heutigen Tag.

«Wie kannst du nur so über sie reden? Wo wir ihr so viel zu verdanken haben!», sagte ihr Vater.

«Sie mischt sich ein. Das ist es, was sie tut!»

«Gott sei Dank mischt sie sich ein. Hast du vollkommen vergessen, was deine Tochter durchgemacht hat? Welchen Kummer sie erlebt hat? Adèle Dubois ist an ihrer Seite geblieben, Stunde um Stunde. Als wir zwei Tage später kamen, mussten wir ihr ja geradezu befehlen, nach Hause zu gehen, um sich zu erholen.»

«Nehmen Sie Ihre Freundin nicht ein wenig zu wichtig?»

«Sie ist nicht ‹meine Freundin›, sie ist eine Freundin unserer Familie. Ohne Adèle Dubois würde unsere Tochter nun als die Witwe eines Selbstmörders dastehen. Die ganze Stadt würde sich den Mund über sie zerreißen – und über uns.»

Ihr Vater sprach mit gepresster Stimme. Er war offenbar kurz davor, aus der Haut zu fahren. *Die Witwe eines Selbstmörders.* Damit meinte er sie. Barbe schloss die Augen und hörte weiter zu.

«Und wenn sich Adèle Dubois vor zwanzig Jahren herausgehalten hätte, wäre Barbe womöglich gar nicht mehr am Leben.» Ihr Vater spielte auf eine Geschichte an, die sich abgespielt hatte, als sie noch ein Mädchen gewesen war.

«Da Sie es gerade erwähnen: Diese Person, hat damals vollkommen eigenmächtig gehandelt», sagte ihre Mutter.

«Diese *Person*, wie Sie sie nennen, ist eine angesehene Bürgerin von Reims. Sie besitzt ein Haus und beschäftigt zehn Näherinnen. Auch wenn Ihnen das vielleicht nicht gefällt – die Witwe Dubois hat sich absolut nichts zuschulden kommen lassen.»

«Eben, eine Frau, die Geschäfte macht. Das gehört sich einfach nicht», sagte ihre Mutter unbeirrt. «Sie ist ein Emporkömmling und wird niemals so sein wie wir, und glauben Sie nur nicht, dass mir entgangen wäre, dass Sie sie dazu ermutigt haben. Sie haben ihr geholfen. Wer weiß, welche Beweggründe Sie dafür hatten.»

«Sie hat das ganz allein geschafft» sagte der Vater leise. Darüber wollte er offenbar nicht reden. Doch die Mutter ließ nicht locker.

«Sie hat unsere Tochter einfach mit zu sich nach Hause genommen und mir erst am nächsten Tag Bescheid gesagt!»

«Darüber haben wir doch schon ein Dutzend Mal gestritten! Was hätte sie denn, Ihrer Meinung nach, tun sollen? Hätte sie mit unserer Tochter auf dem Arm mitten durch den Volkssturm laufen sollen? Über die Rue Cérès? Und dann seelenruhig am Tor des Hôtel Ponsardin läuten? Eine prächtige Idee! Ich für meinen Teil bin froh, dass sie genau das nicht gemacht hat. Es war das einzig Richtige, sie mit zu sich zu nehmen und sie dort zu verstecken.»

«Mit zu sich zu nehmen? Sie hat sie aus dem Kloster *entführt*! Und ich bin vor Angst tausend Tode gestorben.»

«Wie Sie mir seitdem oft genug versichert haben. Ja, sie hat sie aus dem Kloster geholt, aber auf meinen ausdrücklichen Wunsch hin. Wenn Sie unbedingt jemanden verurteilen müssen, dann verurteilen Sie mich!»

Ihre Mutter antwortete nicht, und Barbe riskierte einen Blick auf ihre Eltern, die am Fenster standen. Die Mutter hatte den Kopf gesenkt, und der Vater sah stumm hinaus in den Garten. Barbe betrachtete die beiden durch ihre Wimpern hindurch, sah die grauen Strähnen im Haar ihrer Mutter und die immer noch stattliche Statur ihres Vaters. Ein plötzliches Gefühl liebevoller Zuneigung erfüllte sie. Selbst ihrer Mutter mochte sie nicht zürnen. Sie hatte nicht gewusst, dass dieses Ereignis ein Streitthema zwischen den beiden war. Das, was damals im Sommer 1789 passierte, als sie ein Mädchen von elf Jahren gewesen war und Adèle Dubois sie zum ersten Mal gerettet hatte.

Solange sie denken konnte, hatte sich Barbe mit ihrem Vater weit besser verstanden als mit ihrer Mutter. Damals, in jenem Sommer, auf den ihre Eltern angespielt hatten, war er monatelang fort gewesen. Wie sehr sie ihn vermisst hatte! Es sah ihrem Vater nicht ähnlich, seine Geschäfte solange sich selbst zu überlassen, aber die Bürger von Reims hatten ihn zu ihrem Vertreter gewählt, damit er in ihrem Namen in der von König Ludwig XVI. einberufenen Nationalversammlung in Paris für sie abstimmte. Es war ein großes Ereignis gewesen. Die erste Nationalversammlung seit hundertsechzig Jahren! Ihr Vater hatte die Wahl der Reimser nicht ablehnen können. Er war sich seiner Verantwortung für die Stadt nur zu gut bewusst und dem König treu ergeben. Abgesehen davon, machte sich die wirtschaftlich trübe Lage mittlerweile auch in seinem Tuchhandel negativ bemerkbar. Der König hatte durch seine Unterstützung des amerikanischen Unabhängigkeitskriegs den Staatshaushalt viel zu stark beansprucht. Die miserablen Ernten und immer höheren Steuern drückten nicht nur auf die Stimmung im Volk, es drohte sogar eine Hungersnot. Es erschien allzu deutlich, dass sich etwas ändern musste.

Barbe war damals freilich noch ein naives kleines Mädchen gewesen, dessen Alltag fern von Politik ablief. Sie war Internatsschülerin der Klosterschule des Abbaye St.-Pierre-les-Dames, das es, ebenso wie ihre Taufkirche, längst nicht mehr gab, was sie sehr bedauerte. Noch lebhaft erinnerte sie sich an den Schlafsaal der Mädchen, an den Geruch von Stroh, Leinen und Wolle, das Flüstern ihrer Mitschülerinnen, wenn sie sich heimlich und verbotenerweise abends Geschichten erzählten.

Sie war gerne zur Schule gegangen. Manche der Nonnen waren selbst gerade erst dem Kindesalter entwachsen, und sie hatte Freundinnen dort, mit denen sie reden und lachen konnte. Anders als die meisten der Mädchen mochte sie sogar die Schulkleidung, weil ihr dadurch ein Mieder und Kleidungsstücke, die man umständlich feststecken musste, Bänder, Schleifen und Haarschmuck erspart blieben. Einmal pro Woche flocht ihr eine der Mitschülerinnen die Haare neu, darüber kam eine weiße Haube, das war alles. Große Freude machte ihr die Arbeit mit der Schwester Gärtnerin, die so viel über Pflanzen und ihre Verwendung wusste. Auch die Heiligengeschichten und die Geschichten aus der Bibel mochte sie gerne und natürlich Rechnen. Im Rechnen war sie sogar so gut, dass sie heimlich dem Unterricht der Großen folgte, der zur selben Zeit im selben Raum abgehalten wurde. Eigentlich wäre sie überhaupt und immer sehr gerne zur Schule gegangen, hätte man sie auch noch Latein lernen lassen, so wie ihren Bruder, oder hätte man nicht ständig Handarbeiten von ihr verlangt. Eine Qual!

Doch in diesem Sommer war alles anders gewesen, und sie hätte gerne freiwillig den ganzen Tag Strümpfe gestrickt, wenn man sie nur nach Hause gelassen hätte. Stattdessen hatte sie die Monate Mai und Juni und den halben Juli hindurch im Kloster bleiben müssen. Eine Anordnung des Vaters, der nach wie vor in Paris weilte, hieß es, doch damals verstand sie die Zusammenhänge noch nicht. Sie wusste nicht, dass ihr geliebter Vater in den vergangenen Wochen zum Feindbild der armen Bevölkerung geworden war. Aus deren Sicht war Nicolas Ponsardin beinahe ebenso schlimm wie die Adligen, all die Barone, Herzöge, Grafen und Gräfinnen, die nur zu gerne im Hôtel Ponsardin logierten und bei ihm edle Stoffe kauften. Ebenso reich wie sie war er auf jeden Fall, vermutlich besaß er sogar mehr Geld als die meisten von ihnen. Und sie, Barbe, die älteste Tochter, wäre ein leichtes Opfer gewesen, an dem man sich hätte rächen können.

Über all diese Dinge, die sie erst viel später erfuhr, hatte damals niemand mit ihr gesprochen. Sie und die anderen Schülerinnen reimten sich ein bisschen was zusammen. Jede von ihnen, allesamt Töchter der bessergestellten Familien der Stadt, trug etwas zu den Gerüchten bei, in Paris würden sich die einfachen Bürger und Bauern erheben, flüsterten sie einander zu, aber letztlich blieben es Gerüchte.

Am 18. Juli 1789 hatte sich Barbes Leben grundlegend verändert. Sie hatte beinahe das Morgengebet verschlafen, schlüpfte im letzten Moment in die Kirche und kniete sich unauffällig zu ihren Mitschülerinnen in die Bank. Im Chor saßen sich die Schwestern wie immer in je zwei Reihen gegenüber und sangen mit hellen Stimmen die für die Laudes festgelegten Psalmen und Gebete. Eigentlich mochte sie die Gebetsstunden in der Klosterkirche, doch an diesem Tag fiel es ihr schwer, sich zu konzentrieren. Sie betrachtete die Nonnen in ihrem schwarzen Habit, bemerkte die Blicke, die hin und her gingen, ein Umblättern der Seiten, wo keines nötig war, einen Griff an die Haube, um eine unsichtbare Haarsträhne zu verstecken. Außerdem war es viel lauter als sonst. Vor dem Eingangsportal der Kirche herrschte ein regelrechter Aufruhr. Stimmen riefen durcheinander, man hörte die Hufe von Reitpferden, Poltern und Geschrei.

Plötzlich öffnete sich mit einem metallischen Scheppern die Seitentür am hinteren Ende des Kirchenschiffs. Über die Schulter hinweg sah Barbe, dass Schwester Bernadette hereingekommen war und auf die in der Bank knienden Mädchen zusteuerte. Rasch blickte sie wieder auf ihre gefalteten Hände. Kurz darauf blieb die Schwester Pförtnerin direkt neben ihr stehen und beugte sich zu ihr hinunter. Eine jähe Hoffnung machte sich in ihr breit. Vielleicht stand ja ihr Vater draußen vor der Tür, um sie abzuholen.

«Kommen Sie mit», sagte Schwester Bernadette.

Mit raschen Schritten ging die Nonne voraus, führte sie durch den hinteren Ausgang auf den inzwischen hell in der Morgensonne liegenden Hof und von dort hinüber ins Pförtnerhaus, dessen einziges Fenster so winzig war, dass sie im Dämmerlicht fast nichts sah und es einen Moment dauerte, bis sie die Frau bemerkte, die in einer Ecke stand. Nach einem weiteren Blinzeln erkannte sie Adèle Dubois. Trotz ihrer Enttäuschung, dass nicht ihr Vater gekommen war, um sie abzuholen, war sie so froh, ein vertrautes Gesicht aus ihrem familiären Umkreis zu sehen, dass sie sich in ihre Arme warf.

«Ist mein Papa zurück?», fragte Barbe und sah zu ihr auf.

«Ich habe einen Brief von Ihrem Herrn Vater dabei, den ich der ehrwürdigen Schwester gegeben habe. Er denkt fest an Sie und lässt Sie grüßen.»

«Aber ist er auch hier?», fragte Barbe. Die Miene der Schneiderin verdüsterte sich.

«Nein, Mademoiselle, er ist noch nicht zurück. Aber er hat mich geschickt, Sie zu holen.»

Wieder drangen von draußen Geräusche herein. Die Klosterpforte lag in einer Nebenstraße, trotzdem hörte man auch hier den Lärm der Stadt.

«Wir müssen uns beeilen. Hier, Mademoiselle, bitte ziehen Sie das an.»

Überrascht betrachtete Barbe das Kleidungsstück, das ihr die Schneiderin hinhielt. Es war ein formloser Bauernkittel, man konnte sehen, wie kratzig er sich auf der Haut anfühlen musste. Auch Adèle war viel einfacher gekleidet als sonst. Sie sah aus wie eine Marktfrau, trug ein Dreieckstuch aus grobem Stoff und eine billige Schürze.

«Warum verkleiden wir uns?»

«Ihre Fragen beantworte ich später, Mademoiselle.»

Adèle Dubois streckte ihr immer noch die Kleider entgegen, in der anderen Hand hielt sie ein paar Holzpantinen. Barbe war nicht überzeugt.

«Mademoiselle Ponsardin, tun Sie, was die Veuve Dubois sagt und ziehen Sie sich die Kleider an. Ihre Sachen werden Ihnen nachgeschickt», mischte sich nun auch Schwester Bernadette ein.

Wenige Minuten später trat Barbe an der Hand der Witwe Dubois auf die Gasse hinaus und hörte, wie hinter ihnen die Klosterpforte zweimal abgeschlossen wurde. Sie sahen die Gasse hinauf und hinunter. Entlang der langen, von

Efeu und wildem Wein bedeckten Klostermauer war kein Mensch zu sehen.

«Gut», sagte die Witwe erleichtert, «kommen Sie.»

Sie zog das Mädchen hinter sich her, bis sie auf die Straße hinaustraten, wo sie fast von ein paar Männern umgerannt worden wären, die in Richtung der Kathedrale unterwegs waren. Sie trugen Dreschflegel und Mistgabeln bei sich, emporgereckt wie Waffen. Dann stürmten weitere Männer um die Ecke und stimmten ein lautes Geschrei an, immer mehr strömten auf die Straße. Barbe sah die Klingen von Sensen, Äxten und Beilen in der Sonne blitzen, und alle trugen sie dieselben roten Kopfbedeckungen.

Barbe zitterte vor Angst.

Je näher sie dem Zentrum kamen, desto mehr Menschen waren auf der Straße. Nicht weit von ihnen entfernt begann jemand im Takt des Marschierens eine Trommel zu schlagen.

«Was ist los, wo wollen die alle hin?», fragte sie die Witwe.

«Zum Bischofspalast», antwortete Adèle Dubois.

Der Zorn der Menschen erschütterte Barbe. Also war es wirklich wahr! Es gab einen Aufstand, und zwar nicht nur in Paris, sondern auch hier in Reims! Sie wollte jetzt nur noch nach Hause in die Rue Cérès. Doch als sie an die Stelle kamen, wo sie hätten abbiegen müssen, zog die Witwe sie in eine Nebenstraße, die in die entgegengesetzte Richtung führte.

«Halt, hier geht es lang», japste Barbe.

«Nein, wir gehen zu mir», sagte die Schneiderin knapp. Das war zu viel. Barbe begann zu weinen und sich zu wehren. Ohne lange zu überlegen, nahm die Witwe sie auf den Arm. Barbe war klein für ihr Alter, stellte aber für die zierliche Frau ein ordentliches Gewicht dar, zumal sie zappelte und zeterte.

«Halten Sie endlich still», zischte die Witwe und packte sie so fest, dass es weh tat, und Barbe, die die sanfte Frau nie wütend erlebt hatte, erschlaffte in ihrem Armen und ...

Kapitel 3

Guten Morgen, Madame Clicquot!»

Barbe öffnete die Augen. An ihrem Bett saß Adèle Dubois. «Guten Morgen? Ist denn schon Morgen?», fragte sie mit schwacher Stimme. Sie war verwirrt und musste sich anstrengen, ihren von Kindheitserinnerungen durchzogenen Traum abzuschütteln.

«Aber ja. Sie haben vierzehn Stunden durchgeschlafen. Und seit gestern haben Sie kein Fieber mehr. Was mich sehr freut.»

«Wie schön, dass Sie gekommen sind, Adèle», antwortete Barbe immer noch benommen. Ihre Stimme war das Sprechen nicht mehr gewohnt, klang kratzig und fremd. Sie räusperte sich und versuchte, sich aufzurichten, kam jedoch kaum hoch. Die Witwe half ihr, indem sie ihr die Kissen zurechtrückte, und gab ihr einen Schluck Tee zu trinken. «Meine Mutter hat Sie also hereingelassen.»

«Ich kann sehr überzeugend sein, wenn ich will», antwortete Adèle lächelnd. Barbe tastete nach ihrer Hand. «Aber einfach war es nicht.»

«Ich muss mich für meine Mutter entschuldigen. Sie meint es nicht so, sie ist nur ...»

«Sie brauchen mir nichts zu erklären, Madame. Es bedeutet nichts. Übrigens habe ich den Auftrag, Sie zu füttern», fügte sie zwinkernd hinzu und deutete auf eine Schale mit duftender Brühe, die auf dem Nachttisch stand.

«Einen Moment noch, Adèle», sagte Barbe. «Ich habe Sie rufen lassen, um mich bei Ihnen zu bedanken. Ich war nicht recht bei mir seit jener Nacht ...» Ihr versagte die Stimme, als das Bild von François, leblos an seinem Schreibtisch, ungebeten in ihrer Vorstellung auftauchte. Tapfer schob sie es beiseite und fuhr fort: «Doch eines weiß ich: Ohne Sie hätte ich es niemals geschafft. Das werde ich Ihnen niemals vergessen.»

«Das war doch selbstverständlich», sagte Adèle ruhig.

«Sie sind ein guter Mensch, Adèle. Sie haben mich nun schon zum zweiten Mal aus großer Not gerettet.»

Adèle schüttelte den Kopf. «Reden Sie nicht davon. Das ist lange her. Und es belastet Sie nur.»

Doch Barbe ließ sich nicht beirren. «Ich habe eben von diesem Tag geträumt. Nur zwei Stunden nachdem Sie mich damals geholt hatten, wurde das Kloster gestürmt. Adèle, wer weiß, was passiert wäre, wenn Sie mich nicht vorher rausgeholt hätten.»

«Nun ...», die Witwe griff nach der Schale mit Brühe. «Alles ist gut gegangen. Und jetzt sollten Sie essen.»

«Wenn es sein muss», sagte Barbe mit einem Blick auf die Schale. «Ich habe zwar keinen Appetit, aber geben Sie mir etwas von dieser Suppe. Wie lange war ich eigentlich krank?»

«Drei Wochen.»

«Drei Wochen?», Barbe erschrak. «Welchen Tag haben wir heute?»

«Den ersten Advent. Ihre Eltern sind in der Kirche, um für Sie zu beten.»

«Oh mein Gott.» Barbe schob den Löffel weg, den ihr die Witwe hinhielt. «Was ist mit Mentine? Wie geht es ihr? Sie muss immer noch furchtbar verstört sein! Und die Firma?

Wer kümmert sich um die Firma? Wir erwarten Lieferungen. Der Kellermeister braucht seine Instruktionen, und die Arbeiter müssen bezahlt werden. Ich muss sofort nach Hause und nach dem Rechten sehen!»

Adèle legte ihr beruhigend die Hand auf den Arm. «Mentine ist bei Ihrer Schwester. Es geht ihr gut. Sie wissen, wie Kinder sind – wenn sie Spielkameraden und ein wenig Abwechslung haben, lassen sie sich leicht ablenken. Und bitte vergessen Sie den Weinhandel, Barbe. Sie müssen erst zu Kräften kommen.»

«Das Geschäft vergessen? Aber das kann ich nicht! Was ist mit Louis Bohne. Gibt es Neuigkeiten von Louis?»

«Ihr Vater hat mir erzählt, er sei auf dem Weg hierher. Er wird jedoch frühestens Mitte Dezember erwartet», sagte Adèle, seufzte und stellte die Schale wieder weg. «Also gut, wenn Sie unbedingt darüber reden wollen.»

«Das will ich. Das muss ich. Sagen Sie es mir, Adèle. In meinem Kopf geht es drunter und drüber. Wem gehört die Firma François Clicquot jetzt?»

Adèle Dubois sah ihrer Freundin ernst in die Augen. «Sie gehört Ihnen, Barbe, denn Sie sind Monsieur Clicquots Witwe und somit geschäftsfähig. Vor dem Gesetz haben Sie einen Anspruch darauf.»

«Also ist es wirklich wahr», sagte Barbe langsam, während Gedanken auf sie einströmten. Ihr Mann war tot und der Weinhandel war sein Erbe. «Doch das ist nicht die ganze Wahrheit. Genau genommen gehört die Firma mir und meinem Schwiegervater. Ich habe daran gedacht, in den Tagen nach François' Tod habe ich mir darüber Gedanken gemacht. Aber ich hatte so viel Angst, und bevor ich noch etwas tun oder entscheiden konnte, bin ich krank geworden. Niemand hat darüber etwas zu mir gesagt. Mein Vater nicht, mein Schwiegervater nicht und auch nicht mein Bruder.»

«Es war noch nicht der rechte Zeitpunkt dafür gekommen.»

«Nein, das ist es nicht allein. Ich habe die Befürchtung, dass sie es nicht befürworten werden, dass ich den Handel weiterführe, weil ich eine Frau bin. Sie denken das doch auch, Adèle. Sie denken auch, dass meine Familie versuchen wird, es zu verhindern. Ich sehe es Ihrem Gesicht an.»

Adèle schüttelte den Kopf. «Bei Ihrem Vater wäre ich mir nicht so sicher. Seitdem ich ihn kenne, war er immer für Überraschungen gut», sie zögerte, bevor sie weitersprach, «was jedoch Ihren Schwiegervater Philippe Clicquot betrifft, gebe ich Ihnen recht, wenn auch aus anderen Gründen. Auf dem Markt habe ich darüber reden hören. Er ist der Überzeugung, der Wein habe seinem Sohn Unglück gebracht. Es wäre durchaus möglich, dass er damit nichts mehr zu tun haben will.»

«Aber das ist völlig falsch gedacht. François hat den Wein geliebt! Genau darum geht es. Allein schon seinem Andenken zuliebe muss ich die Firma behalten.»

«Vergessen Sie nicht: Die Welt hält nicht viel Gutes für Frauen bereit, die ihr eigenes Geld verdienen wollen.»

Barbe griff nach ihrem Arm und sah der älteren Frau ins Gesicht. Sie fühlte sich im Stich gelassen. «Sie raten mir ab? Ausgerechnet Sie?»

«Ja, ausgerechnet ich. Eben weil Sie mir teuer sind, kann ich Ihnen nicht guten Gewissens zuraten. Sie hätten es viel leichter, wenn Sie die Firma aufgäben.»

«Aber vielleicht will ich es nicht *leicht* haben. Ich glaube, dass ich es könnte. Im Kontor meines Vaters habe ich viel gelernt. Vom Wein verstehe ich mindestens genauso viel, wie François es tat. Er wusste das, er hat mir vertraut», fügte sie mit leiserer Stimme hinzu. «Und ich kann ihn nicht enttäuschen.»

«Ich verstehe Sie, Barbe, ich glaube Ihnen jedes einzelne Wort, und ich wünsche Ihnen von Herzen, dass Sie es schaffen. Aber Sie werden kämpfen müssen. Man wird Ihnen alle erdenklichen Steine in den Weg legen. Ist es das wirklich wert? Sie könnten wieder heiraten, ein leichtes Leben haben.»

«Ist das so erstrebenswert? Ein leichtes Leben?»

«Für die meisten Menschen ist es das Einzige, was zählt.»

«Sie meinen, für die meisten Frauen», sagte Barbe. «Männer geben sich selten damit zufrieden. Sie haben es doch auch geschafft, Adèle, und Sie hatten es ebenfalls nicht leicht.»

«Ebendarum sage ich es ja», sagte die Schneiderin, und an ihrem eindringlichen Tonfall war zu hören, wie ernst es ihr damit war. «Ich weiß, wovon ich spreche. Sie sind jung, Sie sind reich. Sie finden einen anderen Mann, der Sie liebt.»

«Aber werde ich einen anderen Mann lieben können wie François? Er war etwas Besonderes, und wir haben beide zusammen all unsere Kraft in den Weinhandel gesteckt. Er hat verstanden, wie wichtig es mir war. Er wusste, woran mein Herz hängt.»

«Woran hängt Ihr Herz, Barbe?»

Barbe blickte zum Fenster, wo das Morgenlicht in den weißen Musselinvorhängen spielte und wo gestern noch ihre Eltern gestanden und sich gestritten hatten.

«Ich habe Ideen, ich habe Pläne, daran hängt mein Herz. Ich will Dinge verändern und besser machen. Ich will den besten Schaumwein der Champagne herstellen. Und noch etwas», Barbe wandte den Kopf und sah der älteren Freundin ins Gesicht, «ich will, dass mein Vater stolz auf mich ist. Genauso stolz, wie er auf Sie ist.»

«Auf mich? Warum sagen Sie das?»

«Weil es so ist, Adèle. Er ist stolz auf das, was Sie geschafft haben. Er mag konservativ sein und Royalist – ich weiß, mit Ihnen darf ich offen sprechen – und natürlich ist er Katholik durch und durch. Die Ehe ist meinem Vater heilig. Doch er ist auch ein sehr offener Mann. Er ist liebevoll und zärtlich. In seinem Herzen ist Platz für viele Menschen.»

«Oh», sagte Adèle, ihre Wangen erröteten, und mit einem Mal, zum ersten Mal überhaupt, wie es Barbe schien, wirkte sie verlegen. Barbe betrachtete sie. Adèle Dubois war eine schöne Frau, besaß einen hellen Teint, dunkelbraunes, kaum ergrautes Haar, rote Lippen und ein gewinnendes Lächeln, und die schwarze Witwenkleidung, die sie in all den Jahren niemals abgelegt hatte, stand ihr vortrefflich. Trotzdem hatte Barbe sie noch nie so schön gesehen wie jetzt, und für einen Moment sah sie sie mit den Augen eines Mannes. Es war offensichtlich: Adèle war auch mit über fünfzig noch immer eine begehrenswerte Frau.

«Ich würde mich wohler fühlen, wenn ich Sie auf meiner Seite wüsste, Adèle.»

«Ich bin immer auf Ihrer Seite, Barbe, das wissen Sie. Egal wie Sie sich entscheiden.»

«Das hatte ich gehofft.» Sie drückte Adèles Hand. «Wenn ich mit Ihrer Unterstützung rechnen kann, werde ich mich meinem Kampf stellen.» Sie blickte an sich herab. «Allerdings nicht im Nachthemd. Ich werde neue Kleider brauchen. Schwarze Kleider.»

Adèle blickte sie ernst an, doch dann stahl sich ein kleines

Lächeln auf ihre Lippen, erfasste ihre Augen und schließlich ihr ganzes Gesicht.

«Da haben Sie recht», sagte sie und griff nach der Suppenschale. «Sobald es Ihnen besser geht, nehmen wir Maß.»

Kapitel 4

Barbe brauchte noch mehrere Tage, bis sie so weit wiederhergestellt war, dass sie das Bett wenigstens ab und zu verlassen konnte. Die Sorgen um die Firma ließen ihr keine Ruhe, noch größeren Kummer bereitete ihr jedoch, dass ihre Tochter Mentine, die seit dem Tod von François nach wie vor bei ihrer Schwester wohnte, sie nicht allzu sehr zu vermissen schien. Sie kam sie zwar in Begleitung von Clémentine besuchen und erzählte mit ihrem hellen Kinderstimmchen von ihren Erlebnissen im Haus ihrer Tante, aber es wurde ihr schnell langweilig, am Bett ihrer Mutter zu sitzen.

«Was habe ich falsch gemacht?», fragte Barbe ihre Schwester. «Hat sie mich denn völlig vergessen?»

«Was redest du denn da? Mentine ist noch so klein. Es ist verständlich, dass sie die Abwechslung und den Trubel genießt, der bei uns zu Hause herrscht. Und sie ist ganz vernarrt in das Baby. Sei froh darüber, dass sie sich so schnell erholt hat, denn als du so krank warst, war sie sehr betrübt.»

«Wirklich?» Barbe seufzte, sie war nicht überzeugt. «Ihren Vater scheint sie kaum zu vermissen. Ist das nicht merkwürdig? Sie hat nicht einmal nach ihm gefragt.» Von sich aus sprach sie mit Mentine allerdings auch nie über François. Alle in ihrer Familie hatten ihr davon abgeraten, ihn gegenüber der Kleinen zu erwähnen. Barbe war hin- und hergerissen zwischen dem Wunsch, Mentine nicht zu verstören, und dem Bedürfnis, das Andenken an ihren Vater zu bewahren.

«Das ist ganz natürlich», beruhigte Clémentine sie. «Die Bindung zum Vater ist bei Töchtern nicht so eng und du darfst nicht vergessen, dass François immer viel auf Reisen war.»

«Du hast ja recht. Trotzdem ist es schwer.»

«Nimm es dir nicht so zu Herzen und sieh es lieber positiv. Mentine hat eben von Natur aus ein unbeschwertes Naturell.»

Barbe sah ihre Schwester dankbar an. Die heitere Ruhe, die diese ausstrahlte, wirkte wohltuend auf sie. Clémentine war einundzwanzig und seit vier Jahren verheiratet. Ihr Mann, der Oberpostdirektor Jean-Nicholas Barrachin, hatte einen Sohn mit in die Ehe gebracht, den inzwischen achtjährigen Augustin, dessen Erziehung sie ebenso selbstverständlich übernommen hatte wie die Führung des Haushalts. Mittlerweile war sie selbst Mutter geworden. Das Baby, Marcel, war wenige Monate alt. Auch wenn Barbe sich deswegen ein wenig gekränkt fühlte, musste sie zugeben, dass sich das Heim ihrer Schwester ganz offensichtlich positiv auf Mentines Gemüt auswirkte. Unter Kindern zu sein tat ihrer Tochter offenbar wohl.

«Ich beneide dich, kleine Schwester, weißt du das? Dir scheint alles so leichtzufallen. Aber ich habe Angst, dass Mentine mir entgleitet. Natürlich kann ich ihre Zuneigung nicht erzwingen. Wer wüsste das besser als ich? Anders als du habe ich Maman nie etwas recht machen können.»

Clémentine lachte. «Ach was. Deine Krankheit schlägt dir aufs Gemüt. Du machst dir zu viele Gedanken, Schwesterherz. Mentine liebt dich! Maman übrigens auch. Jetzt werde erst einmal wieder gesund, und wenn du nicht mehr aussiehst wie ein Schatten deiner selbst, ergibt sich alles andere wie von selbst.»

Tatsächlich hatte Barbe sich äußerlich sehr verändert und erkannte ihr eigenes Spiegelbild kaum wieder. Sie hatte abgenommen, ihr Gesicht wirkte viel spitzer als sonst, und ihre großen grauen Augen leuchteten dunkel daraus hervor. Im Grunde näherte sie sich zum ersten Mal in ihrem Leben dem Idealbild einer Dame an, die nach den Vorstellungen der feinen Gesellschaft ätherisch und zerbrechlich zu sein hatte. Doch ätherisch und zerbrechlich zu sein entsprach so gar nicht ihren eigenen Vorstellungen, und das ganze Gerede davon, dass sie sich schonen müsse, ärgerte sie von Tag zu Tag mehr. Doch weil es schlicht den Tatsachen entsprach und sie es kaum aus eigener Kraft bis in den Wintergarten schaffte, nur um in eine Decke gehüllt ein wenig in der Sonne zu sitzen, akzeptierte sie, dass so viel Aufhebens um sie gemacht wurde. Um schneller wieder auf die Beine zu kommen, begann sie wieder zu essen, Suppe, Obst, Kuchen, und während ihre Mutter vorher der Meinung gewesen war, sie esse zu wenig, war es nun zu viel, das belaste ihren Magen zu sehr. Wenn ihr Vater zu Besuch kam, bat sie ihn, wegen diesem und jenem in der Firma nach dem Rechten zu sehen. Doch er behauptete, ihr Schwiegervater habe alles im Griff, und vertröstete sie auf die Zeit nach ihrer Genesung. Und eines Morgens überraschte er sie unvermittelt mit einem Vorschlag:

«Deine Mutter und ich sind der Meinung, dass du Anfang des Jahres für zwei oder drei Monate in den Süden reisen solltest, um zu Kräften zu kommen. Was hältst du von Sizilien?»

Mit offenem Mund sah Barbe ihren Vater an, der sofort merkte, dass er etwas Falsches gesagt hatte, und verlegen seine Fingernägel betrachtete. Es war offensichtlich, dass dies eine Idee ihrer Mutter war, die ihren Vater zum Überbringer der Botschaft auserkoren hatte. Wie konnte er ihr nur so in den Rücken fallen?

«Zwei Monate verreisen? Euch beiden ist wirklich jedes Mittel recht, um mich von meiner Firma fernzuhalten, nicht wahr?», sagte sie kühl.

«Aber Kind, wo denkst du hin. Deine Mutter und ich möchten nur, dass du wieder ganz gesund wirst.»

«Wenn Maman wünscht, dass ich nach Sizilien reise, soll sie es mir selber sagen, denn du, Papa, weißt doch im Grunde ganz genau, wie absurd das ist. Ich sitze schon viel zu lange untätig hier fest!»

Er schüttelte den Kopf. «Deine Mutter kann sich eben nicht vorstellen, dass du einer Firma vorstehen willst.»

«Das weiß ich wohl. Aber was ist mit dir, Papa?» Sie griff nach seiner Hand und zwang ihn dazu, ihr in die Augen zu sehen. Ihr Vater war schon immer der nachsichtigere der beiden Elternteile gewesen. «Sei ehrlich und rede endlich mit mir. Was hat mein Schwiegervater vor?»

Er zuckte mit den Schultern. «Ich weiß es nicht», gab er zu. «Philippe ist sehr verschlossen, man kommt kaum an ihn heran. Ganz gewiss hat er einiges unternommen, was nicht aufzuschieben war – soweit ich weiß, hat er alle Lieferanten und bis Ende des Jahres auch die Arbeiter bezahlt. Doch wie seine Pläne für die Zukunft aussehen, hat er mir nicht verraten.»

«Aber wie kann das sein, ihr seid doch alte Freunde», rief Barbe aus. «Und ich bin immer noch seine Schwiegertochter, warum kommt er nicht her, um mich zu sehen?» Es war ihr unbegreiflich.

«Der Tod seines Sohnes hat ihn sehr mitgenommen. Er

meidet jegliche Gesellschaft und geht allen und jedem aus dem Weg, der ihn daran erinnern könnte. Auch mir. Er ist nicht mehr er selbst.» Ihr Vater sah betrübt aus, und sie fühlte, dass er aufrichtig zu ihr war und dass sein Widerstand bröckelte.

Sie drückte seine Hand. «Kann ich auf dich zählen?», vergewisserte sie sich mit sanfter und eindringlicher Stimme. «Wirst du mich dabei unterstützen, die Firma weiterzuführen?»

«Aber ist es denn wirklich das, was du willst?»

«Es ist genau das, was ich will, sonst würde ich dich nicht darum bitten.»

«Ich bin froh, dass es dir wieder ...», begann er, unterbrach sich aber, schluckte, und seine Augen glänzten verdächtig. Als er weitersprach, klang seine Stimme heiser. «Du weißt ja nicht, was für Sorgen wir uns gemacht haben. Was für Sorgen ich mir gemacht habe.»

Barbe war gerührt, aber sie durfte jetzt nicht klein beigeben. «Wirst du mir helfen?», fragte sie noch einmal.

«Ich werde tun, was ich kann. Aber du wirst Philippe letztendlich selbst von deinen Absichten überzeugen müssen, denn ihn auszuzahlen wirst du dir nicht leisten können.»

Es war nicht die Antwort, die Barbe erhofft hatte. Aber was hatte sie geglaubt? Dass er ihr das Geld gab, das sie brauchte, um unabhängig von ihrem Schwiegervater zu sein, konnte sie nicht von ihm verlangen. Trotzdem hätte er es ihr anbieten können. Es wäre der Beweis dafür, dass er wirklich hinter ihr stünde. Doch so war es klar, dass ihr Vater nicht wirklich wünschte, dass sie diesen Weg ging. Von dieser Erkenntnis ernüchtert, drückte sie noch einmal seine Hand.

«Nein, das werde ich mir nicht leisten können. Trotzdem – ich danke dir Papa.»

Sechs Wochen nach jener Nacht, in der sie ihren Mann tot aufgefunden gefunden hatte, kehrte Barbe in ihr Haus in der Rue de l'Hôpital zurück. Sie hatte den Moment herbeigesehnt und sich gleichzeitig davor gefürchtet, denn die Fürsorge ihrer Eltern, sosehr sie sich auch dagegen gewehrt hatte, war doch etwas gewesen, woran sie sich festhalten konnte. Die großen leeren und stillen Räume ihres eigenen Heims hingegen bargen so viele traurige Erinnerungen, denen sie sich nun stellen musste.

Es fühlte sich merkwürdig an, wieder zu Hause zu sein. Clémentine und ihre Mutter hatten offensichtlich vorgesorgt, denn ihre Dienstboten hatten die Böden geschrubbt und Brot gebacken, Wäsche gewaschen, Feuer in den Kaminen gemacht und in den Zimmern die Betten frisch bezogen. Es kam ihr vor, als wollten sie darüber hinwegtäuschen, dass es nun weniger Menschen zu versorgen galt. Barbe hörte sich den Bericht ihrer Zofe Céline an, die bereitwillig die Rolle der Haushälterin übernommen hatte, nahm die Klagen der Köchin entgegen, während sie mit Bedauern, aber auch Entschlossenheit darüber nachdachte, wen sie würde entlassen müssen. Die Kinderfrau sollte bleiben. Sie hatte sich zwar entschieden, Mentine noch ein paar Wochen bei ihrer Schwester zu lassen, so lange, bis sie die wichtigsten Dinge geregelt hatte, doch dann sollte sie wieder bei ihr einziehen. Ein zärtliches Gefühl breitete sich in ihr aus, als sie an ihre Tochter dachte. Clémentine hatte recht damit behalten, dass Mentine im selben Maße, in dem es ihr besser ging, auch ihre ungewohnte Zurückhaltung wieder verlor. Sie hängte sich wie früher an sie und überschüttete sie mit

Küssen. Doch es wäre egoistisch von ihr gewesen, wenn sie darauf bestanden hätte, sie jetzt zu sich zu nehmen, wo sie doch ohnehin so wenig Zeit für sie würde erübrigen können. Wenn sie den Weinhandel retten wollte, brauchte sie all ihre Kraft, wie Adèle es prophezeit hatte.

Barbe stand in ihrem Wohnzimmer vor dem Kamin und sah in die Flammen. Sie überlegte, was mit Alphonse, François' Kammerdiener, geschehen sollte, der in ebenjener Nacht Adèle zu Hilfe geholt hatte. Eigentlich hatte er sich ganz gut angestellt, aber es war klar, dass er nicht mehr gebraucht wurde, weil François nicht mehr da war. Und die Köchin würde auch mit nur einer Küchenmagd auskommen, dachte sie und warf einen Blick auf das Teegebäck, das für sie angerichtet worden war. Wenn es doch nur mit dem Geschäft ebenso gut liefe wie mit ihrem Haushalt. Sie ging in die Eingangshalle, wo noch François' Mantel und Hut am Kleiderständer hingen, und blieb vor der Tür zum Kontor stehen. Aber nein, es erschien ihr unmöglich, einen Fuß hineinzusetzen, sie spürte bereits, wie sich ihr Herzschlag unangenehm beschleunigte. Eins nach dem anderen, dachte sie und ging weiter in den Hof. Ihr Schwiegervater Philippe Clicquot habe die Most-Lieferanten ausbezahlt, hatte ihr Vater ihr berichtet. Barbe hatte kein gutes Gefühl dabei. Doch vielleicht sah sie ja auch zu schwarz. Sie würde als Erstes mit dem Kellermeister Mathieu reden und dann weitersehen. Die Ablenkung würde ihr guttun.

Sie öffnete die schwere Holztür mit den eisernen Beschlägen, die in den Weinkeller führte und hielt einen Moment inne. Sie liebte diesen Ort. Schon als Kind war es für sie das schönste Abenteuer gewesen, den Keller des benachbarten Hôtel Ponsardin zu erforschen, der viel älter war als das Haus selbst. Sie mochte die geheimnisvolle Atmosphäre zwischen den alten Mauern, den Kontrast zu der glanzvollen Welt ihres Elternhauses, in der alles darauf ausgerichtet war, andere zu beeindrucken. Hier unten waren die Wände nicht mit Seide bespannt, sondern roh und schief. Es gab weder funkelndes Silber noch polierte Böden, stattdessen war es immer ein wenig staubig. Weil der Keller auch im Sommer kühl war, nutzten ihn ihre Eltern zum Lagern von Lebensmitteln und Wein, und die erheblichen Vorteile, die eine solche Lagermöglichkeit mit sich brachte, wurden besonders offensichtlich, wenn ihre Eltern große Gesellschaften gaben, wie es häufiger vorkam. Aus einer lauten fröhlichen Gruppe von Menschen in die dunklen stillen Gewölbe abzutauchen, in denen man nur die eigenen Schritte und das Klirren des Schlüssels hörte, war faszinierend, und immer wieder setzte sich Barbe über das Verbot ihrer Mutter hinweg, die ihre Begeisterung nicht im Geringsten nachvollziehen konnte, und ging selbst hinunter, statt die Dienstboten zu schicken.

Schon die Römer, so hatte ihr Vater ihr erklärt, hatten vor Hunderten von Jahren in dieser Gegend Kalkstein abgebaut, um ihn entweder in Quadern als Baumaterial zu verwenden oder in Form von Branntkalk für Mörtel. Womöglich war dies ja eine Erklärung dafür, dass die unterirdischen Geschosse drei Stockwerke in die Tiefe reichten. In ganz Reims gab es solche Keller, die teilweise sogar ineinander übergingen, so wie auch der des Hôtel Ponsardin und der ihres eigenen Hauses, in dem sie nun stand. Sie waren über einen Durchgang, der mit einer Holztür gesichert war, miteinander verbunden.

Barbe und François hatten sogar im Keller geheiratet. Anders als heute war der Katholizismus 1798, im Jahr ihrer Eheschließung, noch verboten gewesen, und zahlreiche

Kirchen waren in den Jahren zuvor entweiht worden. Weil es für sie und ihre Familien nicht in Frage gekommen wäre, ohne den Segen Gottes den Bund der Ehe einzugehen, hatte die Trauung unterirdisch und im Geheimen stattgefunden. Eine kleine Hochzeitsgesellschaft, die sich aus ihren nahen Verwandten und einigen wenigen Freunden zusammensetzte, hatte im flackernden Licht der Fackeln und Kerzen den Worten des Pfarrers gelauscht, der sichtlich nervös war und zu hastig durch die Zeremonie stolperte. Barbe und François waren trotzdem glücklich gewesen. Der ungewöhnliche Ort ihrer Eheschließung sei ein Omen, so hatte François dies gesehen, ein Zeichen, dass er sich auf den Weinhandel konzentrieren solle. Barbe, verliebt, wie sie war, hatte ihm von ganzem Herzen zugestimmt – und daran würde sie festhalten!

Durch die Erinnerung in ihrem Entschluss bestärkt, konzentrierte sich Barbe wieder auf die Gegenwart. Es war ganz still. Nur eine einsame Lampe brannte in einer Ecke. Sie atmete den vertrauten Geruch nach vergorenen Trauben ein, gemischt mit dem kühlen herben Duft, der von den Kalksteinmauern ausging. Dann nahm sie eine Fackel aus einem Korb und zündete sie an. Glücklicherweise waren die Abläufe im Weinkeller, anders als so manch anderer Bereich ihres Geschäfts, kein Neuland für sie. Hier kannte sie sich aus und sie liebte den Anblick der ordentlich aufgereihten Fässer. Am allermeisten erfreuten ihr Herz die Stapel der Bouteillen, die im hinteren Drittel untergebracht waren. Es gab mehrere Partien mit halb fertigem Schaumwein und solche mit bereits fertiger Ware. Außerdem wurde dort, im sogenannten Degorgierkeller, das *Depot* entfernt, eine Art feiner Sand, der bei der Gärung entstand und der den Wein trübe und unansehnlich machte. Der moussierende Wein wurde im Schein von Kerzen einzeln geprüft und in eine neue Bouteille umgefüllt, um diese Ablagerungen so gut wie möglich zu entfernen. Alternativ konnte man versuchen, das Depot abzugießen, indem man es zuvor im Hals der Flasche konzentrierte. Anschließend wurden die Bouteillen für den Verkauf mit Weinbrand oder Likör aufgefüllt und neu verkorkt und versiegelt.

Beide Methoden, das Transversieren, wie man das Umfüllen des Weins nannte, und das Degorgieren, das Abgießen des Depots, hatten ihre Nachteile. Ein großes Problem war, dass der Wein sein Prickeln teilweise oder sogar vollständig einbüßte. Ein anderes, dass er oftmals trotzdem trüb blieb. Selbst wenn die feinen Krümel am Geschmack nichts änderten, störten sich die Kunden daran. Jeder wünschte sich klaren, schäumenden Wein und keine unansehnliche trübe Flüssigkeit in seinem Glas. Doch bisher hatte niemand einen besseren Weg gefunden.

Das war eine der Aufgaben, die ihr bevorstanden und die einen Besuch im Kontor unerlässlich machten: Sie musste sich darum kümmern, dass die Weine für den Verkauf aufbereitet wurden, damit die restlichen Bestellungen umgehend ausgeliefert werden konnten. Wegen François' Tod und ihrer Erkrankung waren sie in Verzug geraten, und wer wusste schon, ob der Kellermeister Mathieu seine Aufgaben in den letzten Wochen erfüllt hatte. Falls ihr Schwiegervater sich nicht darum gekümmert hatte, war wahrscheinlich gar nichts passiert, und dann konnte Mathieu sich darauf berufen, dass ihm ja niemand etwas gesagt hatte.

Barbe seufzte. Wenn doch nur Louis Bohne schon hier wäre! Mit seiner Hilfe stünde sie wesentlich besser da. Auf ihn war Verlass.

Sie ging durch den vorderen großen Raum, wo Platz für

eine Kelter gewesen wäre, aber hier in Reims besaßen sie keine, auch wenn Barbe gerne eine gehabt hätte. Sie liebte es, bei der Pressung dabei zu sein, den Moment zu erleben, zu riechen und zu schmecken, wenn die kostbaren Trauben das Beste hergaben, das in ihnen steckte. Doch es hätte sich kaum gelohnt. Der nächste Weinberg war über eine Stunde entfernt, und es war effektiver, Most oder Wein zu transportieren als Trauben. Trotzdem kaufte sie lieber Früchte am Stock als bereits gekelterte, die ihr sozusagen unbekannt waren. Sie wollte die Trauben sehen, bevor sie gepresst wurden, und war davon überzeugt, dass man nur durch sorgfältige Auswahl wirklich exzellenten Wein herstellen konnte. In diesem Jahr waren sie allerdings einige Wochen zu spät unterwegs gewesen, zu einer Zeit, als sie eigentlich wegen des Schaumweinverkaufs im Keller gebraucht worden wären. Durch ihre Krankheit hatte sie weitere wertvolle Wochen verloren. Jetzt konnte sie nur noch auf das Beste hoffen. Und auf die tatkräftige Unterstützung ihrer Mitarbeiter.

Aber wo waren eigentlich alle?

«Mathieu?», rief sie, als sie den nächsten Raum betrat, doch immer noch war keine Menschenseele zu sehen. Von weiter hinten hörte sie Stimmen, und tatsächlich, als sie näher kam, sah sie sechs ihrer Arbeiter, um ein kleines Fass herumsitzen und Karten spielen. Fassungslos blickte sie auf die von einer einzelnen tropfenden Wachskerze und einer Laterne beleuchtete Szene, bis die Männer, die sie erst spät bemerkten, erschrocken aufsprangen.

«Madame Clicquot, Sie sind zurück?», sagte einer von ihnen und drehte verlegen seine Mütze in der Hand, die er sich rasch vom Kopf gerissen hatte. Barbe kannte ihn, aber ihr fiel sein Name nicht sofort ein.

«Allerdings, und ich bin sehr erstaunt. Müsstet ihr nicht degorgieren?»

«Ja, mag schon sein, aber wir wussten nicht so recht ...»

Ungeduldig schnitt Barbe ihm das Wort ab. «Wo ist Mathieu?»

Der Mann zuckte die Schultern, gab aber dennoch eine Antwort, die er vorsichtshalber wie eine Frage formulierte.

«Im Blauen Hund?»

«Aha.» Barbe nickte mit dem Kopf. Also war es doch so schlimm, wie sie befürchtet hatte. *Le Bleu Chien* war ein Kaffeehaus, und Mathieu war ein Nichtsnutz. Sie überlegte kurz. Natürlich war sie verärgert, doch diese Männer traf keine Schuld. Immerhin waren sie hier und nicht im Kaffeehaus so wie ihr Kellermeister. Barbe räusperte sich, reckte sich ein wenig, um größer auszusehen, und hoffte, dass man ihr ihre Verunsicherung nicht ansah. Es war wichtig, dass die Männer sie ernst nahmen, sonst war sie verloren.

«Eigentlich werdet ihr ja nicht fürs Nichtstun bezahlt», sagte sie und sah vom einen zum anderen. «Doch immerhin seid ihr hier, und das ist gut. Sehr gut sogar! Du bist Didier, nicht wahr?», fragte sie den, der sie als Erstes angesprochen hatte, denn jetzt wusste sie wieder, wen sie vor sich hatte. «Ist euer Kind inzwischen da?»

«Ja, vor drei Wochen auf die Welt gekommen.» Didier stotterte ein wenig, offenbar sehr überrascht über die Wendung dieses Gesprächs.

«Wie geht es deiner Frau? Ist alles gut gegangen?»

«Danke, ja. Beiden, also der Mutter und dem Baby, geht es gut.»

«Ist es ein Junge oder ein Mädchen?»

«Ein Junge.»

«Schön. Ich gratuliere dir von Herzen. Richte bitte deiner

Frau Grüße aus und komm morgen früh zu mir ins Kontor.»

«Ins Kontor?» Didier sah sie mit aufgerissenen Augen an.

«Aber ja. Ich habe ein Geschenk für dein Kleines.» Barbe lächelte ihm zu, machte eine Pause und sah wieder die anderen an. François war der persönliche Kontakt zu seinen Arbeitern wichtig gewesen, und keiner sollte ihr nachsagen können, dass sie diese Gesinnung nicht aufrechterhielt. Außerdem war sie sich nun der vollkommenen Aufmerksamkeit ihrer Arbeiter gewiss, die das Gespräch schweigend verfolgt hatten. «Ihr werdet gleich mit dem Degorgieren anfangen, Philippe, Michel, Robert und ...» Sie ließ sich die Namen der anderen beiden sagen, die sie nicht kannte, nickte jedem freundlich zu und gab dann ihre Anweisungen, wobei sie sich zu ihrer eigenen Erleichterung mit jedem Wort ein wenig sicherer fühlte. Die Mischung aus Strenge und Nachsicht zeigte Wirkung. Alle machten sich sofort an die Arbeit.

«Und du, Didier, zeigst mir bitte die Fässer, die zuletzt angeliefert wurden. Ich will den Most kontrollieren.»

«Ja, natürlich, sofort», sagte Didier und führte sie zu einer Reihe von Fässern, die sie vorher übersehen hatte, weil sie in einem anderen Keller untergebracht worden waren als eigentlich geplant. Nun gut, das allein war noch keine Katastrophe. Sie nahm eines der Gläser, die in einer Nische standen, und ließ etwas Flüssigkeit aus dem ersten Fass hineinlaufen. «Sillery», stand mit Kreide darauf geschrieben. Das war eine der nächstgelegenen Lagen und auch eine der besten, die sie eingekauft hatten. Doch als sie den nun etwa sechs Wochen alten Traubensaft kostete, durchfuhr sie ein Schreck. Dort im Fass befand sich ganz sicher kein Most aus erster Pressung. Dies war minderwertige Ware aus vierter oder sogar fünfter. Daraus ließ sich höchstens ein einfacher Landwein keltern. Sie schüttete den Rest weg, probierte das nächste Fass, das ebenfalls mit Sillery beschriftet war, und erhielt dasselbe Ergebnis.

Sie fluchte innerlich und verstand sofort, was passiert war. In Sillery hatte man offenbar auch die Nachricht vom Tod des Monsieur Clicquot erhalten, und zwar so frühzeitig, dass noch Gelegenheit geblieben war, den guten gegen einen minderwertigen Most auszutauschen. Nur bezahlt hatten sie ganz bestimmt für den guten, dafür hatte ihr Schwiegervater gesorgt, ohne sich der Qualität versichert zu haben. Und die Ware, die sie eigentlich hatte haben wollen, war wahrscheinlich längst bei einem ihrer Konkurrenten gelandet.

Sie testete den Inhalt sämtlicher Fässer und fand, dass an dem Most aus Mailly und Verzenay nichts auszusetzen war. Der Most aus ihren eigenen Weinbergen in Villers, Sermier und Bouzy befand sich ohnehin nicht hier, der blieb vor Ort zur ersten Gärung im Fass, wurde dann luftdicht in neue Fässer abgefüllt und erst danach transportiert, manchmal sogar erst nachdem er schon in den Bouteillen war, obwohl auch das zu den Dingen gehörte, die sie zu ändern gedachte. Nur hier in ihrem eigenen Keller hatte sie die volle Kontrolle über das Verfahren. Sie wollte besser verstehen lernen, wie sich der Wein im Laufe der Gärprozesse im Fass und in der Bouteille veränderte, und sie hatte vor, beim Vollenden des Schaumweins mit verschiedenen Zusätzen zu experimentieren. Die gleichmäßig kühlen Temperaturen in ihrem Keller, die sich nur minimal veränderten, je nachdem, wie tief man in die alten Gewölbe vordrang, boten im Grunde perfekte Bedinungen für die Weinherstellung. Diesen Vorteil wollte sie noch besser ausnutzen. Sie spürte Tatendrang durch ihre Finger kribbeln und hätte fast Didier vergessen, der inzwischen verlegen mit den Füßen scharrte.

«Bien», sagte sie und stellte das Glas beiseite, das sie immer noch in der Hand hielt. «Didier. Geh bitte in den Blauen Hund und sag Mathieu Bescheid, dass ich zurück bin. Danach machst du dich sofort ans Degorgieren.» Sie war selbst ein wenig erstaunt darüber, wie fest ihre Stimme klang, denn sie fühlte bereits, wie ihre kaum wiederhergestellten körperlichen Kräfte sie verließen.

Eine halbe Stunde später, nachdem sie noch die Partien der halb fertigen und der fertigen Bouteillen inspiziert, die Mengen überschlagen und die Männer hinsichtlich ihrer weiteren Aufgaben instruiert hatte, trat sie mit wackligen Beinen wieder in den Hof, wo ihre Mutter sie erwartete.

«Barbe, dachte ich es mir doch, dass ich dich hier finde», sagte sie mit strenger Miene. «Du bist gerade erst vom Krankenlager aufgestanden. Du wirst bald wieder bettlägerig sein, wenn du so weitermachst!»

«Du hast ja so recht, Mutter», brachte Barbe hervor und schaffte es, sie anzulächeln. An diesem Tag, das spürte sie deutlich, würde sie nichts Konstruktives mehr zustande bringen. Überhaupt würde sie ihre Kräfte einteilen müssen, wenn sie erfolgreich sein wollte, und ein Streit mit der Mutter gehörte zu den Dingen, die sich in diesem Augenblick relativ leicht vermeiden ließen.

«Komm, wir gehen in den Salon. Trinkst du eine Tasse Kaffee mit mir?»

Kapitel 5

Am nächsten Morgen saß Barbe allein in ihrem Speisezimmer beim Frühstück. Die hohe Standuhr an der Stirnseite des Raums zeigte acht Uhr dreißig und teilte mit ihrem Ticken die Stille in gleichmäßige Stücke. Vor ihr standen eine Kanne Kaffee, ein Croissant und Weißbrot, Butter, Himbeerkonfitüre, frisch aufgeschnittener Schinken und ein Ei und wirkten auf dem großen Tisch ein wenig verloren.

Barbe brach etwas Brot ab, nippte an ihrem Kaffee und betrachtete die sieben leeren Stühle, die um den Tisch herumstanden. Sie waren aus Nussbaumholz gefertigt und sehr edel und schlicht, mit einer eingeschnitzten Harfe als Zierde in der Rückenlehne und matt schimmernden Samtbezügen; an den Wänden hingen die dazu passenden Spiegel, und darunter stand je ein Konsolentischchen mit einer kostbaren chinesischen Blumenvase darauf, die sie zur Hochzeit geschenkt bekommen hatten. François und sie hatten die Möbel bei ihrem Einzug angeschafft. Der moderne Geschmack hinsichtlich Mode und Möbeln war eines der wenigen guten Dinge, die Napoleon Bonaparte bisher bewirkt hatte. Schlichte Formen hatten alles Verspielte und allzu Üppige, was unter Louis XVI. noch so populär gewesen war, abgelöst, und sie war froh darüber gewesen, dass François sich einverstanden erklärt hatte, die alte schwere Einrichtung, die er von seinem Großvater übernommen hatte, hinauszuwerfen.

Doch was nützten die schönsten Stühle, wenn niemand darauf saß? Sie griff nach dem Buttermesser, obwohl sie nicht viel Appetit verspürte. Um im Wintergarten zu frühstücken, war es im Winter zu kalt. Vielleicht würde sie Céline bitten, ihr künftig das Frühstück ans Bett zu bringen. Zumindest so lange, bis Mentine wieder bei ihr einzog. Dieser Anblick am frühen Morgen war einfach zu deprimierend.

Sie war weit weniger ausgeruht aufgewacht, als sie gehofft hatte, fühlte sich im Gegenteil sogar erschöpft und müde und beinahe wieder krank, was daran liegen mochte, dass sie sich heute nicht mehr darum würde drücken können, das Kontor zu betreten. Sie musste hinein, musste die Unterlagen in den Aktenschränken sortieren, die Bestellungen und die unbezahlten Rechnungen heraussuchen und herausfinden, wer ihr Geld schuldete – kurz, sie musste sich mit François' Buchhaltung vertraut machen. Seit der Beerdigung war ihr nichts mehr so entsetzlich erschienen. Nicht wegen der Zahlen, mit denen würde sie schon zurechtkommen, sondern wegen des Ortes, an dem die Zahlen zu finden waren – und an dem sie François' Leiche gefunden hatte.

Barbe hatte gerade ihr Ei geköpft, als Alphonse ins Zimmer trat und respektvoll an der Tür stehen blieb.

«Bonjour, Madame», sagte er.

Überrascht sah Barbe auf. Céline hatte am Tag zuvor erwähnt, dass der Kammerdiener seine freien Tage aufgespart hatte, um seine Familie zu besuchen. Offenbar war er pünktlich zurückgekommen. Sie betrachtete ihn. Er hatte ein angenehmes Gesicht, noch beinahe bartlos, obwohl das Kinn bereits kantig wurde. Sein dunkelblondes Haar war sorgfältig frisiert, und auch seine Hände wirkten gepflegt. Barbe seufzte. Er schien wirklich ein anständiger junger Mann zu sein. Ihn zu entlassen würde ihr sehr schwerfallen.

«Bonjour, Alphonse. Was gibt es?»

«Ich wollte Sie fragen, ob Sie die Zeitung zu lesen wünschen, die ich sonst immer dem Herrn gebracht habe.»

«Die Zeitung? Ja, natürlich, das ist ein sehr guter Gedanke. Gib sie mir.»

Alphonse nickte, trat mit dem Tablett in der Hand, auf das er ordentlich gefaltet die Zeitung gelegt hatte, zu ihr, und sie wischte sich die Hände an ihrer Serviette ab, bevor sie das Blatt entgegennahm.

«Wo du schon hier bist, Alphonse, ich wollte mit dir noch über etwas reden. Du warst doch sicher im Kontor? Ich meine, nachdem der Herr – nach seinem Tod.»

«Ja, Madame. Ich war im Kontor und habe aufgeräumt.»

«Wenn ich mich recht entsinne, herrschte dort ein ziemliches Durcheinander. All die Papiere auf dem Tisch.»

«Ich habe alles auf Stapel gelegt und sortiert, wie der Herr es mir gezeigt hat.»

«Ach», Barbe sah ihn neugierig an. «Du hast ihm geholfen?»

«Nur gelegentlich. Monsieur hat gemerkt, dass ich Interesse daran hatte.»

«Heißt das also, dass du lesen und rechnen kannst?»

«Ja, Madame, wenn Sie gestatten.»

«Natürlich gestatte ich.» Barbes Interesse war geweckt. «Weiter, erzähl mir mehr über dich. Wo hast du lesen gelernt?»

«Ich war drei Jahre auf der Lateinschule. Mein Vater wünschte, dass ich Priester werden sollte.»

«Doch dann bist du Lakai geworden.»

«Das war, bevor er starb. Meine Mutter konnte das Schulgeld nicht mehr aufbringen. Ich habe drei Geschwister, und meine Mutter ist inzwischen auch gestorben.»

«Du bist der Älteste?»

Alphonse nickte. «Ich bin sechzehn.»

«Wer kümmert sich sonst noch um euch?»

«Niemand, Madame. Ich, Madame. Und meine Schwester, sie ist vierzehn und versorgt die beiden Kleineren.»

Barbe war von seiner Geschichte berührt. Damit hatte sie nicht gerechnet. Allerdings auch nicht damit, dass der Junge die Lateinschule besucht hatte, François hatte das nie erwähnt. Andererseits war Alphonse vor François' Tod nur wenige Wochen bei ihnen gewesen. Sie betrachtete ihn genauer. Er strahlte eine große Ernsthaftigkeit aus, die vermutlich mit der Verantwortung einherging, die er bereits schultern musste und, wie es schien, auch zu schultern bereit war. Vielleicht hatte sie ja doch Verwendung für ihn. Falls nicht, würde sie ihn so lange behalten, bis er anderswo unterkam.

«Danke, Alphonse. Nach dem Frühstück gehe ich ins Kontor. Dann kannst du mir deine Ordnung erklären.»

«Ja, Madame, natürlich, Madame, ich hoffe, ich habe nicht ...»

«Nein, schon gut. Das war nicht als Vorwurf gemeint. Komm in einer Stunde zu mir.»

Nachdem Alphonse gegangen war, aß sie mit etwas größerem Appetit als zuvor ihr Ei und wollte eben die Zeitung aufschlagen, als ihre Schwester Clémentine mit Hut und Mantel bekleidet ins Zimmer trat, hinter ihr die gehetzt wirkende Céline, die ein Paket auf dem Arm trug und anscheinend nicht schnell genug gewesen war, um sie anzumelden.

«Guten Morgen, liebste Schwester. Oh, das sieht gut aus, darauf hatte ich gehofft, ich sterbe vor Hunger! Schau doch mal, was ich mitgebracht habe.» Clémentine wies auf das große Paket in Célines Armen. «Madame Dubois war gestern am späten Nachmittag bei mir und hatte auch zwei Kleider für dich dabei. Sie wollte sie dir selbst bringen, aber ich habe ihr gesagt, dass ich das für sie erledige. Das ist doch hoffentlich in deinem Sinne? Ich platze nämlich vor Neugierde, was sie für dich genäht hat.»

«Etwas Schwarzes. Wohl kaum nach deinem Geschmack», seufzte Barbe, und Clémentine, die während ihres Redeschwalls Hut und Mantel abgelegt hatte, worunter ein elegantes, dunkelblaues Seidenkleid zum Vorschein kam, sah sie erstaunt und fröhlich an.

«Na, du bist ja schon wieder genauso bissig wie früher. Da bin ich aber froh, offenbar geht es dir wirklich besser», sagte sie und setzte sich zu ihr an den Tisch.

Barbe lächelte. «Entschuldige. Die Bemerkung ist nur meiner eigenen schlechten Laune geschuldet. Ich bin gemein zu dir, und dabei freue ich mich sehr, dich zu sehen.»

«Keine Sorge, wer viel redet, so wie ich, lernt auch viel einzustecken», erwiderte Clémentine unbekümmert.

«Céline, bitte bring die Pakete ins Ankleidezimmer. Und wir brauchen ein zweites Gedeck, ach ja, und noch ein Ei», sagte Barbe, die das hungrige Blitzen in den Augen ihrer Schwester gesehen hatte. «Wie geht es Mentine?»

Sie hatte insgeheim gehofft, hinter ihrer Schwester auch ihre Tochter durch die Tür spazieren zu sehen, und Clémentine hörte offenbar den betrübten Unterton in ihrer Stimme.

«Ich hätte sie mitgebracht, aber sie hat so schön mit dem Baby gespielt und wollte nicht fort. Wirklich, es geht ihr gut.»

Barbe schluckte ihre Enttäuschung hinunter, griff nach Clémentines Hand und drückte sie.

«Ich weiß, wie glücklich sie bei dir ist, und ich danke dir sehr.»

«Ich wünschte nur, du würdest meine Einladung annehmen und auch zu uns ziehen. Wir haben genug Platz, du musst nicht allein hier herumsitzen.»

«Ich weiß, und ich werde wie vereinbart regelmäßig zum Diner zu euch kommen. Aber ich muss erst einmal klarer sehen, was die Firma und alles andere betrifft. Also, heraus damit, was führt dich so früh am Morgen zu mir?»

«Du hast mich ertappt, denn es gibt tatsächlich Neuigkeiten.» Sie machte eine bedeutsame Pause, und ein strahlendes Lächeln erschien auf ihrem Gesicht, als sie weitersprach. «Stell dir vor, ich bin wieder schwanger!»

«Oh wie wunderbar, ich gratuliere dir von Herzen.» Barbe umarmte ihre Schwester, küsste sie auf beide Wangen und betrachtete sie gerührt. Diese Schwangerschaft kam sehr früh nach der letzten, Marcel war erst wenige Monate alt, doch sie wusste, wie sehr sich ihre Schwester ein zweites eigenes Kind gewünscht hatte. «Weiß dein Mann es schon?»

«Nein. Ich werde es ihm heute Abend sagen. Bisher weiß es nur Maman. Ich bin ja so aufgeregt!»

«Maman? Sie hat mir gar nichts davon erzählt. So viel Verschwiegenheit sieht ihr gar nicht ähnlich.»

«Ich habe sie darum gebeten, weil ich es dir unbedingt selber sagen wollte. Übrigens macht Maman sich große Sorgen um dich. Sie hat mir erzählt, dass sie dich gestern im Weinkeller angetroffen hat.»

«Ja, das stimmt. Ich fürchte, sie war nicht sehr begeistert.»

«Sie kann dich eben nicht verstehen.»

«Niemand kann mich verstehen.»

«Doch. Ich schon.»

«Wie bitte? Du?» Barbe sah ihre jüngere Schwester überrascht an, die jetzt herzhaft in ein Croissant biss. Sie wirkte so lebensfroh und unbekümmert, dass Barbe ihr kaum zugetraut hätte, sich über diese Angelegenheit groß Gedanken zu machen. Immerhin hatte sie bisher nie Interesse an geschäftlichen Belangen gezeigt.

«Und wenn Maman und Papa nicht so altmodisch wären, verstünden sie dich auch», fuhr Clémentine fort.

«Maman *und* Papa? Ich hatte gehofft, Papa würde mich verstehen. Aber du meinst, er sieht das genauso wie sie?», fragte Barbe.

«Papa mag nicht so schlimm sein wie Maman, aber er will keinen Streit mit ihr. Und eine Dame wie du, die Wein verkauft? Nun, man muss zugeben, dass das zumindest ungewöhnlich ist. Das sieht er gewiss genauso.»

«Auf dem Land sind viele Witwen selbständig und unabhängig. Ich habe schon Bäuerinnen, Winzerinnen und Weinhändlerinnen kennengelernt.»

«Auf dem Land. Da hast du den Unterschied. Diese Frauen kommen aus einer ganz anderen Schicht. Du bist die Tochter eines Kaufmanns, stammst aus einer angesehenen Familie ...»

«... um deren Ruf sich nun jedermann zu sorgen scheint», beendete Barbe ihren Satz mit Bitterkeit in der Stimme. «Sagtest du nicht eben, du würdest mich verstehen?»

«Tue ich auch.»

«Aha, und was genau verstehst du?»

«Du liebst nicht nur das Kaufmännische, sondern auch den Weinbau. Das Handwerkliche daran. Nichts sonst hat dir bisher solche Freude gemacht», sagte Clémentine.

Verblüfft über die Schlichtheit dieser Aussage sah Barbe sie an, während ihre Schwester unbekümmert nach ihrer Tasse griff, Kaffee hineingoss und sich anschließend beim Brot bediente. Als keine weitere Erklärung folgte, sagte sie:

«Richtig, ich liebe den Weinbau. Aber wie kommst du darauf?»

«Überleg doch mal», antwortete Clémentine und trank einen Schluck Kaffee. «Welche Rosenstöcke im Garten des Hôtel Ponsardin gedeihen am allerbesten? Es sind die, die du gezogen und gesetzt hast. Ich erinnere mich genau – du hattest vom Graben in der Erde immer schwarze Ränder unter den Fingernägeln, und Maman hat sich fürchterlich aufgeregt, weil du keine Handschuhe anziehen wolltest. Deine Reben an unserer Hauswand tragen immer noch die besten Trauben der ganzen Stadt. Und der Orangenbaum im Wintergarten ist sofort eingegangen, nachdem du fort warst.»

«Dass du das alles bemerkt hast», sagte Barbe, nun vollends erstaunt.

Clémentine biss in das dick mit Butter bestrichene Brot und schloss für einen Moment genüsslich die Augen. Barbe lächelte. Es waren eben diese unverfälschten Emotionen, die immer wieder in Clémentines damenhaftem Benehmen hervorblitzten, die sie in Barbes Augen, und vermutlich in den Augen vieler, so anziehend machten. In diesem Moment ging die Tür auf, und Sarah, das Zimmermädchen, erschien mit dem zweiten Gedeck, das nicht mehr gebraucht wurde, da Clémentine sich bereits so ungeniert bedient hatte. Nachdem sie wieder gegangen war, setzte Clémentine ihre Erläuterung fort.

«Nur weil ich keine Gartenarbeit mag und mich beim Rechnen immer vertue, heißt das nicht, dass ich nicht begreife, worauf es dir ankommt. Ich mache ja auch, woran mein Herz hängt. Zufällig ist es nur genau das, was jeder von mir erwartet. Empfänge zum Beispiel, oh, ich liebe Empfänge! Und es ist zu schade, dass wir so wenig Bälle hier in Reims haben.»

«Vergiss nicht die Kinder», warf Barbe ein. «Du bist eine gute Mutter.»

«Richtig, ich könnte den ganzen Tag mit Kindern zusammen sein. Das wird mir nie langweilig.»

Barbe war plötzlich sehr bewegt. Sie hatte den Verdacht, Clémentine und die Probleme, die sie vielleicht gehabt haben mochte, zu wenig beachtet zu haben. Sehr zu Unrecht, wie ihr nun klarwurde, hatte sie ihre Schwester bisweilen für ein wenig oberflächlich und sogar etwas naiv gehalten. Vielleicht war sie naiv, aber auf eine furchtlose Art, wie es schien, denn von Clémentines Seite hatte sie zuletzt mit Unterstützung gerechnet.

«Ich lebe eben gern, und du arbeitest gern», fasste Clémentine ihre Sicht der Dinge zusammen. «Das ist doch nicht verwerflich. Maman und Papa werden nur leider kaum auf mich hören. Aber ich sage meine Meinung, da kannst du gewiss sein.»

«Ich danke dir. Du weißt gar nicht, wie viel mir das bedeutet.» Und es stimmte. Ihre Schwester auf ihrer Seite zu wissen war ein wunderbares Gefühl.

«Genug jetzt davon, bevor ich noch anfange, vor lauter Rührung und Schwesternliebe zu weinen.» Clémentine legte die Serviette beiseite. «Was ist, wollen wir Anprobe machen?»

Kapitel 6

*E*s fiel Barbe nicht leicht, sich in ihr neues Leben als Witwe hineinzufinden, angefangen vom einsamen Frühstück am Morgen über die langen Stunden, die sie über die Bücher gebeugt verbrachte, bis hin zu den Mahlzeiten im Familienkreis ihrer Schwester. Selbst Mentines kindliche Zärtlichkeiten und die Gespräche mit Clémentine konnten ihre Sorgen und Grübeleien nicht verdrängen. Sie hatte es nicht ertragen, Zeit im Kontor zu verbringen, und darum Alphonse gebeten, die Firmenpapiere in einen anderen Raum zu bringen, um nicht an dem Ort arbeiten zu müssen, an dem François gestorben war. Angrenzend zum Hof und mit Blick auf den Weinkeller, richtete sie sich ein eigenes provisorisches Kontor ein. Nach einer Woche hatte sie zusammen mit Alphonse, der sich tatsächlich als eine große Stütze erwies, etwa die Hälfte der Unterlagen gesichtet und durchgearbeitet. François war in den letzten Monaten nicht mehr sehr systematisch bei seinen Abrechnungen vorgegangen, und auch nach dem dritten Rechendurchgang kam sie zum immer gleichen Ergebnis: Um ihre Finanzen war es nicht sonderlich gut bestellt.

Natürlich konnte sie ihren Lebensunterhalt aus ihrem Vermögen bestreiten. Sie besaß genug Land, das ein regelmäßiges Einkommen abwarf, sowie eine jährliche Rente ihres Vaters, auf die sich ihre Familien bei der Hochzeit geeinigt hatten, sodass sie als Witwe mit ihrer Tochter davon leben konnte. Doch um die Finanzen der Firma in Ordnung zu bringen, reichte das nicht aus. Rechnungen für Bouteillen, für Korken, sogar für Most aus dem vergangenen Jahr, für Fuhrunternehmer und diverse andere Ausgaben waren von François nicht beglichen worden. Stattdessen hatte er eine größere Summe für fertig produzierten Schaumwein bezahlt, der jedoch, wie es schien, nie in den Handel gegangen war und den sie im Keller nicht finden konnte. Zu allem Unglück waren außerdem einige Kunden ihre Zahlungen schuldig geblieben, Geld, das sie jetzt mühsam eintreiben musste. Sie hatte vor, Louis Bohne damit zu beauftragen, sobald er nach Reims zurückkehrte, doch er war ja noch nicht da, und überhaupt – am Ende konnte sie sich ihn gar nicht leisten und auch seinen Lohn nicht mehr bezahlen. Es war eine sehr verzwickte und unübersichtliche Lage.

Immerhin hatte sie auch auf der Habenseite einiges zu verzeichnen, denn das Auftragsbuch war so voll, wie sie es sich nur wünschen konnte. Fünftausend Bouteillen waren bereit, ausgeliefert zu werden, und sobald die Männer mit Degorgieren fertig waren, konnte sie weitere zwanzig- bis fünfundzwanzigtausend Flaschen auf den Weg bringen und in Rechnung stellen – davon und von dem ausstehenden Geld aus dem Frühjahr wollte sie zumindest einen Teil der Schulden begleichen. Es war also zu schaffen, doch noch hatte sie das Geld nicht. Sie hatte vor allem Ausgaben.

Eine andere Sache, die ihr auf der Seele lag, war das ausstehende Gespräch mit ihrem Schwiegervater Philippe Clicquot. Dreimal hatte sie es versucht, und dreimal war sie am Haus ihrer Schwiegereltern abgewiesen worden mit der Begründung, dass ihre Schwiegermutter zu krank sei und ihr Schwiegervater abwesend oder zu beschäftigt. Ihr Vater hatte also recht, er ging ihr aus dem Weg, und weil ihm dreißig Prozent ihrer Firma gehörten, machte sie das hilflos. Sie sehnte eine klärende Aussprache herbei und fürchtete sich gleichzeitig davor, denn sobald sie ihre Notlage offenlegte, würde sie zugeben müssen, dass François unsauber gewirtschaftet hatte, und das wollte sie weder ihrem verstorbenen Mann noch Philippe antun. Doch ohne die Unterstützung ihres Schwiegervaters würden die Gläubiger schon sehr bald auf ihrem Hof Schlange stehen.

Etwa eine Woche nach ihrer Heimkehr machte sich Barbe eines Nachmittags auf den Weg zur Kathedrale, in der vagen Hoffnung, im Gebet Antworten auf ihre vielen Fragen zu finden. Die Sonne stand schon tief am blassblanken Dezemberhimmel, und es war sehr kalt, aber so hatte sie wenigstens einen Grund, den langen Mantel mit Kapuze zu tragen, den Adèle Dubois für sie genäht hatte und der ihre Gestalt fast komplett verbarg und vor neugierigen Blicken schützte. Sie wählte den Weg an ihrem Elternhaus vorbei über die Rue Cérès und die Place Impériale mit den hellen klassischen Hausfassaden und den Arkadengängen ringsherum. Wehmütig dachte sie an die prächtige Königsstatue, die früher im Zentrum des Platzes gestanden hatte. Als Mädchen hatte sie so oft davorgestanden, dass sie sich an jedes Detail erinnerte, besonders an den zahmen Löwen mit der wilden Mähne und an das Füllhorn, aus dem nicht nur Korn, Trauben und andere Früchte quollen, sondern auch Goldstücke. Die Bronze war eingeschmolzen worden, als Barbe fünfzehn Jahre alt gewesen war, und die Erinnerung daran, wie sie ausgesehen hatte, leuchtete in ihrem Inneren auf wie ein heiteres Bild aus besseren Zeiten.

Barbe ließ den Platz hinter sich, bog in die Rue du Cloître ein und nach weiteren zwei Minuten Fußweg tauchte unvermittelt die Nordwestfassade der Kathedrale vor ihr auf. So dicht waren die Straßen und Häuser der Stadt an den Bau herangerückt, dass sie nur schmale Durchgänge zuließen, und es war jedes Mal überraschend, das riesige Kirchenschiff so plötzlich vor sich zu sehen. An der Erlöserstatue außen am östlichen Querschiff blieb sie stehen. *Beau dieu*, schöner Gott, nannten sie die Reimser, und auch sie hatte diesen Christus, der so viel Ruhe und Zuversicht ausstrahlte, besonders in ihr Herz geschlossen. Sie sah zu seinem gütigen Gesicht auf. Die Rechte hatte er segnend erhoben, und in der Linken hielt er eine Sphärenkugel, die seine Herrschaft über die Welt symbolisierte. Der Baldachin über seinem Kopf wurde von Darstellungen des Jüngsten Gerichts und der Hölle flankiert. Auf der einen Seite nahm Abraham die geretteten Seelen entgegen, auf der anderen hielt ein Teufel mit ausladendem Hinterteil und Beinen wie ein Ziegenbock eine Kette fest, welche die Sünder fesselte, die darauf warteten, ins Fegefeuer geworfen zu werden. Auf den beiden oberen Simsen sah man eine Darstellung der Wiederauferstehung. Heiter und fröhlich wie spielende Kinder kletterten die Verstorbenen aus ihren Gräbern. Barbe dachte wie so oft voller Erleichterung und Dankbarkeit daran, dass François in geweihter Erde bestattet worden war, schlug ein Kreuzzeichen und ging dann an der Kathedrale entlang bis zum Hauptportal. Sie fühlte die Heiligen, Bischöfe, Engel, Propheten und Könige, die nun über ihrem Kopf schwebten, mehr, als dass sie sie sah. Weit über zweitausend Figuren waren es, die die Fassade der Kathedrale schmückten.

Barbe stieß das große Portal auf und trat ein, und wie immer nahm ihr die schiere Größe des Innenraums den Atem. Jedes Mal aufs Neue freute sie sich darauf, dieses Wunderwerk, von Menschenhand zu Ehren des Allerhöchsten erschaffen, geradezu physisch mit jeder Faser ihres Körpers wahrzunehmen. Und auch wenn es das Göttliche war, das an diesem Ort bewundert und gepriesen werden wollte, war sie doch auch vom weltlichen Aspekt der Kathedrale überwältigt: Was Menschen zu leisten imstande waren, wenn sie Großes anstrebten und über sich selbst hinauswuchsen! Und sie wünschte sich, nur ein kleines bisschen so mutig und so verwegen zu sein wie die Erbauer dieser Kathedrale, die eine Vision gehabt hatten und sie Wirklichkeit werden ließen.

Sie zog die Kapuze vom Kopf und ging langsam durch den Mittelgang. Links und rechts von ihr schwangen sich die Säulen in vielfachen Streben und mit der Eleganz biegsamer junger Baumstämme empor. Die letzten Sonnenstrahlen des Tages drangen durch die westlichen Fenster herein und tauchten den Innenraum in ein rötliches Licht, das eine Illusion von Wärme erzeugte, obwohl es hier drinnen beinahe ebenso kalt war wie draußen.

Außer ihr befanden sich ein knappes Dutzend Gläubige in der Kathedrale, doch vor dem Altar mit der marmornen Pieta im westlichen Seitenschiff, zu der es sie hinzog, war niemand zu sehen. Hier gedachte sie zu beten, kniete sich hin und betrachtete wie schon Hunderte Male zuvor den auf dem Schoß seiner Mutter liegenden Leib des verstorbenen Christus. Sie hatte gehofft, bei dem vertrauten Anblick Ruhe und Frieden zu finden, doch wie sie schnell merkte, war das Gegenteil der Fall. Stattdessen sah sie das von Gram erfüllte, zum Himmel gewandte Gesicht der Muttergottes und glaubte plötzlich, das Gewicht des toten François wahrzunehmen, so wie in jener Nacht, als sie ihn zusammen mit Adèle entkleidet und gewaschen hatte. Bei der Erinnerung an seine blasskalte Haut breitete sich Entsetzen in ihr aus, ein Schwindel ergriff sie, und sie stemmte sich in die Höhe und ging, ohne einen weiteren Blick auf die Pieta zu werfen, zurück in Richtung Ausgang. Schon wollte sie die Kathedrale wieder verlassen, als sie einer neuen Marienstatue gewahr wurde, die in einer Nische stand. Die beinahe lebensgroße Figur trug auf dem linken Arm das Jesuskind, ohne Anstrengung, als habe es nicht das geringste Gewicht, und strahlte eine heitere Würde aus. Barbe betrachtete das jugendliche Gesicht, das aussah, als wolle es ihr Mut zusprechen, und schüttelte unwillkürlich den Kopf, erstaunt und verwirrt darüber, wie sehr sie in kurzer Zeit von ihren Empfindungen hin und her gerissen wurde. Sie setzte sich auf einen Stuhl, nahm ihren Rosenkranz hervor und begann zu beten. Nach fünf Minuten erhob sich ein Mann, der zwei Reihen vor ihr gekniet hatte, und als er sich umwandte, erkannte sie das vor Kummer grau gewordene Gesicht ihres Schwiegervaters.

«Philippe», sagte sie und ihre Stimme hallte hell und deutlich zwischen den nackten Wänden und Säulen des Kirchenraums wider. An dem Blick, den er ihr zuwarf, merkte sie, dass er sie nicht sofort erkannte. Sie stand auf und legte ihre Hand auf seinen Arm. «Philippe, Papa! Ich bin es, Barbe.» Sie hatte ihn noch nie Papa genannt und doch kam ihr diese vertrauliche Form der Anrede ganz natürlich über die Lippen. Ihre Hand auf seinem Arm zitterte. Das gut geschnittene Gesicht ihres Schwiegervaters war von Falten zerfurcht, und er ging gebeugt, als sei er um zehn Jahre gealtert. Er blickte sie zerstreut und doch freundlich an.

«Bonsoir, Barbe.»

«Wie geht es Ihnen?»

«Es geht, es geht», erwiderte Philippe. Seine Stimme

klang heiser und brüchig, und trotz ihres eigenen Kummers wollte es Barbe bei seinem Anblick schier das Herz zerreißen. Er tat ihr entsetzlich leid. Es war offensichtlich: Philippe Clicquot war ein gebrochener Mann. Am liebsten hätte sie ihn nicht noch zusätzlich belastet, doch um François' Vermächtnis willen durfte sie ihn nicht länger schonen. Sie schluckte die Aufwallung von Mitgefühl hinunter, die ihr den Mut dafür nehmen wollte, was sie zu sagen hatte. Eine weitere Gelegenheit würde sie vielleicht nicht bekommen.

«Ich muss dringend mit Ihnen reden, Papa.»

«Reden? Worüber, mein Kind, was gibt es zu reden? Es gibt Verluste, für die Worte nicht ausreichen.»

Barbe stockte der Atem. Er war offenbar so sehr in seiner Trauer gefangen, dass er keinen einzigen Gedanken an die Firma erübrigen konnte. Sie konnte ihn verstehen, doch sie brauchte den Weinhandel, um ihren eigenen Schmerz zu verarbeiten. Ihr ganzes Denken und Handeln drehte sich um diese eine Sache, ihren Lebensinhalt. Sie stotterte beinahe, als sie fortfuhr:

«Sie wissen schon. Es geht um François' Firma, um unseren Weinhandel.»

«Ach ja, der Weinhandel», erwiderte er und tätschelte müde ihre Hand. Kurz streifte sein unsteter Blick ihr Gesicht. «Damit ist es vorbei.»

Barbes Verzweiflung wuchs. Sie bemühte sich, ruhig und vernünftig zu klingen. «Ich weiß, wie sehr Sie François vermissen, Papa. Ich vermisse ihn auch, ich habe ihn sehr geliebt. Aber gerade ihm zuliebe dürfen wir jetzt nicht aufgeben. Er würde wollen, dass es weitergeht. Meinen Sie nicht auch?»

«Schon möglich. Schon möglich», sagte Philippe, schien jedoch seinen Worten keine Bedeutung beizumessen.

«Die Kunden warten auf ihre Bestellungen und ...», die Gläubiger auf ihr Geld, hatte sie hinzufügen wollen, verkniff sich die Worte jedoch. Sie musste das anders angehen. «Unser Schaumwein, François' Schaumwein, wurde zuletzt sehr gelobt», sagte sie stattdessen. «Die Kunden zahlen einen guten Preis dafür, bis zu drei Franc pro Flasche, vielleicht sogar mehr. Das hat ganz allein François zuwege gebracht. Er war so stolz darauf, und ich bin stolz auf ihn.»

Philippe hatte ihr reglos und schweigend zugehört, doch an seinen Augen erkannte sie, dass er sehr wohl verstand, was sie sagte. Er ließ noch einige endlose Sekunden vergehen, bevor er das Wort ergriff:

«Ihr Ansinnen ist ehrenwert, mein Kind. Aber lassen Sie es gut sein. Es ist sinnlos. So viel Geld und Mühe, und wozu? In diesen unsicheren Zeiten könnten Sie Ihr Geld genauso gut am Spieltisch einsetzen.»

«Aber nein, das ist nicht wahr!», warf Barbe mit versagender Stimme ein, doch ihr Schwiegervater sprach bereits weiter, und seine Stimme hatte nun deutlich an Festigkeit und Härte gewonnen:

«Die Kundschaft hat in den Revolutionsjahren entweder den Kopf oder das Vermögen verloren. Und andere leben in Ländern, die gerade von Bonaparte besiegt wurden. Wie soll man da noch Geschäfte machen? Wäre François doch beim Tuchhandel geblieben! Die Armee braucht Uniformen. Aber Schaumwein? Was hat er meinem Sohn eingebracht?»

Barbe sah, wie sich seine Augen mit Tränen füllten und er nicht einmal versuchte, es zu verbergen. Das konnte sie nicht so stehenlassen. Ihr musste etwas einfallen, um ihn zu überzeugen.

«Sie sehen das zu negativ, lieber Papa. François hat viele Dinge sehr richtig erkannt. England ist schwierig, das ist wahr. Aber er hat sich auf Russland konzentriert und die Russen sind begeistert von unserem Schaumwein, begeistert von Clicquot. Außerdem sind die Länder, die von Bonaparte besiegt wurden, nicht zwangsläufig schlecht auf Frankreich zu sprechen. Im Gegenteil. Dort eröffnet sich für uns ein neuer Markt im Namen von Freiheit, Gleichheit und Brüderlichkeit. Ich erwarte Louis Bohne in Kürze zurück, er war in Russland und bringt weitere Aufträge mit. Lassen Sie es mich versuchen. Ich bin sicher, dass ich den Weinhandel im Sinne Ihres Sohnes weiterführen kann.»

«In seinem Sinne. Und was soll das für ein Sinn sein? François hat gewiss nur das Beste gewollt. Aber er ist gescheitert. Lassen Sie es gut sein. Ich weiß, dass François Schulden gemacht hat. Die Lage ist hoffnungslos, es ist an der Zeit aufzugeben. Diese Entscheidung hätte mein Sohn schon vor einem Jahr treffen sollen, dann wäre er vielleicht nicht ..., dann würde er vielleicht noch ...»

Philippe brach ab. Er schüttelte den Kopf, seine Schultern bebten, und seine Lippen zitterten. Dann wischte er sich mit einem Taschentuch Augen, Stirn und Mund, während Barbe hilflos und sprachlos danebenstand.

«Nicht Ihre Schuld, Kindchen, nicht Ihre Schuld», sagte er, nachdem er sich gefangen hatte. «Machen Sie sich keine Mühe und strengen sie Ihr hübsches Köpfchen nicht so sehr an. Wir werden verkaufen, was noch da ist, und den halb fertigen Wein zurück an die Winzer gehen lassen. Schicken Sie Mathieu zu mir, falls es noch Fragen gibt, und dann lassen Sie es gut sein. Wenn am Ende noch etwas übrig bleibt, was ich nicht annehme, dann bekommen Sie Ihren Anteil. Ich weiß, dass Sie meiner Enkelin eine fürsorgliche Mutter sein werden, so wie Sie François eine fürsorgliche Ehefrau waren. Sie trifft keine Schuld, weiß Gott. Gott segne Sie, mein Kind», beendete er seine Rede, legte kurz die Hand auf die Schulter und ließ sie stehen.

Außerstande, noch ein Wort einzuwenden, sah Barbe ihrem Schwiegervater hinterher. Sie war wie vor den Kopf gestoßen. Der Verlauf dieses Gesprächs war noch schlimmer gewesen, als sie befürchtet hatte. Wenn er nur die schwierige Lage angeführt hätte, in der sich ihr Geschäft befand, hätten sie darüber reden können, gemeinsam nach Lösungen suchen. Aber er nahm sie überhaupt nicht ernst. Die Vorstellung, dass sie die Firma seines Sohnes weiterführte, war ihm so fremd, dass er nicht einmal auf die Idee kam, ihr zuzuhören. Statt ihr vertraute er ausgerechnet diesem Mathieu! Wie hatte sie auch nur für einen Moment glauben können, eine Chance zu haben?

Sie ging einige Male auf und ab, setzte sich dann wieder hin und schob den Rosenkranz, den sie so fest umklammert gehalten hatte, dass man die Abdrücke auf ihrer Haut sah, in ihren Ärmel zurück. Sie hätte weinen können ob der Machtlosigkeit, die sie empfand. Doch dann, nach einer Weile, spürte sie eine zweite Empfindung in sich aufsteigen, konnte jedoch nicht gleich fassen, was es war. Es kam in Wellen über sie, breitete sich in ihrem Inneren aus und ebbte wieder ab.

War es Erleichterung? War es die Verlockung, einfach aufzugeben?

Sie erhob sich, zitternd vor Kälte. Es musste nach siebzehn Uhr sein, denn inzwischen war es dunkel draußen, und ohne Tageslicht wirkte die Kathedrale abweisend und geradezu unheimlich. Nur das kerzenbeschienene Gesicht der Marienstatue vor ihr leuchtete noch freundlich aus der Dunkelheit. Sie nickte der Muttergottes zu und ging langsam in Richtung Ausgang.

Kapitel 7

Das Haus ihrer Schwester war hell erleuchtet, schien aber vollkommen verwaist. Sie wurde nur von der Haushälterin begrüßt, die ihren Mantel entgegennahm und gleich wieder verschwand. Barbe war ein so häufiger Gast, dass sie nicht wie eine Besucherin, sondern wie eine Bewohnerin behandelt wurde. Im Salon mit den gemütlichen Sitzecken und den dunkelroten Portieren brannten zwar alle Lampen, aber es war niemand zu sehen, und so stieg Barbe direkt hinauf in den zweiten Stock, wo die Kinderzimmer lagen. Dort fand sie ihre Tochter Mentine auf einem Teppich auf dem Boden sitzend zusammen mit ihrem Neffen Augustin ins Spiel mit ein paar Holzpferdchen und einigen Soldatenfiguren vertieft.

«Maman, Maman!», rief Mentine. «Schau nur, was ich habe!»

«Bonsoir, ma chérie, bonsoir, Augustin», sagte Barbe, ging neben ihrer Tochter in die Knie, schloss sie in die Arme und wurde von einem Gefühl der Wärme überflutet, als sich der quicklebendige zarte Mädchenkörper an sie schmiegte. Sie barg ihr Gesicht im blonden Haar des Mädchens und atmete ihren süßen Kinderduft ein.

«Oh, die sind aber hübsch», sagte sie, als sie sich wieder gefangen hatte. «Die Pferdchen haben ja sogar richtige Mähnen. Die kenne ich noch gar nicht.»

«Die hat uns Onkel Baptiste geschenkt.»

«Euer Onkel? Ist er ...»

«Er ist», hörte sie eine Männerstimme hinter sich sagen. Sie fuhr herum, und tatsächlich, am Fenster stand ihr Bruder, den sie bisher nicht bemerkt hatte, und breitete zur Begrüßung die Arme aus.

«Baptiste, was für eine Überraschung! Ich freue mich so sehr, dich zu sehen», sagte sie, stand auf und reckte sich, um ihn auf die Wangen zu küssen.

«Und wie ich mich erst freue. Und ich bedauere, dass ich nicht zur Beerdigung hier sein konnte. François war ein guter Freund und ein feiner Kerl. Es tut mir so leid.»

Mitgefühl lag in seinem Blick und im weichen Ton seiner Stimme, und er nahm ihre Hände und drückte sie. Barbe schluckte die aufsteigenden Tränen hinunter, die ihr jedes Mal kamen, wenn sie an François' Tod erinnert wurde.

«Du warst an meinem Krankenlager», sagte sie, um das Thema zu wechseln.

«Richtig, ich dachte nicht, dass du es überhaupt bemerkt hättest.»

«Doch, habe ich. Eine Zeitlang dachtet ihr wohl, ich würde es nicht schaffen. Aber Unkraut vergeht nicht», scherzte Barbe tapfer. «Und du? Wir haben uns Sorgen um dich gemacht, nachdem wir von Austerlitz gehört haben.»

«Wie du schon sagst, Unkraut vergeht nicht», antwortete ihr Bruder, doch diesmal schloss sein Lächeln die Augen nicht mit ein.

Sie betrachtete ihn aufmerksam, die glattrasierten Wangen mit den akkuraten Koteletten, seine moderne Titusfrisur und die Uniform mit den Orden und den glänzenden Knöpfen.

«Mein kleiner Bruder, ein Grenadier der kaiserlichen Garde», sagte sie und wurde plötzlich von Stolz überwältigt. «Und ich habe noch dein Bild vor Augen, wie du mit dem Steckenpferd durch den Garten reitest. Die Uniform steht dir, kleiner Bruder. Sag, zieht ihr wirklich mit diesen weißen Hosen in die Schlacht?»

«Die Grande Armée hat eben auch repräsentative Aufgaben zu erfüllen, liebste Schwester.»

«Wenn man bedenkt, dass du nie zum Militär wolltest, hast du es weit gebracht.»

«Falsch, Papa wollte nicht, dass ich zum Militär gehe», korrigierte Baptiste und straffte die Schultern.

«Ja, er braucht dich hier, das sagt er immer wieder», sagte Barbe und musterte ihren Bruder nachdenklich.

«Papa wünscht, dass ich so bald wie möglich den Dienst quittiere und mich voll und ganz der Firma widme.»

«Und? Wirst du?»

Baptiste räusperte sich und ließ etwas Zeit vergehen, bevor er antwortete: «Ich arbeite daran.»

Barbe schüttelte den Kopf. Ihr Bruder war wortkarg heute. Sie vermutete, dass er auf dem Schlachtfeld Dinge gesehen und erlebt hatte, die ihn mehr beschäftigten, als er zugeben mochte.

«Wie kommt es, dass du überhaupt hier bist? Du musst geritten sein wie der Teufel. Bist du etwa die Vorhut des Kaisers auf seinem Weg zurück nach Paris?»

Ihr Bruder zog mit ernstem Blick den Kragen seines makellosen Uniformrocks gerade. «Gewissermaßen.»

«Wie lange kannst du bleiben?»

«Bis kurz nach Weihnachten.»

«Hast du Thérèse schon gesehen? Ist sie hier?»

«Ich bin kurz bei ihr gewesen, aber ihr war nicht wohl. Sie ist zu Hause geblieben.»

«Du hast Urlaub von der Front und lässt deine schwangere Ehefrau am Tag deiner Rückkehr allein zu Hause? Das ist aber nicht die feine Art», tadelte Barbe.

«Sie versteht das schon, ich musste eine wichtige Nachricht überbringen», sagte ihr Bruder und strich sich über das Kinn. «Du hast es also noch nicht gehört?»

«Gehört? Was denn gehört? Jetzt lass dir doch nicht alles aus der Nase ziehen, Baptiste. Ich bin eben erst gekommen, und unten im Salon war niemand.»

Mentine galoppierte mit ihrem Pferdchen über den Rock ihrer Mutter, und Barbe nahm sie auf den Arm und drückte ihr einen Kuss auf die weiche Wange.

«Unsere Schwester und unser Schwager sind mit Papa und Maman in der Bibliothek», sagte Baptiste.

«Papa und Maman sind auch da? Na fein, sicher werden sie mit mir wieder über Sizilien reden wollen. Das hat mir gerade noch gefehlt.»

«Sizilien?», fragte ihr Bruder mit gerunzelter Stirn.

«Eine fixe Idee von Maman. Sie will mich in Kur schicken. Ach Baptiste, wenn du wüsstest, wie schrecklich alles ist! François fehlt mir jeden Tag. Und um meine Geschäfte ist es auch nicht gut bestellt.»

«Welche Geschäfte?» Für einen Moment sah er sie irritiert an. «Ach, du meinst François' Weinexport. Natürlich, das hätte ich fast vergessen: Ich soll dir Grüße von Louis Bohne ausrichten.»

«Du hast Louis gesehen? Wann? Wo?»

«Vor zwei Tagen in einem Gasthaus. Sein Pferd hat gelahmt, er hatte vor, auf die Postkutsche umzusteigen. Ich denke, er wird spätestens übermorgen eintreffen.»

«Gott sei Dank, das ist die erste gute Nachricht seit langem!»

«Ich bin sehr gespannt, ob dir die zweite Nachricht des

heutigen Tages auch so gut gefällt.» Ihr Bruder lächelte sie mit hochgezogenen Augenbrauen an.

«Du machst es aber wirklich spannend.»

«Das ist es auch, vor allem für Maman. Vielleicht kannst du sie ja ein wenig beruhigen. Ich für meinen Teil habe nach all dem Theater ein bisschen Pause gebraucht und dachte, ich bringe den Kindern ihr Geschenk.» Er wuschelte Mentine durchs Haar. «Lass die Kleine hier bei Augustin, Schwesterherz, die Kinderfrau bringt gerade das Baby zu Bett, doch sie wird gleich zurück sein. Und wir zwei gehen zusammen in die Höhle des Löwen. Dann erfährst du alles.»

«Was sagt ihr?! Napoleon Bonaparte kommt hierher?»

Barbe stand in der Bibliothek und blickte verblüfft vom einen zum anderen. Ihre Eltern, ihr Schwager Jean-Nicholas Barrachin und ihre Schwester Clémentine hatten sich wie zur Besprechung eines Gefechts um den großen Tisch in der Mitte der Bibliothek versammelt, auf dem einige Papiere ausgebreitet lagen. Es war offenbar hitzig hergegangen, bevor sie den Raum betreten hatten, die ganze Atmosphäre hatte etwas Spannungsgeladenes an sich. Sämtliche Lampen und die Kerzen an den Wänden brannten und warfen tanzende Schatten, und selbst die Scheite des Feuers im Kamin knackten so laut, als wollten sie sich an der Diskussion beteiligen.

«Ja, der Kaiser und die Kaiserin, ein paar hohe Offiziere und ein angeblich klitzekleiner Hofstaat», jammerte ihre Mutter. «Stell dir vor, Barbe, in nur drei Tagen! Kaiserin Joséphine hat Paris bereits verlassen. Wie sollen wir das nur schaffen? Unmöglich! Was denken die sich nur dabei? Mon dieu!»

Sie hatte rote Flecken im Gesicht.

«Hätte ich absagen sollen, Maman?», fragte Baptiste, der hinter ihr ins Zimmer getreten war und nun mit verschränkten Armen an der Wand lehnte. Sein Tonfall ließ vermuten, dass er diese Frage nicht zum ersten Mal stellte.

«Sei nicht albern, Baptiste. Dem Kaiser absagen, wo denkst du hin. Aber wie sollen wir das nur schaffen?», wiederholte sie, tupfte sich den Hals mit einem spitzenumhäkelten Taschentuch und ließ sich in einen Sessel sinken.

«Wieso macht er überhaupt bei uns in Reims halt? Was will er hier?», fragte Barbe, goss ihrer Mutter ein Glas Wein ein, reichte es ihr und setzte sich neben sie auf die Sessellehne.

«Reims interessiert ihn gar nicht. Es soll ein intimes Wiedersehen zwischen Kaiserin Joséphine und dem Kaiser werden, im kleinen Kreis und ohne Aufsehen zu erregen. Ein Wiedersehen unter Freunden», erklärte Baptiste.

«Guten Freunden», brummte ihr Vater, und Barbe sah ihn mit hochgezogenen Augenbrauen an. Sie wusste, ihr Vater machte gute Miene zum bösen Spiel. Wenn es nach ihm gegangen wäre, säßen längst die Bourbonen wieder auf dem Thron. Doch seine pragmatische Einstellung hatte seiner Familie immerhin Hab und Gut und vielleicht sogar den Hals gerettet. Nicht nur das, er hatte in den letzten Jahren sogar an Vermögen und Einfluss gewonnen.

«Aber warum nicht Épernay? Ich dachte, er sei so gut befreundet mit Jean-Remy?», fragte Barbe, die weder auf den Kaiser noch auf Jean-Remy, François' ärgsten Konkurrenten, sonderlich gut zu sprechen war.

«Dort sind die Straßen seit dem verregneten Sommer in noch schlechterem Zustand als bei uns», sagte Barbes Schwager Jean-Nicholas, der am Kamin mit einem Schürhaken die Scheite auseinanderschob, um die Flammen ein wenig zu zügeln.

«Das wird kaum der Grund sein», sagte ihre Mutter und schnappte beleidigt nach Luft. «Wir haben mit dem Hôtel Ponsardin die bessere Unterkunft, den größeren Saal und die großzügigeren Zimmer. Mon dieu, die Zimmer! Die müssen auch noch alle hergerichtet werden.» Sie griff nach einer Zeitung, die auf dem Beistelltisch lag, und begann, sich Luft zuzufächeln.

«Meine liebe Jeanne, du vergisst, dass vor dir der Mann steht, der bereits Könige empfangen hat. Da werden wir mit dem Kaiser auch noch fertig», sagte Nicolas streng und ein wenig theatralisch. Doch seine Frau ließ sich nicht so schnell beruhigen.

«Als er vor zwei Jahren nach Reims kam, wussten wir Wochen im Voraus davon, und dabei war er damals nicht Kaiser, sondern nur Konsul», jammerte sie und fächelte noch ein wenig heftiger. «Es gab ein eigenes Komitee, das einzig damit betraut war, die Straßen und Gebäude zu schmücken!»

«Richtig, und ein Komitee für das Feuerwerk und eines für die Feier auf der Place Imperiale», fügte Baptiste hinzu und gab seine lässige Haltung auf, um seinen Worten mehr Nachdruck zu verleihen. «Aber, liebe Maman: Der Kaiser hat einen Empfang im kleinen Rahmen angeordnet. Es war der Wunsch der Kaiserin, ihm entgegenzureisen, und diesem Wunsch hat er entsprochen, das ist alles. Vollkommen informell. Beide, der Kaiser und die Kaiserin, freuen sich auf ihr Wiedersehen – und sie haben Vaters Haus dafür ausgewählt. Du solltest stolz darauf sein und dich darüber freuen!»

«Keine Fahnen? Keine Flaggen?»

«Wir werden eine Trikolore ans Haus hängen, Maman. Doch je weniger Menschen von seinem Besuch wissen, desto besser.»

«Wir sollen sein Kommen geheim halten? Das ist unmöglich!»

«Genug jetzt», unterbrach der Vater die Diskussion. «Hört zu. Der Bürgermeister wusste bereits vor Baptistes Eintreffen, dass der Kaiser durch Reims kommen wird. Von Geheimhaltung kann daher keine Rede sein. Das heißt trotzdem nicht, dass von uns erwartet wird, einen Staatsempfang auszurichten, das ist es doch, was du sagen willst, Baptiste?»

Barbes Bruder nickte.

«Aber sie werden ja wohl etwas essen wollen», warf ihre Mutter ein, die sich nicht so schnell beruhigen ließ.

«Selbstverständlich», fuhr der Vater fort. «Also lasst uns endlich praktisch denken. Barbe, du kannst doch sicher ein wenig Personal erübrigen?»

«Natürlich. Ihr könnt sie alle haben. Die Köchin taugt etwas und bei mir hat sie sowieso zu wenig zu tun.»

«Na also. Wir sind vier Haushalte. Wenn wir alle zusammenbringen, wird das ein Kinderspiel.»

«Wenn wir bloß genug Lebensmittel haben», warf ihre Mutter ein.

«Keine Sorge, Maman», sagte Clémentine, die die Aufregung als Einzige zu genießen schien. «Ich war schon in der Speisekammer, und bei uns sieht es gut aus. Schließlich haben wir für Weihnachten vorgesorgt. Ihr doch ganz bestimmt auch. Und Thérèse ist sowieso immer bestens organisiert, nicht wahr, Baptiste? Wir verwenden einfach das, was für die Feiertage vorgesehen war, und wenn unser Weihnachtsfest ein wenig bescheidener ausfällt, ist das doch ein kleines Opfer, wie ich finde.»

«Der Weinkeller ist jedenfalls voll. Wir haben noch mehrere Dutzend Flaschen Schaumwein von Moët», sagte der Vater.

Barbe glaubte, nicht recht zu hören.

«Von Moët? Warum nicht von Clicquot?», fragte sie.

«Napoleon Bonaparte kennt und liebt den Wein von Moët. Bei allem Optimismus, wir können es uns nicht leisten, ein Risiko einzugehen», sagte ihr Vater.

«Was denn für ein Risiko?», fragte Barbe, die fühlte, wie ihr das Blut aus dem Gesicht wich.

«Genau», warf Clémentine ein. «Was für ein Risiko? Papa, der Schaumwein von Barbe ist ausgezeichnet, warum servieren wir nicht den?»

«Genug jetzt davon. Wenn ich sage, wir servieren Moët, dann servieren wir Moët. Baptiste, was sagtest du, bis wann soll die Gästeliste hier sein?»

«Bis morgen Mittag, Papa», sagte ihr Bruder, der gar nicht gemerkt hatte, wie sehr der Kommentar des Vaters seine Schwester mitgenommen hatte. Niemand schien es bemerkt zu haben. Nur Clémentine sah Barbe mitfühlend an.

Während des Diners beteiligte sich Barbe kaum an den erregten Diskussionen ihrer Familie, was jedoch außer ihrer Schwester niemandem aufzufallen schien. Die Bemerkung ihres Vaters hatte ihr die Enttäuschung über das Gespräch mit ihrem Schwiegervater zurück ins Gedächtnis gerufen. Nicht nur, dass es ihr versagt blieb, die Ehre ihres Mannes und ihrer Firma zu retten, nein, auch ihr ganz persönlicher Traum war an diesem Nachmittag zerstört worden. Niemanden schien es zu interessieren, was sie und François aufgebaut hatten. Niemand wollte etwas von ihren Ideen hören. Niemand sah die Welt so, wie sie es tat.

Während ihre Familie sich in immer reicheren Details den familiär-festlichen Empfang zu Ehren von Napoleon und Joséphine ausmalte, und auch ihre Mutter an Zuversicht gewann und schließlich Gefallen daran fand, dass ihre Familie im Zentrum eines Ereignisses von nationaler Bedeutung stehen würde, versuchte Barbe sich vorzustellen, welche Zukunft auf sie wartete. Doch abseits ihres Weinhandels sah sie sich selbst immer nur als Strümpfe strickende Jungfer oder als ein Kuriosum im Haushalt ihrer Schwester, das sich um den Garten kümmerte und ein paar Reben an der Hauswand zog. Aber, dachte sie bitter, selbst als wunderliche Alte mit schwarzen Rändern unter den Fingernägeln würde sie eher gesellschaftlich akzeptiert und integriert als eine Verträge abschließende Geschäftsfrau.

Kapitel 8

Louis Bohne war schneller, als ihr Bruder vorausgesehen hatte. Am folgenden Nachmittag stand er bereits vor ihrer Tür. Barbe saß gerade in ihrem neuen Kontor am Schreibtisch, von wo aus sie einen guten Überblick über alles hatte, was in ihrem Hof vor sich ging. Der noch sehr spartanisch eingerichtete Raum mit halbhoher schlichter Holzvertäfelung und bröckelnder Stuckdecke lag in einem Anbau und hatte keine Verbindung zum Rest des Hauses, was sie jedoch nicht störte, im Gegenteil. Auf diese Weise konnte sie jeden sehen, der über den Hof kam, und niemand, ob Lieferanten oder Hausangestellte, platzte mehr unvermittelt bei ihr herein. Doch Louis Bohne, selbst wenn die Firma seine Reisen finanzierte, gehörte in ihren Augen nicht im eigentlichen Sinne zu den Angestellten. Er war viel eher ein Freund, der darauf bestand, wie ein Untergebener durch die Hintertür zu kommen.

Sie beobachtete Louis durchs Fenster. Er zog den Zylinder vom Kopf und fuhr sich mit der Hand durchs rötlich blonde Haar, setzte den Hut wieder auf, rückte den Kragen seines Rocks zurecht, rieb etwas Schmutz von seinem Stiefel und betätigte dann den metallenen Türklopfer. Er war schlanker geworden, hatte aber seine etwas gedrungene Statur behalten. Sie war so erleichtert, ihn zu sehen, dass sie diesen Augenblick des stillen Beobachtens noch für einen Moment auskosten wollte. Erst als ihm von Céline geöffnet wurde, stand sie auf, ging mit raschen Schritten zum Fenster, öffnete es und rief nach ihm.

«Louis! Monsieur Bohne, *bienvenue*! Hier bin ich.»

Überrascht drehte er sich nach ihr um.

«Madame Clicquot-Ponsardin, Bonjour», sagte er, zog den Hut und verbeugte sich. «Zurück von der Reise und ganz zu Ihren Diensten.»

Barbe lächelte. «Kommen Sie herein, Louis, die Tür ist offen.»

Wenige Augenblicke später stand er bei ihr in ihrem improvisierten Kontor, das über ein kleines Entrée direkt vom Hof aus zu erreichen war.

«Mon cher Louis, wie schön, dass Sie wieder da sind», begrüßte sie ihn mit ehrlicher Freude und eine ungewohnt verlegene Pause entstand zwischen Ihnen. Dieses Wiedersehen ging nicht nur ihr, sondern auch Louis nahe, merkte Barbe. Oh, wie sich alles verändert hatte, und wie sehr ihr François' Fehlen in diesem Augenblick bewusst wurde!

«Sie müssen mir alles erzählen, was Sie erlebt haben», versuchte Barbe bemüht munter die Stille zu füllen. «Wir werden gleich hinübergehen in den Salon, hier habe ich ja noch nicht einmal einen zweiten Stuhl, aber ich wollte es Ihnen unbedingt zeigen. Als Kontor ideal, nicht wahr? Das heißt, eigentlich brauche ich ja gar nicht ... jedenfalls, die Vertäfelung möchte ich weiß streichen lassen, golden abgesetzt vielleicht.»

Sie redete noch ein bisschen weiter, wies ihn auf verschiedene Details hin und schob auf diese Weise den Moment ein wenig hinaus, in dem sie über François würden sprechen müssen. Louis sah sich folgsam um, nickte und stimmte ihr höflich zu, konnte aber den Blick kaum von ihr wenden. Sie senkte den Kopf und wurde sich bewusst, wie ungewohnt ihr Anblick für ihn sein musste, wie sie so vor ihm stand in ihrer von Kopf bis Fuß schwarzen Kleidung mit der weißen Spitzenhaube auf dem Kopf. Er nahm ihre Hand.

«Madame, liebe Barbe. Darf ich Ihnen mein tiefempfundenes Beileid aussprechen», sagte er, und ein Zittern in seiner Stimme verriet, wie bewegt er war. «Die Nachricht vom Tod Ihres geliebten Mannes und meines guten und sehr verehrten Freundes, wie ich mich glücklich schätzen durfte, ihn zu nennen, hat mich tief erschüttert.»

Sie schluckte, und er machte eine kleine Pause, bevor er weitersprach.

«Ich weiß, wie wertlos Worte sind angesichts eines solchen Verlusts. Darum bin ich so schnell wie möglich hergekommen, um an Ihrer Seite zu sein. Seien Sie versichert, dass ich ebenso für Sie da sein werde, wie ich auch Ihrem Mann zur Verfügung stand. Was immer Sie von mir brauchen an Rat und Tat, Wissen, Erfahrungen oder Fertigkeiten, alles stelle ich in Ihre Dienste.»

Sie spürte den bestärkenden Druck seiner warmen Hand. Sein aufrichtiges Mitgefühl, seine Herzlichkeit und seine bedingungslosen Treue taten ihr wohl, schnürten ihr aber auch ein wenig die Kehle zu.

«Ach, Louis, ich danke Ihnen und ich bin so froh, dass Sie hier sind», antwortete sie und die etwas aufgesetzte Munterkeit war völlig aus ihrer Stimme verschwunden. «Und Ihre Worte sind alles andere als wertlos.» Sie entzog ihm ihre Hand, wischte sich über die Augen und atmete einmal tief durch. Danach hatte sie sich wieder besser im Griff. «Kommen Sie. Lassen Sie uns hinübergehen in den Salon und eine Tasse Kaffee zusammen trinken. Oder besser noch: Bleiben Sie doch gleich zum Diner», sagte sie und ging ihm voraus in den Hof, wo sie abrupt wieder stehen blieb. «Ach, das habe ich ja ganz vergessen. Ich habe die Köchin an meine Eltern verliehen.»

Louis räusperte sich. «Vermutlich wegen des Empfangs für den Kaiser?»

Barbe war erstaunt. «Sie wissen davon?»

«Ihr Bruder, den ich unterwegs getroffen habe – er hat Ihnen meine Grüße doch sicher ausgerichtet? –, jedenfalls, er hat es mir im Geheimen anvertraut. Natürlich habe ich niemandem davon erzählt.»

«Jeder weiß, wie integer Sie sind, Louis. Ist das nicht das Geheimnis Ihres Erfolgs?»

«Sie sind zu freundlich, meine Liebe.» Er machte eine kleine Pause und räusperte sich erneut, bevor er fortfuhr: «Ihr Bruder hat mich ebenfalls eingeladen.»

Nun wirklich überrascht, sah Barbe ihn an. «Eingeladen? Zu Bonapartes Empfang?»

«Ja, nun», Louis Bohne hüstelte verlegen. «Wie es scheint, hat es sich herumgesprochen, dass ich ein recht gutes Verhältnis zur Zarenfamilie habe.»

«Louis, sie sind ja ganz rot geworden, das kenne ich ja gar nicht von Ihnen, ist Ihnen das etwa peinlich?» Sie schmunzelte, wurde jedoch gleich wieder ernst. «Man erwartet doch hoffentlich nicht, dass Sie irgendwelche Geheimnisse ausplaudern? Sie sollen doch nicht etwa für Bonaparte spionieren?», fragte sie mit Besorgnis in der Stimme.

«Das will ich nicht hoffen. Ich hatte hauptsächlich mit der jungen Zarin zu tun. In ihrem Hofstaat diskutiert man für gewöhnlich keine Staatsgeheimnisse.»

«Mon cher Louis, für mich klingt das alles sehr aufregend», sagte Barbe und hakte sich bei ihm ein, während sie langsam über den Hof in Richtung Haustür gingen. «Sie müssen mir unbedingt von Ihren Erlebnissen erzählen.

Also, wie sieht es aus, bleiben Sie zum Diner hier? Auch wenn ich Sie nur mit meinen eigenen bescheidenen Fähigkeiten bekochen kann. Was halten Sie von *foie gras*? Zufällig verstehe ich mich auf eine hervorragende Brioche, und die Gelegenheit, ohne Aufsicht in der Küche zu werkeln, habe ich sonst nie. Bitte bleiben Sie! Sie machen mir damit eine große Freude.»

Louis' Besuch bescherte Barbe einen ungewöhnlichen Nachmittag. Sie schickte Céline, die als letzte ihrer Hausangestellten noch geblieben war, zu den anderen ins Hôtel Ponsardin und war froh, dass ihre Mutter sie selbst noch für zu gebrechlich hielt, um mit ihrem Erscheinen zu rechnen. Und dann waren Louis Bohne und sie allein im Haus. Sie erinnerte sich nicht daran, dass das überhaupt schon einmal der Fall gewesen war, selbst mit François war sie kaum je wirklich allein gewesen. Und doch fühlte es sich kein bisschen ungebührlich oder merkwürdig an. Louis erschien ihr ebenso vertraut wie ihr Bruder. Es tat ihr wohl, ihn um sich zu haben.

Sie wollte als Erstes den Briocheteig anrühren, damit er Zeit hatte zu gehen, und Louis bat darum, sie in die Küche begleiten zu dürfen, um den Ofen anzufeuern, was eine sehr gute Idee war, denn sie brauchte eine gleichmäßige Temperatur, wenn die Brioche schön locker werden sollte. Sie fügte Mehl, Hefe, Milch, Zucker und Butter zusammen und während sie rührte und knetete und er den Ofen mit Holz bestückte und aus der Restglut ein ideales Feuer zauberte, nicht zu groß und nicht zu klein, plauderten sie miteinander.

«Erzählen Sie mir mehr über den Zarenhof. Sie scheinen ja dort ein und aus gegangen zu sein. Für mich klingt das unglaublich», bat Barbe.

«Dabei ist es gar nicht so erstaunlich. Die Zarin hat Heimweh, und mein badischer Zungenschlag erinnert sie an zu Hause, verstehen Sie? So einfach ist das. Sie hat mich sogar gebeten, sie bei ihrem deutschen Vornamen zu nennen, Luise», erzählte er.

«Ach, so heißt sie? Ich dachte immer, ihr Name sei Elisabeth», sagte Barbe.

«Jelisaweta, richtig. Aber den Namen hat sie erst nach ihrer Konvertierung zum russisch-orthodoxen Glauben angenommen.»

«Also sind Sie beide Louis und Luise?», neckte Barbe.

«Ludwig und Luise, wenn man es genau nimmt.» Er lächelte in sich hinein. «Ja, sie fand Gefallen daran, und ich gebe zu, mir hat es geschmeichelt. Sie hatte Freude an meiner Gegenwart, zumal ihr Gatte so oft fort war. Sie ist bisweilen ein wenig einsam, glaube ich.»

«Natürlich, der Zar musste schließlich an die Front.»

«Sie sagen es. Napoleon Bonaparte hält die ganze Welt in Atem. Ich muss schon sagen, aus der Sicht eines Handelsreisenden ist seine Politik eine Katastrophe.»

«Politik nennen Sie das? Ich nenne es Größenwahn. Haben Sie ihn eigentlich jemals persönlich erlebt?»

«Napoleon Bonaparte? Nein, der Empfang wird für mich eine Premiere sein. Aber nicht für Sie, nehme ich an?»

«Er war ein paarmal bei meinen Eltern zu Gast, zuletzt vor zwei Jahren, Sie haben sicher davon gehört. Als er zum ersten Mal zu uns kam, war er noch ein einfacher Offizier. Anfang oder Mitte zwanzig, klein, dunkelhaarig mit schwarzen Augen. Recht gut aussehend in seiner Uniform, meine Mutter war ganz begeistert von ihm, sie hat regelrecht geschwärmt. Aber ich mochte ihn nicht besonders. Hat François ihnen nie davon erzählt?»

«Nein, nicht wirklich.»

Barbe wiegte nachdenklich den Kopf. «Ich glaube, er erinnert sich nicht gerne an diese Begegnung. Napoleon Bonaparte war sehr von sich überzeugt, und François – nun ja. Es machte ihm zu schaffen, dass er nichts von der Front zu erzählen hatte.» Sie lächelte traurig. «Napoleon brüstete sich beim Diner damit, wie er praktisch im Alleingang Toulon von den Alliierten zurückeroberte.»

«Was ihm ja auch die Beförderung zum Brigadegeneral eingebracht hat.»

«Jean-Remy Moët hatte ihn mitgebracht. Bonaparte und er kannten sich von der Militärakademie. Moët war damals daran gelegen, seinen Weinhandel ausbauen, und er wollte meinem Vater seine besten Weinberge abkaufen, die Lagen in Chigny-le-Montagne.»

«Aber sie befinden sich noch in Ihrem Besitz. Er hat also nicht verkauft?»

«Stellen Sie sich vor, er hätte es getan!», sagte Barbe und bearbeitete ihren Briocheteig ein wenig kräftiger. «Aber ich habe mich dagegen gewehrt. Mein Vater hatte mir die Weinberge nämlich Jahre zuvor als Mitgift versprochen. Er dachte wohl, ich hätte es vergessen. An jenem Tag habe ich meinem Vater geschworen, ich würde den besten Wein der Champagne produzieren, wenn er Chigny-le-Montagne mir überlässt.»

«Das haben Sie geschafft, Barbe», sagte Louis und legte Holz nach.

«Sie übertreiben, Louis, aber danke. François und ich gemeinsam haben das geschafft. Ach, wie ist mir das peinlich. Ich wollte doch Ihnen zuhören, und nun rede ich nur von mir selbst. Erzählen Sie mir mehr von sich und von der Zarin. Ist sie so charmant und hübsch, wie alle sagen?»

«Oh ja, das ist sie. Sie ist sehr anmutig und elegant, und sie hat ein offenes, freundliches Wesen. Sie ist übrigens in relativ bescheidenen Verhältnissen aufgewachsen. Sie stammt aus Karlsruhe, nur zwei bis drei Tagesreisen von meiner eigenen Heimat Mannheim entfernt. Das macht sie fast zu einem normalen Menschen», scherzte Louis.

«Ich bewundere Sie, Louis, mit welcher Leichtigkeit Sie sich in den allerhöchsten Kreisen bewegen. Und erzählen Sie mir nicht, das läge nur am Heimweh einer jungen Zarin. Jeder vertraut Ihnen. Wie machen Sie das nur?»

«Ich bin eben eine ehrliche Haut», sagte er und schmunzelte verlegen über sein Eigenlob. «Abgesehen davon, braucht man eine gute Mischung aus Selbstbewusstsein und Bescheidenheit. Wichtig ist, den hohen Herrschaften nie das Gefühl zu geben, dass man denkt, man sei ihnen gleichgestellt. Wenn Ihnen das passiert, werden Sie nie wieder eingeladen. Man muss unterhaltsam sein und für jeden Anlass die passenden Gesprächsthemen bereithalten, für die Damen wie für die Herren. Einem jedem nach seinem *plaisir.* Aber es ist gefährlich, selbst zu viel Spaß zu haben, dann werden Sie unachtsam und lassen sich hinreißen.»

«Klingt anstrengend. Macht Ihnen das Freude?»

«Es öffnet Türen, und ja, es macht mir Freude, weil ich gerne ein guter Verkäufer bin. Und nein, meine Seele würde ich nicht hergeben. Es ist eher ein Spiel.»

«Ein Spiel, sagen Sie? Kein Kampf?»

«Nennen wir es Wettbewerb. Jeder will gern der Erste sein, ich auch.»

«Und Sie sprechen sehr viele Sprachen, ist es nicht so? Französisch, Deutsch, Russisch, ..., welche noch?»

«Englisch, Italienisch und Spanisch. Aber das ist es nicht allein. Ich habe sogar mit Griechen schon Konversation geführt, ohne ein Wort Griechisch zu verstehen», sagte er lachend. «Wenn man aufrichtig an den Menschen interessiert ist, kommt man überall zurecht. Außerdem ist es natürlich gut, wenn man etwas so Attraktives im Gepäck hat wie Schaumwein von Clicquot. In Russland liebt man ihn ganz besonders. Ich bin mir nicht sicher, was Sie zuletzt mit dem Schaumwein angestellt haben, aber er kommt so gut an wie nie. Ganz gleich, wie viele Bouteillen Sie entbehren können, in Russland finden Sie Ihren Markt.»

Barbe, beide Hände und die Schürze voller Mehl, deckte den fertigen Teig mit einem Tuch ab und seufzte. «Ach, Louis. Das Geschäft. Auch darüber müssen wir reden. Aber es fällt mir nicht leicht. Es macht mir großen Kummer.»

Louis sah sie betroffen an. «Ich verstehe Sie. Die Erinnerung an François ist zu schmerzhaft für Sie. Verzeihen Sie mir, es war dumm, heute davon anzufangen.»

«Nein, das kann ich nicht. Ich kann damit nicht länger warten, sosehr es mich auch belastet. Ich muss es Ihnen sagen.»

Während sie sich die richtigen Worte zurechtlegte, ging sie zum Spülstein und wusch ihre Hände in einer Schüssel mit warmem Wasser, die Louis dort für sie bereitgestellt hatte. Dann zog sie die Schürze aus und wandte sich ihm zu.

«Louis, mein lieber Freund. Ich werde den Weinhandel schließen müssen. Die Firma existiert nicht mehr.» Sie schluckte schwer. «So, jetzt ist es heraus.»

Louis erhob sich von dem Hocker, auf dem er gesessen hatte. Er war blass geworden. Damit hatte er offenbar nicht gerechnet. «Aber nein, Barbe, was sagen Sie da? Nein, nicht das! Das dürfen Sie nicht tun.»

«Was ich darf oder nicht darf, bestimme leider nicht ich und auch nicht Sie. Ich muss es tun.»

«Wer sagt so etwas? Ihre Familie?»

«Fragen Sie, wen Sie wollen. Meinen Schwiegervater, meinen Vater, meinen Bruder, meine Mutter – ich glaube, sie alle halten mich für verrückt. Die Einzige, die das ein wenig anders sieht, ist ausgerechnet meine kleine Schwester Clémentine. Doch das nützt mir nichts. Und das Schlimmste ist, ich kann es sogar verstehen.»

«Was? Was können Sie verstehen?»

«Mein Schwiegervater hält das Weingeschäft für riskante Spielerei. Und auch Sie selbst haben zugegeben, dass die Zeiten schwierig sind.»

«Es ist schwierig, aber nicht unmöglich. Jetzt aufzugeben hieße, einen wertvollen Vorsprung aufzugeben. In Russland genießt keiner Ihrer Konkurrenten denselben hervorragenden Ruf wie Clicquot.»

«*François* Clicquot. Ich bin *Barbe-Nicole*, Louis. Mir kauft niemand etwas ab.» Barbe war laut geworden. Die Enttäuschungen der letzten Tage und Woche waren ihr mit einem Mal wieder völlig gegenwärtig.

Louis schwieg und betrachtete sie nachdenklich. «Wissen Sie», sagte er nach einer Weile und seine Stimme klang nun sehr weich und sanft, «ich erinnere mich genau, wie ich François damals in Basel kennenlernte. Er hat mir an unserem ersten gemeinsamen Abend von Ihnen erzählt. Ich werde nie vergessen, wie seine Augen geleuchtet haben. Er hat Sie sehr geliebt. Und er hat Sie bewundert. ‹Eine wie keine andere›, so hat er Sie genannt. Er war so voller Leidenschaft und voller Leben. Er hat für die Idee gebrannt, etwas aufzubauen, mit Ihnen an seiner Seite. Und ich glaube nicht, dass er gewollt hätte, dass Sie jetzt aufgeben!»

Barbe wurde bei seinen Worten schwer ums Herz. «Ach, sagen Sie das nicht. Sie haben ja keine Ahnung. Wenn er nicht gewollt hätte, dass ich aufgebe, dann hätte er auch nicht, dann hätte er nicht ...»

Sie unterbrach sich und wandte sich ab, damit er ihre Tränen nicht sah. Louis konnte nicht wissen, was wirklich geschehen war, wie François gestorben war. Es war ihr zu riskant erschienen, in ihren Briefen etwas davon zu erwähnen.

«Sie meinen, ich wüsste nichts von seiner Schwermut?», hörte sie Louis leise in ihrem Rücken sagen. «Oh doch, Barbe, das war mir bekannt. Er war mein Freund, das war er wirklich. Und als ich von seinem Tod hörte, habe ich als Erstes befürchtet, dass er ...»

«... dass er sich selbst getötet hat», beendete sie seinen Satz und drehte sich in einer heftigen Bewegung zu ihm herum. «Denn das hat er, Louis, genau das hat er getan. Er hat sich eine Kugel in den Kopf geschossen, und ich hasse ihn dafür!», rief sie, plötzlich außer sich und nicht mehr imstande, Haltung zu bewahren. Die Wut und die Verzweiflung darüber, dass François sie alleingelassen hatte, hatten sich in ihr angestaut, und Louis verständnisvolles, mitfühlendes Wesen bewirkte, dass sie sich ihren Weg bahnten. Mit bebenden Schultern und geballten Fäusten stand sie vor ihm und schluchzte haltlos, und als Louis näher trat und sie tröstend in die Arme nahm, wehrte sie sich nicht.

«Ruhig, ruhig», sagte er immer wieder und strich ihr über den Rücken. «Ich verstehe Sie, ich verstehe Sie ja.»

«Ach, Louis», sagte Barbe und lehnte sich gegen seine Brust. Minutenlang standen sie so da, bis ihr Schluchzen nachließ und sie sich von ihm löste. Louis wollte ihr ins Gesicht sehen, doch sie wandte sich ab. «Nein, bitte nicht, es ist mir peinlich.»

«Nicht doch. Dafür gibt es keinen Grund», sagte Louis. Auch er klang aufgewühlt. Er reichte ihr ein Taschentuch.

«Danke», sagte Barbe, «und danke, dass sie ein so guter Freund sind.»

Später am Abend, Barbe hatte sich das Gesicht mit kaltem Wasser gewaschen und ihre geschwollenen Augenlider gekühlt, während Louis im Salon Zigarre rauchend auf sie wartete, saßen sie mit ihrem bescheidenen Diner im Speisezimmer. Der emotionale Ausbruch in der Küche war wie ein Sturm über Barbe hinweggefegt, doch jetzt fühlte sie sich wesentlich besser. Besser sogar als in den ganzen Wochen zuvor. Womöglich lag es ja daran, dass sie sich zum ersten Mal nicht nur ihre Trauer um François eingestanden hatte, sondern auch ihre Wut auf ihn. Sie hatte den Tisch sorgfältig gedeckt. Die warme Brioche duftete, schon lange hatte es ihr nicht mehr so gut geschmeckt. Sie aßen und tranken – und dann erzählte sie Louis vom Gespräch am Abend zuvor im Haus ihrer Schwester:

«Verstehen Sie, Louis? Mein Vater wird dem Kaiser Schaumwein von Moët servieren bei einem Empfang in seinem eigenen Haus. Daran können Sie sehen, wie es um den Ruf von Clicquot hier in Reims bestellt ist.» Sie war nun nicht mehr wütend. Es klang eher ein wenig zaghaft. «Wenn ich gestorben wäre und François noch leben würde, dann sähe die Sache gewiss anders aus.»

«So dürfen Sie nicht reden, Barbe, Sie machen mir ja Angst. Aber mit einem haben Sie recht: Es liegt weder an Ihnen noch an Ihrem Wein. Im Gegenteil. Meiner Meinung nach liegt in beidem der Schlüssel zum Erfolg.» Louis hob sein Glas und betrachtete den perlenden Inhalt. «Verraten Sie es mir? Verraten Sie mir das Geheimnis dieses Weins?»

Barbe nahm einen Schluck Wein in den Mund, schloss für einen Moment die Augen und spürte dem Geschmack nach. Sie erinnerte sich noch genau daran, wie sie – zum Unmut von Mathieu – tagelang im Keller experimentiert und nach der besten Mischung gesucht hatte. Auch jetzt noch war sie in der Lage, die Eigenheiten der fünf verschiedenen Weine, die sie in dieser Cuvée miteinander vermählt hatte, zu unterscheiden. Sie schmeckte das Aroma verschiedener Beeren, von Pfirsich und von Holunder, sowie eine feine Säure. Sie öffnete die Augen und lächelte Louis traurig an.

«Wein ist wie Musik», sagte sie. «Jede einzelne Stimme für sich ergibt eine hübsche Melodie, jedoch leichtfüßig und flüchtig. Spielt man sie aber gleichzeitig in verschiedenen Tonlagen auf verschiedenen Instrumenten und achtet auf die Harmonien und wie eines zum anderen passt, dann kann dieselbe einfache Melodie einen wahren Klangsturm entfachen.»

«Also haben Sie diese Cuvée *komponiert*? Einen Klangsturm im Glas! Wenn das so ist, sollten Sie nichts anderes mehr tun. Sie sind eine Künstlerin.»

«Anfängerglück», erwiderte Barbe. «Die Ernte von 1802 war, wie Sie ja wissen, besonders reichhaltig und gut, und wir haben nur die allerbesten Trauben verwendet.»

«Stellen Sie ihr Licht nicht unter den Scheffel, meine Liebe. Alles stimmt. Der Geschmack, die Farbe – dieser herrliche Roséton –, und selbst der Schaum ist feiner und prickelnder als gewöhnlich.»

«Es freut mich, dass Sie das bemerkt haben. Ich habe die Männer beim Entfernen der Depots beobachtet. Sie waren zu langsam und haben die Öffnung der Bouteillen nicht rasch genug wieder verschlossen. Daraufhin haben wir ein wenig herumprobiert, und ich habe veranlasst, dass sie die Handhabung verändern. Das Problem ist zwar noch lange nicht gelöst, aber wir arbeiten daran.»

Louis nickte. «Das sollten Sie, das sollten Sie unbedingt. Aufzugeben steht Ihnen nicht. Ein solcher Wein könnte Sie berühmt machen.»

«Ach, Louis, Sie sind zu gütig. Alles ist leichter zu ertragen, wenn man einen Menschen hat, mit dem man seinen Kummer teilen kann.»

Louis schüttelte den Kopf. «Wenn ich Ihnen doch nur wirklich helfen könnte.»

«Sie helfen mir, indem sie mir zuhören. Wenn mich nur jeder so gut verstehen würde wie Sie. Wenn ich es der ganzen Welt beweisen könnte ...» In diesem Moment kam ihr ein Gedanke, und sie unterbrach sich.

«Was? Was wäre, wenn Sie es aller Welt beweisen könnten?», hakte Louis nach.

«Dann könnte mich nichts mehr stoppen. Louis, das ist es!» Sie stellte ihr Glas ab, blickte ihn an, sah ihn jedoch nicht, da in diesem Moment vor ihrem inneren Auge eine Idee Gestalt annahm. «Genau, das ist es», wiederholte sie.

«Was denn? Was haben Sie vor, Barbe? Woran denken Sie?»

«Ich werde es allen beweisen!» Sie sprang auf, und mit derselben Heftigkeit, mit der sie in der Küche ihren Tränen freien Lauf gelassen hatte, ließ sie sich jetzt von ihrem eigenen kühnen Geistesblitz mitreißen. Dies war kein Abend der kühlen Erwägungen. Es war ein Abend, an dem sie auf ihre Gefühle vertrauen und mutig sein musste.

«Ich danke Ihnen Louis. Jetzt weiß ich, wie ich es anstelle!»

«Wofür danken Sie mir? Wie wollen Sie was anstellen?», fragte Louis. In diesem Moment waren vor dem Speisezimmer Stimmen zu hören.

«Meine Dienstboten sind zurück», sagte Barbe statt einer

Antwort. Louis erhob sich, konnte dabei jedoch sein Bedauern nicht verbergen.

«Sie machen mich sehr sehr neugierig, liebe Barbe. Aber es ist beinahe Mitternacht. Ich sollte wohl besser gehen.»

«Natürlich, lieber Louis. Ich hätte Sie nicht so lange hier festhalten dürfen», sagte Barbe. Das lange Gespräch mit Louis, seine Komplimente über den Schaumwein und der verrückte Einfall, der ihr gekommen war, ließen sie sich so lebendig und wach fühlen wie lange nicht. Sie las in Louis' Augen, wie gerne er erfahren hätte, was diesen Gemütswechsel bewirkt hatte. Doch auch er würde sich überraschen lassen müssen, beschloss sie. Sie würde sie alle überraschen.

Kapitel 9

Nachdem Louis Bohne gegangen war, dauerte es noch eine ganze Weile, bis Ruhe ins Haus einkehrte. Die ungewohnte Tätigkeit im Hôtel Ponsardin hatte Barbes Dienstboten in Aufregung versetzt, und Céline, die ihr beim Auskleiden half, war zum Plaudern aufgelegt. Sie erzählte von Vorhängen und Tischdecken und schimpfte über Anni, die Zofe von Barbes Mutter, die sich zu fein dafür sei, Silber zu putzen. Barbe, mit ihren Gedanken woanders, unterbrach sie schließlich. Céline solle zu Bett gehen und am Morgen eine halbe Stunde länger ausschlafen, sagte sie. Sie käme auch ohne Hilfe zurecht.

Endlich allein, zog sie den Morgenmantel über ihr Nachthemd, blieb grübelnd vor ihrem Frisiertisch sitzen und ging ihr Vorhaben wieder und wieder in ihrem Kopf durch. Es war riskant und waghalsig. Anstrengend würde es obendrein werden. Das ist vollkommen verrückt, lass es bleiben, sagte eine Stimme in ihrem Inneren. Du hast nichts zu verlieren, sagte eine andere – und an diesem Gedanken blieb sie schließlich hängen. Was hatte sie schon zu verlieren? Ihr Schaumwein war ausgezeichnet, Louis hatte es eben an diesem Abend wieder bestätigt, also würde sie den Empfang des Kaisers und der Kaiserin und den Ruf ihrer Eltern keinesfalls gefährden. Schlimmstenfalls würde ihre Aktion unentdeckt bleiben und überhaupt keine Konsequenzen haben. Falls ihr Schaumwein jedoch die Anerkennung erhielt, die sie erhoffte, konnte das ihre gesamte Zukunft in eine neue Richtung lenken.

Barbes innere Erregung wuchs. Sie fühlte, dass sie ihren Entschluss wirklich und unwiderruflich gefasst hatte, und begann zerstreut, ihre Frisur zu lösen. Ihr Gesicht im Spiegel war immer noch blass, aber ihre Wangen hatten vor Aufregung einen rosa Schimmer bekommen, und ihre Augen glänzten. Sie war erstaunt, sich selbst so zu sehen, drehte ein wenig den Kopf, um ihr Profil zu betrachten, entwirrte ihr schweres goldblondes Haar und wurde dabei etwas ruhiger. Sie bürstete es, bis es glänzte, und ließ die Strähnen einzeln durch die Finger gleiten, um sie vor der linken Schulter zu einem Zopf zu flechten. François hatte ihr Haar geliebt. In ihren ersten Ehejahren hatte sie es ihm zuliebe am Abend manchmal offen getragen oder, so wie jetzt, zu einem einzelnen dicken Zopf geflochten. Ihr geliebter François. Was sie auch immer tat, sie tat es auch für ihn.

Die Uhr zeigte inzwischen nach eins. Barbe öffnete die Tür einen Spaltbreit. Im Haus war alles ruhig. Wie es schien, waren alle zu Bett gegangen, auch die Köchin und die Magd, die kurz zuvor noch mit den Töpfen geklappert und die von ihr hinterlassene Unordnung beseitigt hatten. Sie durchsuchte ihre Truhe. Zuunterst lag ein graues Hauskleid, das längst hätte geflickt werden müssen. Es roch ein wenig muffig, aber es passte, und in den geräumigen Taschen konnte sie ein Zunderkästchen und ihren Schlüsselbund verstauen. Sie rückte den Rock zurecht und schlüpfte in ein paar abgetragene Rindslederstiefelchen. Dann band sie sich ein Wolltuch um die Schultern und machte sich auf den Weg.

Als sie die Tür zum Hof aufstieß, blieb sie kurz stehen und sog dankbar die eisige Luft ein. Das Herumtappen im dunklen Haus hatte sie an die Nacht erinnert, in der sie François gefunden hatte, und sie war froh darüber, durch die Kälte in die Gegenwart zurückgeholt zu werden. Sie ging quer über den Hof zum Tor, das in den Keller führte, und schloss es auf. Es quietschte in den Angeln. Sie zog das Tor hinter sich zu, schoss ab – und dann stand Barbe allein mit ihrer Kerzenflamme in der dumpfen Stille und hörte nur noch ihr eigenes Atmen.

Jetzt begann der schwierige Teil ihres Unterfangens: Erst einmal ging es darum, den richtigen Weg zu finden. Diese Keller waren das reinste Labyrinth, und tiefer als bis zu ihrem Schaumweinlager ging sie normalerweise nicht hinein. Sie musste jedoch die unterirdische Verbindung zum Hôtel Ponsardin wiederfinden, ebenjenen Ort, an dem sie und François geheiratet hatten und wo ihr Vater seine wertvollsten Bouteillen aufbewahrte. Ihr blieb nur diese eine Nacht, denn sehr wahrscheinlich würde ihr Vater den Schaumwein am folgenden Tag zum Kühlen und Servieren auf Eis legen lassen. Dann wäre es zu spät, und sie könnte ihren Plan nicht mehr ausführen.

Barbe entzündete eine Laterne, nahm einen der hölzernen Deichselkarren, die in der Ecke auf ihren Einsatz warteten, und machte sich, den Karren hinter sich herziehend, auf den Weg. Beim ersten Versuch landete sie in einer Sackgasse. Sie kehrte um und versuchte es erneut, bog zweimal rechts ab, überlegte kurz und entschied sich für die dritte Wandöffnung links – richtig, dort gab es hinten in der Ecke ein paar Stufen, über die sie ihren Karren hinwegheben musste und die zu einem niedrigen Gang führten, in dem sie, klein, wie sie war, gerade noch stehen konnte.

Sie sah kaum, wo sie hintrat, ständig fielen ihr Spinnweben vors Gesicht, und der beinahe leere Karren polterte unangenehm laut hinter ihr her. Nach ungefähr zwanzig Metern mündete der niedrige Gang in einen weiteren Raum. Ein etwas breiterer Korridor führte leicht schräg nach oben. Es war ein weiter Weg, und obwohl es kühl hier unten war, schwitzte sie, als sie endlich vor der gesuchten massiven Tür stand. Sie zog ihren Schlüsselbund aus der Tasche und hatte nach ein paar Fehlversuchen den passenden Schlüssel gefunden. Der große rostige Schlüssel drehte sich nach kurzem Ruckeln erstaunlich leicht, einmal, zweimal – trotzdem ließ sich die Tür nicht öffnen. Sie drückte die Klinke herab und zog, aber nichts geschah. Erst als sie sich mit ihrem ganzen Gewicht nach hinten lehnte, sprang die Tür plötzlich mit einem kleinen Ruck auf.

Barbe trat ein und leuchtete umher. Ihr Herz, das sie schon die ganze Zeit in ihrem Brustkorb rasen fühlte, schlug noch ein bisschen schneller. Sie war am Ziel, sie war im Weinkeller ihres Vaters angekommen, genau hier bewahrte er seine Kostbarkeiten auf, und hier stand auch immer noch der Werktisch, den sie damals zum Altar umfunktioniert hatten. Und in einem mit «Moët» beschrifteten Regal dahinter befanden sich ordentlich aufgereiht die gesuchten Schaumweinbouteillen. Erleichtert stieß sie die Luft aus und merkte jetzt erst, dass sie unwillkürlich den Atem angehalten hatte. Sie waren also noch da.

Als sie näher trat und die Reihen entlangleuchtete, stellte sie fest, dass die Bouteillen, genau wie sie gehofft hatte, äußerlich nicht von ihren eigenen zu unterscheiden waren. Sogar die für die Versiegelung der Korken verwendete Harz-Wachs-Mischung hatte, sofern sie das im Dämmerlicht beurteilen konnte, die gleiche Farbe.

Barbe schluckte und schloss für einen Moment die Augen. War es nicht der reine Wahnsinn, was sie hier tat? Sie musste verrückt geworden sein! Doch dann dachte sie wieder an die Bestimmtheit, mit der ihr Vater es abgelehnt hatte, beim Empfang des Kaisers ihren eigenen Schaumwein statt des Schaumweins von Moët zu servieren. Sie dachte an ihren Schwiegervater, der dabei war, das Lebenswerk seines Sohnes mit einem Federstrich zunichtezumachen – und spürte wieder den ganzen Groll über diese Ungerechtigkeit in sich aufsteigen.

Darum ging es. Genau das hatte sie bis hierher in diesen Keller gebracht. Manchmal musste man bereit sein, unkonventionelle Wege zu gehen, und darum würde sie ihren Plan nun in die Tat umsetzen: Sie würde die Bouteillen von Moët gegen ihre eigenen austauschen.

Mit geübtem Blick erfasste sie die Menge. Hier lagen mindestens sechs Dutzend, das bedeutete eine Menge Arbeit, zumal sie die Stufen zu überwinden hatte. Zum Glück hatte sie den Karren bereits dabei, wenn auch leider leer, worüber sie sich nun ärgerte, weil sie nun einmal mehr würde laufen müssen. Trotzdem, einen Teil konnte sie direkt einladen.

Barbe hatte gerade damit begonnen, die ersten Bouteillen in den Wagen zu legen, als sie in der Ferne Schritte und Stimmen hörte, die von den Wänden widerhallten. Erschrocken hielt sie inne. Die Geräusche kamen rasch näher, sie hörte das Lachen einer Frau und gleich darauf die anzügliche, eindringliche Stimme eines Mannes:

«Komm, komm, meine süße kleine Stute ...», verstand sie, der Rest seiner Worte ging im Gekicher der Frau unter.

Dann bemerkte Barbe auch schon einen Lichtschein im Flur vor dem Eingang zum Keller, der mit einer Gittertür aus Eisenstäben gesichert war, und ihr blieb keine Zeit mehr nachzudenken. Mit zwei Schritten stahl sie sich hinter ein Weingestell, duckte sich und löschte ihre Lampe, gerade noch rechtzeitig, denn im nächsten Moment sah sie zwei Gestalten im Schein eines Lichtkegels, der draußen vor den Gitterstäben erschien. Die Frau hielt einen Schlüssel in der Hand, öffnete damit die Tür, und dann fielen sie mehr in den Raum hinein, als dass sie ihn betraten, und steuerten ineinander verschlungen auf den Tisch zu. Barbe spähte durch das Regal, sah erleichtert, dass ihr Handwagen beinahe unsichtbar im Schatten stand, bemerkte aber gleichzeitig entsetzt, dass sie die hintere Tür, durch die sie gekommen war, nicht geschlossen hatte und ein schwacher Lichtschein durch den Spalt drang. Sie wandte ihre Aufmerksamkeit wieder dem liebestollen Paar zu und erkannte das erhitzte Gesicht von Anni. Ausgerechnet Anni, die hochmütige Zofe ihrer Mutter, über die sich Céline so beschwert hatte!

Barbe hielt sich die Hand vor den Mund, halb erschrocken, halb amüsiert, während das heftiger werdende Atmen nun an ihr Ohr drang. Der Mann, wahrscheinlich einer der Diener, oder nein, kein Diener, es war Patrick, der großgewachsene Kutscher ihrer Eltern – er drehte ihr den Rücken zu und hatte Anni auf den Tisch gehoben, ihre Röcke hochgeschoben und sich mit heruntergelassener Hose zwischen ihre Beine gestellt. Barbe wurde heiß und kalt. Die beiden waren zwar so sehr miteinander beschäftigt, dass sie kaum fürchten musste, entdeckt zu werden, doch das, was sie im Schein der Laterne mit ansah und ihren Blick so fesselte, dass sie nicht wegschauen konnte, ließ ihr die Hitze ins Gesicht steigen. Ohne es zu wollen, passte sich ihr eigener Atem dem Rhythmus von Annis lauter werdendem Stöhnen sowie den regelmäßigen und nach einer kleinen Weile immer schneller werdenden Bewegungen von Patricks Hüften an.

Lange dauerte es nicht. Anni juchzte auf, die Schenkel

mit den weißen Strümpfen in die Höhe gereckt, und Patrick sackte ein wenig auf ihr zusammen, bevor er sich zurückzog und seine Hose wieder richtete. Kurz darauf erhob sich Anni, drückte ihrem Liebhaber einen schmatzenden Kuss auf den Mund, zog sich das Kleid über dem Dekolleté zurecht und ließ sich von Patrick vom Tisch herunterheben. Dann verschwanden die beiden so schnell wieder, wie sie gekommen waren, glücklicherweise ohne die offenstehende Tür im Hintergrund zu bemerken, und ließen Barbe allein in der Dunkelheit zurück.

Sie wartete, bis die Stimmen verklungen waren, bevor sie ihre Laterne wieder anzündete, hinter dem Weingestell hervortrat und mit immer noch heftig klopfendem Herzen den Tisch betrachtete, der ihnen einst als Altar gedient hatte. Die Oberfläche, so fiel ihr nun auf, war kein bisschen staubig, wie die Regale um sie herum, sondern wirkte wie poliert und glänzte nahezu. Wahrscheinlich war es nicht das erste Mal, dass die beiden diesen Keller zur Liebeshöhle umfunktioniert hatten. Barbe schüttelte den Kopf und dachte an ihre Mutter, die so große Stücke auf ihre Anni hielt, weil diese, was sie gerne erwähnte, zuvor bei einer Herzogin gedient hatte und aus diesem Haushalt ihre feinen Manieren mitgebracht hatte. Und was wohl ihr Vater sagen würde, wenn er wüsste, dass seine kostbaren Getränke so leicht für jedermann zugänglich waren? Schließlich kam ihr noch ein weiterer Gedanke in den Sinn: Sie fragte sich, ob sie selbst jemals wieder eine Liebesnacht erleben würde …

«Genug jetzt, an die Arbeit», schalt sie sich laut, als sie bei dieser Überlegung angekommen war. Sie krempelte ihre Ärmel hoch, nahm das Wolltuch von den Schultern, das sie behinderte, band es sich stattdessen um die Hüften, und während sie fortfuhr, die Bouteillen in ihren Karren zu laden, dachte sie an Louis Bohne und an die Blicke, mit denen er sie bedacht hatte, traurig über François' Tod, doch gleichzeitig liebevoll. Aber er war nur ein Freund, nicht mehr. Und überhaupt war sie nun Witwe.

Eine Witwe mit einem Plan.

Kapitel 10

Am folgenden Tag um die Mittagszeit und einen Tag vor der erwarteten Ankunft des Kaisers und der Kaiserin ging Barbe auf ganz normalen oberirdischen Wegen hinüber ins Hôtel Ponsardin. Weit hatte sie es nicht. Sie brauchte nur aus ihrem eigenen Hof hinauszutreten und einmal um die Ecke zu gehen, um zum Vordereingang auf der Rue Cérès zu gelangen, oder sie konnte – wie sie es im Sommer manchmal tat – durch den Seiteneingang in der Gartenmauer schlüpfen, zu dem sie einen Schlüssel besaß.

Sie liebte ihr Elternhaus mit seiner hochherrschaftlichen Ausstrahlung, das zu den prächtigsten Gebäuden in ganz Reims gehörte und das aus demselben hellen Stein bestand wie die Kathedrale. Sämtliche verborgenen Gänge und Türen waren ihr bekannt und sie wusste sogar, welche Klappe neben welchem Kamin man öffnen musste, um vom ersten Stock aus die Gespräche zu verfolgen, die im Herrenzimmer im Erdgeschoss geführt wurden. Da sie ihre Kenntnis über dieses Detail stets geheim gehalten hatte, hatte sie nie herausfinden können, ob die geheime Lauschvorrichtung nur ein launischer Zufall war oder Absicht. Es war durchaus möglich, dass ihr Vater die schwierigen politischen Zeiten hatte kommen sehen, als er seine nicht nur als Familien- und Firmensitz, sondern auch als Unterkunft für Könige gedachte repräsentative Villa bauen ließ, und entsprechend vorgesorgt hatte.

Im Hof, der voller geschäftiger Menschen war, begegnete ihr Patrick der Kutscher in seiner schmucken Livree. Er grüßte sie mit einer Hand am Hut und trug, wie sie fand, einen ungebührlich hochmütigen Ausdruck zur Schau. Sofort fiel ihr sein nacktes Hinterteil wieder ein, und sie musste sich beherrschen, nicht verlegen den Blick zu senken, sondern erhobenen Hauptes an ihm vorüberzugehen. Sie ließ sich vom Portier aus dem Mantel helfen, bemüht, die Erinnerung abzuschütteln – und dann fiel ihr Blick auf eine neue Marmorbüste, die auf einem Sockel in der Eingangshalle stand und anscheinend über Nacht den Platz eines Voltaire eingenommen hatte. Barbe trat näher und betrachtete sie. Die Büste stellte den Kaiser als jungen Mann dar mit der charakteristischen Nase, dem Grübchen am Kinn und einem Lorbeerkranz auf dem Kopf. Selbst den arroganten Zug um den Mund hatte der Künstler getroffen, dachte Barbe und reckte sich ein wenig, um ihm in die leeren Marmoraugen zu sehen. Dann riss sie sich von dem Anblick los und ging hinauf in den ersten Stock. Ein Diener, der gerade dabei war, die Wandleuchter zu polieren, stieg von seinem Leiterchen und öffnete ihr die Tür zum Salon.

Sie trat ein. Das Licht fiel durch die lange Reihe der hohen Fenster, vor denen zartgelbe Musselingardinen hingen, und so wirkte der Raum mit der weißen Holzvertäfelung trotz des trüben Wintertages warm und hell. Die Täfelungen wiesen Schnitzereien auf, die beim genaueren Hinsehen Blumen, aber auch Tiere und allerlei phantastische Wesen zeigten. Als Kind hatte Barbe viel Zeit damit zugebracht, die glattpolierten Umrisse mit den Fingern nachzufahren und sich zu den Gestalten Geschichten auszudenken – zumindest so lange, bis sie jemand entdeckte und ins Kinderzimmer schickte. Die Stirnseite des Raums hatte ihr Vater in einem gedeckten Blau streichen und mit goldenen Dekorelementen absetzen lassen, wodurch der Raum sogar noch großzügiger erschien. Ein Teil der zierlichen Sessel, Sofas und Kanapees war mit Gobelins bezogen, die Szenen aus den Fabeln von Lafontaine zeigten. Die wunderschönen schweren Brokatvorhänge und die Beistelltische und Konsolen an den Wänden sowie zwei ziselierte eingelassene Ecktischchen, auf denen orientalische Vasen standen, und die kostbaren Teppiche rundeten den Gesamteindruck ab. Ihr Vater verstand sich nicht nur aufs Geschäft mit Wolle und Tuch, sondern er besaß auch einen erlesenen Geschmack, und dies machte einen großen Teil seines Erfolgs aus. Legendär war die Geschichte, wie er nach dem Tod König Ludwigs des XV. in weiser Voraussicht auf eigene Kosten prächtige Seidenstoffe hatte produzieren lassen, weil er wusste, dass eine Krönung bevorstand und dass die Kathedrale und sämtliche Empfangsräume entsprechend geschmückt werden mussten. Die finanzielle Belastung war beträchtlich gewesen, aber seine Rechnung war aufgegangen. Als die Bestellungen vom Königshof eingingen, war er seinen Konkurrenten weit voraus und konnte fast das ganze Geschäft zu besten Verkaufspreisen für sich beanspruchen. Ganz abgesehen davon, dass sich sämtliche Damen und auch die Herren zu diesem Anlass neu einkleideten. Für den Tuchhändler Nicolas Ponsardin waren dies goldene Jahre gewesen und nicht zuletzt der Grund dafür, dass er sich eine private Villa hatte bauen können, die eher an das Schloss eines Herzogs erinnerte als an den Sitz eines Kaufmanns.

Barbe streifte ihre Handschuhe ab. Ihre Mutter und ihre Schwester Clémentine saßen an einem Tischchen beim Kamin, und auf einem Sessel am Fenster bemerkte sie, über eine Näharbeit gebeugt, die Zofe Anni.

«Da bist du ja! Wie geht es dir, Liebes? Besser hoffentlich? Du warst still, neulich bei unserem Diner», begrüßte ihre Mutter sie zerstreut.

Barbe trat näher und erkannte an den Karten und Namenslisten, dass die beiden gerade dabei waren, die Sitzordnung für das Essen beim Empfang des Kaisers zu besprechen. Clémentine stand auf, küsste sie links und rechts, lächelte ihr verschwörerisch zu und verdrehte ein wenig die Augen.

«Viel besser. Danke, Maman», antwortete Barbe, beugte sich zu ihrer Mutter hinunter, die bereits wieder mit der Tischordnung beschäftigt war, und hauchte ihr einen Kuss auf die Wange.

«Ein jugendlicher Napoleon Bonaparte steht in der Eingangshalle, wie hat Papa das nur wieder so schnell geschafft?», fragte Barbe im munteren Plauderton, mit dem sie zu überspielen versuchte, wie übernächtigt sie war, und setzte sich in einen Sessel. Sie hatte vergangene Nacht kaum geschlafen und körperlich so schwer gearbeitet wie noch nie in ihrem Leben. Ihre Arme schmerzten und das Brennen ihrer Beinmuskeln spürte sie immer noch bei jedem Schritt. Viermal hatte sie die Strecke mit dem gefüllten Handwagen jeweils zurücklegen müssen, achtmal insgesamt, und jedes Mal musste sie an den Treppenstufen die Bouteillen ein- und wieder ausladen und konnte nur beten und hoffen, dass nichts Schlimmes passierte, nichts zu Bruch ging oder explodierte. Doch schließlich hatte sie es geschafft. Als sie völlig erschöpft und abgerissen in ihrem alten Hauskleid ins Haus zurückgekehrt war, war ihr die Magd begegnet, die für das Einheizen der Kamine am Morgen zuständig war, ein naives kleines Ding, dem niemand recht zuhörte, wenn es den Mund aufmachte. Barbe war sich sicher, dass niemand sonst ihre Abwesenheit in der Nacht bemerkt hatte, und so blieb ihre größte Sorge, wieder krank zu werden, weil sie sich viel zu viel zugemutet hatte.

«Die Büste ist ein Geschenk des Bürgermeisters», sagte ihre Mutter.

«Ein Geschenk von Monsieur Tronsson-Lecomte? Wie großzügig von ihm. Da hat Papa wohl mehr zu seiner Wahl zum Bürgermeister beigetragen, als er zugeben wollte», spöttelte Barbe. «Was machen die Vorbereitungen, Maman? Läuft alles nach Wunsch?»

«Du meinst abgesehen davon, dass wir diese Namenslisten viel zu spät bekommen haben?»

«Es läuft bestens», warf Clémentine ein. «Du wirst sehen, im Speisesaal ist schon beinahe alles hergerichtet. Die Gläser müssen noch poliert werden und die Servietten geplättet. Aber das Silber glänzt bereits wie neu. Und das Menü ...»

«Ist eine Katastrophe», unterbrach ihre Mutter sie. «Wir haben nur acht *hors-d'œvres* statt einem Dutzend.»

«Das ist mehr als genug, Maman», unterbrach sie Clémentine «Bonaparte wird kaum die *hors-d'œvres* zählen.»

«Und wir haben nur zehn *entrées*», fuhr ihre Mutter unbeirrt fort.

«Aber vier Suppen», warf Clémentine ein. «Und eine ausreichende Anzahl Puten, Hühner, Enten, Tauben und zudem noch Steinbutt, Karpfen und Lachs ...»

«Das hört sich doch sehr gut an», sagte Barbe und legte ihrer Mutter die Hand auf den Arm. «Es wird wunderbar werden, Maman, da bin ich sicher. Wie viele Gäste sind es denn nun eigentlich?»

«Vierzig, mehr ist auch gar nicht möglich, die Tafel wird bis auf den letzten Platz besetzt sein. Acht Gäste stehen auf der Liste der Kaiserin, zwölf auf der Liste des Kaisers, bleiben nur zwanzig Plätze für die Familie und Ehrengäste aus Reims.»

«Lass sehen, Maman.» Barbe beugte sich über den Plan. «Hier sind der Kaiser und die Kaiserin am Kopfende, das ist klar, hier sitzen du und Papa, Baptiste bei den Offizieren, Clémentine und Thérèse – aber sag, wo werde ich sitzen?»

«Oh, Barbe, dich habe ich nicht eingeplant.»

«Nicht eingeplant?»

«Du hast vor wenigen Wochen deinen Mann verloren, meine Liebe. Ich hatte angenommen, du würdest gerne verzichten. Nicht nur, weil du kürzlich Witwe geworden bist, sondern, wenn ich mich recht entsinne, auch weil du den Kaiser nicht besonders schätzt. Außerdem solltest du dich besser noch schonen. Und wir haben keinen einzigen Platz mehr frei.»

«Aber Maman», Barbe wurde es trotz der Wärme im Raum plötzlich ganz kalt, «ob ich ihn schätze oder nicht, spielt doch keine Rolle. Papa liebt ihn ja wohl ebenfalls nicht, aber ...»

«Bist du wohl ruhig», zischte ihre Mutter mit zusammengezogenen Augenbrauen und sah in Richtung der Zofe am Fenster, deren Fuß unter dem Rock wippte.

«Aber das ist doch etwas ganz anderes», fuhr Barbe mit gedämpfter Stimme fort. «Er ist der Kaiser, er kommt zu uns nach Hause. Natürlich will ich dabei sein.» Sie sah Clémentine mit einem flehenden Blick an. Ihre Schwester runzelte die Stirn, doch offenbar hatte sie verstanden.

«Weißt du, Maman», sagte sie und deutete auf den Plan. «Das wollte ich dir vorhin schon sagen: Ich mache mir Sorgen wegen Großtante Mireille-Jeanine. Sie war zuletzt arg verwirrt, meinst du nicht auch? Wer weiß, was sie wieder anstellt. Erinnerst du dich, kürzlich kam sie mit Sommerschuhen und ohne Mantel bei uns an und das trotz Kälte und Schnee. Ich musste ihr mit einem Paar Stiefeln und einem warmen Umhang aushelfen, weil sie sonst nicht mehr nach Hause gekommen wäre. Und dazu redet sie die meiste Zeit über ziemlichen Unsinn.»

«Hm», machte die Mutter, blickte angestrengt auf ihre Sitzordnung und dann skeptisch zu ihren Töchtern hinüber.

«Mireille-Jeanine ist die Lieblingstante eures Vaters. Abgesehen davon, würde sie es mir nie verzeihen, nicht eingeladen zu werden.»

«*War* die Lieblingstante», korrigierte Clémentine sie. «Bis sie sich den Pfau hat braten lassen, den Papa von dem Abgesandten der katalanischen Handelskammer geschenkt bekommen hat.»

«Einen Pfau? Wirklich?», fragte Barbe erheitert und verblüfft. «Die Geschichte kenne ich noch gar nicht.»

«Sie ist aber wahr. Der Pfau war auf ihr Grundstück geraten. Zu ihrer Verteidigung kann man nur sagen, dass er sehr viel Lärm gemacht hat. Außerdem wusste sie nicht, dass er Papa gehörte. Pfau schmeckt übrigens ähnlich wie Fasan.»

«Hast du etwa probiert?»

«Nein, Tante Mireille-Jeanine hat es erzählt. Sonst wüssten wir ja gar nichts davon. Jedenfalls Maman», wandte sich Clémentine wieder an die Mutter, «die gute Tante ist mittlerweile so verwirrt, dass sie gar nicht merken wird, nicht dabei gewesen zu sein. Ich werde ihr hinterher überzeugend klarmachen, *dass* sie es war, dann glaubt sie es auch.»

Die Mutter blickte angestrengt auf ihren Sitzplan.

«Also gut. Wahrscheinlich hast du recht. Ihre Anwesenheit ist ein Risiko.» Sie tauchte die Feder in die Tinte, strich den Namen der Großtante durch und schrieb «Barbe» an dessen Stelle.

Kapitel 11

Der Moment des Empfangs rückte heran. Barbes Aufregung steigerte sich von Minute zu Minute. Die illustre Gesellschaft, die erwartet wurde, hatte hohe Ansprüche und wusste einen herausragenden Wein zu schätzen, weswegen sie hoffte, dass ihr Schaumwein Aufsehen erregen würde. Möglicherweise würde sogar der Kaiser selbst etwas Freundliches sagen! Es war allgemein bekannt, wie sehr Napoleon Bonaparte der Champagne und ihren Weinen zugetan war, und es kam häufiger vor, dass er Produkte, die dem französischen Kaiserreich zur Ehre gereichten, wie etwa die einheimischen Seiden- und Brokatstoffe, persönlich auszeichnete. Dahinter steckten auch wirtschaftliche Erwägungen. Seit Louis XIV. und dem Bau des Schlosses von Versailles hatte der Königshof eine Strahlkraft besessen, die sich vorteilhaft auf die französischen Waren ausgewirkt hatte. Vor allem die Luxusgüter hatten in ganz Europa und auf der gesamten Welt als begehrenswert gegolten, was den Handel begünstigt hatte. Die Revolutionsjahre hatten dieser Entwicklung jedoch ein bitteres Ende gesetzt und die anschließenden Kriege die negativen Auswirkungen für die Wirtschaft noch verschlimmert. Der Kaiser tat also gut daran, dem Niedergang wenigstens dadurch gegenzusteuern, dass er die französische Lebensart weiterhin für jedermann sichtbar pflegte und in die Welt hinaustrug. Falls er sogar geruhte, Barbes Schaumwein zu loben, konnten ihr Vater und Philippe Clicquot nicht mehr so tun, als sei ihr Weinhandel nur ein beliebiges Unternehmen unter vielen. Dann mussten sie einfach anerkennen, dass es sich lohnte, dieses Geschäft weiterzuführen.

Doch wann war der richtige Zeitpunkt, ihrem Vater die Wahrheit zu sagen? In den langen Stunden, die dem Empfang vorausgingen, überfiel Barbe bisweilen das dringende Bedürfnis, ihm jetzt und sofort alles zu gestehen. Dann wieder hielt sie es für günstiger zu warten und den Dingen ihren Lauf zu lassen, und in dieser Stimmung, ein wenig ängstlich und zugleich hoffnungsfroh, begab sie sich am Nachmittag ins Hôtel Ponsardin, wo sich bereits die ersten Gäste versammelten.

Glücklicherweise erwartete niemand von ihr, dass sie zum Plaudern aufgelegt war. Sie hielt sich diskret im Hintergrund, und man ließ sie in Ruhe. Sie beobachtete ihren Bruder, der bei den Offizieren stand, sich mit ernster Miene unterhielt und dabei sehr souverän wirkte. Andere Gäste schienen etwas befangen. Hier in der Provinz wurde Weltgewandtheit bisweilen mit Überheblichkeit gleichgesetzt. Dabei waren die Bürger von Reims sehr stolz auf sich und ihre Stadt. Es war ein wenig paradox: Man wollte den hohen Herrschaften gegenüber angemessen ehrerbietig sein, ohne sich in den Vordergrund zu drängeln, aber auch ohne den eigenen Wert zu verleugnen, was bisweilen recht widersprüchliche Verhaltensweisen zur Folge hatte.

Barbe wurde von einer Bekannten schließlich doch noch in eine Konversation verwickelt, hielt sich an einem Glas Wein fest, das zum Aperitif gereicht worden war, und hörte den Ausführungen über den Segen von Schwangerschaften und früher Mutterschaft zu. Glücklicherweise musste sie selbst kaum etwas zu dem Gespräch beitragen, sondern nur eine aufmerksame Miene zur Schau stellen. «Ich weiß ja nicht, wie es bei Ihnen ist, aber ich gehöre nicht zu den Frauen, deren Teint während der Schwangerschaften leidet. Im Gegenteil ...», plapperte Madame Villeroy neben ihr, während Barbe verstohlen ihren Blick schweifen ließ. Dann erblickte sie zu ihrer Freude Louis Bohne, der durch eine Seitentür eingetreten war, gefolgt von einem drahtigen französischen Offizier, der, den vielen Orden an seiner Brust nach zu urteilen, ein wichtiger Mensch zu sein schien. Louis Bohne entdeckte sie sogleich und nickte ihr zu. Sie verfolgte seinen Gang durch die Menge der Gäste und sah, wie Louis nach allen Seiten grüßte und überall freundliche Reaktionen und lächelnde Blicke erntete. Er war beliebt in Reims. Kein unbedingt attraktiver Mann mit seinem etwas schütteren rötlichen Haar, das sich links und rechts an seinen Schläfen kringelte, und dem kleinen Bauchansatz, besaß er jedoch eine Präsenz und eine Zugewandtheit, die ihm jedermanns Herz zufliegen ließ.

Dann stand er endlich vor ihr.

«Bonsoir, Madame Clicquot», sagte er förmlich mit seiner typischen zackigen kleinen Verbeugung, «ich bin sehr erfreut, Sie zu sehen», und er ahmte dabei überaus treffend den korsischen Akzent des Kaisers nach. Barbe lachte und warf einen Blick über die Schulter. Die anderen Gäste waren so ins Gespräch vertieft, dass sie nichts mitbekommen hatten. Sie drohte ihm mit dem Finger. «Geben Sie acht, mein Freund», sagte sie leise. «Über den Kaiser macht man keine Scherze.»

«Nur unter uns, Madame», erwiderte Louis lächelnd.

«Sie haben ihn also wirklich getroffen? Wie war er? Welchen Eindruck macht er auf Sie?»

«Den Eindruck eines Mannes, der weiß, was er will»,

erwiderte Louis. «Dabei recht charmant. Ein wenig müde vielleicht, was kein Wunder ist nach einer gewonnenen Schlacht und einer langen Reise.»

«Aber was wollte Bonaparte von Ihnen? Ist es so, wie wir vermutet haben?»

«Ich verstehe Ihre Neugier, doch das darf ich Ihnen leider nicht verraten. Nur so viel: Er war ein wenig überrascht zu hören, dass ich kein Franzose bin. Dieses Detail hatte ihm bisher offenbar niemand verraten.»

«Das kann man ja auch leicht vergessen, Louis. Hier in Reims denkt niemand daran. Glücklicherweise sind Sie kein Preuße.»

«Das ist wahr. Unser frischgebackener badischer Kurfürst Karl Friedrich ist auf den Kaiser der Franzosen jedenfalls gut zu sprechen. Kein Wunder, sein Herrschaftsgebiet hat beinahe die doppelte Größe der früheren Markgrafschaft. Bonaparte hat sich sehr entgegenkommend gezeigt.»

«Also war Napoleon sogar erfreut zu hören, dass Sie Badener sind? Womöglich wären sie als Preuße besser dran, jetzt denkt er vielleicht, Sie seien ihm etwas schuldig.»

«Das mag sein. Soll er denken, was er will. Doch wenn Sie mich fragen, so bin ich nur einer Person etwas schuldig.»

«Und die wäre?», fragte Barbe.

«Ihnen, Madame», antwortete Louis Bohne schlicht.

Barbe fühlte, wie sie errötete, und suchte nach einer passenden Entgegnung, die ihr jedoch erspart blieb, weil in diesem Moment die Tür aufging, ein ehrwürdiger älterer Hofherr mit Perücke, der noch aus der Zeit der Bourbonen zu stammen schien, mit großer Geste das Erscheinen des Kaisers und der Kaiserin ankündigte und sie sich zusammen mit den anderen Anwesenden verbeugen mussten.

«Wie ehedem», raunte Louis ihr zu, als sie den Kopf

wieder hoben. Barbe antwortete nicht. Sie betrachtete die Kaiserin Joséphine, die jugendlicher wirkte, als ihr Alter nahelegte. Sie sah sehr schön und vornehm aus mit ihrem langen Hals und den runden abfallenden Schultern und war, wenn man bedachte, dass dieser Anlass von allen Seiten als «informell» bezeichnet worden war, ausgesprochen elegant gekleidet. Sie trug ein Kleid aus cremefarbener Seide mit hoch angesetzter Taille, das im unteren Drittel mit aufwendigen Stickereien verziert war, eine dazu passende Schleppe mit dem gleichen Dekor und im Haar ein Diadem aus Perlen. Vielleicht ging es ihr ja vor allem darum, ihren Gatten zu beeindrucken, den sie wahrscheinlich seit Monaten nicht gesehen hatte. Und auch dieser bewies seinen Sinn für Mode, indem er seine Gardeuniform mit einer völlig neuartigen, raffiniert gefältelten Kokarde geschmückt hatte, die wahrscheinlich schon in der nächsten Woche überall zu kaufen sein würde. Ihr Vater machte sich vermutlich schon gedanklich Notizen.

Nach einem Moment der Stille nahmen die Gäste die Gespräche und Plaudereien ringsumher nach und nach ein wenig gedämpfter wieder auf. Zwei Offiziere schoben sich zwischen Barbe und Louis Bohne und trennten sie voneinander, doch das bemerkte sie kaum, weil ihre Aufmerksamkeit von etwas ganz anderem gefesselt wurde: Ein Mann näherte sich dem Kaiser und der Kaiserin und begann ein Gespräch, und dieser Mann war niemand anderes als Jean-Remy Moët. Auch er trug Uniform, weswegen sie ihn zuvor unter den Anwesenden nicht bemerkt hatte.

Barbe stockte der Atem. Mit seinem Erscheinen hatte sie nicht gerechnet, denn sie hatte sich davon überzeugt, dass er nicht auf der Gästeliste stand. Womöglich hatte ihn der Kaiser persönlich eingeladen. Moët war groß und schlank und trug die Haare wie viele der anwesenden Herren sorgfältig über der Stirn frisiert. Links und rechts von seiner Nase hatten sich scharfe Linien eingegraben, und er neigte zu Tränensäcken, sah aber dennoch stattlich und gut aus. Er war etwa zehn Jahre jünger als ihr Vater und ebenso ehrgeizig. Kürzlich hatte er auf seinem Grundstück in Épernay mit dem Bau einer Villa im Stile des Trianon in Paris begonnen. Wenn es fertig war, würde es dem Hôtel Ponsardin vermutlich mit Leichtigkeit den Rang ablaufen. Doch obwohl sie sein Verhalten und seine Art immer ein wenig zu überheblich fand, musste Barbe trotzdem anerkennen, dass Moët alles andere als ein Schaumschläger war. Was er von seinem Vater geerbt hatte, hatte er mit Fleiß, Geschick und harter Arbeit zu einem ansehnlichen Vermögen vermehrt.

Sie kam nicht mehr dazu, darüber nachzudenken, wie sich Moëts Anwesenheit an diesem Abend auf ihre Situation auswirken würde, denn es war Zeit für das Diner, und ihr Tischherr Alexandre Ruinart, ein Onkel mütterlicherseits, trat auf sie zu und reichte ihr seinen Arm. Sie kam gegenüber von Bürgermeister Tronsson-Lecomte zu sitzen, der ein persönlicher Bekannter der Kaiserin war, wie er gerne betonte, dabei gab es selbstverständlich niemanden in Reims, der nicht bereits gewusst hätte, dass Joséphine de Beauharnais im vergangenen Jahr in seinem Haus in der Rue de Buche übernachtet hatte. Neben seiner Frau Marie-Caroline wiederum saßen Jean-Remy Moët mit Gattin und jenen gegenüber, Barbe zur Linken, Nicolas-Louis Delamotte, der ebenso wie Moët, einer von François' Konkurrenten im Weinhandel war. Doch anders als Moët mochte sie Delamotte gut leiden. Sie waren Nachbarn, deren Keller ebenfalls an die ihren grenzten, wenn der Durchgang auch schon vor Jahren zugemauert worden war. Delamottes Frau,

Marie-Perette, eine offene und sympathische Person mit viel Humor, war zudem die Schwägerin und beste Freundin ihrer Schwester Clémentine. Es war dann auch Marie-Perette Delamotte, die Barbe in ein Gespräch verwickelte.

«Im Herbst war ich in Paris. Meine Freundin wollte unbedingt, dass ich sie auf ein paar Bälle begleite, aber was soll ich sagen, ich habe mich auf jedem einzelnen gelangweilt.»

«Wie ist das möglich?», fragte Barbe. «Clémentine liebt Bälle und sagt immer, dass wir zu wenige davon in Reims haben.»

«Ich weiß. Auch mir liegt sie damit in den Ohren, und sie hat vielleicht sogar recht. Doch wenn Sie mich fragen: Die Pariser wissen im Grunde gar nicht, wie man feiert. Sie sind viel zu sehr damit beschäftigt, was andere von ihnen denken.»

«Hier ist es doch kaum anders. Ich wäre froh, wenn ich mich um das Gerede der Leute nicht zu scheren brauchte», seufzte Barbe.

«Dann seien Sie froh, dass Sie nicht in Paris leben. Dort ist es noch viel schlimmer. Außerdem ist bei uns hier die Luft besser. Doch alles in allem habe ich mich trotzdem amüsiert. Von einer speziellen Opernaufführung muss ich Ihnen erzählen ...» Und dann gab Madame Delamotte die köstliche Geschichte von einer Sängerin zum Besten, die während der Aufführung, am Höhepunkt ihrer Arie, von ihrem Podest fiel und die Kulissen zum Einsturz brachte. Diese Unterhaltung sorgte dafür, dass Barbe sich entspannte, und als es an die offiziellen Reden und Danksagungen ging, zu denen jeweils die gut gefüllten Gläser gehoben wurden, fühlte sie sich sogar richtiggehend heiter.

Nach den Ansprachen aßen sie den Hauptgang und tranken weiterhin stillen Wein, denn der Schaumwein würde, wie stets bei solchen Gelegenheiten, als Höhepunkt des Festes zum Dessert gereicht werden. Die Gespräche wurden lebhafter und kreuz und quer über den Tisch geführt. Jérôme-Alexandre Fourneaux, ein Mann etwa im Alter ihres Vaters, der ebenso wie die Familie ihres verstorbenen Mannes mit Textilien und Wein handelte, sprach Barbe auf ihr Kleid an. Sie hatte eines ihrer neuen züchtigen und doch eleganten Witwenkleider gewählt, dessen Dekolleté und Ärmel mit einem neuartigen maschinengewebten Stoff aus England verziert waren, der sich laut Adèle Dubois *tulle* nannte. Er war zart und bauschte sich auf wundersame Art, war dabei aber so durchscheinend, dass ihre blasse Haut darunter hervorschimmerte.

«Madame Dubois ist die Einzige, die bisher in der ganzen Champagne über *tulle* verfügt», erklärte Barbe. «Auch mein Vater hat schon versucht zu erfahren, woher sie ihn hat. Doch es bleibt ihr Geheimnis.»

Fourneaux nickte anerkennend, und Barbe musste ein wenig schmunzeln. Der Weinhändler, der auch François schon beliefert hatte, erinnerte sie immer ein bisschen an Patizel, den Winzer ihres Weinguts in Bouzy. Er hatte wie dieser eine große knollige Nase und einen schmallippigen Mund, und man konnte ihn sich besser auf einem Acker als in einem Salon vorstellen. Es war daher immer wieder überraschend, dass er auch Ahnung von so delikaten Dingen wie solch feinen Textilien hatte.

Erneut wurde die Tür geöffnet, und vier Diener trugen zwei riesige Eiskübel herein, in denen gut drei Dutzend Schaumweinflaschen lagen und über denen ein funkensprühendes kleines Feuerwerk zischte und funkelte. Die Gäste raunten, vereinzelt war beifälliges Klatschen zu hören, und dann wurde das Öffnen der ersten Flasche zelebriert, wozu

Barbes Vater sich erhob und nach vorne an den Tisch trat, wo Napoleon und Joséphine und deren engere Vertraute und Freunde saßen. Er nahm eine Bouteille und entfernte mit einem kleinen Messer die Schnur und das Wachs, die den Korken sicherten. Solcherart befreit, begann dieser sich von ganz allein aus der Bouteille zu schieben, während Nicolas Ponsardin mit dem Daumen dagegenhielt. Barbes Bruder Baptiste, der sich gleichfalls erhoben hatte, ergriff eine der bereitstehenden Kristallschalen, um den Wein aufzufangen, der wie eine sprudelnde Fontaine herausquoll, sobald mit einem laut vernehmlichen «Plopp» der Korken endgültig aus der Bouteille schoss.

Die Tischgesellschaft hatte sich inzwischen in eine lachende, rufende, applaudierende, fröhliche Schar verwandelt, die völlig ungeachtet der Herkunft, ob Land oder Stadt, neuer oder alter Adel, Offizier oder Kaufmann durcheinanderrief und die Gläser erhob, um gleichfalls so rasch wie möglich etwas von dem schäumenden Trunk abzubekommen, und als Kaiserin Joséphine sich lachend erhob, um persönlich mit Hilfe ihres Gatten eine der Bouteillen zu öffnen, gab es kein Halten mehr. Die Gäste standen auf, nahmen den Dienern, die sie eigentlich hätten öffnen sollen, die Bouteillen aus den Händen, und dann war von allen Seiten ein vielfaches «Plopp» zu hören, und der klebrige sprudelnde Wein floss über die Hände und den Tisch und in die entgegengereckten Schalen.

Niemand hatte bisher einen Schluck gekostet, denn bei allem Überschwang war dies ein Moment, den man niemals allein, sondern nur gemeinsam genoss, zumal, wenn ein Kaiser und eine Kaiserin anwesend waren, und so wurde es in dem Augenblick, als alle Schalen gefüllt waren und Bonaparte sein Glas erhob, sofort erwartungsvoll ruhig.

«Auf die Kaiserin, meine wunderbare, über alles geliebte Joséphine», sagte Napoléon feierlich.

«Auf die Kaiserin», antwortete die Gesellschaft im Chor – und dann führte alle ihre Gläser an die Lippen und tranken.

Barbes Herz schlug jetzt wie wild. Sie nahm einen Schluck, drückte die perlenden Bläschen mit der Zunge an ihren Gaumen, wo sie zerplatzten und das süße, frische Aroma ihres Schaumweins freigaben. Dabei beobachtete sie das Gesicht von Moët, als dieser an seinem Glas nippte, sah das Erstaunen in seinem Blick und wie er einen zweiten Schluck nahm und dann die Bouteille genauer untersuchte, die vor ihm auf dem Tisch stand.

Allenthalben hatte sich nach dem kurzen Moment der Stille, als man auf die Kaiserin getrunken hatte, wiederum ein Raunen unter den Gästen erhoben. Barbe sah die leuchtenden Augen und das Entzücken auf den Gesichtern, fing einen Blick von Louis Bohne auf, der sie über sein Glas hinweg mit großen Augen ansah, und bemerkte, wie der Kaiser, der sich seine Schale zum zweiten Mal füllen ließ, erneut zu einem Toast ansetzte.

«Liebe Freunde», sagte er, eine vertrauliche Form der Anrede wählend, die die besondere Stimmung im Saal noch unterstrich, und sofort war es wieder still, denn niemand wollte sich entgehen lassen, was der Kaiser zu sagen hatte.

«Lieber Monsieur Ponsardin, liebe Madame Ponsardin, mein lieber Baptiste! Joséphine und ich danken Ihnen und Ihren Familien für Ihre Gastfreundschaft. Ihnen und den Bürgern der wunderbaren Stadt Reims dürfen wir versichern, dass es keinen Ort auf der Welt gibt, an dem wir in diesem Augenblick lieber wären. Denn nur hier in der Champagne gibt es solche Trauben, nur hier versteht man sich auf die Herstellung eines Weins dieser Güte und Qualität. Ich darf dies mit Fug und Recht behaupten, denn ich stamme selbst, Sie wissen es, aus einer Familie, in der seit Generationen Wein angebaut und geschätzt wird. Dies hier in meinem Glas ist wahrhaft ein göttliches Getränk. Liebe Freunde, trinken wir auf den *Champagner.*»

Wieder erhob er sein Glas, und alle taten es ihm nach und riefen: «Auf den Champagner», und noch ein zweites und ein drittes Mal, «auf den Champagner», denn die Bezeichnung, die der Kaiser soeben spontan gebraucht hatte, indem der die Landschaft mit dem Wein gleichsetzte, gefiel ihnen: *«le Champagne»*. Einer der Diener wollte dem Kaiser nachschenken, er lehnte jedoch ab, griff selbst nach einer bereits geöffneten Flasche und goss sich und Kaiserin Joséphine ein, erhob erneut sein Glas, gab Joséphine, die ihn geradezu verzückt anlächelte, einen Kuss auf die Stirn und wandte sich dann über den Tisch hinweg an Moët:

«Mein lieber Jean-Remy, mit diesem Trunk», er deutete mit der Linken auf das Glas in seiner Hand, «haben Sie sich selbst übertroffen. Ein Champagner, der einer Kaiserin würdig ist. Hiermit bestelle ich dreitausend Bouteillen für meine wunderbare Joséphine. Ein Hoch auf die Kaiserin.»

«Ein Hoch auf die Kaiserin!», rief die Menge wieder, die inzwischen große Freude an diesem Spiel hatte und in ihrer Begeisterung kaum noch zu bremsen war. «Bravo, Napoléon!», «Bravo Moët!», «Ein Hoch auf die Kaiserin!», «Auf den Champagner!», war von allen Seiten zu hören, und die Diener kamen kaum nach, weitere Flaschen zu öffnen und all die Gläser erneut zu füllen. Barbe sah auf Moët und stellte mit Genugtuung fest, dass dieser immer noch verdutzt die Flasche in seiner Hand betrachtete. Als der Kaiser die Hand erhob, kehrte wieder Stille ein.

«Liebe Freunde, wir haben eine grandiose Schlacht geschlagen», fuhr er mit seiner Ansprache fort. «Die Schlacht von Austerlitz wird als ein einmaliger Triumph in die Geschichtsbücher eingehen. Mögen die siegreichen Offiziere der Grande Armée den Ruhm dieses ehrenvoll gefochtenen Kampfes ins gesamte französische Reich und in die ganze Welt hinaustragen. Und mögen sie alle mit Champagner auf die Schlacht, das Reich und ihren Kaiser anstoßen. Mein lieber Jean-Remy, hiermit bestelle ich weitere zwölftausend Bouteillen für die siegreichen Offiziere der Grande Armée.»

«Auf die siegreichen Offiziere der Grande Armee!», antwortete die Tischgesellschaft im Chor, «Hoch lebe Moët!», «Bravo, bravo!» – doch Moët trank nicht mit, was trotz der ausgelassenen Stimmung durchaus bemerkt wurde, da doch neben dem Kaiser auch er im Mittelpunkt der Aufmerksamkeit stand, und als er sich räusperte und seinerseits ansetzte, etwas zu sagen, ermahnten sich die Gäste gegenseitig zur Ruhe.

«Verehrte Exzellenz, ich danke Ihnen sehr für Ihre Worte und für Ihren großzügigen Auftrag. Nur werde ich leider Ihrem Wunsch nicht entsprechen können. Dieser ...», Moët räusperte sich erneut und hielt sein Glas gegen das Licht, um die perlenden Bläschen genauer in Augenschein zu nehmen, «dieser *Champagner* ist tatsächlich ausgezeichnet. Noch nie habe ich einen Schaumwein getrunken, der so klar war, so erfrischend und so», er überlegte einen Augenblick, bevor er fortfuhr, «so prickelnd. Doch zu meinem großen Bedauern muss ich Ihnen gestehen, dass die Ehre nicht mir gebührt. Dieser Wein stammt nicht aus meinem Haus.»

«Nein?», fragte der Kaiser erstaunt, und alle sahen einander an und auf ihre Gläser hinab und probierten erneut dieses nicht nur feine, sondern nun auch noch geheimnisvolle

Getränk. Barbes Vater setzte dazu an, die Sache richtigzustellen, doch er kam nicht zu Wort und weil nun alle durcheinandersprachen, bekam auch niemand mit, wie Barbe ihrerseits versuchte, etwas zu sagen. Erst als Louis Bohne, der sie die ganze Zeit über nicht aus den Augen gelassen hatte, mit dem Löffel an sein Glas schlug und ein lautes «pling, pling, pling» ertönte, schwieg die Gesellschaft und die Aufmerksamkeit wandte sich ihm zu. Doch Louis Bohne schüttelte abwehrend den Kopf, wies mit einer höflichen Geste auf Barbe und sagte:

«Bitte, Madame, sprechen Sie.»

«Monsieur Moët hat recht», sagte Barbe leise, nun doch etwas überrumpelt von ihrer eigenen Courage, während man eine Stecknadel hätte fallen hören, so ruhig war es mit einem Mal. Sie blickte in die erwartungsvollen Gesichter und schluckte trocken, als sie sah, wie ihr Vater sie stirnrunzelnd musterte. Dann fasste sie sich ein Herz – und als sie fortfuhr, klang ihre Stimme nicht mehr zaghaft, sondern laut und deutlich:

«Eure Exzellenzen! Ich danke Ihnen sehr für die lobenden Worte. Und auch Ihnen, Monsieur Moët. Ihnen danke ich ganz besonders. Sie haben soeben wahre Größe bewiesen, die der Champagne und unserem geliebten Wein zur Ehre gereicht.»

Monsieur Moët nickte ihr mit einem kleinen Lächeln zu, in das sich jedoch ein kleiner verkniffener Zug geschlichen hatte. Offenbar war ihm soeben klargeworden, dass er in seiner Verblüffung den Wein der Konkurrenz ein wenig zu überschwänglich gelobt hatte.

«Eure Exzellenzen», fuhr Barbe nun wieder an den Kaiser und die Kaiserin gerichtet fort. «Es ist mir eine große Ehre, denn dieser Champagner kommt aus dem Hause Clicquot.

Es wird mir eine Freude sein, Ihnen die gewünschte Menge zu liefern.»

«Clicquot? Verzeihung, wer ist Clicquot, Madame?», sagte Joséphine in die sekundenlange Stille hinein, die plötzlich im Saal herrschte.

«Das bin ich, mit Verlaub, Eure Exzellenzen. Gestatten, Veuve Clicquot-Ponsardin, Champagnerproduzent und -lieferant.»

TEIL II

1806 bis 1809

Kapitel 12

Bern, le 14. Mai 1806

à Messieurs Vve. Clicquot Fourneaux et Comp.

Messieurs!
Ihren Brief vom 2. April 1806 habe ich erhalten, ebenso wie Ihr Rundschreiben vom 10. Februar desselben Jahres, in dem Sie die Fortführung Ihrer Unternehmung mitteilen, und mit Freude die Unterschriften gesehen, die Ihr Schreiben besiegeln.
Die Lieferung mit 50 Bouteillen weißem Schaumwein, die Sie mir so rasch nach meiner Bestellung haben zukommen lassen, ist gestern hier eingetroffen, zusammen mit der Rechnung über 234 Livres. Dank der sorgfältigen und stabilen Verpackung ist nichts zerbrochen, und ich hatte bereits Gelegenheit, den Wein zu kosten, den ich wie immer hervorragend fand.
Sofort nach Erhalt des Frachtbriefs werde ich die Zahlung abzüglich der Transportkosten über die Herren Brünner, Birthy und Comp. veranlassen.
Und so verbleibe ich mit einem herzlichen Dank für Ihre Bemühungen und den besten Wünschen für die Fortdauer der Prosperität, durch die Ihre Arbeit stets gekennzeichnet war. Unserer künftigen Geschäftsbeziehung sehe ich vertrauensvoll entgegen.

Hochachtungsvoll
Le Chevalier de Caarmaño

Barbe faltete lächelnd den Brief zusammen und verstaute ihn in ihrer Korrespondenzmappe. Es tat ihr wohl, die vielen guten Wünsche ihrer Kunden zu lesen. Der spanische Botschafter der Schweiz war einer ihrer treuesten – und überhaupt war der Verkauf an ihre Stammkundschaft recht gut wieder angelaufen.

Jérôme-Alexandre Fourneaux zum Teilhaber zu machen ging auf eine Idee ihres Vaters zurück, und nach anfänglichem Widerstand hatte Barbe die Vorteile eines solchen Arrangements erkannt und zugestimmt. Sie mochte Fourneaux, er war ein feiner Mensch, der ihr mit weit weniger Vorurteilen begegnete als manch anderer. Fourneaux akzeptierte sie als François' Nachfolgerin, obwohl sie eine Frau war, und das war beinahe mehr, als sie erwarten konnte. Außerdem schätzte sie seinen Sachverstand. Er handelte schon seit vielen Jahren mit Wein, verfügte über Erfahrung im Weinbau und gute Beziehungen, und sie sah ein, dass sie Rat und Unterstützung gebrauchen konnte. Barbes Champagner und die Großbestellung des Kaisers hatten mächtig Eindruck auf ihn gemacht, und so war es gar nicht einmal besonders schwierig gewesen, durchzusetzen, dass ihr Name, «Veuve Clicquot», an erster Stelle stand. Dank dieser neuen geschäftlichen Verbindung hatte sie auch ihren Schwiegervater Philippe Clicquot davon überzeugen können, sein Geld im Unternehmen zu belassen, sodass die Firma nun zusammen mit ihren eigenen Investitionen finanziell gut ausgestattet war.

Ihr Schwiegervater hatte sich vom Schock, seinen Sohn zu verlieren, allerdings noch nicht erholt und würde womöglich niemals wieder ganz der Alte sein. Er tat ihr schrecklich leid, was dazu führte, dass sie einen eher noch größeren Erfolgsdruck auf sich spürte als ohnehin schon. Dabei mischte sich Philippe nicht mehr in das Unternehmen ein, abgesehen von ein paar Briefen, die er an die Geschäftspartner geschrieben hatte, um seinen endgültigen Rückzug bekanntzugeben, und auch diese waren von Trauer und Leid gekennzeichnet. Durch ein Versehen hatte sie einen davon in Händen gehalten und seine Zeilen gelesen: *Nichts in der Welt kann und wird das große Leid lindern, das ich empfinde. In jedem Moment ist mir der Verlust bewusst, den ich erlitten habe …* Als sie mit einem dicken Kloß in der Kehle den Brief rasch wieder zurücklegte, fiel ihr Blick noch auf die Worte, mit denen ihr Schwiegervater sein Schreiben abgeschlossen hatte: *Die neue Vereinbarung mit Monsieur Fourneaux gefällt mir in jeder Beziehung sehr. Und ich bitte Sie, Ihre guten Dienste fortzuführen und ihren Eifer, sofern möglich, zu verdoppeln, um dem Haus Veuve Clicquot Fourneaux & Cie. gute Aufträge zukommen zu lassen.* Als sie diese Zeilen las, fühlte sich Barbe dann doch zutiefst erleichtert. Er gab ihrem Unternehmen seinen Segen – und das war alles, was sie sich gewünscht hatte.

Vieles hatte sich seit dem vergangenen Dezember also zum Guten gewendet. Auch den Kellermeister Mathieu war sie glücklicherweise los. Sie hatten ihn kurz nach der Firmengründung entlassen und ihn durch einen Vertrauten von Fourneaux ersetzt, einen gewissen Jacob Martin, der zwar eigentlich ein bisschen zu alt für die Arbeit war, aber immerhin zuverlässig. Zudem ging er nicht zu häufig ins Kaffeehaus und hielt nichts vom Glücksspiel. Mit vereinten Kräften war es ihnen gelungen, den Champagner für den Kaiser und die Kaiserin pünktlich zu liefern, und alles in allem herrschte in ihren Kellern nun eine relativ gute Ordnung.

Probleme gab es trotzdem immer noch, vor allem, da sich Frankreich weiterhin im Krieg mit Großbritannien befand.

Die Seeschlacht bei Trafalgar hatten die Franzosen und die verbündeten Spanier verloren, was Napoleon Bonapartes Zorn nur noch mehr angestachelt hatte. Jetzt suchte er nach anderen Mitteln und Wegen, den Briten seinen Willen aufzuzwingen, wodurch der Handel mit England zum Erliegen gekommen war. Die Kauflust der französischen Kundschaft war wegen der fortwährenden kriegerischen Auseinandersetzungen gleichfalls getrübt. In der Region und den angrenzenden Departementen ließen sich nur stille Rot- und Weißweine, jedoch kaum Champagner verkaufen. In Paris wiederum war die Konkurrenz groß. Darum hatten sie und Fourneaux entschieden, die Zahl ihrer Handelsreisenden zu erhöhen. Fünf waren es nun zusätzlich zu Louis Bohne und zu Monsieur Majeur, der schon seit längerer Zeit für Italien und Südfrankreich zuständig war, nämlich die deutschen Herren Bahnmeyer, Hartmann, Krüthoffer, Föhrmann und Christ. Sie bereisten die deutschen Länder bis nach Hamburg und außerdem Dänemark und Skandinavien sowie Polen, die Ukraine, Österreich und Ungarn. Louis Bohne hatten sie zum Partner gemacht, er war nun ebenfalls an der Firma beteiligt. In den vergangenen Wochen war es seine Aufgabe gewesen, die neuen Verkäufer anzuwerben, und bald schon würde er wieder in Richtung Preußen und Russland aufbrechen, wo er sich nach wie vor die höchsten Umsätze erhoffte. Einen offiziellen Friedensschluss gab es jedoch mit keinem der beiden Länder. Je nachdem, wie sich die Machthaber entscheiden würden, konnte dies ihr Geschäft erheblich beeinträchtigen und ihr gesamtes Vorgehen in Frage stellen.

Barbe, die grübelnd am Schreibtisch gesessen hatte, die Korrespondenzmappe immer noch in der Hand, stand entschlossen auf, verstaute die Unterlagen im Registraturschrank und ging hinaus auf den Hof, wo Jacob mit zwei Arbeitern zusammenstand. Sie hob kurz die Hand zum Gruß und trat aus dem Tor ihres Anwesens hinaus auf die Straße, blinzelte in die Sonne und atmete tief durch. Der Duft von Lindenblüten erfüllte die Luft, es war ein herrlicher Tag. Sie wischte etwas Blütenstaub von dem funkelnden Messingschild neben dem Eingang. Veuve Clicquot Fourneaux et Cie. war darauf zu lesen. Einem Impuls folgend bog Barbe nach rechts in die Rue Cérès ein, statt auf direktem Weg zum Hôtel Ponsardin zu gehen, das ihr eigentliches Ziel gewesen war, und spazierte kurz darauf durch das Stadttor hinaus auf die breite Esplanade Coquebert, die von majestätischen Linden beschattet wurde. Das milde Frühsommerwetter hatte zahlreiche Flaneure nach draußen gelockt, die gemächlich die Wege entlangschlenderten, auf steinernen Bänken saßen, Boules spielten oder in kleinen Grüppchen beieinanderstanden. Die *Promenade* gehörte zu den beliebtesten Freizeitbeschäftigungen der Bürger. Gelegenheit dazu gab es genug, denn die breiten Alleen aus Ahornbäumen, Linden, Eichen, Buchen und Eschen, die um die gesamte Stadt herumführten, waren schon vor beinahe hundert Jahren angelegt worden, sodass die Bäume eine entsprechend stattliche Größe erreicht hatten und mit ihren ausladenden Kronen ein herrliches Spiel von Licht und Schatten boten.

Ihr selbst war in den letzten Wochen und Monaten kaum Zeit für Müßiggang geblieben, und so genoss sie ihren Spaziergang ganz besonders. Sie wurde von vielen Passanten erkannt, die sie grüßten, bei ihrem Anblick miteinander tuschelten und sich vielsagende Blicke zuwarfen, die so viel auszudrücken schienen wie: «Das ist sie, die Veuve

Clicquot.» Kein Zweifel, die Tatsache, dass sie das Geschäft ihres Mannes unter eigenem Namen weiterführte, hatte sich herumgesprochen. Barbe schätzte es nicht besonders, so viel Aufsehen zu erregen, aber sie konnte nichts dagegen tun und einfach nur hoffen, dass man sich daran gewöhnte und sie irgendwann in Ruhe ließ. Niemand zog glücklicherweise in Zweifel, dass François an einem Fieber gestorben war, und das war die Hauptsache. Sie selbst verbot sich, im Zusammenhang mit seinem Tod an etwas anderes als an eine Krankheit zu denken.

Während sie langsam durch die Allee wanderte und immer wieder stehen blieb, um den Ausblick auf die Wiesen und Felder zu genießen, dachte sie daran, wie gerne sie Mentine jetzt dabeihätte. Dass sie so wenig Zeit für sie übrig hatte, war ein hoher Preis, den sie nicht gerne zahlte. Doch Mentine ging es gut im Haus ihrer Schwester, wo sie nun die meiste Zeit verbrachte, und sie war unendlich dankbar dafür, dass Clémentine nie auch nur die leiseste Andeutung darüber fallen ließ, dass Barbe ihre Pflichten als Mutter vernachlässigte. Die unerschütterliche Art, mit der Clémentine sie unterstützte, färbte ein bisschen auch auf die gesamte Familie ab und beugte der Kritik ihrer Mutter, ihres Vaters oder auch ihres Bruders vor.

Die Nachmittagssonne schien wärmer als gedacht vom beinahe wolkenlosen Himmel. Barbe ließ ihre Kaschmirstola ein wenig über die Schultern herabgleiten. Die meisten Damen trugen in dieser Saison anstelle eines Mantels einen solchen *châle* aus Baumwolle oder Kaschmir, und sie hatte sich von ihrer Schwester dazu überreden lassen, sich ebenfalls einige in gedeckten Grün- und Blautönen anzuschaffen, die ihre schwarze Witwenkleidung nun ein wenig auflockerten. Ihr Vater, der die neue Mode – wie stets – als einer der Ersten erkannt hatte, verdiente gutes Geld mit der Produktion.

Nach einer halben Stunde war Barbe bei der mittelalterlichen Porte de Mars mit ihren zwei steinernen Türmen angelangt. Sie ließ die verwitterten Ruinen des römischen Triumphbogens gleichen Namens rechts liegen, erklomm den Erdwall, der die Stadtmauer von innen säumte und auf dem es ebenfalls Spazierwege gab, die zwar ein wenig holprig waren, jedoch bezaubernde Ausblicke boten, und schlenderte zurück in die Rue Cérès, um ihrem Vater in seinem Kontor einen Besuch abzustatten.

Sie überraschte ihn in Gesellschaft von Adèle Dubois, die gerade dabei war, sich zu verabschieden. Barbe freute sich, ihre Freundin zu sehen, aber Madame Dubois errötete bei ihrem Anblick und ließ sich auf keine Plauderei ein, sondern verließ das Kontor mit einem hastigen: «À bientôt, Madame Clicquot.»

Ihr Vater rieb sich nervös die Hände.

«Barbe, welch eine Überraschung!», sagte er.

«Sie ist immer noch eine Schönheit, nicht wahr, Papa?», sagte Barbe schmunzelnd, als sie merkte, wie verlegen ihr Vater war. «Aber ich bin nicht Maman. Vor mir brauchst du keine Angst zu haben.»

«Madame Dubois kam nur zufällig vorbei», sagte ihr Vater.

«Soso. Daran hatte ich gar nicht gezweifelt, aber jetzt wo du es erwähnst ...», erwiderte Barbe neckend.

Nicolas Ponsardin gab seine finstere Miene auf, drohte ihr scherzhaft mit dem Finger und ließ sich in seinen Schreibtischstuhl sinken. Er wirkte mit einem Mal sehr jung.

«Du hast ja recht. Deine Mutter sieht es nicht gern, wenn wir, nun ja, Zeit miteinander verbringen, Madame Dubois und ich. Die alte Geschichte. Aber unsere Unterredung war rein geschäftlich.»

«Selbstverständlich», erwiderte Barbe. «Worum ging es denn? Verrätst du es mir?»

Ihr Vater strich sich nachdenklich mit der Hand übers Kinn.

«Gut», sagte er schließlich. «Du würdest es ohnehin bald erfahren.» Er lehnte sich über seinen Schreibtisch. «Aber vorerst kein Wort zu irgendjemandem. Auch nicht zu Fourneaux!»

«Natürlich nicht, Papa», sagte Barbe. Ihre Neugierde war nun endgültig geweckt. Sie ließ sich in dem Stuhl ihm gegenüber nieder.

«Maschinen. Es geht um englische Textilmaschinen zum Spinnen von Wolle und Baumwolle.»

«Maschinen aus England? Aber England liefert keine Maschinen nach Frankreich.»

«Madame Dubois kennt einen belgischen Ingenieur, der bereit ist, sie für uns zu bauen. Sie hat uns den Kontakt verschafft. Einen Monsieur Cockerill, der lange in England gelebt und gearbeitet hat.» Ihr Vater senkte die Stimme. «Er hält das Patent auf eine Spinnmaschine, die in einer Stunde so viel schafft wie sechzig Arbeiterinnen.»

«Also planst du eine Spinnerei? Aber du hast doch jetzt schon so viel zu tun, woher willst du die Zeit dafür nehmen?»

«Dein Bruder hat den Dienst bei der Armee vergangene Woche quittiert, zumindest vorläufig. Gerade in diesem Moment ist er dabei, mit dem Besitzer des Grundstücks zu verhandeln, wo die Fabrik einmal stehen soll.»

«Wo? Wo wollt ihr sie bauen?»

«In Saint Brice, am Ufer der Vesle. *Ponsardin et fils* wird das Unternehmen ab sofort heißen. Aber ich habe trotzdem vor, mich aus dem Geschäft nach und nach zurückzuziehen. Der Bürgermeister hat andere Aufgaben für mich.»

«Tronsson-Lecomte nutzt dich aus», sagte Barbe skeptisch. «Er lässt dich die ganze Arbeit machen. Da kannst du auch gleich selbst Bürgermeister werden.»

Ihr Vater sah sie mit hochgezogenen Augenbrauen an.

«Ach so, daher weht der Wind!», rief Barbe.

Ihr Vater nickte. «Vorsitzender des *Conseil de Commerce* zu sein ist gut und schön, doch viel zu bestimmen hat der Rat nicht», erklärte er. «Wir können nur Empfehlungen abgeben, die Entscheidungen trifft der Bürgermeister. Indem ich mich bei Tronsson-Lecomte unentbehrlich mache ...»

«... bringst du dich als Kandidat in Stellung», ergänzte Barbe. Ihr Vater war ein Fuchs, das musste man ihm lassen.

«Das hat Zeit. Jedenfalls kann ich als rechte Hand des Bürgermeisters Baptiste bei seinen Vorhaben helfen, ihm den Weg ebnen.»

«Das ist ja sehr vorteilhaft für meinen kleinen Bruder», sagte Barbe trocken und spürte, wie ihr die Hitze in die Wangen stieg. Sie reagierte immer noch empfindlich, wenn sie sich von ihrem Vater übergangen fühlte, was oft genug vorkam.

«Und dir und Fourneaux natürlich auch», fügte ihr Vater hinzu. «Apropos. Hast du etwas Neues von Fourneaux gehört?»

«Ja. Gestern kam ein Brief von ihm an», sagte Barbe. Sie hatte das nicht unbedingt zum Thema machen wollen, doch jetzt, da ihr Vater sie direkt darauf ansprach, blieb ihr nichts anderes übrig.

Er spielte auf ein Problem an, das ihr schon viele schlaflose Nächte bereitet hatte. Im Februar hatten sie und Fourneaux eine Sendung von vierzigtausend Bouteillen Champagner mit dem Schiff von Rouen nach Amsterdam losgeschickt, einem auf französischen Handelsrouten wenig genutzten Seehafen, um auf diese Weise die geschlossenen Häfen von Dieppe und Brüssel zu umgehen. Zunächst hatte alles gut ausgesehen. Die Ware war im Frühjahr wohlbehalten in Amsterdam angekommen und wurde sogar bereits verladen, um weiter an ihre Kunden in Preußen, Skandinavien und Russland versendet zu werden, als sich mit einem Mal die Nachricht verbreitete, dass der Hafen von Amsterdam geschlossen worden war. Kein Schiff, das französische Ware an Bord hatte, durfte mehr an- oder ablegen. Also hatten sie die Kisten wieder abladen müssen, und das Handelshaus, das vor Ort für den Champagner zuständig war, hatte allergrößte Mühe gehabt, in den überquellenden Lagern überhaupt noch Platz für ihre empfindliche Fracht zu finden. Sommerliche Temperaturen waren für den Champagner eine Katastrophe, weshalb er nur in den kalten Monaten transportiert werden durfte. Aber auch ein ungeeignetes Lager konnte dazu führen, dass er vollständig verdarb und ungenießbar wurde. Also war Fourneaux persönlich nach Amsterdam gereist, um nach dem Rechten zu sehen.

«Ja und? Was schreibt er?» Ihr Vater sah sie mit besorgter Miene an, als befürchte er das Schlimmste.

Barbe zuckte die Achseln. Es ärgerte sie, dass er so direkt den Finger in die Wunde legte, und sein mitleidiger Blick machte es nicht besser. Alles war noch so neu, und sie hätte viel lieber von Erfolgen berichtet.

«Er ist auf der Suche nach anderen Lagerräumen. Die Hallen auf den Quais sind denkbar ungeeignet, aber genau dort befinden sich unsere Bouteillen zur Zeit. Für den Transport zurück ist es jedenfalls zu spät.»

«Das hört sich nicht gut an. Hoffentlich findet sich noch eine Lösung.»

«Da bin ich sicher», entgegnete Barbe selbstbewusster, als ihr zumute war.

Ihr Vater hob beschwichtigend die Hände. «Schon gut, ich glaube dir. Ich weiß ja, dass du Mittel und Wege kennst, deine Ziele zu erreichen.»

Barbe unterdrückte ihren Ärger. Immer wieder machte er solche Anspielungen, aber damit musste sie zurechtkommen. Selbst wenn ihr Vater ihren Erfolg anerkannte, hatte er ihr das Täuschungsmanöver beim kaiserlichen Empfang nie so ganz verziehen. Dabei waren ihre Methoden den seinen gar nicht so unähnlich. Sie hatte sich von ihm mehr abgeschaut, als ihm bewusst war. Sie schlug einen sanfteren Ton an:

«Ach Papa, lass uns bitte nicht streiten. Ich bin eigentlich hergekommen, um dich um einen Gefallen zu bitten. Es ist nämlich so, dass mir die Arbeiter ausgehen. In Reims scheint jeder einzelne Mann beschäftigt zu sein. Du kennst mehr Leute auf den Dörfern und auf dem Land. Ich dachte, du könntest uns vielleicht helfen? Die Arbeit im Keller ist diffizil, darum zahlen wir gut. Und es gibt Chancen, sich hochzuarbeiten. Wer ein bisschen mehr Ehrgeiz mitbringt als der Durchschnitt, ist bei uns gut aufgehoben.»

Ihr Vater nickte ernst.

«Mit dem Mangel an Arbeitern steht ihr nicht allein da. Was meinst du, warum ich in Maschinen investiere? Trotzdem, ich will sehen, was ich für euch tun kann.»

«Danke, Papa», sagte Barbe und erhob sich. «Das wäre wirklich ein Segen. Und nun will ich dich nicht weiter stören. Du hast zu tun, und auf mich wartet noch eine Menge Korrespondenz.»

«Maman hat gefragt, wann sie dich mal wieder zu Gesicht bekommt. Darf ich ihr sagen, dass du in den nächsten Tagen bei uns zu Abend essen wirst?»

«Nächste oder übernächste Woche vielleicht, Papa. Ich habe noch so viel zu erledigen. Übermorgen fahre ich in die Glasbläserei nach Folembray. Ich will mir selbst ein Bild davon machen, wie unsere Bouteillen hergestellt werden.»

«Nach Folembray? Kann das nicht warten? Lass das doch lieber Fourneaux übernehmen.»

Barbe spürte, wie sie ungehalten wurde.

«Nein, das kann nicht warten. Wir brauchen die neuen Bouteillen dringend. Ich korrespondiere mit einem Monsieur de Montizeau, komme aber so nicht recht weiter. Ich muss persönlich mit ihm sprechen.»

«Sind das nicht zwei oder sogar drei Tagesreisen von hier? Die Straßen können gefährlich sein.»

«Es ist wirklich wichtig, Papa. Baptiste würdest du nicht hineinreden. Du würdest fragen, warum er nicht schon längst unterwegs ist.»

Ihr Vater ließ nicht locker. «Dein Bruder ist ein Mann. Du bist eine Dame.»

«Eine Dame, die eine Firma zu führen hat. Ich fahre mit Longchamps, auf ihn ist Verlass. Außerdem wird Monsieur Bohne mich begleiten. Er hat seine Abreise nach Russland extra deswegen verschoben.»

«Louis Bohne, soso», sagte ihr Vater, und diesmal war es an Barbe, verlegen zu sein. Sie bemühte sich jedoch, es zu überspielen.

«Was ist, was deutest du an, Papa?», fragte sie betont forsch.

Er schüttelte nachdenklich den Kopf.

«Nun, Monsieur Bohne macht dir den Hof, das ist offensichtlich. Und es muss dir bewusst sein, wenn du wirklich mit ihm nach Folembray fährst.»

Barbe starrte ihren Vater mit offenem Mund an. Was er da unterstellte, kam für sie so plötzlich, dass ihre Gedanken gar nicht so schnell mitkamen. «Wie kommst du darauf? Louis Bohne denkt gewiss nicht ans Heiraten. Er hat nur seine nächste Reise im Kopf.»

«Die er mit dir unternehmen wird, wie du mir gerade offenbart hast», erwiderte ihr Vater.

Barbe runzelte die Stirn. Warum nur musste alles immer derart kompliziert sein?

«Und was soll ich deiner Meinung nach tun?», fragte sie verärgert. «Wenn ich ohne Begleitung reise, ist es nicht recht und mit Begleitung ebenso wenig?»

«Deiner Maman dürfen wir davon jedenfalls nichts erzählen. Sie hat einen anderen Kandidaten für dich im Auge. Einen Grafen. Sie wollte ihn dir demnächst vorstellen.»

«Einen Kandidaten? Was soll das? Wie kommt ihr denn auf die Idee, dass ich mich wieder verheiraten will?»

«Willst du nicht?»

«Papa!», Barbe beherrschte sich nur mühsam, die Stimme nicht zu erheben. Das war doch nicht zu fassen! «Die Firma trägt meinen Namen, *Veuve Clicquot.* Das könnt ihr doch nicht vergessen haben, du und Maman? Wenn ich mich wieder verheiraten würde, wäre alles umsonst gewesen.»

«Nein, natürlich habe ich das nicht vergessen. Verzeih, du bist eben eine gute Partie.»

Er sagte es mit einem Lächeln, als mache er einen Scherz, aber Barbe wusste, wie gerne ihre Eltern es gesehen hätten, wenn wenigstens eine ihrer Töchter einen Adligen geheiratet hätte. Doch es verletzte sie, dass er ausgerechnet jetzt davon anfing, wo sie gerade eine Firma gegründet hatte. War die Sache mit Fourneaux etwa nur eine Finte gewesen? Wollte er in Wahrheit, dass sie die Arbeit möglichst schnell wieder aufgab?

Ihr Vater stand auf und legte ihr mit einer versöhnlichen Geste die Hand an die Wange. «Schon gut, mein Kind. Beruhige dich. Ich will dir in deine Angelegenheiten auch gar nicht hineinreden. Ganz offensichtlich hast du ein gewisses Talent fürs Geschäft, das will ich dir nicht absprechen.»

«Danke, Papa», sagte Barbe, immer noch misstrauisch.

«Aber wir sagen Maman nichts davon, dass Louis Bohne dich begleitet. Und nimm Céline mit.»

«Ich werde darüber nachdenken, Papa.»

Kapitel 13

Der Kutscher ist da, Madame.»

«Danke, Alphonse», erwiderte Barbe. Sie saß bereits fertig angekleidet in ihrem Salon und trank den letzten Schluck ihres Kaffees. Es war erst halb fünf, und so früh am Morgen verspürte sie keinen Hunger. Sie würden unterwegs eine Pause machen und etwas essen.

Alphonse stand immer noch in der Tür, als warte er auf etwas. Barbe lächelte ihm freundlich zu. Ihr junger Commis hatte sich hervorragend entwickelt und war in den letzten fünf Monaten, seit der offiziellen Gründung ihrer neuen Firma, förmlich aufgeblüht. Wirklich ein intelligenter Junge, aus ihm würde etwas werden. Es war eine gute Entscheidung gewesen, ihn zu behalten.

«Du schaffst das schon, Alphonse», sagte sie. «In ein paar Tagen bin ich wieder zurück. Jacob hat seine Instruktionen, doch ich wäre dir dankbar, wenn du auch ab und zu im Keller nach dem Rechten schaust. Die Korrespondenz muss wie erwähnt erledigt werden, und wenn Monsieur Hartmann früher als erwartet eintreffen sollte, dann hilf ihm bitte, eine Unterkunft in Reims zu finden, die ihm zusagt. Ich vertraue dir, Alphonse.»

«Danke, Madame», sagte Alphonse, blieb jedoch in der Tür stehen und knetete seine Hände.

«Was ist? Was gibt es noch?»

«Ich wollte fragen, Madame, ich hätte eine Bitte ... also,

ich wollte fragen, ob Sie es eventuell in Erwägung ziehen könnten ...»

Barbe sah ihn stirnrunzelnd an. «Ja, was denn Alphonse? Du sprichst in Rätseln, dabei bist du doch sonst nicht auf den Mund gefallen. Sag einfach, was du auf dem Herzen hast.»

«Ja, also, Sie sind doch immer noch auf der Suche nach Arbeitern für den Keller. Und ich wollte fragen, ob Sie vielleicht meinen kleinen Bruder Joseph für eine Stellung in Betracht ziehen möchten.»

«Deinen kleinen Bruder? Wie alt ist er denn, dein kleiner Bruder?»

«Zehn, Madame.»

«Er ist erst zehn Jahre alt?»

«Neun, um genau zu sein. Aber er wird bald zehn. Und er wirkt viel älter, wirklich. Er kann arbeiten wie ein Großer. Ich dachte, er könnte zum Beispiel Fässer reinigen.»

«Sagtest du nicht, er sei schon groß?» Barbe versuchte, ihr Schmunzeln zu verbergen.

«Er wirkt älter, aber er ist klein», erläuterte Alphonse und lief rot an.

«Geht er nicht zur Schule?»

«Schon, also manchmal. Die Schule ist über eine Stunde entfernt, er kann – das heißt, er schafft es nicht immer. Wenn er hier wäre, dachte ich, könnte ich ihm noch ein bisschen was beibringen. Er kann in meiner Kammer schlafen, und er arbeitet wirklich hart. Und es würde meine Arbeit für Sie auch in keiner Weise beeinträchtigen, das verspreche ich!»

Barbe sah ihn betroffen an. «Ich verstehe, Alphonse.» Sie erhob sich. «Jetzt habe ich keine Zeit mehr, aber ich werde darüber nachdenken. Aus welchem Ort kommt noch gleich deine Familie?»

«Aus Pont-Arcy, Madame, am Ufer der Aisne.»
«Wir sprechen darüber, wenn ich wieder hier bin.»
Céline erschien hinter Alphonse in der Tür.
«Die Sonne scheint, aber es ist trotzdem noch kühl draußen Madame. Ich habe Ihnen eine Decke in die Kutsche gelegt.»
«Danke, Céline.»
«Sind Sie sicher, dass Sie alleine fahren wollen?»
«Ich bin sicher, Céline.»

Die Pferde trabten los. Barbe hatte einen ihrer Fuhrunternehmer für diese Reise engagiert. Longchamps besaß ein etwas vierschrötiges Gesicht und sprach wenig, war jedoch zuverlässig und genau und vor allem erwiesenermaßen wehrhaft. Barbe wusste, dass er zum Schutz vor Strauchdieben bewaffnet war, eine sinnvolle Vorsichtsmaßnahme, über die sie jedoch lieber nicht allzu viel nachdenken wollte. Longchamps' Kutsche war ein wenig in die Jahre gekommen, die Sitze waren jedoch frisch bezogen und gepolstert. Ihrer eigenen schwarz lackierten, viersitzigen Kalesche hatte sie die strapaziöse Überlandfahrt nicht zumuten wollen, ganz abgesehen davon, dass es nicht vorteilhaft gewesen wäre, mit einem solch exklusiven Gefährt bei einem ihrer Lieferanten vorzufahren.

Louis, der in der Rue de Cernay außerhalb der Stadtmauer Quartier genommen hatte, wartete vor dem Haus seiner Wirtin auf sie.

«Aber Louis, Sie sind ja bescheiden! Ist das wirklich alles, was Sie dabeihaben?», fragte Barbe, als sie seine kleine Reisetasche erblickte.

«Wer viel reist, lernt, sich zu bescheiden, Madame», sagte er, reichte Longchamps die Tasche, der sich daranmachte, sie im Heck neben Barbes Gepäck festzuzurren, kletterte in die Kabine und küsste ihr die Hand.

«Sie sehen sehr hübsch aus heute Morgen», sagte er mit Bewunderung in der Stimme. «Die Stickereien sind wirklich exklusiv, und dieses Blau schmeichelt Ihnen. Ist das ein Schal aus der Produktion Ihres Vaters?»

Barbe war etwas peinlich berührt ob seines überschwänglichen Kompliments, freute sich jedoch insgeheim. «Danke, Louis, Sie sind zu freundlich. Nein, er kommt aus Florenz.»

«Verstehen Sie mich nicht falsch. Schwarz steht Ihnen ausnehmend gut, aber es ist schön, zu sehen, dass Sie es von Zeit zu Zeit mit ein wenig Farbe auflockern.» Er griff nach einem Ende des Schals, das heruntergeglitten war, und legte es ihr um die Schulter. «Dieselbe Farbe wie Ihre Augen», fügte er nach kurzem Zögern hinzu.

«Sie machen mich verlegen, Louis», sagte Barbe, die den Schal aus ebendiesem Grund ausgewählt hatte.

«Das war nicht meine Absicht. Lassen Sie uns einfach die Fahrt genießen», antwortete Louis lächelnd.

Die nächste halbe Stunde saßen sie schweigend nebeneinander, während die Kutsche die letzten Häuser hinter sich ließ und die gut befestigte Straße nach Laon entlangfuhr, an Feldern vorbei, auf denen gelbgrün das Korn stand. Hier in der Ebene gab es keine Weinberge mehr, die lagen östlich und südlich von Reims, aber nicht in Richtung Nordwesten. Die Wege waren trocken, und die Pferde, noch vollkommen frisch, trabten munter dahin. Es war eine angenehm ruhige Fahrt, und trotzdem fühlte Barbe eine gewisse Erregung in sich, die sie nicht recht einordnen konnte. Das Gespräch mit ihrem Vater und seine Bemerkungen über Louis wollten ihr nicht aus dem Kopf. Gedankenverloren spielte sie mit dem Stoff ihres Schals.

Als die Sonnenstrahlen merklich wärmer geworden waren, hielten sie an und breiteten ihr Picknick auf einem großen runden Stein aus. Sie frühstückten mit Blick auf ein kleines Wäldchen. Die Luft war mild, und vor ihnen schraubten sich die Lerchen in den Himmel, ließen sich wieder fallen und sangen eine endlose an- und abschwellende Melodie. Ein Tag wie ein Gottesgeschenk, dachte Barbe, die nach den vielen Wochen am Schreibtisch die Natur und den Frieden genoss.

Louis hatte seit seiner Begrüßung kaum das Wort an sie gerichtet. Doch immer wenn sie ihn ansah, wenn sie einander das Brot oder den Käse reichten, lächelte er ihr zu.

«Pont-Arcy, wäre das ein großer Umweg?», fragte sie Longchamps, als sie zur Kutsche zurückkehrten, um die Reise fortzusetzen.

«Eine Stunde», brummte Longchamps, «vielleicht zwei, je nachdem, wie es um die Wege steht.»

«Schaffen wir es dann immer noch bis zu unserem ersten Quartier?», hakte Barbe nach.

«Kommt darauf an, wie lange Sie sich aufhalten wollen», erwiderte der Kutscher.

«Nicht lange. Fahren Sie bitte nach Pont-Arcy», bestimmte sie kurzentschlossen.

Der Kutscher räusperte sich. «Das kann ich machen, aber ich muss Sie warnen, Madame. Es wird ungemütlich werden.»

«Fahren Sie trotzdem.»

Louis sah sie fragend an, und sie erzählte ihm von dem Gespräch, das sie am Morgen mit Alphonse geführt hatte. «Ich hoffe, Sie sind einverstanden, Louis?»

«Natürlich, aber ich fürchte, Alphonse würde das nicht wollen», gab Louis zu bedenken.

«Ich weiß. Darum habe ich ihm auch nichts davon gesagt», sagte Barbe. «Doch die Gelegenheit ist günstig, meinen Sie nicht auch?»

Kurz darauf bog die Kutsche ab. Die Straße war nun wesentlich schlechter als zuvor. Selbst wenn sie sich hätten unterhalten wollen, wäre dies jetzt kaum mehr möglich, ohne Gefahr zu laufen, sich auf die Zunge zu beißen. Die Aisne durchfloss diese Gegend in zahlreichen mäandernden Strömen und trat bei Regen häufig über die Ufer, was den Wegen nicht zuträglich war. Harte Stöße erschütterten ihr Gefährt, und immer wieder wurden sie gegeneinandergeworfen, bis Louis schließlich spontan seinen Arm um ihre Schultern legte und sie an sich zog.

«So sitzen wir stabil. Das ist bequemer», sagte er.

Barbe nickte und lehnte sich nach kurzem Zögern an ihn.

Alphonses Geschwister zu finden war nicht besonders schwer. Pont-Arcy war klein, und die Zahl der Neugierigen, die beim Anblick der Kutsche bereitwillig Auskunft gaben, dementsprechend groß. Barbe bat Longchamps, den Picknickkorb loszubinden, und dann gingen sie und Louis, der den Korb trug, zu Fuß in die angegebene Richtung weiter, während der Kutscher die Pferde tränkte.

Das Häuschen mit dem Strohdach lag auf einem Hügel und war einfach und beinahe schon baufällig, der kleine Gemüsegarten davor wirkte hingegen gepflegt. Barbe blieb vor dem schief in den Angeln hängenden Gartentor stehen und betrachtete die Tomaten, die in rotbackigen Büscheln an den Sträuchern hingen. Ein junges Mädchen war gerade dabei, Johannisbeeren in einen Krug zu sammeln. Ein etwa zwei- oder dreijähriges Kind saß daneben im Gras und spielte mit Steinchen.

«Cathérine?», fragte Barbe.

Das Mädchen, das nahe der Hauswand gestanden hatte, drehte sich um und sah sie mit offenem Mund an. Sie trug ein Tuch um den Kopf, das sie sich über der Stirn zu einer Schleife gebunden hatte, und war recht hübsch mit einem herzförmigen Gesicht, frischem Teint und einem kleinen rosigen Mund.

«Ich bin Madame Clicquot Ponsardin. Dein Bruder Alphonse arbeitet bei mir.»

Kurz darauf saß sie in der Stube auf einem wackligen Hocker an einem einfachen Tisch. Alles war so klein und eng, dass Louis unter dem Vorwand, seine Stiefel reinigen zu müssen, draußen im Garten geblieben war. Cathérine hatte ein paar Kräuter mit kochendem Wasser aufgebrüht und reichte ihr einen Metallbecher mit dem heißen Getränk. Sie sprach nur das Nötigste. Es war offensichtlich, dass sie sich für die einfache Ausstattung ihres Zuhauses schämte und große Angst hatte, einen Fehler zu machen. An einem Spinnrad in einer Ecke arbeitete ein Junge, der Alphonse wie aus dem Gesicht geschnitten zu sein schien, dieselben Sommersprossen und derselbe wache Blick.

«Bist du Joseph?», fragte Barbe zu dem Jungen gewandt. Er nickte.

Cathérine hatte sich das Kleinkind auf die Hüfte gesetzt, das sich den Daumen in den Mund schob, um daran zu nuckeln, und Barbe mit großen Augen unverwandt musterte.

«Wie heißt es?», fragte Barbe, die sich nicht sicher war, ob sie einen Jungen oder ein Mädchen vor sich hatte.

«Das ist Cyril», antwortete Cathérine und küsste das Kind auf den Kopf.

Barbe lächelte und sagte: «Hallo, Cyril».

Die Augen des Kleinen begannen zu strahlen, und er fing fröhlich an zu glucksen.

«Ich habe etwas für euch», sagte Barbe, die sich vom Anblick des aufgeweckten Kindes kaum losreißen konnte. Sie stellte den Korb auf den Tisch und zog das Tuch zur Seite. Man sah dem Inhalt nicht an, dass Louis und sie daraus gefrühstückt hatten. Käse und Brot lagen darin, Schinken, Salami, hart gekochte Eier und andere Köstlichkeiten. Joseph hielt mit dem Treten des Fußbretts inne, ließ den Faden abreißen und kam ebenfalls an den Tisch.

«Ein Geschenk von Alphonse, er lässt euch herzlich grüßen», sagte Barbe und erhob sich. «Vielen Dank für den Tee. Wir müssen jetzt wirklich weiter.»

«Meinen Respekt. Respekt vor diesen Kindern und vor dem jungen Alphonse», sagte Louis Bohne, als sie wieder in der Kutsche saßen und ihre Fahrt auf einem glücklicherweise etwas weniger stark beschädigten Fahrweg fortsetzten. «Was ist, haben Sie eine Entscheidung getroffen? Bezüglich Joseph, meine ich.»

Barbe war vollkommen in Gedanken. «Ich weiß nicht recht. Mir ist ganz wirr im Kopf. Alles war so einfach und doch so ... es war so sauber, in jeder Hinsicht sauber. Es war rein und pur, verstehen Sie, was ich meine?» Nun, da sie ihre Gedanken aussprach, spürte sie, wie bewegt sie immer noch war. «Dieses tapfere junge Mädchen ganz allein mit den kleinen Geschwistern. Meinen Sie, ich würde ihr einen Gefallen tun, wenn ich ihr den zweiten Bruder auch noch nähme?»

«Sehen Sie das nicht ein wenig zu romantisch, Madame? Cathérine – das war doch ihr Name – sie hätte einen Esser weniger am Tisch.»

«Mir kam etwas ganz anderes in den Sinn. Ich dachte eher daran, nicht nur den Knaben mitzunehmen, sondern alle drei.»

Louis sah sie von der Seite an. «Sie verstehen es immer wieder, mich zu überraschen, Madame.»

«Ich werde auch Mentine wieder zu mir nehmen. Ich kann sie ja nicht für immer bei meiner Schwester lassen. Cathérine scheint sehr fürsorglich zu sein, sie wäre sicher eine große Hilfe. Außerdem beschwert sich die Köchin ständig, dass sie noch Unterstützung für den Küchengarten bräuchte. Und Cyril – der Kleine – hat einen ausgesprochen wachen Blick. Das zeugt von einem aufgeweckten Charakter. Ich habe mich gleich in ihn verliebt.»

«Hätten Sie denn gerne weitere Kinder? Ich meine, eigene Kinder», fragte Louis.

«François und ich hätten gerne noch einen Sohn gehabt», erwiderte sie, ohne darauf einzugehen, dass er diese Frage offen gestellt hatte und nicht so, als sei sie durch ihre Witwenschaft längst entschieden. Eine längere Pause entstand, in denen beide ihren Gedanken nachhingen.

«Die meisten wohlhabenden Eltern aus Reims schicken ihre Mädchen für den Schulbesuch nach Paris. Glauben Sie, das ist eine gute Idee?», setzte Barbe das Gespräch nach einer Weile fort.

«Das dürfen Sie mich nicht fragen», erwiderte Louis. «Kindererziehung, nun ja, damit kenne ich mich nicht sonderlich gut aus.»

«Das erste Fach, von dem Sie nichts verstehen», sagte Barbe und lächelte ihn an. «Ich hätte nicht für möglich gehalten, dass es das gibt. Was ist mit Ihnen, mein lieber Louis? Wie sind Sie aufgewachsen. Haben Sie Geschwister?»

«Zwei jüngere Brüder, die jedoch beide leider verstorben

sind. Mein Vater war ein Kaufmann, so wie Sie und François. Er hat in Mannheim mit Leder gehandelt. Frisch gegerbtes Leder – niemals werde ich diesen Gestank vergessen. Nein wirklich, Sie wissen gar nicht, was für ein Glück Sie haben. Champagner! Ich bin sehr dankbar, dass Ihr Mann mich damals gefunden hat. Das ist eine ganz andere Welt.»

«Haben Sie bei Ihrem Vater gelernt?»

«Er war klug genug, mich woanders hinzuschicken. So bin ich in Basel gelandet. Aber ich bin nicht gern fortgegangen. Das Geschäft meines Vaters lag direkt am Hafen, und das habe ich sehr vermisst. Bis heute liebe ich Häfen über alles. Geben Sie mir ein Schiff, und schon bin ich fort.»

«Ein Pferd oder eine Kutsche tun es doch auch, wie mir scheint. Ich kenne keinen anderen Menschen, der so unstet ist wie Sie, Louis.»

«Unstet? Das täuscht. Sehen Sie, ich bin jetzt zweiunddreißig Jahre alt. Noch drei oder vier Jahre, dann will ich mich niederlassen. Schluss mit der Reiserei, auf die Dauer ist das nicht gut für die Knochen.» Wie um seine Aussage zu unterstreichen, machte die Kutsche in diesem Moment einen Satz, der sie fast von den Sitzen geworfen hätte. Louis konnte Barbe gerade noch festhalten. «Überrascht Sie das? Ihr Mann wusste davon. Ich habe nie ein Geheimnis daraus gemacht», sagte er.

«Wo?», fragte Barbe, die fühlte, dass ihr das Blut aus dem Gesicht gewichen war. «Wo wollen Sie sich niederlassen?»

«Reims ist ein guter Ort. Ich lebe gerne dort.»

Louis hielt sie immer noch fest im Arm, was ihm erst jetzt bewusst zu werden schien. Langsam ließ er sie los, und Barbe wurde klar, wie sehr er sie mit seinen Worten in Verlegenheit versetzt hatte. Gerade erst hatte sie ihrem Vater versichert, dass Louis Bohne nicht daran denke, sich niederzulassen. Und nun erzählte er ihr genau das Gegenteil. Sie strich ihren Rock glatt, rückte ein klein wenig von ihm ab, machte eine Bemerkung über die schlechten Straßen – und dann studierte sie die Landschaft, als gäbe es nichts Interessanteres als die Schafe auf der Weide. Dabei fühlte sie nach wie vor seinen Blick auf sich.

«Sehen Sie, all diese Verkäufer, die nun für uns arbeiten, brauchen Ordnung und Anleitung. Ich dachte, dass ich womöglich auch in Reims für Sie von Nutzen sein könnte?», hörte sie ihn beinahe verzagt neben sich sagen.

Endlich blickte sie ihn wieder an.

«Natürlich, Louis. Selbstverständlich. Ich könnte niemals auf Sie verzichten», sagte sie.

Kapitel 14

Wegen des Abstechers nach Pont-Arcy mussten sie dann doch in einer sehr einfachen Unterkunft Quartier nehmen. Longchamps, der ungehalten wegen des Umwegs war und um seine Pferde fürchtete, die nun viel länger als gedacht hatten arbeiten müssen, ließ sich nicht dazu überreden, weiterzufahren, um nach etwas Angemessenerem zu suchen. Man bot ihnen ein Ragout zum Abendessen an, doch Louis Bohne schüttelte den Kopf und bestand auf gekochtem Gemüse. Das sei sicherer, erklärte er Barbe, wenn sie nicht die Nacht auf dem Abort verbringen wollten.

Am nächsten Tag brachen sie nach einem mageren Frühstück, das aus trockenem Brot und saurer Milchtunke bestand, sehr früh wieder auf und erreichten gegen Mittag die Glasbläserei von Folembray, ein Ensemble von mehreren Gebäuden, die sich um einen großen Bau in der Mitte gruppierten, aus dessen Schornstein schwarzer Rauch aufstieg. Rußpartikel flogen umher, und ein scharfer Geruch lag in der Luft. Etwa ein Dutzend Arbeiter war damit beschäftigt, mit Hilfe von Handkarren Fuhrwerke voller Quarzsand und Kohle zu entladen. Sie arbeiteten schweigend und in großer Eile. Das regelmäßige scharrende Geräusch der Schaufeln hallte von den Wänden wider.

Ein für diese Umgebung zu elegant gekleideter Herr im schwarzgrauen Rock mit leuchtend gelber Halsbinde trat vor die Tür des repräsentativsten Hauses, das ein wenig zurückversetzt lag. Ein unsichtbarer dienstbarer Geist hatte ihm offenbar ihre Ankunft mitgeteilt. Das musste der Besitzer der Glasbläserei sein, ebenjener Monsieur de Montizeau, mit dem Barbe korrespondiert hatte. Er war groß und schlank, etwa vierzig Jahre alt und trug sein Haar nach alter Sitte zu einem Zopf gebunden, wenn auch nicht gepudert. Nicht alles an der alten Zeit war schlecht gewesen, dachte Barbe bei seinem Anblick, die stets ein bisschen bedauert hatte, dass ihr Vater diese Haartracht vor einigen Jahren aufgegeben hatte. Als Kind hatte sie es geliebt, wenn ihre Eltern von früher erzählten. Sie hatten kurz vor der Krönung von Ludwig XVI. geheiratet und waren auf dem Porträt, das aus dieser Zeit stammte, ganz nach der damaligen Mode gekleidet, ihre Mutter mit toupiertem Haar, geschnürter Taille und ausladendem Rock und ihr Vater mit sorgfältig ondulierter Perücke.

Monsieur de Montizeau hatte inzwischen den Hof mit langen Schritten durchquert.

«Madame Clicquot Ponsardin, nehme ich an? Willkommen in Folembray. Und mein herzliches Beileid zu Ihrem Verlust. Ich habe Ihren Gatten sehr geschätzt», begrüßte er sie, küsste ihr die Hand und verbeugte sich knapp vor Louis Bohne, der sich als Handelsreisender der Firma Veuve Clicquot Fourneaux et Cie. vorstellte.

Barbe schluckte trocken und nickte höflich. Beileidsbekundungen, und waren sie noch so gut gemeint, versetzten ihr stets einen kleinen Stich, doch ließ sie nicht zu, dass man ihr das anmerkte. Sie hatte über ihren Gesprächspartner Erkundigungen eingezogen. Der Direktor der königlichen Glasbläserei Folembray – ein Status, den er im weiteren Verlauf des Nachmittags nicht müde wurde zu betonen – hatte eine Adlige geheiratet und auf diese Weise seinen Titel erworben. Der elegante Salon, in dem er ihnen nun aus geschliffenen Gläsern von einem Diener in Livree Erfrischungen und glücklicherweise auch etwas zu essen servieren ließ, konnte nicht darüber hinwegtäuschen, dass er nichts weiter als ein Kaufmann war, ebenso wie sie selbst. Ein etwas bescheideneres Auftreten wäre seinem Geschäft wohl zuträglicher gewesen, dachte Barbe bei sich und glaubte, die Schwäche des Herrn Direktors erkannt zu haben. Nachdem sie ein paar höfliche Worte über dies und das gewechselt hatten, stellte sie ihr Glas ab und sprach ohne Umschweife das Problem an, wegen dem sie gekommen war. Sie hatte eine Bouteille mitgebracht, die sie Monsieur de Montizeau nun als Muster präsentierte.

«Keine von Ihren, Monsieur de Montizeau», sagte sie. «*Leider* keine von Ihren.»

Der Direktor musterte die Bouteille von allen Seiten und stellte sie zurück auf den Tisch neben eine Reihe seiner eigenen Bouteillen.

«Maubeuge», sagte er mit einem feinen Lächeln.

«Richtig, Maubeuge. Und ich muss Ihnen sagen, dass diese Form weit gefälliger ist als diejenige aus Ihrer Produktion. Sie findet nicht nur bei uns, sondern auch bei unseren Kunden den größten Zuspruch. Der Durchmesser ist etwas schmaler, und der Hals dafür ein wenig länger, sehen Sie, wodurch die Proportionen stimmiger und eleganter sind. Die Öffnung hat einen gleichmäßigen, nicht zu stark abgerundeten Wulst, perfekt, um die Verschnürung anzubringen.»

«Und wie zufrieden sind Sie mit der Stabilität, Madame?», fragte der Direktor.

«Könnte besser sein», gab Barbe zu.

Monsieur de Montizeau nickte. «Genau dies ist der Grund, weswegen Ihr Mann sich vor zwei Jahren für uns entschieden hat», sagte er und spitzte die Oberlippe, «und er war stets sehr zufrieden.»

«Mein Mann ist leider verstorben, wie Sie wissen», erwiderte Barbe mit unbewegter Miene. «Nun führe ich die Gespräche.»

Aus dem Augenwinkel nahm Barbe wahr, dass Louis ihr einen ebenso überraschten wie anerkennenden Blick zuwarf.

«Das ist nicht so einfach, wie Sie denken», sagte Monsieur de Montizeau und konnte die Herablassung in seiner Stimme nun nicht mehr verbergen. Er warf einen Blick auf Louis Bohne, der sich jedoch nicht in das Gespräch einmischte, sondern, so kam es Barbe vor, vielmehr in sich hineinschmunzelte. «Nehmen Sie es bitte nicht persönlich, aber Ihr werter Gatte, der verstorbene Monsieur Clicquot ...»

Barbe ließ ihn nicht ausreden. «Monsieur de Montizeau. Das Aussehen und die Form der Bouteillen sind für uns mindestens ebenso wichtig wie die Stabilität. Die Bouteillen aus ihrer letzten Lieferung hatten zu allem Unglück auch noch einen blauen Farbstich, der den Wein grün aussehen ließ. Leider können wir das nicht tolerieren. Unsere Kunden sind nur das Beste von Clicquot gewohnt. Also, was meinen Sie, bekommen Sie die gewünschten Anpassungen hin?»

Der Direktor spitzte erneut die Lippen. «Ihre Wünsche könnten womöglich die Arbeitszeit pro Bouteille verlängern. Ich müsste zunächst mit dem Leiter der Produktion Rücksprache halten.»

«Fein. Wollen wir gleich zu ihm gehen?»

Der Direktor sah sie überrascht an. «Jetzt sofort? Das wird leider nicht möglich sein. Er ist heute nicht hier.»

«Das ist sehr schade. Dürfte ich dann bitte trotzdem sehen, wo meine Bouteillen hergestellt werden?»

«Oh, das kann ich Ihnen nicht empfehlen. Das ist wirklich kein Ort für eine Dame, Sie verstehen, die Hitze, der Staub, der Qualm ...»

«Hat mein Mann die Produktion gesehen?»

«Ja, das hat er, das hat er, Madame», versicherte der Direktor.

«Dann sehe ich keinen Grund, warum Sie sie mir nicht auch zeigen sollten», sagte Barbe und erhob sich.

Schon als sie sich dem Gebäude näherten, in dessen Mitte der große Glasofen brannte, konnte man die Wärme fühlen, und als sie eintraten, verschlug es Barbe beinahe den Atem. Hier drin herrschten unglaublich hohe Temperaturen, und ein beißender Geruch lag in der Luft. Die Männer am Ofen ließen sich von ihrer Anwesenheit bei ihrem konzentrierten Tun nicht stören, wahrscheinlich weil jede noch so kleine Ablenkung zu Fehlern und Verletzungen hätte führen können. Mit ihren langen Blasrohren holten sie jeweils eine glühende Portion zähfließendes Glas aus dem Ofen und verwandelten sie mit Hilfe ihrer Atemluft in einen Hohlkörper. Barbe sah fasziniert zu und erkannte sofort, dass sie mit der Produktion von Bouteillen beschäftigt waren. Für die Form wurden hölzerne Model verwendet, die sie auf dem Boden platziert hatten. Die Männer stellten sich auf ein Podest, wobei sie das Rohr mit der glühenden Glasmasse beständig drehten und immer wieder hineinbliesen. Dann ließen sie sie in das Model gleiten und brachten das Glas mit Atemluft in Form. Der Flaschenhals entstand, indem sie das Blasrohr immer mehr in die Höhe zogen, wodurch die Glasmasse nach oben hin eine Ausstülpung erhielt. Das Material, das als weißglühender Klumpen begonnen hatte, wechselte seine Farbe dabei zu Orange und Rot, bis es schließlich so weit abgekühlt war, dass es beinahe weiß wurde. Die Bouteille – denn nun sah das Objekt bereits wie eine aus – wurde aus dem Model herausgehoben. Ein zweiter Mann kühlte sie mit Wasser weiter ab und nahm den Korpus mit einer Zange entgegen, ein dritter schnitt mit einem großen Instrument, das an eine der Wollscheren erinnerte, die Schäfer verwendeten, den Flaschenhals ab. Dann erhitzte er den Teil, der die Flaschenöffnung ergeben sollte, noch einmal und brachte sie in die endgültige Form, während der erste Mann bereits mit der nächsten Bouteille beschäftigt war. So entstand in erstaunlich großer Geschwindigkeit eine Bouteille nach der anderen. Vier solcher Glasentnahmestellen gab es am Ofen, zwölf Arbeiter konnten also gleichzeitig Bouteillen fertigen.

Nachdem sie einige Minuten zugesehen hatten, wollte der Direktor sie wieder hinausbitten, aber Barbe schüttelte den Kopf und hob die Hand. «Einen Moment noch», sollte das heißen. Erst eine ganze Weile später traten sie wieder hinaus vor die Tür.

«Ich danke Ihnen sehr für diesen Einblick, Monsieur de Montizeau», sagte Barbe, als sie wieder in Richtung Verwaltung gingen.

Der Direktor rieb sich geschäftig die Hände. «Lassen Sie mich sehen, was ich bezüglich Ihrer Wünsche tun kann», sagte er. «Ich werde einen Preis kalkulieren und Ihnen zukommen lassen.»

«Nur damit wir uns recht verstehen, ich werde keinen höheren Preis zahlen, Monsieur de Montizeau», entgegnete Barbe ruhig. «So wie ich das sehe, müssen Sie zwar neue Model anfertigen lassen, um den Durchmesser zu verändern, das sollte jedoch nicht allzu aufwendig sein. Nach meiner Rechnung fertigen Sie rund eintausendachthundert bis zweitausend Bouteillen pro Tag, da Sie ja die Feuer nicht ausgehen lassen und Ihre Männer bestimmt auch nachts arbeiten. Das sind weit mehr als die eintausend, von denen Sie uns berichtet haben. Also denke ich, dass Sie mir meine gewünschten Bouteillen in der entsprechenden Form sogar noch eher als angekündigt liefern können.»

Beide Männer, der Direktor und Louis, sahen sie überrascht an.

«Stimmen Sie mir zu, Monsieur de Montizeau?», fragte Barbe gelassen.

«Das – nun ja, das müsste ich überschlagen, Madame», sagte der Direktor, der von der Hitze noch immer einen roten Kopf hatte.

«Tun Sie das. Und ich verlasse mich darauf, dass wir weiterhin die stabile Qualität erhalten, für die Folembray so bekannt und berühmt ist. Als kleines Dankeschön für Ihre Bemühungen und mit freudiger Voraussicht auf eine gute Zusammenarbeit wird Ihnen Veuve Clicquot Fourneaux et Cie. eine Kiste Champagner zukommen lassen. Wie wäre es mit dem Wein, den Napoleon Bonaparte für Kaiserin Joséphine gekauft hat? Ein paar wenige Bouteillen hätte ich noch am Lager.»

Zufrieden sah Barbe ein Leuchten in den Augen des Direktors aufblitzen.

Eine Stunde später saßen sie und Louis Bohne wieder in der Kutsche und fuhren die Landstraße entlang. Louis war sehr schweigsam, und Barbe bemerkte, wie er sie immer wieder von der Seite ansah. «Was ist, was haben Sie, Louis?», fragte sie nach einer Weile, als ihr sein Schweigen unangenehm wurde. «So ruhig kenne ich Sie gar nicht.»

Louis schüttelte nachdenklich lächelnd den Kopf. «Sie

haben das großartig gemacht. Wenn Sie nach diesem Auftritt nicht bekommen, was Sie sich vorgestellt haben, dann weiß ich auch nicht.»

«Meinen Sie?», sagte Barbe, erfreut über das Kompliment.

«Auf den Direktor haben Sie jedenfalls großen Eindruck gemacht», fuhr Louis fort, «er hat es sehr bedauert, dass Sie seine Einladung zum Diner ausgeschlagen haben, das habe ich seinem Gesicht angesehen.»

Barbe lächelte ihm zu. «Sind Sie sicher, dass Sie sich nicht vor allem selbst bedauern, Louis? Ich kann Ihrem Gesicht ansehen, dass Sie Hunger haben», neckte sie ihn. «Mir geht es allerdings genauso.»

«Sie kennen mich einfach viel zu gut. Doch wir sind bald in Pinon, dort gibt es laut Longchamps einen ordentlichen Gasthof.»

Er schüttelte wieder den Kopf und begann plötzlich in einem Anfall von Heiterkeit mit den Schultern zu zucken, bis er endlich in ein lautes und herzhaftes Lachen ausbrach.

«Maubeuge», sagte er zwischen zwei Japsern mit gespieltem Ernst, imitierte eine höfische Verbeugung und ahmte die Aussprache und Monsieur de Montizeaus spitze Oberlippe nach. «Ich werde es Ihnen erklären, Madame.»

Barbe sah ihn verblüfft an.

«Das ist leider nicht so einfach», setzte Louis nach, immer noch in der Rolle des Direktors.

Nun lachte auch Barbe herzhaft los. «Sie sind zu komisch, Louis!», rief sie. «Aber Sie haben recht, ich habe ihn ein wenig überfordert, nicht wahr?»

«Vermutlich hat er noch nie zuvor mit einer Dame verhandelt. Schon gar nicht mit einer Dame, die so genau weiß, was sie will», sagte Louis.

«Jedenfalls weiß mein Magen, was er will. Sehen Sie nur, Louis!» Barbe wies auf zwei junge Frauen, die vor ihnen die Straße entlangwanderten, jede einen großen Korb auf dem Kopf. «Halten Sie an, Longchamps», rief sie dem Kutscher kurzentschlossen zu. «Wir werden die beiden ein Stück mitnehmen.»

Wie sich herausstellte, waren die jungen Frauen, die gleich darauf ein wenig verlegen, doch sehr aufrecht bei ihnen in der Kutsche saßen, ebenfalls auf dem Weg nach Pinon. Dort werde heute Kirchweih gefeiert, erklärten sie, und sie wollten ihre kleinen runden Brote aus dunklem Mehl verkaufen. Sie schlugen die Tücher von ihren Körben zurück, aus denen sofort ein verführerischer Duft aufstieg, und Louis zwinkerte Barbe verschwörerisch zu, bevor er ihnen sogleich drei Brote abkaufte.

Der Gasthof war ausgebucht, doch auf Empfehlung des Wirts kamen Barbe und Louis bei einer Witwe ein wenig außerhalb des Orts unter, die ein reinliches und gepflegtes Haus führte. Sie bezogen zwei nebeneinanderliegende Dachkammern und nahmen im Garten der freundlichen Frau eine Mahlzeit, bestehend aus ihrem eigenen Brot, Butter, frisch geräucherter Forelle und Rotwein, zu sich. Danach spazierten sie zu Fuß zurück ins Dorf, wo das Fest unter den Bäumen des Platzes vor der Kirche und entlang einer davon abgehenden Allee bereits in vollem Gange war. Mit Girlanden geschmückte Häuser umgaben den Platz, deren malerischer Anblick die ganze Liebe der Dorfbewohner zu diesem besonderen Tag zum Ausdruck brachte. Die Dämmerung brach eben herein, und es wurden zahlreiche Lampen in den Bäumen und auf den grob gezimmerten Tischen angezündet, bis in allen Ecken Lichter funkelten.

Das Außergewöhnlichste war jedoch die Musikkapelle,

für die man in die Äste einer großen Linde ein Podest gebaut hatte, das über eine mit bunten Bändern geschmückte Treppe zu erreichen war, sodass die Musiker gleichsam über den Köpfen der Besucher schwebten und spielten. Der Bereich um den Baum diente als Tanzfläche und war durch blumengeschmückte Seile in vier etwa gleich große Teile unterteilt worden. Barbe und Louis sahen zu, wie sich die Menschen, adlige Herrschaften, reiche Bürger und Kaufleute, Bauern und Arbeiter sowie Dienstboten und Landarbeiter innerhalb des jeweils für sie vorgesehenen Bereichs drehten und doch alle dieselben Schritte machten, zur selben Musik und im gleichen Takt.

«Na so was, werden hier etwa die Errungenschaften unserer großen Revolution verraten?», flüsterte Louis Barbe zu, denn in Reims hatte man eine Trennung der Stände auf diese Art und Weise schon lange nicht mehr gesehen. Doch Barbe erwiderte nichts darauf. Aufmerksam lauschte sie der Musik. Die Kapelle, die aus zwei Geigern, einem Klarinettisten, einem Bassgeiger und einer Trompete bestand, machte ihre Sache sehr gut. Den wertvollen Instrumenten und den schönen kalbsledernen Instrumentensäcken nach zu urteilen, die in einer Ecke lagen, gehörten sie zu den angeseheneren und besser bezahlten Kapellen der Gegend, und was sie auch anstimmten, es klang beschwingt und angenehm fürs Ohr.

Man tanzte zunächst eine ländliche Form der Allemande. Dieser Tanz war schon zu Zeiten Ludwig XIV. bekannt und zeitweise aus der Mode geraten, doch dank Kaiserin Joséphine, die ihn sehr liebte, war er entstaubt und ins allgemeine Repertoire wieder aufgenommen worden. Danach kam eine Gavotte, wobei insbesondere die jüngeren Leute ihre Hüpfer lustig übertrieben, gefolgt von einer Quadrille, einem neuartigen Tanz aus Paris, der im Karree getanzt wurde und noch so unbekannt war, dass der zweite Geiger vor jeder Tour Anweisungen geben musste, die lachend und nicht ohne Irrtümer und Verwechslungen befolgt wurden. Die insgesamt acht Karrees, die sich gebildet hatten, beendeten die Quadrille nach etwa fünfzehn Minuten mit einem Walzer, der wiederum leicht und locker anzuschauen war und zu Barbes Lieblingen gehörte. Je länger sie zuschaute, desto leichter und fröhlicher wurde ihr ums Herz. In Reims wäre es ihr nicht möglich gewesen, nach nur einem halben Trauerjahr eine solche Veranstaltung zu besuchen. Doch hier kannte sie keiner, und sie war in der Stimmung, den Abend in vollen Zügen zu genießen.

Die beiden jungen Bäckerinnen, die ihr Tagwerk verrichtet hatten und auf der Tanzfläche der Bauern umherwirbelten, hatten sie entdeckt und winkten herüber. Barbe winkte zurück.

«Louis, die meinen nicht mich», sagte sie lachend. «Gehen Sie, tanzen Sie und stellen Sie die Gleichheit und Brüderlichkeit wieder her. Ich werde hier auf Sie warten.»

«Kommt gar nicht in Frage, dass ich Sie allein lasse, Madame! Höchstens um uns etwas zu trinken zu besorgen», erwiderte Louis, verschwand kurz in der Menge und kam mit einem Krug Rotwein und zwei Bechern zurück.

«Auf unsere bemerkenswerte Reise», sagte er und reichte ihr einen Becher.

«Auf unsere Reise und auf den Champagner», antwortete Barbe feierlich, musste jedoch sofort wieder lachen. «Ist das nicht ein wenig eigen? Mit Rotwein auf Champagner anzustoßen? Dieser hier schmeckt übrigens ausgezeichnet. Nach Beeren und Früchten und ...», sie nahm noch einen Schluck und schloss für einen Moment die Augen, «nach

Holunder», sagte sie, nachdem sie den Wein für einen Moment auf der Zunge hin und her bewegt hatte.

Louis Bohne sah sie lächelnd an. «Ich glaube, ich habe Sie schon lange nicht mehr so ausgelassen und fröhlich gesehen.»

«Ich habe mich auch schon lange nicht mehr so wohl gefühlt wie heute Abend. Dieses Fest ist einfach wunderbar.» Sie blickte mit leuchtenden Augen auf die Tänzer, trat näher an ihn heran und hängte sich bei ihm ein. «Und Sie, mein lieber Herr Bohne, Sie haben doch schon viele junge Damen in Champagnerlaune gesehen. Erzählen Sie mir, wie feiert man am russischen Zarenhof? Was pflegt Ihre Freundin Louise zu tun?»

«Meine Freundin?»

«Jetzt tun sie nicht so. Sie wissen doch genau, wen ich meine.»

«Bevor oder nachdem sie Champagner getrunken hat?»

«Sowohl als auch.»

«Nun, sie plaudert mit ihren Damen ...», begann Louis.

«Nicht mit den Herren?», unterbrach ihn Barbe.

«Doch, mit denen auch, sofern welche anwesend sind.»

«Isst sie gerne?»

«In Gesellschaft nur wenig, Obst und Gemüse hauptsächlich, kaum Fleisch. Aber sie liebt Dessert.»

«Und Champagner.»

«Oh ja. Sie liebt Champagner.»

«Stimmt es eigentlich, dass die Gäste die Gläser auf den Boden werfen?»

«Ja, das tun sie tatsächlich gelegentlich. Sie leeren die Gläser in einem Zug und werfen sie hinter sich. Die Lakaien stehen bereit und servieren sofort neue.»

«Und was liebt sie noch, die Zarin, außer Champagner?»

«Tanzen. Sie tanzt für ihr Leben gern.»
«Dann lassen Sie uns tanzen, Louis!»

Einige Stunden und viele Tanzrunden später machten sie sich wieder auf den Weg zurück zu ihrer Unterkunft am Rande des Dorfes. Die Kirchturmuhr hatte Mitternacht geschlagen, und obwohl die Musik noch spielte, lichteten sich die Reihen der Besucher bereits. Louis und Barbe spazierten die Straße entlang, entfernten sich immer weiter von der Musik und den Geräuschen des Fests. Es war eine klare Neumondnacht, und die Luft hatte sich empfindlich abgekühlt, doch Barbe war von der vielen ungewohnten Bewegung so erhitzt, dass sie dies als angenehme Erfrischung empfand. Am Rande des Dorfes traten sie unter den Bäumen hervor und standen nun unter der weitgespannten Kuppel des Sternenhimmels. Sofort sprangen Barbe die bekannten Muster ins Auge, die ihr Vater ihr so oft gezeigt hatte: der Kleine und der Große Bär, dort der Schwan und der Adler, und im Norden die Lyra mit ihrem hellen Hauptstern und das Haar der Berenike, das ihr wegen des exotischen Namens besonders im Gedächtnis geblieben war. Sie dachte an die Zeit, als sie ein junges Mädchen gewesen war. Wie wundersam und aufregend war ihr die Welt damals erschienen! In diesem schier endlosen Sternengewimmel Muster erkennen und benennen zu können hatte ihr das Gefühl verliehen, die Welt insgesamt ein klein wenig besser zu verstehen, und anders als ihr Bruder Baptiste, der sich bei diesen Lektionen langweilte und nichts Erhabenes darin erkennen konnte, hatte sie stets aufmerksam gelauscht. Später hatte sie oft zusammen mit François den Nachthimmel betrachtet, der sich zu ihrer großen Freude damit ebenso gut auskannte wie sie. Erleichtert darüber, dass sie heute

Abend an ihn denken konnte, ohne in Trauer zu versinken, fühlte sich Barbe ein wenig trunken, weniger berauscht vom Wein als von einem verloren geglaubten Gefühl der Freiheit und des Glücks. Dicht neben ihr ging Louis, der ebenso wie sie selbst ganz still geworden war, und außerhalb des Dorfes, aber noch nicht in Sichtweite ihrer Unterkunft, blieben sie stehen. Eine Nachtigall sang in einem Gebüsch, und es schien, als hätten sie nur angehalten, um ihr zuzuhören. Sie blickte zu Louis auf. Er war beinahe einen Kopf größer als sie. Im schwachen Sternenlicht sah sie sein Gesicht kaum, aber sie war froh darüber, dass er bei ihr war, ein Mensch, dem sie voll und ganz vertraute – und ein guter Freund ihres geliebten François.

Louis sah zu ihr hinab und strich ihr eine Haarsträhne hinter das Ohr, sie fühlte, dass seine Hand dabei zitterte, und sie hörte seinen Atem – und dann küsste er sie sanft auf die Stirn.

«Sie frieren. Lassen Sie uns weitergehen», sagte er mit heiserer Stimme. Er legte ihr den Arm um die Schultern, wie um sie zu wärmen und sicher durch die Dunkelheit zu geleiten. So gingen sie den Rest des Weges bis zum Haus der Witwe verschlungen wie ein Liebespaar, stiegen stumm die Treppe hinauf bis zu ihren beiden Dachkammern, wo sie sich nach einem kurzen Zögern, einem winzigen Moment des Innehaltens, verabschiedeten und einander eine gute Nacht wünschten.

Kapitel 15

Barbe erwachte am nächsten Morgen nach Sonnenaufgang. Sie fühlte die wohlige Wärme des Federbetts und streckte und dehnte sich behaglich unter der Decke, während die angenehmen Traumbilder, die sie umfangen gehalten hatten, langsam verblassten. Als sie die Augen aufschlug, sah sie im schräg einfallenden Morgenlicht über dem Tischchen am Fenster feine Staubteilchen schweben. Der vorherige Abend und das fröhliche Fest kamen ihr in den Sinn, der Tanz mit Louis – und wie er sie im Arm gehalten hatte.

Sie drehte sich auf den Rücken und blickte gegen die hölzerne Zimmerdecke. Eine frohe Empfindung breitete sich in ihrer Brust aus und ein Lächeln stahl sich auf ihre Lippen. Am vergangenen Abend hatte sie sich dank Louis zum ersten Mal, seit sie Witwe war, wieder wie eine begehrenswerte und schöne junge Frau gefühlt, hatte seine Aufmerksamkeit und seine Komplimente genossen – und jenen leichtsinnigen Kuss auf ihre Stirn.

Ach Louis.

Wozu hatte er sich hinreißen lassen – doch es hatte sich in diesem Augenblick richtig angefühlt. Ein kleines gestohlenes Glück, ein verzauberter Moment, zu dem sie die Nähe beim Tanz und der Spaziergang durch die Nacht verleitet hatten.

Sie war zu Bett gegangen und sofort in tiefen Schlaf versunken. Hoffentlich ging es Louis ebenfalls gut, dachte sie. Womöglich würde sie mit ihm darüber reden müssen? Oder sie würden einfach schweigen und vergessen, was geschehen war, so wäre es ihr am liebsten.

Barbe beugte sich vor und zog ihre Uhr aus den Falten ihres Kleides hervor, das über der Lehne des Stuhls hing. Es war schon nach acht, sie musste sich beeilen. Nachdem sie sich angezogen hatte, trat sie auf den Flur hinaus und klopfte und lauschte an Louis' Tür. Als alles still blieb, öffnete sie sie und sah hinein. Der Raum war leer. Auch seine persönlichen Sachen waren fort. Wahrscheinlich war er früh aufgestanden, um alles für die Abfahrt vorzubereiten.

Erst als sie wieder in ihre eigene Kammer trat, sah sie den Brief zu ihren Füßen. Louis musste ihn unter ihrer Tür durchgeschoben haben. Ihr Name stand in seiner präzisen geschwungenen Handschrift darauf geschrieben. Verwundert hob sie ihn auf, entfaltete ihn und las:

Meine liebe Barbe, dies ist nun also der dritte Versuch. Zwei Briefe habe ich bereits geschrieben und verworfen. Draußen singt immer noch die Nachtigall, doch bald schon geht die Sonne auf, also muss ich mich beeilen, oder ich werde noch da sein, wenn Sie aufwachen.
Und dann? Wie soll ich jemals wieder in Ihr Gesicht blicken, ohne den Wunsch zu verspüren, Sie zu küssen?

Ein Schreck durchfuhr Barbe, wie wenn man seine Hand vom heißen Herd fortzieht, kurz bevor der Schmerz eintritt. Ohne den Blick von den Buchstaben zu wenden, ließ sie sich auf der Bettkante nieder und las weiter.

Bitte glauben Sie mir, dass ich nichts von dem, was gestern Abend geschehen ist, bereue. Und doch habe ich einen Fehler begangen. Ich war machtlos, unfähig aufzuhalten, was mit mir geschah. Es ist wahr. Ich liebe Sie, Barbe, und ich habe mich fortreißen lassen vom Strom der Gefühle, ganz wie ein Stück Treibgut, das vom Wasser mitgerissen wird.

Ich liebe Sie, Barbe! Sie mutige, starke kleine Frau mit dem großen Herzen und dem außergewöhnlichen Verstand. Ihre Nähe, Ihre Blicke, Ihr ganzes Wesen treffen mich ins Herz mit einer Macht, die – nie hatte ich es mir eingestehen wollen –, die mich schon gepackt hatte, als Ihr lieber Mann, mein verehrter Freund François, noch lebte. Niemals hätte ich damals meinen Gefühlen gestattet, sich ihren Weg zu bahnen. Doch auch jetzt, nach seinem Tod hätte ich es nicht tun dürfen, und ich bitte Sie dafür um Verzeihung.

Was nun?

Ich weiß, dass Sie nicht die meine sein können.

Unmöglich, um Ihre Hand anzuhalten, mit dem sicheren Wissen, dass Sie meinen Antrag ablehnen werden. Denn auch dagegen bin ich machtlos. Ich bin zu stolz, Ihre Ablehnung zu ertragen, Ihnen in die Augen zu sehen, wenn Sie mich abweisen.

Was jedoch, wenn ich mich irre? Was, wenn Sie «ja» sagen?

Ach, ich wünschte, Sie weniger gut zu kennen, dann könnte ich mich dieser Hoffnung hingeben. Doch ich weiß, Sie würden es bereuen. Was, wenn ausgerechnet ich der Mensch wäre, der Ihrem Glück und Ihrer Zukunft im Wege stünde? Das könnte ich umso weniger ertragen.

Mir bleibt kaum noch Zeit, und ich merke, ich denke und schreibe wirr. Nur eines ist noch zu tun.

Gott weiß, dass meine Gefühle für Sie mir heilig sind, weswegen ich Sie jetzt sofort verlassen muss. Ich liebe Sie, Barbe und ja, ich begehre Sie, und darum muss ich fort. Ich kann nicht bei Ihnen sein, ohne dass Sie ganz zu mir gehören.

Und so verbleibe ich in der Hoffnung, dass Sie mich verstehen und mir verzeihen, für immer Ihr ergebener und treuer Freund Louis Bohne

Barbe las den Brief einmal, zweimal und dann noch ein drittes Mal, und ihre Lippen formten Worte, deren sie sich erst später bewusst wurde.

«Du dummer, dummer Kerl», sagte sie immer wieder, «du dummer, dummer Kerl.»

Dieser Kuss war kein Versehen gewesen?

Er hatte sich zwar, wie sie vermutet hatte, hinreißen lassen – doch aus einem anderen Grund. Nicht wegen der Nachtigall, dem Tanz und den Sternen – sondern weil er sie liebte?

Wie hatte sie sich nur so täuschen können? Dabei hatte sie geglaubt, Louis Bohne zu kennen. Wie ein Bruder war er für sie gewesen.

Barbe stand vom Bett auf und begann, im Zimmer auf und ab zu gehen.

Sie mochte Louis, schätzte ihn und war gerne in seiner Nähe. Stets hatte sie ihn nicht nur als treuen Mitarbeiter, sondern auch als guten Freund betrachtet, als sehr guten Freund sogar. Aber Liebe? Ihr Vater hatte also recht gehabt. Und auch wieder nicht. Schließlich hatte er ihr nicht den Hof gemacht, sondern war vor ihr geflohen.

Sie fühlte Zorn in sich aufsteigen, las den Brief erneut, las ihn noch einmal, zerknüllte ihn und strich ihn wieder glatt.

Sprachen nicht Hochmut und Stolz aus seinen Zeilen, und gehörten Hochmut und Stolz nicht zu den schlimmsten Sünden? Dieser unbändige Wunsch nach einem Versprechen, das sie ihm gab und das allein seinen Stolz hätte befriedigen können.

Was war nur mit den Männern in ihrem Leben, dass sie sich in der Nacht davonmachten?

Lag es an ihr?

War sie nicht genauso stolz und hochmütig? Eigenschaften, die einer Frau noch stärker angelastet wurden als einem Mann. War es egoistisch von ihr, zu begehren, was einem Mann zustand?

Natürlich wusste sie, wie die Gesellschaft eingerichtet war. Frauen zählten darin und im Auge des Gesetzes nur, insoweit es um Hauswirtschaft, Mutterschaft und Kindererziehung ging. Außer, der Ehemann war verstorben. Der Preis, den Barbe für ihre neue Freiheit und für ihr Privileg, eine Firma unter ihrem eigenen Namen zu führen, bezahlen musste, war es somit, niemals wieder zu heiraten.

Ein Satz aus dem Brief kam ihr in den Sinn. Sie glättete das Papier, suchte die Stelle und las:

Was jedoch, wenn ich mich irre? Was, wenn Sie «ja» sagen? Ach, ich wünschte, Sie weniger gut zu kennen, dann könnte ich mich dieser Hoffnung hingeben. Doch ich weiß, Sie würden es bereuen. Was, wenn ausgerechnet ich der Mensch wäre, der Ihrem Glück und Ihrer Zukunft im Wege stünde? Das könnte ich umso weniger ertragen.

Immer und immer wieder las sie seine Worte. Er war stolz, und sie hatte ein Recht, wütend auf ihn zu sein. Aber mit seinem Stolz schützte er sie auch vor sich selbst. Denn womöglich hätte seine Liebe sie erweichen können. War es nicht auch ein gutes Gefühl gewesen? Eine Schulter, um sich anzulehnen. Eine Hand, die sie festhält und durch die Dunkelheit führt.

War Louis nicht auch selbstlos?

Sie seufzte, weil sie von einem Gefühl der Zuneigung für diesen Mann überflutet wurde, der so viel Edelmut und Herz besaß. Es war eine Zwickmühle. Im einen Moment hätte sie ihn dafür lieben können, dass er ihr die Entscheidung abnahm, im nächsten hasste sie ihn dafür.

Wozu dies alles? Sie hätten doch einfach darüber hinweggehen können. Warum nur, warum hatte er seine Gefühle nicht für sich behalten?

Kapitel 16

Dezember 1807

Im Hof der Firma Veuve Clicquot Fourneaux et Cie. herrschte große Aufregung. Eine bedeutende Lieferung von eintausend Bouteillen Champagner musste für den Versand bereitgemacht werden. Die Arbeiter waren damit beschäftigt, die letzten der großen Transportkisten zu zimmern, zehn à sechzig Stück und zehn à vierzig Stück, die sie dann mit Stroh ausstopften und mit den Bouteillen füllten. Barbe, die alles vom Fenster ihres Kontors aus beobachtete, unterdrückte den Impuls, hinauszueilen und selbst nach dem Rechten zu sehen. Sie hatte die Aufsicht über das Geschehen ihrem jungen deutschen Mitarbeiter übertragen, und es wäre unpassend gewesen, ihm ohne Grund in die Parade zu fahren.

Georg Christian Kessler arbeitete seit Juli bei ihr, seit bereits fünf Monaten. Sie war überrascht gewesen, als sie ihn das erste Mal gesehen hatte, zum einen von seiner Jugend, denn Kessler war erst Anfang zwanzig, aber auch, weil er ausnehmend groß und breitschultriger war, als sie es bei einem Mann, der seine Arbeitstage im Kontor sitzend verbrachte, vermutet hätte. Er hatte ein hübsches Gesicht mit vollen, geschwungenen Lippen und blauen Augen mit schweren Lidern. Seine Nase war um eine Winzigkeit zu lang, zudem leicht gebogen, was seinem Ausdruck etwas

Kühnes verlieh und dunkelblondes Haar umrahmte seinen Kopf in bewegten Wellen – nur seine Koteletten waren zackig in Form gebracht und nach der neuesten Mode bis auf wenige Millimeter abrasiert. Er war Deutscher, sprach jedoch ausgezeichnet Französisch, und Barbe wurde schon sehr bald klar, dass sich hinter seinem einnehmenden Äußeren ein heller Verstand und eine rasche Auffassungsgabe verbargen.

Georg Kesslers Arbeitsplatz war, ebenso wie der von Alphonse, in François' ehemaligem Kontor untergebracht, wo sie das Schlafzimmer in eine weitere Schreibstube umgewandelt hatten. Auch Fourneaux arbeitete gelegentlich dort, erledigte jedoch meistens die Korrespondenz bei sich zu Hause in seinem eigenen Kontor. Barbe, der es unerträglich gewesen wäre, ganze Tage in dem Raum zu verbringen, in dem François gestorben war, hatte sich ihren Anbau so eingerichtet, dass er ihren Ansprüchen perfekt genügte. Die Wände waren in einem freundlichen, hellen Creme-Ton gehalten und mit Gold abgesetzt, und mehrere praktische Schränkchen nahmen ihre Korrespondenz und Unterlagen auf. Das Prunkstück im Raum war ein Schreibtisch aus Mahagoni mit geschwungenen Beinen, der noch aus der Zeit Louis XV. stammte – ein Geschenk ihres Vaters. Seine Tischplatte zierte ein detailreiches Intarsiendekor mit Ornamenten aus Blumen, Früchten und Vögeln, und die Schubladen, deren Schlüssel sie stets bei sich trug, waren mit aufwendigen Messingbeschlägen verziert.

Barbe stand immer noch am Fenster und sah zu, wie Kessler oder «Georges», wie sie ihn mit der französischen Form seines Vornamens anredete, draußen im Hof das Packen jeder einzelnen Kiste überwachte, bevor er sie versiegeln ließ. Dank seiner klaren Anweisungen und seiner natürlichen Autorität ging alles rasch und geordnet vor sich. Ihre Anspannung ließ nach. Offenbar hatte er alles im Griff.

Der kleine Cyril, inzwischen ein munterer kleiner Junge von vier Jahren, kam gegenüber aus der Tür gestürmt, gefolgt von Cathérine, die ihn ins Haus zurückscheuchte. Seit zehn Monaten lebten die Geschwister aus Pont-Arcy nun bei ihr – alle drei, beziehungsweise alle vier, wenn man Alphonse mitzählte – und sie hatte ihre Entscheidung nicht ein einziges Mal bereut. Louis hingegen hatte sie seit jenem folgenreichen Ausflug nach Folembray nicht mehr wiedergesehen.

Barbe setzte sich wieder an den Schreibtisch, aber es fiel ihr immer noch schwer, sich auf ihre Korrespondenz zu konzentrieren. Sie dachte an Louis. Ob er noch immer in Sankt Petersburg war oder vielleicht doch in Moskau? Sie wusste es nicht genau. Jedenfalls hatte sie ihm die Ankunft Kesslers im Sommer zu verdanken. Im Januar hatte sie ihm geschrieben und ihn gebeten, für sie nach einem Buchhalter Ausschau zu halten. Daraufhin hatte er ihr diesen jungen Deutschen geschickt.

Sie zog den letzten Brief hervor, den sie von ihm erhalten hatte. Darin stand, dass er mindestens noch einen weiteren Winter in Russland zu bleiben gedachte. Nach wie vor war sie sich nicht sicher, ob sie glücklich oder unglücklich darüber sein sollte. Dank der vielen Monate, die seit jenem Abend auf dem Land verstrichen waren – über ein Jahr war dies nun her –, fühlte sich ihre Beziehung zu Louis beinahe wieder normal an und so unbelastet wie früher. Doch wenn sie ehrlich mit sich selbst war, bezweifelte sie, dass er es genauso empfand. Falls er sie wirklich liebte, dachte sie, würde diese Liebe wohl nicht allzu schnell vergehen. Seit er für sie arbeitete, hatte sie Louis als einen beständigen Menschen kennengelernt.

Doch in seinen Briefen hielt er sich zurück. Nie wieder hatte er ihr solch leidenschaftliche Dinge geschrieben wie in jener Nacht, und auch von Heirat war nicht mehr die Rede gewesen. Er hatte sie noch einmal um Verzeihung gebeten, gleich im ersten Brief, den sie von ihm erhalten hatte, nachdem er so überstürzt seine Reise in den Norden angetreten hatte. Danach jedoch hatte er sich um eine Rückkehr zu jenem neutral freundschaftlichen und oftmals ein wenig neckenden Ton bemüht, der ihre Beziehung zuvor gekennzeichnet hatte, und es ihr auf diese Weise leichter gemacht, zu vergessen, was zwischen ihnen geschehen war.

Zum wiederholten Mal studierte sie den Brief in ihrer Hand. Sorge bereitete ihr vor allem, was sie zwischen den Zeilen zu lesen glaubte, ein Verdacht, der durch Louis' ungewohnt langes Schweigen verstärkt wurde: Sie fürchtete, dass er nicht vollkommen freiwillig in Russland blieb. Der viel besprochene Frieden von Tilsit vom Juni dieses Jahres, bei dem Zar Alexander und Napoleon Bonaparte einen Bündnispakt geschlossen hatten, war bei den Angehörigen des russischen Adels auf Ablehnung gestoßen. Die Stimmung hatte sich gedreht, und die Franzosen waren nun weit weniger gut gelitten als zuvor. Dies lag vor allem daran, dass man Napoleon Bonaparte als Emporkömmling betrachtete, der es nicht verdiente, von Zar Alexander auf Augenhöhe behandelt zu werden.

Sie selbst hatte ja Louis schon einmal halb im Scherz unterstellt, dass man in ihm womöglich einen französischen Spion sah. Was, wenn dies tatsächlich so war? Was, wenn er unter Verdacht stand und sie ihn nicht mehr fortließen? In einem seiner früheren Briefe hatte Louis sie und Fourneaux darum gebeten, kein Wort über Politik zu schreiben, weil er befürchte, dass seine Post gelesen werde. Und nun war schon fast Weihnachten, und sie hatte schon seit über zwölf Wochen nichts mehr von ihm gehört.

Barbe legte den Brief beiseite und wollte gerade nach ihrer Feder greifen, als sie Adèle draußen im Hof entdeckte, die bei Georg Kessler stand und sich mit ihm unterhielt. Barbe trat ans Fenster und öffnete es. Kessler hatte offenbar einen Scherz gemacht, denn jetzt lachte Adèle. Als sie in ihre Richtung sah, hob Barbe die Hand. «Bonjours, Madame Dubois. Bitte warten Sie kurz, ich komme gleich zu Ihnen», rief sie ihr zu. Dann verließ sie mit einem letzten Blick auf ihren Schreibtisch und die unerledigte Korrespondenz ihr Kontor und schloss die Tür hinter sich ab.

«Ein attraktiver junger Mann», sagte Adèle lächelnd, als sie sich fünf Minuten später in Barbes Salon niederließen.

«Georges? Ich fürchte, er verdreht dem gesamten Weibsvolk den Kopf.»

«Er ist beliebt in Reims. Kürzlich hörte ich die Frau des Apothekers sagen, dass er etwas ‹Seelenvolles› an sich habe. Ich glaube, das waren ihre Worte. Allerdings hatte ich eher den Eindruck, ihr Lob bezog sich auf sein hübsches Gesicht.»

Barbe schüttelte den Kopf. «Da ist sie nicht die Einzige. Selbst meine Mutter ist seinem Charme erlegen. Sie hat ihn für morgen ins Hôtel Ponsardin zum Diner eingeladen. Übrigens zusammen mit dem Ingenieur, den Sie vermittelt haben.»

«Monsieur Cockerill?»

«Richtig. Er wohnt zur Zeit bei meinem Bruder. Zwei meiner Cousinen aus Le Mans sind in diesem Winter zu Besuch bei meinen Eltern. Wahrscheinlich dachte meine Mutter, die beiden jungen Männer seien eine gute Ergänzung für die Tischgesellschaft.»

«Haben Sie Neuigkeiten von Louis Bohne?»

Adèle war die Einzige, die wusste, was zwischen ihr und Louis vorgefallen war. Selbst ihre Schwester Clémentine hatte sie nicht eingeweiht, zunächst weil die Gelegenheit dafür gefehlt hatte und später, weil es einfacher für sie war, nicht mehr daran erinnert zu werden.

Barbe schüttelte den Kopf. «Nein, keine Nachrichten von Louis. Seit zwölf Wochen kein Wort mehr.» Sie legte der Freundin die Hand auf den Arm. «Ich mache mir solche Sorgen um ihn.»

«Sicher gibt es eine harmlose Erklärung dafür», erwiderte Adèle und drückte ihre Hand. «Was sagt denn Ihr Schwager dazu?»

Das war eine berechtigte Frage, denn Barbes Schwager war als Postdirektor für die Relaisstationen des Departements Marne zuständig und somit auch für die Briefpost.

«Etwas ganz Ähnliches wie Sie», antwortete Barbe. «Die Regelmäßigkeit, mit der wir zuvor von Monsieur Bohne gehört haben, sei eher die Ausnahme gewesen. Immerhin lägen fast dreitausend Kilometer zwischen hier und Sankt Petersburg.»

Die Tür zum Salon öffnete sich. Cathérine streckte den Kopf herein, und Cyril drängelte sich an ihr vorbei, lief fröhlich krähend auf Barbe zu und kletterte, ohne zu zögern, auf ihren Schoß.

«Bitte verzeihen Sie, Madame, ich wusste nicht, dass Sie Besuch haben», sagte Cathérine schüchtern. «Komm her, Cyril.»

«Lass ihn nur. Was gibt es, Cathérine?», sagte Barbe und drückte das Kind an sich.

«Ich muss eine Besorgung machen und dachte nur, weil Sie gesagt haben, ich dürfte ...»

«Natürlich», sagte Barbe. «Ich passe auf ihn auf.»

«An diesen Kindern haben Sie ein gutes Werk getan», sagte Adèle, nachdem Cathérine gegangen war.

«Erzählen Sie das meiner Maman. Sie hat mich für verrückt erklärt, als ich die drei Kinder aus Pont-Arcy hergeholt habe. Dabei hat Alphonse sein Versprechen gehalten. Er arbeitet genauso so gut wie zuvor, nein, sogar besser, würde ich meinen, und Joseph ist tatsächlich eine große Hilfe im Keller. Auch Cathérine macht ihre Sache gut. Dieses Jahr hat sie den Küchengarten auf Vordermann gebracht.»

«Wie geht es Mentine? Haben Sie sich entschieden?»

Barbe seufzte. Adèle spielte auf den Schulbesuch ihrer Tochter an, der für das kommende Frühjahr geplant gewesen war.

«Ich kann es mir einfach noch nicht vorstellen, sie nach Paris zu schicken. Vielleicht im übernächsten Jahr. Sie hat sich so eng angefreundet mit Augustin, dass sie die Nachmittage immer noch drüben bei meiner Schwester verbringt. Diesen kleinen Mann hier», sie drückte Cyril an sich, der auf ihren Knien schaukelte, «bekomme ich öfter zu Gesicht als meine eigene Tochter. Doch ich will mich nicht beschweren. Ich bin Clémentine sehr dankbar. Sie ist ein wahrer Segen. Tatsächlich wollte sie, den Protesten unserer Mutter zum Trotz, sogar Cyril bei sich aufnehmen, so ein großes Herz hat sie. Doch das lassen Cathérine und ich nicht zu. Nicht wahr, Cyril?»

Bei diesen Worten wippte Barbe mit den Beinen, sodass Cyril auf ihrem Schoß, wie ein Reiter auf seinem Pferd, begeistert auf und ab hüpfte.

«Es ist gut, lass dir Zeit, Céline. Einen Versuch haben wir noch.»

Es war der folgende Tag, ein Sonntag, und Barbe saß ruhig in ihrem Schlafzimmer und ließ sich von Céline nun schon die dritte Frisur machen, obwohl sie dadurch verspätet bei der Abendgesellschaft ihrer Eltern eintreffen würde. Céline hatte einen roten Kopf, weil ihr Vorhaben ihr nicht auf Anhieb gelingen wollte. Mentine, die von der Kinderfrau schon fertig in Kleidchen, Schleifen und Rüschen gesteckt worden war, lag auf Barbes Bett, spielte mit einer Puppe und plapperte vor sich hin. Barbe genoss die ruhige Stimmung im Raum. Sie hing ihren eigenen Gedanken nach und warf nur ab und zu eine Bemerkung ein, die Céline oder Mentine als Bestätigung dafür auffassen mochten, dass sie ihnen zuhörte.

Am Tag zuvor hatte sie endlich Post von Louis erhalten. Vier Briefe waren von ihm eingetroffen, die vermutlich irgendwo unterwegs stecken geblieben waren, zwei davon richteten sich an die Firma, namentlich an Fourneaux, und zwei an sie persönlich. Louis plauderte wie üblich im locker leichten Ton von seinen Erlebnissen, der allerdings, so kam es ihr vor, einen gewissen Überdruss, Erschöpfung und auch eine Portion Heimweh zu kaschieren schien.

«Ich bin fertig, Madame. Wie gefällt es Ihnen?»

Barbe warf einen Blick in den Spiegel.

«Bin ich das?», entfuhr es ihr. Céline hatte auf ihrem Kopf ein kleines Wunderwerk geschaffen. Ihre Haare lockten sich in gleichmäßigen Kringeln über ihrer Stirn und seitlich an den Schläfen hinab bis zum Kinn.

«Gefällt es Ihnen?», fragte Céline noch einmal, sichtlich stolz auf ihr Werk. «In Paris ist das die neueste Mode. Ich habe es mir von einer Freundin zeigen lassen.»

Sie reichte Barbe einen Handspiegel. Am Hinterkopf hatte Céline ihr Haar zu einem voluminösen, luftig leichten Chignon arrangiert, aus dem sich gleichfalls ein paar dekorative Locken stahlen. Die Frisur strahlte etwas Extravagantes aus und unterschied sich erheblich von den praktischen Flechtfrisuren, die sie sonst trug.

«Damit könnte ich in Paris in die Oper gehen», sagte Barbe und drehte ihren Kopf vor dem Spiegel hin und her. Céline wurde verlegen vor Stolz, und Mentine, die vom Bett heruntergerutscht war, griff begeistert nach den Löckchen ihrer Mutter.

«Du siehst schön aus, Maman», rief sie.

Plötzlich freute sich Barbe auf den Abend, der vor ihr lag.

Die Tischgesellschaft war bereits versammelt, als sie eintrafen. Die Kinder durften zwar nicht beim Diner dabei sein, doch Barbes Schwester hatte eine ihrer ungewöhnlichen Ideen gehabt und durchgesetzt, dass sie während des Aperitifs in der ersten Stunde willkommen waren und erst danach ins Kinderzimmer gebracht wurden. Mentine, die an Barbes Hand stolz den Salon betreten hatte, löste sich nun von ihr und begrüßte ihre Cousins und ihre Cousine, den dreijährigen Marcel, den zehnjährige Augustin und die anderthalbjährige Balsamie, alle drei von Barbes Schwester. Ihre Schwägerin Thérèse hatte vor zwei Jahren eine Fehlgeburt gehabt, von der sie sich nie wirklich erholt hatte, und war seither nicht mehr schwanger geworden.

Mit einem Blick erfasste Barbe alle Anwesenden: Ihr Vater, ihr Schwager, ihr Bruder, der Ingenieur Monsieur Cockerill sowie Georges Kessler standen mit Gläsern in der Hand in einer Ecke am Fenster. Ihr Vater genoss sichtlich die Aufmerksamkeit der vier jüngeren Männer, die sich kein Wort von dem, was er sagte, entgehen ließen. Barbe lächelte in sich hinein, als sie merkte, dass er wieder einmal eine Anekdote von der Krönung Louis' XVI. zum Besten gab, eines seiner liebsten Themen bei solchen Gelegenheiten.

«Die Federbüschel haben gefehlt und mussten doch unbedingt auf den Baldachin hinauf, der schon über dem Thron hing. Fünf Meter waren es vielleicht, und niemand hat sich getraut hinaufzusteigen. Da habe ich es eben selbst gemacht. Gefährlich war es schon, und darum habe ich mich mit dem Seil gesichert, an dem sonst der Weihrauchkessel hängt. Und dann ...», ihr Vater musste lachen, als ihn die Erinnerung überwältigte, «... dann bin ich doch tatsächlich von der Leiter abgerutscht und hing dort oben schaukelnd und mit dem letzten Federbusch in der Hand. Es muss ein Anblick für die Götter gewesen sein ...»

Barbe schmunzelte und wandte sich den anderen Gästen zu. In einem Sessel am Kamin saß ihre Großtante Mireille-Jeanine, der das Kinn auf die Brust gesunken war, neben Lilly und Margerite, den Cousinen aus Le Mans. Sie hatten rote Wangen, entweder vom Wein oder von der Anwesenheit der unbekannten jungen Männer. Clémentine, Thérèse und ihre Mutter hatten sich in der Sitzecke direkt daneben niedergelassen, wo auch die Kinder spielten, und zwischen den Frauen war ein ebenso angeregtes Gespräch im Gange wie zwischen den Männern am Fenster, wobei die Frauen jedoch, anders als die Männer, alle gleichzeitig zu sprechen schienen.

Ihre Cousinen winkten ihr aufgeregt zu, und Barbe blieb nichts anderes übrig, als sich zwischen ihnen niederzulassen, woraufhin sie augenblicklich von ihrer Frisur, ihrem Kleid und Mentines Schleifchen zu schwärmen begannen und wie eines so fein zum anderen passte. Schon nach kurzer Zeit wurde es ihr zu viel.

Um sich zu erholen, lehnte sie sich für einen Moment zurück, tat, als müsse sie sich mit einem Taschentuch das Kinn und die Nase abtupfen, und ließ ihren Blick durch den Raum schweifen. Sämtliche Kerzen an den Wänden und die zwei Kronleuchter an der Decke brannten, und das Licht, das von geschickt platzierten Spiegeln zurückgeworfen wurde, verlieh dem Salon ein besonders stimmungsvolles und festliches Aussehen. Barbe liebte diesen Raum. Es war wahrscheinlich der repräsentativste Salon in ganz Reims und konnte sich, wenn man den zahlreichen hochgestellten Besuchern ihres Vaters Glauben schenkte, mit den schönsten in Paris messen. In beiden Kaminen brannte ein Feuer, sodass es beinahe zu warm war, und die Frauen, die, wie oft bei solchen Gelegenheiten, für die Jahreszeit zu dünne Kleider trugen, hatten ihre Schals locker in den nackten Armbeugen drapiert. Nur die aufwendig bestickten Enden mit den dekorativen Bordüren lagen wie zufällig über den Knien.

Barbe, die genau wusste, dass all das, ebenso wie ihre eigene Frisur, zu einer Mode gehörte, die Natürlichkeit vortäuschte und doch mit so viel Aufwand verbunden war, schmunzelte darüber. Sie trug auch zwei Jahre nach François' Tod nach wie vor lange Ärmel und ausschließlich Schwarz oder ein sehr dunkles Purpur oder Grün, und weder ihre Schwester Clémentine noch ihre Mutter hatten daran etwas ändern können.

Der Abend schritt voran, die Kinder wurden mit der Kinderfrau fortgeschickt, und dann ging es in allgemein munterer Stimmung nach nebenan ins Speisezimmer. Das Gespräch stockte bei dieser kleinen Gesellschaft von gerade einmal zwölf Personen nicht für einen Moment, ihre

Mutter würde zufrieden sein. Großtante Mireille-Jeanine, inzwischen wieder vollkommen wach, schäkerte auf ihre Art mit Georges Kessler, der wegen ihrer Schwerhörigkeit gezwungen war, mit überlauter Stimme auf ihre Fragen zu antworten.

«In Mainz. Ich war zuvor Comptorist in einem Lederwarengeschäft», hörte Barbe ihn vom anderen Ende des Tisches rufen. Doch anscheinend hatte die Tante ihn nicht verstanden. «Lederwaren, Gewürze und Farben», schrie er nun beinahe ins Ohr der alten Dame und zwinkerte Barbe zu, als er ihren amüsierten Blick auffing. «Nein, Mainz ist französisch, Madame. Mainz gehört zu Frankreich. Darum spreche ich Ihre Sprache», rief er geduldig.

Clémentine beugte sich zu ihr herüber.

«Er hat Grübchen, hast du schon gesehen? Entzückende Grübchen neben einem sinnlichen Mund», sagte sie leise und kicherte.

«Bist du wohl still! Du hast ja zu viel getrunken», wies Barbe sie zurecht, dabei hatte sie in diesem Augenblick genau dasselbe gedacht. Georges war einer der bestaussehenden Männer, die sie je getroffen hatte, und wie er so rücksichtsvoll geduldig mit ihrer alten Tante sprach, schien er ihr auf eine Art anziehend, die sie zuvor nicht bemerkt hatte.

Beim Hauptgang drehten sich die Gespräche um die künftige mechanische Spinnerei Ponsardin. Ihr Vater und ihr Bruder verbanden große Hoffnungen mit diesem Projekt, und wenn man ihnen zuhörte, hätte man meinen können, die Eröffnung stehe kurz bevor, dabei existierte bisher noch nicht einmal das Fundament. Monsieur Cockerill, der Ingenieur, hatte zudem erklärt, wegen anderer Verpflichtungen erst im Herbst des kommenden Jahres mit dem Bau der Maschinen beginnen zu können, sodass sie frühestens im Jahr 1809 würden starten können.

Cockerill war ein waschechter Engländer, der es jedoch wegen der komplizierten politischen Lage vorzog, für einen Belgier gehalten zu werden, und er war noch sehr jung. Er hatte einen hohen Haaransatz, einen schmalen Kopf und einen ernsthaften Ausdruck im Gesicht, und sein Kehlkopf tanzte sichtbar unterm weißen Halstuch, wenn er sprach. In diesem Moment erzählte er davon, wie sehr sich das Spinnen durch die Erfindung der Maschinen verändere: «Die Spinnerei wird in Zukunft keine Beschäftigung für Frauen mehr sein, sondern wegen der benötigten körperlichen Kraft eine Arbeit für Männer», prophezeite er.

Barbes Schwägerin Thérèse, die selbst das Spinnen beherrschte und nach ihrer Fehlgeburt viel Zeit mit dieser eintönigen Tätigkeit zugebracht hatte, lauschte ihm aufmerksam. Sie stellte, wie Barbe fand, kluge Fragen zur Konstruktion seiner Maschine und bat ihn darum, sich seine technischen Zeichnungen ansehen zu dürfen. Bei Barbes Bruder rief das Ansinnen seiner Frau jedoch Widerspruch hervor:

«Thérèse, ich bitte dich, streng deinen hübschen Kopf nicht so an. Lassen Sie sich von meiner Frau nur nicht verrückt machen, mein lieber Cockerill», rief er aus, und alles lachte, doch Barbe bemerkte den Gesichtsausdruck ihrer Schwägerin, halb beschämt und halb verärgert, und hatte Mitleid mit ihr.

«Vielleicht bist du ja nur neidisch auf deine kluge Frau, lieber Bruder?», sprang sie ihr bei. «Ich weiß noch zu gut, wie ich versucht habe, dir das Multiplizieren beizubringen. In deinem hübschen Kopf herrschte damals eine rechte Unordnung.»

Ihr Bruder wurde rot vor Ärger, ihre Schwester begann

haltlos zu kichern, und Thérèse warf Barbe ein verstohlenes Lächeln zu.

«Genug davon», sagte Barbes Mutter energisch und klatschte in die Hände. «Zeit für das Dessert.»

Nach dem Essen gingen sie zurück in den Salon, und Clémentine und Thérèse, beide dank des Champagners, der zum Dessert gereicht worden war, in gelöster Stimmung, setzten sich ans Clavichord und trugen mit vierhändiger Begleitung ein heiteres Lied vor, dessen Refrain sich zum Mitsingen eignete. Anschließend wurden die Cousinen, deren Wangen sich noch stärker gerötet hatten als ohnehin schon, gebeten, ebenfalls ein Duett zu singen. Und dann kam Barbe an die Reihe, die widerstrebend ein Rondo von Beethoven spielte, den Blick auf die Tasten gesenkt, um Georges Kesslers Blick auszuweichen, der sie die ganze Zeit über nicht aus den Augen ließ.

«Was ist mit Ihnen, Monsieur Kessler?», fragte ihre Mutter, nachdem sie geendet hatte. «Musizieren Sie? Wie wäre es mit einem deutschen Lied?»

«Maman!», sagte Barbe und runzelte die Stirn. Manchmal ging ihre Mutter einfach zu weit.

«Zu freundlich, aber ich möchte mich nicht aufdrängen», sagte Kessler in bescheidenem Ton.

«Wer sagt denn etwas von aufdrängen?! Bitte erweisen Sie uns die Ehre.»

Georges Kessler räusperte sich und stand auf.

«Nun gut. Etwas von Mozart vielleicht?», sagte er und trat zu Barbe, die nach wie vor am Klavier saß.

«Ein Veilchen auf der Wiese stand», sagte er zu ihr auf Deutsch. Barbe schüttelte den Kopf. Das Lied kannte sie nicht.

«Ich kann mich selbst begleiten», sagte Kessler.

Endlich reagierte Barbe und stand auf, wobei sie sich nahe kamen und sie für einen Moment den Duft wahrnahm, mit dem er sich die Koteletten parfümiert hatte.

Stunden später lag Barbe hellwach in ihrem Bett. Schon lange hatte sie sich nicht mehr so lebendig gefühlt, und wenn sie ganz ehrlich mit sich selbst war, lag die Ursache für ihre ungewohnte Erregung in der Erkenntnis, wie gut ihr Georg Christian Kessler an diesem Abend gefallen hatte. Georges. Sein Klavierspiel war nicht herausragend gewesen, ganz anders als sein Gesang. Er besaß eine volle, wohltönende Stimme. Nach seinem einfühlsamen Vortrag hatte für einen Moment atemlose Stille geherrscht, bevor insbesondere die Damen begeisterten Applaus spendeten und ihn baten, den Text des Liedes ins Französische zu übersetzen. Eine Blume kam darin vor, die gebrochen wurde und im Tod ihre Erfüllung fand. Ein wenig zu pathetisch vielleicht, doch Barbe lächelte bei der Erinnerung daran. Keine Frage: Sein Gesang hatte sie zusammen mit den lange erwarteten Briefen von Louis, die verschnürt in der Schublade ihres privaten Sekretärs lagen, in ebenjene eigentümliche Stimmung versetzt, die sie nun keine Ruhe finden ließ.

Sie drehte sich auf den Rücken, blickte zur Zimmerdecke und dachte an François, der zu Beginn ihrer Beziehung oft zur Violine gegriffen hatte und sie mit seinem Spiel ebenso verzaubert hatte wie heute Georges.

Abgesehen von der Musik hatten die beiden jedoch keine sehr großen Ähnlichkeiten miteinander, dachte Barbe. Schon rein äußerlich nicht, denn Georges Kessler war deutlich größer und kräftiger, als François es gewesen war. Unter der hübschen und artigen Oberfläche ihres neuen

Buchhalters verbarg sich eine gewisse vibrierende männliche Energie, die sie einerseits anzog und die sie andererseits – womöglich aus ebendiesem Grund – auch ein wenig aus der Fassung brachte. Sie wollte, was ihn betraf, lieber vorsichtig sein, nahm sie sich vor, um diesen Gefühlen nicht zu viel Raum zu geben.

Und Louis Bohne?

Barbe wurde eine Spur beklommen ums Herz, als sie an ihn dachte. Einen redlicheren Menschen als Louis konnte es wohl kaum geben, und es schmerzte sie immer noch, dass sie ihn enttäuscht hatte – wenn auch natürlich ohne eigene Schuld und ganz ohne Absicht. Sie vermisste ihn schmerzlich. Er war ihr Vertrauter. Mehr als das: Er teilte ein schreckliches Geheimnis mit ihr und war nach François' Tod für sie da gewesen, hatte ihr zugehört und sie getröstet. Die Trauer um François verband sie mehr als alles andere miteinander. Er gehörte zur Familie, und sie wünschte sich, er käme endlich wieder zurück.

Kapitel 17

Der Rest des Winters und das Frühjahr vergingen mit viel Arbeit und größeren und kleineren Sorgen wie im Flug. Louis Bohne war nun schon seit zwei Jahren in Russland, und die Partnerschaft zwischen Fourneaux und Barbe hatte sich eingespielt. Die Bankhäuser in Paris lehnten es ab, mit einer Frau zu verhandeln, weswegen Barbe ihrem Teilhaber notgedrungen den größten Teil der Bankgeschäfte überlassen musste, wenn sie auch die Zahlen trotzdem sehr genau im Blick behielt und sich darin übte, möglichst geschickt im Hintergrund die Fäden zu ziehen.

Was Georges Kessler betraf, so hatte es seit dem Diner bei ihren Eltern nur noch sehr wenige Anlässe gegeben, bei denen sie privat mit ihm zusammengetroffen wäre. Sie hatte ihrer Mutter ausreden können, allzu häufig mit ihm zu verkehren, und Clémentine sogar ausdrücklich verboten, ihn einzuladen, was diese mit hochgezogenen Augenbrauen quittierte. Im Kontor war ihr Umgang miteinander respektvoll und höflich, aber auch distanziert. In den letzten Wochen war Monsieur Kessler jedoch ohnehin nicht in der Stadt gewesen, sondern mit Fourneaux in Paris, und als er Ende Juni zurückkam, stellte Barbe fest, dass sie ihn vermisst hatte. Inzwischen war es Juli. Georges hatte sie darum gebeten, ihm ein bisschen mehr von der Champagne und den Weinbergen zu zeigen, und da es im Sommer im Kontor wesentlich ruhiger zuging, war Barbe kein Grund eingefallen, ihm diesen Wunsch abzuschlagen. Sie würde Alphonse und seinen kleinen Bruder Joseph mitnehmen, beschloss sie, um nicht mit ihm allein zu sein.

An einem heißen, sonnigen Tag Mitte Juli brachen sie auf. Am Waldrand oberhalb von Bouzy gab es einen Brunnen, an dem der Kutscher die Pferde tränken musste, und während die beiden Jungen ihm dabei halfen, wollten Barbe und Georges sich die Beine vertreten.

«Ein Stück weiter vorne hat man einen schönen Blick in die Landschaft und auf Bouzy, wo mein Landhaus steht. Das Ziel unserer heutigen Fahrt», sagte Barbe und schlug einen Pfad entlang der Weinberge ein. An einem Aussichtspunkt oberhalb des Dorfes blieben sie und Georges stehen. Die Weinreben erstreckten sich bis zum Dorf hinunter. Außer den Baumreihen der Alleen, die die zuführenden Straßen kennzeichneten, waren nur ein paar Dächer und der Kirchturm zu sehen. Die Hitze lag wie eine schwere Decke über der Landschaft, und der Wald lag dicht und stumm hinter ihnen. Nur eine einsame Taube gurrte unaufhörlich in der Nähe, ohne eine Antwort zu bekommen.

«Der reinste Garten Eden», sagte Georges hörbar ergriffen. Barbe sah zu ihm hinüber und musste an ein Gemälde denken, das sie einmal gesehen hatte. Er hatte ein Bein auf einen Stein vor sich gestellt und trug einen schwarzen Gehstock mit silbernem Knauf bei sich, der eigentlich ein wenig zu zierlich war für eine Landpartie. Wie ein Scherenschnitt zeichnete sich seine Silhouette vor dem Himmel ab, an dem inzwischen dicke dunkle Wolken aufzogen.

«Kennst du das Land, wo die Zitronen blühn, im dunkeln Laub die Goldorangen glühn ...», sagte Georges und brach ab, den Blick immer noch versonnen auf das Dorf und die Weinberge gerichtet.

«Was war das? Es klingt sehr poetisch», sagte Barbe in die Stille hinein. Sie hatte von den deutschen Versen nichts verstanden, doch die Silben klangen rund und schön an ihrem Ohr.

«Es ist ein berühmtes deutsches Gedicht. Es geht um Italien. So habe ich mir die Landschaft, die dort besungen wird, immer vorgestellt. Haben Sie jemals die Weinberge bei uns in Deutschland gesehen? Kein Vergleich, sage ich Ihnen! Stocksteif aufgereiht stehen sie da. Hier in der Champagne dagegen fügt sich alles zu einem einzigen grünen Blättermeer zusammen. Und schauen Sie nur!» Georges beugte sich vor und schob die Blätter der nächstgelegenen Reben beiseite, unter denen in dichten Büscheln die frisch angelegten festen grünen Beeren hingen. «Als wollten sie Bacchus direkt in den Mund wachsen.» Er drehte sich zu ihr um. «Sie müssen mir alles über die Arbeiten im Weinberg erzählen. Ich will alles wissen.»

«Diese Erläuterungen überlasse ich lieber Patizel, meinem Winzer. Wir werden ihn später auf seinem Hof treffen.»

«Gehören diese Weinberge alle Ihnen?»

«Alle, die Sie von hier aus sehen können, ja. Da drüben ist die Grenze», sie trat zu ihm und zeigte in die Ferne, «dort bei der großen Eiche. Zehn Morgen von diesem Land hat mein Mann vor vier Jahren von seiner Großmutter Muiron geerbt. Fourneaux ist jedoch der Meinung, der Besitz eigener Weinberge erhöhe in unangemessenem Verhältnis das wirtschaftliche Risiko. Auch mein Schwiegervater Philippe hat es stets so gesehen.»

«Aber Sie sind anderer Meinung?»

Barbe seufzte und zuckte mit den Schultern. «Es gibt für beide Seiten vernünftige Argumente. Der Weinbau ist natürlich ein ausgesprochen unsicheres Geschäft. Man ist abhängig vom Wetter und von vielen anderen Dingen und aus der Sicht eines Händlers, der Waren einkauft und verkauft, mag es durchaus logisch erscheinen, so zu denken. Doch was geschieht, wenn die Waren nicht in der gewünschten Qualität zur Verfügung stehen? Sollte man dann nicht Einfluss nehmen? Im Grunde hat mich meine eigene Familie darauf gebracht. Sie wissen ja, dass mein Vater und mein Bruder dabei sind, in Saint-Brice eine Spinnerei zu errichten. Der Textilhandel ist weitreichenden Veränderungen unterworfen, die Zukunft gehört den Fabriken und Großmanufakturen. Und ich glaube, dass auch wir mit der Zeit gehen müssen. Es gibt Hunderte von Winzern in der Champagne, und jeder von ihnen handhabt die Dinge ein wenig anders. Als Folge davon ist auch der Champagner jedes Mal ein wenig anders, weswegen es unseren Kunden im Grunde egal ist, ob sie ihn bei uns oder bei jemand anderem einkaufen. Wer zuerst kommt, macht das Geschäft, und die Konkurrenz drückt auf den Preis. Wenn aber unser Champagner einzigartig wäre und unverkennbar, würden die Kunden immer wieder bei uns kaufen. Verstehen Sie?»

«Ich verstehe, was Sie meinen», Georges überlegte einen Moment. «Aber ist es nicht tatsächlich ein großes Risiko? Sie sprechen von einer eigenen Fabrikation. Und doch hinkt der Vergleich. Ihr Vater und Ihr Bruder werden eine Produktionshalle errichten und Maschinen und Arbeiter einstellen. Aber Baumwolle und Wolle kaufen sie ja trotzdem zu.»

«Baumwolle wächst nun einmal nicht in Frankreich», erwiderte Barbe stirnrunzelnd.

«Es gibt Schafe in Frankreich. Und ihr Vater ist schließlich kein Schäfer.»

«Wolle ist ja wohl schwerlich mit Wein zu vergleichen, Monsieur Kessler», lachte Barbe.

«Nein, vermutlich nicht», gab Georges freimütig zu. «Darüber muss ich noch viel lernen. Ihr bisheriger Erfolg gibt Ihnen jedenfalls recht. Immerhin haben Sie in der Vergangenheit schon den Kaiser persönlich überzeugen können.»

Barbe nickte lächelnd, als sie sich an ihre nächtliche Mission im Weinkeller erinnerte. Im Nachhinein kam sie ihr nicht nur wagemutig, sondern beinahe verrückt vor. «Das ist wahr, Napoleon Bonaparte gehört zu unseren Kunden. Bitte vergessen Sie niemals, das zu erwähnen, Georges!»

Georges räusperte sich. «Wenn wir schon dabei sind, es gibt da etwas, Madame, das ich Sie schon lange fragen wollte.»

«Was denn, Georges? Nur heraus damit.»

«Es geht um die Gerüchte über den Empfang damals.»

Barbe fühlte sich ertappt und zog unwillkürlich die Stirn kraus. «Soso. Das haben Sie vermutlich von meiner Schwester? Sie ist nämlich die Einzige aus meiner Familie, der diese Geschichte nicht peinlich ist.»

«Verzeihen Sie, ich wollte nicht ...»

«Schon gut, was hat Sie Ihnen denn erzählt?»

«Sie hat gesagt, dass Sie dem Kaiser statt eines Champagners von Moët Ihren eigenen serviert haben.»

Barbe lachte. «Ich habe dem Kaiser meinen Wein *untergeschoben*, so hat sie es vermutlich genannt. Meine Schwester ist nämlich sehr stolz darauf, wie hinterlistig ich sein kann. Es ist wahr, und ich schäme mich nicht dafür. Bonaparte hat es gefallen, und mir hat es die Firma gerettet.»

«Ihre Schwester ist eine ungewöhnliche junge Frau.»

«Das ist sie.»

«Und sie sieht zu Ihnen auf. Sie fand Ihre Tat beherzt und mutig.»

«Warum nur werde ich den Eindruck nicht los, dass Sie anderer Meinung sind, Monsieur Kessler?», sagte Barbe schmunzelnd. «Bitte, sprechen Sie freiheraus.»

«Mir erscheint es, nun ja, sehr gewagt, wenn ich das sagen darf, Madame», sagte Georges zögernd, erwiderte jedoch offen ihren Blick, als sie ihn nachdenklich ansah.

Er besitzt seinen eigenen Kopf, dachte Barbe. Aber seine Haltung war respektvoll, und an seinem Tonfall war nichts Überhebliches. Das gefiel ihr. «Ich schätze Ihre Offenheit, Georges», sagte sie. «Aber Sie vergessen, dass ich von der Qualität überzeugt gewesen bin. Sonst hätte man meine Tat wohl nicht nur gewagt, sondern sogar kindisch und dumm nennen müssen und leichtsinnig obendrein. Dieser Champagner ist ein gutes Beispiel für das, worüber wir vorhin sprachen. Es war unser eigener. Wir haben ihn selbst eingelagert, selbst gemischt und in unseren Kellern auf Bouteillen gezogen. Ich habe Stunden im Keller verbracht, um den Degorgeuren auf die Finger zu schauen. Dabei habe ich mir nicht nur Freunde gemacht, das kann ich Ihnen versichern. Sogar François hat mich für verrückt erklärt. Ich meine, mein Mann», fügte sie mit etwas leiserer Stimme hinzu.

«Madame Clicquot? Ist Ihnen nicht wohl?»

Georges hatte anscheinend eine Frage gestellt, doch Barbe hatte über ihren Gedanken, die sich um François und die Zeit damals drehten, wohl nicht zugehört. Sie blickte in sein besorgtes Gesicht. Seine Augen hatten dieselbe Farbe wie die Gewitterwolken.

«Es geht schon, danke Georges. Es ist einfach nur entsetzlich heiß.»

«Setzen Sie sich doch für einen Augenblick hin. Warten Sie.» Georges legte seine Jacke auf einen Stein, und sie ließ sich auf dem improvisierten Sitzplatz nieder.

«Danke sehr. Wo waren wir stehengeblieben?»

«Beim Champagner und seiner Qualität.»

«Natürlich.» Sie schwieg noch einen Moment, ließ ihren Blick über die Weinreben wandern, und sobald sie sich gesammelt hatte, fuhr sie fort. «Je besser wir wissen, woher unsere Trauben kommen, desto eher können wir unseren Kunden geben, was sie verlangen. Ich habe noch ein Beispiel für Sie: Hier auf dieser Parzelle hat Patizel bis vor zwei Jahren noch die Sorten Pinot Noir und Meunier angebaut. Gemischt, verstehen Sie? Denn sie werden ja auch später in unseren Cuvées vermählt. Doch auch wenn alle Winzer dies so machen, sieht das Verhältnis jedes Mal anders aus. Mal sind es mehr Trauben von der einen, mal von der anderen Sorte. Im Sinne einer gleichbleibenden Qualität sollten wir jedoch Weinbergen mit nur einer einzigen Sorte den Vorzug geben.»

«Natürlich, das leuchtet mir ein», sagte Georges und blickte wieder auf das Rebenmeer vor ihnen. «Hier schlägt das wahre Herz des Champagners.»

«Nicht allein. Unsere Weinkeller haben eine genauso große Bedeutung», erwiderte Barbe. «Wo wir schon dabei sind, Georges, Sie sind ja nun bereits seit einem Jahr bei uns: Was halten Sie von Jacob?»

Georges schien überrascht von dem abrupten Themenwechsel und zögerte mit der Antwort. «Der Kellermeister? Er macht seine Arbeit doch recht ordentlich», sagte er schließlich.

«Ordentlich. Aber nicht herausragend?»

«Das wage ich nicht zu beurteilen.»

Barbe schüttelte nachdenklich den Kopf. «Das sollten Sie aber, Georges, ich ermutige Sie dazu. Urteilen Sie, lernen Sie. Wenn wir erfolgreich sein wollen, dürfen wir uns nicht damit begnügen, zu verwalten, was wir haben. Wir müssen erfinderisch sein.»

«Madame? Monsieur Kessler?» Alphonse tauchte am Ende des Weges auf. Er wies zum Himmel hinauf, wo sich die Wolken inzwischen in einer bedrohlichen Höhe auftürmten, und rief zu Ihnen herüber: «Wir sollten lieber weiterfahren.»

In dem Moment, als die ersten Regentropfen fielen, bogen sie durch das weit geöffnete Tor auf den Hof ihres Landhauses ein. Es duckte sich nahe der Kirche hinter eine hohe, mit Efeu bewachsene Mauer, war aus demselben grauen Stein erbaut wie seine Nachbarn und hatte weiß gestrichene Fenster und Fensterläden, zwischen denen blühende Rosen rankten. Das Auffälligste an dem Ensemble war eine alte Kastanie, die majestätisch ihre Äste über den Hof spannte. Aus dem Schornstein stiegen Rauchschwaden empor. Die Haushälterin Marie, der sie ihre Ankunft auf den Tag genau per Brief angekündigt hatte, war wahrscheinlich noch dabei, das Abendessen für sie vorzubereiten. Den Besuch bei Patizel würden sie auf den nächsten Tag verschieben müssen, denn das Gewitter würde heftig werden, so viel stand fest, man hörte bereits das Grollen des Donners, und in der Luft lag der Geruch von feuchter Erde und Gras.

Victor, Maries Großvater, der früher bei François' Großmutter gedient hatte, erschien mit einem Regenschirm in der Tür des Hauses und kam ihnen entgegen.

«Willkommen in Bouzy», sagte er und zeigte sein freundliches zahnloses Lächeln. Dann geleitete er Barbe durch den Regen von der Kutsche zum Haus.

Eine Stunde später saß Barbe mit ihren Begleitern am Tisch im Speisezimmer, während Marie einen duftenden Eintopf aus Rindfleisch, Gemüse und Kräutern in einer großen Terrine auftrug und das Gewitter draußen vor den Fenstern allmählich in einen Landregen überging. Der einfache, jedoch behaglich eingerichtete Raum unterschied sich deutlich von dem, was man aus der Stadt gewohnt war. Das vergilbte Dekor der Tapeten, die verschlissenen Bezüge der Stühle, auf denen sie saßen, die kleine, lose arrangierte Sitzgruppe am Fenster mit dem Tischchen, das eher in eine Bauernstube gepasst hätte – alles war schlicht und eher rustikal zu nennen. Und doch stimmig. Marie hatte ein paar Gartenblumen in einem Krug auf den Tisch gestellt, ein üppiges Bouquet, das keinerlei Regeln folgte, was es umso entzückender machte. An der Wand über dem Kamin hing ein Gemälde der Landschaft um Bouzy. Es war nicht von allererster Güte, aber doch mit Liebe gemalt, und zeigte die sanften Hügel der Gegend vom dunklen Wald bekränzt. Wenn man genau hinsah, entdeckte man in einer Ecke ein paar Bauern mit Kiepen auf dem Rücken, die auf dem Weg von der Arbeit nach Hause waren. Barbe hatte schon mehrmals überlegt, ob sie das Bild zu sich nach Reims holen sollte, fürchtete jedoch, dass es in ihrem Stadthaus seine Wirkung verlieren würde.

Barbe nahm ihren Löffel zur Hand und betrachtete wohlwollend Alphonse, der höflich abwartete, bis alle etwas auf dem Teller hatten, und Joseph, der krampfhaft die Hände im Schoß hielt und hungrig die duftende Brühe vor sich anstarrte. Dank der guten Verpflegung, die er seit zwei Jahren genoss, war er erheblich gewachsen und passte kaum noch in die Fässer hinein, die er reinigen sollte. Er war aber ohnehin zu klug für diese Aufgabe. Der Ausflug gemeinsam mit seinem großen Bruder war als Auftakt zu seiner künftigen Ausbildung gedacht. Aus ihm konnte eines Tages ein guter Kellermeister werden.

Den beiden war es ein wenig unangenehm, in Gegenwart ihrer *Patronne* am Tisch zu sitzen und zu essen. Anders natürlich als Georges, der eine ganz andere Erziehung und Ausbildung und ein anderes Elternhaus genossen hatte, eines, das dem ihren sehr ähnlich gewesen sein musste. In Herkunft und Bildung war er ihr ebenbürtig.

Georges lockerte mit ein paar Bemerkungen die Stimmung auf und brachte die Jungen und Barbe zum Lachen. Alle vier sprachen sie dem kräftigen roten Landwein der Gegend zu, was zusätzlich zur Entspannung beitrug. Barbe ließ es gerne geschehen. Sie empfand diesen Tag und den Abend in Gesellschaft ihrer Mitarbeiter – der beiden jüngeren, für die sie sich verantwortlich fühlte, und dem etwas älteren, in dessen Gesellschaft sie sich dank der Anwesenheit der beiden Jungen nicht so befangen fühlte, wie es unter anderen Umständen womöglich der Fall gewesen wäre – als eine willkommene Abwechslung vom Alltag.

Nach einer Weile lenkte Georges das Gespräch auf Literatur. «Kennen Sie Goethe, Madame Clicquot?», fragte er.

Sie schüttelte den Kopf. «Den deutschen Gelehrten? Ich habe von ihm gehört, aber noch nichts gelesen.»

«Das müssen Sie, das müssen Sie unbedingt! Die Verse, die ich oben im Weinberg zitiert habe, waren auch von ihm.»

«Lesen Sie denn gern, Georges?»

«Aber ja, Romane sind meine Leidenschaft. In Deutschland stehen die französischen Romane ein wenig in Verruf, doch gerade unter ihnen habe ich viele Perlen entdeckt.»

Sein Gesicht leuchtete bei diesen Worten, und Barbe

fühlte sich seltsam berührt. Sie selbst liebte Romane, seit sie ein Kind war. Qualität und Inhalt waren dabei weniger entscheidend, Hauptsache, der Lesestoff ging ihr nicht aus. «Da haben wir etwas gemeinsam», sagte sie mit einem Lächeln.

«Nein, wirklich? Dann sollten wir uns gelegentlich austauschen, Madame. Oh, wie ich Sie beneide, dass Sie den Werther noch nicht kennen, dass Sie diese Lektüre noch vor sich haben, sich Seite für Seite mitreißen lassen können. Ich werde mich bemühen, eine Übersetzung für Sie aufzutreiben.»

«Die Lektüre lohnt sich also, meinen Sie?», fragte Barbe betont nüchtern, war jedoch gefangen von dem intensiven Blick, mit dem er sie ansah.

«Lohnen?», sagte er. «Das ist gar kein Ausdruck. Dieses Buch hat etwas völlig Neuartiges, Modernes an sich, ist mitten aus dem Leben gerissen, so bewegend, als würde ein guter Freund oder ein naher Verwandter Ihnen schreiben. Es wühlt auf, beschreibt die Liebe als etwas so schrecklich Schönes und Erhabenes, dass sie sie von einer ganz neuen Seite sehen werden.»

«Es geht also um Liebe?»

«Um die Liebe, um das Leben und um viel mehr. Es geht um alles, was das Leben ausmacht. Gerade heute Nachmittag musste ich wieder an den Werther denken. Es gibt da eine Szene, in der er sich in Lotte verliebt. Das ist die Frau, wegen der er sich später – nein, ich werde nicht vorgreifen. Es gibt ein Gewitter, das sie zusammen vom Fenster aus beobachten, und Lotte sagt einfach nur: ‹Klopstock.› Nur dieses eine Wort, und beide wissen sofort, was gemeint ist. ‹Klopstock›.»

«Was für ein Stock?», fragte Joseph, der genau zugehört hatte. Georges, der nur zu Barbe gesprochen hatte, warf ihm einen irritierten Blick zu. Joseph biss mit treuherziger Miene in ein Stück Brot, und Barbe musste sich das Lachen verbeißen.

«Klopstock, du Dummer», rief Georges aus. «Neben Goethe der größte lebende Dichter. Nein falsch, der größte tote Dichter, denn tragischerweise ist er vor ein paar Jahren gestorben. Es gibt eine herrliche Ode, in der Klopstock ein Gewitter beschreibt. Indem Lotte Werther diesen Dichter nennt, erweist sie sich ihm als seelenverwandt. Er kann gar nicht anders, als sich in sie zu verlieben, verstehen Sie?»

Seine letzten Worte waren wieder ausschließlich an Barbe gerichtet. Sie sah auf seinen schönen Mund und spürte, wie ein Gefühl der Wärme sich über ihr Dekolleté, ihre Arme und ihren Hals auszubreiten begann.

«Was ist eine Ode?», fragte Joseph kauend und erntete dafür von seinem Bruder einen Stoß mit dem Ellenbogen in die Rippen.

Die Hitze, die in Barbe aufgestiegen war, hatte ihr Gesicht erreicht. Sie fürchtete, dass man es ihr ansah.

«Bitte entschuldigen Sie mich», sagte sie, legte die Serviette beiseite und erhob sich. Mit zitternden Beinen verließ sie das Zimmer, stolperte fast auf dem unebenen Steinfußboden des Entrées und ging zum Hinterausgang. Unter dem weinberankten Vordach der Veranda, von der aus man den Blumengarten überblickte, blieb sie stehen. Der Regen hatte fast aufgehört, und die Luft war frisch und belebend. Die Hände auf das Geländer gestützt, atmete sie tief durch, bis sich ihr Herzschlag beruhigte. Sie war von einer nahezu intimen Empfindung überwältigt worden. Der leidenschaftliche Blick, mit dem Georges sie angesehen hatte, als er von Lotte erzählte, ging ihr immer noch nach.

War sie etwa im Begriff, sich zu verlieben?

Beinahe drei Jahre war sie nun schon Witwe und führte ein keusches Leben. Wenn man die Monate hinzuzählte, in denen François wegen seiner Schwermut das Interesse an ihr verloren hatte, waren es sogar vier Jahre, in denen niemand zärtlich zu ihr gewesen war und niemand sie angefasst hatte. Sie wusste nicht, ob François ein guter Liebhaber gewesen war, sie hatte keinerlei Vergleichsmöglichkeiten. Doch die Liebesnächte mit ihm hatten ihr gefallen, von einem Mann begehrt zu werden hatte ihr gefallen.

Sie dachte an Louis. Er *hatte* sie begehrt. Oft schon hatte sie darüber nachgedacht, was wohl geschehen wäre, wenn er in jener Nacht auf dem Land versucht hätte, sie zu verführen. Denn die Geborgenheit, die sie bei ihm fühlte – zu diesem Schluss war sie gekommen – war nicht von dieser Art. Nicht so, dass sich in seiner Gegenwart die Härchen an ihren Unterarmen aufstellten und ihr Herz zu stolpern begann.

Bei François war dies so gewesen. Zumindest zu Beginn. Schon allein mit ihm im selben Raum zu sein und die Blicke aufzufangen, die er ihr zuwarf, hatte Gefühlsstürme in ihr entfachen können. Ein Band war zwischen ihnen entstanden, das sich im Laufe der Zeit verstärkt hatte, auch weil er den Mut besessen hatte, seinen Vater mit seinen und ihren Ideen herauszufordern. Er hatte sie ernst genommen und einbezogen, anstatt sie wie ein unmündiges Anhängsel zu behandeln, wie sie es oft bei anderen Ehepaaren beobachtet hatte. Sie war daran gewachsen. Das Leben an François' Seite hatte sie zu der Frau gemacht, die sie heute war, und sie hatte geglaubt, dass sie nie mehr einen Menschen auf diese Art würde lieben können. Und dass niemand sie würde lieben können, so wie sie jetzt war. Selbständig und unabhängig.

Hinter sich hörte sie die Tür. Georges war ihr nachgekommen. Er trat neben sie ans Geländer. «Ist alles in Ordnung, Madame?», fragte er mit leiser Stimme.

«Ja, es geht schon wieder, danke», antwortete Barbe. Schweigend sahen sie in den Garten hinaus. Ein Windstoß wehte ihnen den Nieselregen entgegen – und dann kam mit einem Mal die Abendsonne hervor und brachte die Wassertropfen, die wie Perlen auf den Blättern des Frauenmantels saßen, zum Glitzern. Ein Funkeln wie von Diamanten, auch Georges hatte es bemerkt, das konnte sie fühlen, denn er hatte wie sie selbst für einen Moment den Atem angehalten. Er verdiente eine Erklärung, da sie so plötzlich vom Tisch aufgesprungen war. «Ihre Erzählung von Lotte und Werther ...», sagte sie leise, «... ich musste an meinen verstorbenen Mann denken.» Das war immerhin die halbe Wahrheit, dachte sie.

«Die Liebe ist etwas Wunderbares. Es ist traurig, jemanden zu vermissen. Aber es ist auch wunderbar, dass Sie ihn geliebt haben.»

Georges' Stimme klang heiser. Er räusperte sich, zog ein Taschentuch hervor und wischte sich damit über das Gesicht. «Verzeihen Sie, Madame, falls ich – ich meine, ich wollte Ihnen nicht zu nahe treten.»

«Nein, es ist gut. Sie haben recht, die Liebe ist etwas Wunderbares», sagte Barbe. Auch ihre Stimme ließ an Festigkeit vermissen. In ihrem Kopf überschlugen sich die Gedanken und Gefühle, und sie war so verwirrt, dass sie befürchtete, etwas Falsches zu sagen. «Ich werde zu Bett gehen, Georges. Bis morgen früh. Schlafen Sie wohl.»

Kapitel 18

Etwa vier Wochen nach diesem Ausflug aufs Land sah Barbe eines Nachmittags von ihrem Schreibtisch aus, wie Georges Kessler gegenüber aus der Tür trat und über den Hof hinweg auf ihr Kontor zueilte. Wegen der Augusthitze standen alle Fenster und Türen offen, und kurz darauf kam er, ohne auch nur pro forma anzuklopfen, zu ihr herein. «Unmöglich, das können wir unmöglich machen!», rief er und hielt verärgert einen Brief hoch, den er in der Hand hielt.

Barbe legte ihre Feder beiseite. «Was ist los, wo liegt das Problem, Monsieur Kessler?», fragte sie betont förmlich, doch mit einem leisen Schmunzeln ob seiner Entrüstung.

«Das ist Louis Bohnes letzter Brief. Fourneaux hat ihn mir soeben zukommen lassen. Er besteht auf dem Weitertransport der Bouteillen, die wir endlich und mit viel Glück heil nach Lübeck gebracht haben – auf dem Landweg!»

Barbe nickte. «Ich weiß. Er hat gute Gründe dafür. Selbst ihm ist es inzwischen nicht mehr möglich, Schlupflöcher auf See zu finden.»

«Aber ein Landtransport von Lübeck bis nach Sankt Petersburg! Das wird viel zu teuer. Ganz zu schweigen von den Gefahren, denen wir die Bouteillen aussetzen würden.»

«Hm, vielleicht sollten Sie darüber einmal mit Bonaparte reden?», schlug Barbe scherzhaft vor. Sie wusste, wie sehr Georges den französischen Kaiser verehrte.

«Den Kaiser trifft keine Schuld», versetzte er in etwas weniger energischem Ton, da ihm diese Replik ein wenig den Wind aus den Segeln nahm. «Schuld sind die Briten und ihre Zölle.»

«Die sie erhoben haben, weil der Kaiser verfügt hat, alle Schiffe zu beschlagnahmen, die zuvor in Großbritannien vor Anker lagen, und zwar ungeachtet der Flagge», erwiderte Barbe. «Doch Sie sind in guter Gesellschaft, Georges. Mein Vater wird ebenfalls nie müde, die Politik des Kaisers beharrlich zu verteidigen. Ich habe jedenfalls nicht vor, deswegen aufzugeben, und Louis Bohne auch nicht. Zeigen Sie her.»

Georges reichte ihr den Brief. Rasch überflog sie die Zeilen mit der vertrauten Handschrift. Es gab neuerdings viele Gründe zur Besorgnis. Um überhaupt noch Geschäfte machen zu können, hatten sie schon jeden erdenklichen Trick angewendet, beispielsweise die französische Herkunft ihrer Waren verschleiert. Zudem neigten die Kunden dazu, ausstehende Zahlungen immer länger hinauszuzögern. Georges lag gewiss falsch, wenn er glaubte, Louis würde leichtfertig auf diesem Transport bestehen. Dies geschah nur aus einer gewissen Notwendigkeit heraus.

«Hier steht es», sagte sie und las vor:

«Der Bedarf, der Mangel an Getränken und ihr überhöhter Preis hat bereits zahlreiche Weinsendungen aus Ungarn nach Polen gebracht. Das Ärgerliche für unseren Handel ist die Tatsache, dass sich der Geschmack ändern könnte und eine neue Mode entsteht, die sich negativ auf die Beliebtheit unsere Weine auswirkt. Ein Transport über Land, und sei es auch peu à peu, könnte dafür sorgen, dass zumindest eine Rivalität entsteht, die sich, sofern die Jahrgänge gut sind, zu unseren Gunsten entwickeln kann.»

Sie blickte ihren Buchhalter mit gerunzelter Stirn an.

«Für mich klingt es vernünftig, was Monsieur Bohne schreibt. Was hat Fourneaux dazu gesagt?»

«Er hat gesagt, dass er auf Bohnes Urteil vertraue», gab Georges zu. «Doch ich darf daran erinnern, dass eine Versicherung der Bouteillen unerschwinglich sein wird. Das gesamte Risiko liegt bei uns.»

«Wenn wir nicht bereit wären, Risiken einzugehen, stünden wir heute nicht da, wo wir stehen. Zudem hat sich die Zahl der Bestellungen im Vergleich zum letzten Jahr deutlich erholt. Dies wird den verminderten Profit ein wenig ausgleichen. Bitte veranlassen Sie alles Nötige.»

Georges nickte knapp, sah jedoch wenig überzeugt aus. Sie reichte ihm das Schreiben zurück. «Wie gut kennen Sie und Louis Bohne sich eigentlich?», fragte sie.

«Bis ich ungefähr vierzehn Jahre alt war, habe ich ihn regelmäßig gesehen. Danach habe ich ihn aus den Augen verloren. Er ist ein guter Freund meines Vaters. Er hat meinen Werdegang verfolgt, das nehme ich jedenfalls an.»

«Ja, das nehme ich auch an, Georges.» Barbe lächelte ihm aufmunternd zu. «Mir ist bewusst, dass unsere Lage zur Zeit alles andere als einfach ist. Ich danke Ihnen sehr für Ihre offenen Worte und Ihre ehrliche Meinung. Von Männern wie Ihnen und Louis Bohne hängt der Erfolg dieses Unternehmens ab.»

Georges lockerte seinen Kragen, den er trotz der Hitze mit einer Binde trug. «Natürlich. Ich hätte andere Worte finden können, anstatt Monsieur Bohne so harsch zu kritisieren. Das war …», er räusperte sich, «das war unangemessen.»

«Louis Bohne ist ein fähiger Mann. Und das sind Sie auch. Wer von Ihnen beiden recht behält, wird sich noch erweisen.»

Nachdem Georges gegangen war, fiel es Barbe schwer, sich wieder auf ihre Arbeit zu konzentrieren. Sie dachte über Georges und Louis nach. Es war nicht das erste Mal, dass ihr Buchhalter eine andere Meinung vertrat als Louis Bohne. Sie fragte sich, wie die beiden wohl miteinander zurechtkämen, wenn sie sich persönlich begegneten.

Und welche Rolle sie dabei spielen würde.

Seit ihrem Ausflug aufs Land und ihrem Gespräch auf der Veranda in Bouzy hatte es keine persönliche oder gar intime Begegnung mehr zwischen ihr und Georges Kessler gegeben. Bis auf einen Zwischenfall in der vergangenen Woche. Sie war abends auf dem Weg aus dem Weinkeller ins Haus gewesen und hatte sich nach einer Katze umgedreht, die einer Maus hinterherjagte. Da war sie versehentlich mit ihm zusammengestoßen. Richtiggehend in ihn hineingerannt war sie. Weil sie ins Stolpern gekommen war, hatte er sie festgehalten. Sie hatten einander in die Augen geblickt, bis er schließlich den Kopf senkte, sich mit einem kleinen Kopfnicken vor ihr verbeugte und weiterging. Mehr war nicht geschehen. Trotzdem hatte der Zwischenfall sie erregt, und ihr liefen immer noch kleine Schauer über den Rücken, wenn sie daran zurückdachte. Wenn sie sich seine gewitterblauen Augen mit den Lachfältchen ins Gedächtnis rief, die sie so ernst und intensiv angesehen hatten.

Erneut musste sie sich fragen, ob sie im Begriff war, sich in ihren Buchhalter zu verlieben.

Oder er sich in sie.

In Gedanken ging sie die Reihen der Verehrer durch, die ihr im Laufe der Zeit den Hof gemacht hatten. Es waren nicht wenige. Sie *war* eine gute Partie, wie vor allem ihre Mutter nie müde wurde zu betonen. Es waren stattliche, gutaussehende Männer darunter, auch solche im passenden Alter, wohlhabend und angesehen noch obendrein. Georges Kessler hingegen war beinahe zehn Jahre jünger als sie und ohne nennenswertes Vermögen. Und dennoch, irgendetwas an ihm ließ ihr keine Ruhe. Wenn sie nicht aufpasste, so wie an jenem Abend kürzlich, als er ganz unvermittelt so dicht vor ihr gestanden hatte, oder wie in Bouzy, wo sie sich über Literatur unterhalten hatten, oder auch wie an Weihnachten im Kreis ihrer Familie, dann fühlte sie in seiner Nähe etwas Vibrierendes, Leidenschaftliches in sich. Etwas an ihm brachte eine Saite in ihr zum Klingen, die seit François' Tod verstummt gewesen war. Es war kein unangenehmes Gefühl, jedoch eines, das geeignet war, ihr Schwierigkeiten zu bereiten.

Eine Stunde später hatte Barbe immer noch fast nichts geschafft. Die Zahlenkolonnen des Rechnungsbuches, das vor ihr lag, wollten einfach keinen Sinn ergeben. Sie beschloss, eine Pause zu machen, legte die Feder beiseite und ließ sich von Céline Hut und Sonnenschirm bringen.

Sie traf ihre Schwester im Garten ihres Hauses im Schatten sitzend an, in Sichtweite zur Laube, in der die Kinder, Augustin und Mentine, mehr oder weniger konzentriert dem Hauslehrer lauschten. Mentine wirkte abgelenkt. Ein Spatz hüpfte zu ihren Füßen, und sie warf ihm einige Steinchen zu, die er mit dem Schnabel aufnahm und wieder fallen ließ. Als das Mädchen seine Mutter erblickte, winkte es ihr verstohlen zu und blickte danach für eine Weile beflissen in Richtung Lehrer, aber Barbe bezweifelte, dass es viel von dem mitbekam, was dieser erzählte. Vielleicht würde sie Mentine doch bald nach Paris schicken müssen.

«Meinst du, das ist eine gute Idee? Die Kinder in der Laube unterrichten zu lassen?», sagte sie zu ihrer Schwester.

«Es ist doch ein so herrlicher Tag, findest du nicht?», erwiderte Clémentine ungerührt, warf ein Stück Zucker in ihre Teetasse und rührte mit einem Silberlöffel ausgiebig um. «Sogar du bist aus deinem Keller herausgekommen.»

«Mein Schreibtisch steht nicht im Keller. Aber ja, du hast recht. Es ist ein schöner Tag. Ein bisschen warm vielleicht.» Sie setzte sich neben ihre Schwester auf die Bank aus weißem Korbgeflecht und sah zu den Kindern hinüber. Ein paar späte Rosen blühten auf dem geschwungenen Dach der Laube, die von einem Ausguck in Form eines kleinen Türmchens gekrönt wurde. Die Szene gab ein hübsches Bild ab. Mentine hatte in ihrer Schürzentasche einige Krümel gefunden und ihr Spiel mit dem Spatz wieder aufgenommen. Diesmal mit mehr Erfolg. Der kleine Vogel pickte aufgeregt herum. Ihre Schwester folgte ihrem Blick.

«Sie ist ein so reizendes und liebenswertes Kind», sagte sie.

«Ja, das ist sie. Nur leider in nichts sonderlich begabt.»

Ihre Schwester sah sie mit hochgezogenen Augenbrauen an.

«Urteilst du nicht ein wenig zu hart? Lass sie. Sie entwickelt sich noch.»

«Wahrscheinlich hast du recht. Ich denke oft, dass sie nach ihrer Großmutter kommt.»

«Maman? Sie ist sehr erfolgreich auf ihre Weise.»

«Natürlich», sagte Barbe mit einem Seufzer und betrachtete nachdenklich die beiden Kinder. «Es ist schon in Ordnung. Sie wird es in jedem Fall leichter haben als …» Sie unterbrach sich.

«Leichter haben als du, wolltest du sagen?», beendete

Clémentine unbekümmert ihren Satz. «Ganz gewiss. Denn ich kenne niemanden, der sich das Leben mit Absicht so schwer macht wie du.»

«Das ist Ansichtssache», antwortete Barbe, die sich gerne auf die Neckereien einließ, weil es sie von den Grübeleien über Georges ablenkte. «Würde jemand von mir erwarten, den ganzen Tag über nichts zu tun, außer Tee zu trinken, ginge es mir wesentlich schlechter.»

«Na, na», sagte ihre Schwester und zog die Lippen kraus. «Du weißt, von Zeit zu Zeit trinke ich auch Kaffee.»

Barbe lächelte schief, und Clémentine stellte die Tasse ab und griff nach ihrer Hand. «Du siehst bedrückt aus. Wie kann ich dich aufheitern?»

«Das tust du schon. Allein, dass ich jederzeit zu dir kommen kann, um mit dir zu plaudern, heitert mich auf.» Sie seufzte tief. «Hoffentlich hat Mentine wenigstens ein bisschen was von deinem Talent in diesen Dingen mitbekommen, wenn sie schon mit dem Schreiben, Lesen und Rechnen nicht so richtig vom Fleck kommt.»

«Diesen Dingen?»

«Konversation, Unterhaltung, das Gesellschaftliche eben.»

Ihre Schwester schüttelte schmunzelnd den Kopf. «So, wie du das sagst, weiß ich nicht, ob ich mich geschmeichelt fühlen soll oder eher das Gegenteil.»

«Fühle dich ruhig geschmeichelt, das meine ich ganz ernst.»

«Also gut. Jedenfalls ist Mentine ein entzückendes und liebenswertes Mädchen. Außerdem hat sie einen großen Vorteil.»

«Welchen denn?»

«Du bist ihre Mutter. Du wirst für sie einen guten Mann finden, der sie heiratet und ihr die Welt zu Füßen legt.»

Barbe widersprach ihr nicht. Von einer plötzlichen Wehmut erfüllt, betrachtete sie wieder die Kinder in der Laube. Mentines kleine Hand hielt nun einen Graphitstift fest umklammert, während sie die Wörter schrieb, die der Lehrer ihr diktierte.

«In zehn Jahren wird es so weit sein, dann wird sie ans Heiraten denken. Und was wird dann aus mir?»

Ihre Schwester sah sie erstaunt an. «Bist das wirklich du, die da spricht? Solche Töne habe ich von dir noch nie gehört.»

«Manchmal habe ich eben Angst davor, als einsame alte Jungfer zu enden.»

«Das wirst du nicht. Du hast deine Firma. Und in zehn Jahren bist du die Champagnerkönigin. Wie geht es übrigens deinem hübschen Buchhalter?», fragte sie schelmisch. «Ich habe ihn länger nicht mehr gesehen.»

«Meinem hübschen ...» Barbe brach ab, griff nach einem Fächer, der vor ihr auf dem Tischchen lag, und begann, sich Luft zuzufächeln. «Du redest von Monsieur Kessler. Bist auch du etwa seinem Charme erlegen?»

«Nun sag bloß, er gefällt dir nicht», sagte Clémentine neckend. «Er ist seit seiner Ankunft vor einem Jahr schon Stadtgespräch. Unter den ledigen Damen zumindest.»

«Und? Hat er eine von ihnen erhört?», fragte Barbe möglichst gleichmütig.

«Bisher nicht. Viele bilden sich ein, er kokettiere mit ihnen, doch ich glaube nicht, dass er das tut. Im Gegenteil, er genießt einen nahezu untadeligen Ruf. Er ist einfach nur freundlich.»

«Ja, das ist er gewiss», sagte Barbe und musste wieder an ihre abendliche Begegnung denken. «Aber ich werde ganz sicher nicht mehr heiraten. Schon gar nicht Monsieur Kessler.»

«Ich habe nichts von Heiraten gesagt! Aber ich weiß, wie du empfindest. Immerhin bin ich nicht Maman», sagte Clémentine sanft.

«Warum kommst du dann auf ihn zu sprechen?»

Clémentine zuckte mit den Schultern und sah zu den Kindern hinüber. «Ich weiß auch nicht. Wir haben eben alle unsere Bedürfnisse. Und nicht immer ist eine Romanlektüre ausreichend, wenn du verstehst, was ich meine.»

«Clémentine!», rief Barbe mit gedämpfter Stimme aus. Erst hatten ihre eigenen wilden Gedanken an Georges sie aus dem inneren Gleichgewicht gebracht, und nun fing auch noch ihre Schwester von ihm an. «Du überraschst mich immer wieder! Ich muss mit ihm arbeiten!»

«Schon gut. Dann vergiss ihn einfach – wenn du kannst.»

Kapitel 19

Februar 1809

*M*on dieu, Jacob, jetzt seien Sie doch nicht so stur. Warum wollen Sie es nicht wenigstens versuchen?» Barbe stand im Weinkeller und redete auf ihren Kellermeister ein. Er war klein, kaum größer als sie selbst, hatte ein verwittertes Gesicht und krumme Beine. Ungerührt sah er sie an, während seine Hand in seine Tasche glitt, vermutlich weil es ihn nach der nächsten Prise Schnupftabak verlangte. Er ließ die Hand, wo sie war, und zuckte mit den Schultern.

«Wie ich bereits sagte, Madame Clicquot, es war ein Versehen», sagte er. «Machen Sie sich nichts daraus. Wir hätten ohnehin nichts Neues erfahren.»

«Nichts Neues erfahren?», fragte Barbe ungläubig.

«Seit vierzig Jahren arbeite ich in diesem Beruf, und es gibt nun einmal gewisse Dinge, die sich kaum beeinflussen lassen.»

«Wenn sie sich *kaum* beeinflussen lassen, heißt das noch lange nicht, dass man sie *gar nicht* beeinflussen kann. Jetzt stehen wir wieder ganz am Anfang», sagte Barbe und musste sich beherrschen, nicht laut zu werden. Niedergeschlagen blickte sie auf die Bouteillen vor sich. Sie hatte herausfinden wollen, welche Rolle die Temperatur des Kellers bei der Entwicklung ihrer Champagnerweine spielte und wie sie sich auf die Schaumbildung auswirkte. In verschiedenen Räumen, deren Temperatur sich wegen ihrer Entfernung vom Eingang um etwa zwei bis drei Grad unterschied, hatte sie Bouteillen gleichen Inhalts aufgestellt und mit Schildern beschriftet. Doch Jacob hatte sie unbeaufsichtigt gelassen und die Arbeiter nicht genau genug instruiert, sodass nun alles durcheinandergeraten war. Es hatte keinen Sinn mehr. «Haben Sie das Buch von Chaptal gelesen, das ich Ihnen gegeben habe?»

Jacob zuckte wieder mit den Schultern, dann überlegte er es sich anders und schüttelte den Kopf. Immerhin hatte er den Anstand, zerknirscht dabei auszusehen. Barbe biss die Zähne zusammen und schluckte ihre Enttäuschung, so gut es ging, hinunter. Sie war auf Jacob angewiesen. Ohne ihn wäre alles verloren – und das wusste er ebenso gut wie sie.

«Wie steht es mit der Cuvée aus Pierry? Haben Sie mit dem Degorgieren begonnen?»

«Haben wir», sagte Jacob.

«Und? Was ist damit?»

«Bitte, sehen Sie selbst, Madame», sagte Jacob. Gemeinsam gingen sie in den hinteren Keller, wo die Cuvée darauf wartete, auf neue Bouteillen gezogen zu werden. Jacob nahm eine der Flaschen am Hals und öffnete sie, doch statt des erwarteten und erhofften Schaums kam ihnen ein beinahe gänzlich stiller, trüber Wein entgegen.

«Mon dieu!» Barbe war entsetzt. Sie griff nach einer Kelle, goss etwas Wein hinein, wartete, bis die Trübstoffe sich ein wenig gesetzt hatten und probierte einen Schluck.

«Zumindest schmeckt er nicht schlecht. Was nun? Zurück ins Fass damit?»

Jacob nickte und sah beinahe zufrieden aus. «Zurück ins Fass damit», bestätigte er.

«Die Cuvée ist ein Jahr alt. Was wäre, wenn wir ihr ein weiteres Jahr geben? Oder sogar zwei?»

«Ungewiss. Doch es ist unwahrscheinlich, dass sie sich noch entwickelt.»

«Unwahrscheinlich, aber nicht unmöglich?»

«Wir können diese Bouteillen an anderer Stelle besser gebrauchen. Außerdem sind die Lager voll. Wir haben nicht genug – ...»

«Ich weiß, Jacob», unterbrach ihn Barbe. Sie hatten zu wenig verkauft, und nun drohte ihr Keller aus den Nähten zu platzen. «Ich werde mich darum kümmern. Behalten Sie trotzdem zweihundert Flaschen zurück. Und sorgen Sie dafür, dass man sie gut wiederfindet und nicht versehentlich entsorgt. Den Rest geben Sie ins Fass», entschied Barbe.

Wie zu erwarten zuckte Jacob die Achseln. «Wie Sie wünschen, Madame.»

Kurz darauf trat Barbe wieder auf den Hof hinaus, der an diesem kühlen Februarmorgen leer und kalkweiß vor ihr lag. Nur der Küfer war in einer Ecke damit beschäftigt, Fässer zu reparieren. Seine Hammerschläge hallten zwischen den Wänden wider.

Jedes Jahr eine neue Katastrophe, dachte Barbe, während sie stehen blieb und dem Fassmacher bei der Arbeit zusah. Ihre Lager waren voll, und der Hof, der von Geschäftigkeit hätte wimmeln sollen, war leer. Die Sorgen um ihr Unternehmen hatten überhandgenommen und raubten ihr den Schlaf. Selbst Louis, der es sonst in seinen Briefen verstand, sie aufzubauen, schien von einer beginnenden Hoffnungslosigkeit befallen zu sein. Kein Wunder, war doch der Champagnerhandel in den letzten Monaten beinahe zum Erliegen gekommen. Und alles nur wegen der fortgesetzten Blockadepolitik von Bonaparte. Sein Ziel, die Briten an den Verhandlungstisch zu zwingen, hatte der Kaiser bisher verfehlt, stattdessen wurde die Lage immer schlimmer und die Seeblockade, die zuweilen noch einen Durchschlupf gelassen hatte, immer unerbittlicher. Im Land sah es kaum besser aus. Selbst der privilegierteste Adel war nicht mehr bereit, Geld für Luxusartikel auszugeben, und so verbrachte Barbe ihre Tage damit, günstigen Wein zu verkaufen und säumigen Zahlungen nachzulaufen. Freilich mussten nicht alle Geschäftszweige so leiden. Ihr Vater profitierte sogar von der kompromisslosen Politik des Kaisers, da sie englische Waren – und somit auch Textilien – aus Frankreich draußen hielt. Doch wer wie sie auf Exporte angewiesen war, hatte zu kämpfen. Barbe seufzte. Was ihre Lager betraf, würde sie ihren Vater bitten müssen auszuhelfen. Die Keller des Hôtel Ponsardin waren glücklicherweise groß genug, um das Problem selbst auf längere Sicht zu lösen.

Georges kam aus dem Kontor mit einer Frage die Buchhaltung betreffend, doch sie hörte ihm gar nicht richtig zu.

«Kann Jacob eigentlich lesen?», unterbrach sie ihn.

«Prinzipiell schon», antwortete Georges.

«Prinzipiell?»

«Seine Augen sind schlechter geworden. Ich fürchte, er kann die Buchstaben nicht mehr entziffern.»

«Kennen Sie jemanden, der Jacob ersetzen könnte? Niemand aus der Gegend, da ist doch einer wie der andere. Was ist mit den Deutschen? Ich habe schon ganz erstaunliche Dinge aus dem Rheingau gehört.»

Georges schien verblüfft und nicht sehr angetan von der Idee. «Ich kann mich gerne umhören, wenn Sie wünschen», sagte er steif.

«Ich wünsche es. Bitte nutzen Sie Ihre Kontakte, Georges. Und bis es so weit ist, beschaffen Sie Jacob eine Brille.»

«Selbstverständlich werde ich tun, was ich kann ...» Er wollte offenbar noch etwas sagen, unterbrach sich aber.

«Was haben Sie? Nur heraus mit der Sprache, Monsieur Kessler», forderte Barbe.

Georges räusperte sich. «Sie selbst haben mich ermutigt, Jacobs Arbeit zu beurteilen. Er hat einen guten Ruf in der Champagne. Und Sie werden kaum jemanden finden, der, so wie er, über vierzig Jahre Erfahrung mitbringt.»

Barbe zog verstimmt die Augenbrauen zusammen. «Erfahrung ist nicht das Einzige, was zählt. Manchmal kann sie offenbar sogar hinderlich sein. Wir können es uns nicht leisten, jemanden zu beschäftigen, der sich in einem so wichtigen Bereich als nutzlos erweist.»

Georges ließ einige Sekunden vergehen. Als er endlich antwortete, klang seine Stimme mühsam beherrscht. «In einem so wichtigen Bereich? Wie soll ich die Dinge richtig einordnen, wenn Sie mich nicht einbeziehen? Vielleicht, Madame, wäre es einfacher, wenn Sie mir den Grund für die plötzliche Dringlichkeit in dieser Sache erläuterten. Hat es womöglich mit Ihren Experimenten zu tun?»

Barbe sah ein wenig erschüttert in Georges' versteinerte Miene.

«Was wissen Sie darüber?»

«Nicht sehr viel. Jacob hat mir nichts gesagt. Und Sie auch nicht.»

Er versuchte gar nicht erst, es nicht wie einen Vorwurf klingen zu lassen, und sie sah ihm an, wie sehr ihn das beschäftigt haben musste. Barbe fühlte sich ertappt. Sie hatte Georges nicht eingeweiht, das war richtig. Der Grund dafür war jedoch nicht der Wunsch nach Geheimniskrämerei gewesen, sondern eher das unbestimmte Gefühl, ihren jungen talentierten Mitarbeiter ein wenig auf Distanz halten zu müssen. Diese Schwäche, die sie für ihn entwickelt hatte, war über die letzten Monate nicht geringer geworden.

«Ich wollte Sie nur wissen lassen – falls es so wäre –, dass ich jederzeit zu Ihrer Verfügung stünde», fuhr Georges ein wenig milder fort.

Barbe spürte, wie ihr Ärger verrauchte.Georges war wirklich der letzte Mensch, mit dem sie es auf einen Streit anlegte. Das hatte er nicht verdient. «Aber nein ... ich meine, ja, Sie haben recht. Sie könnten mir womöglich tatsächlich behilflich sein.» Sie überlegte kurz und fasste einen Entschluss: «Kommen Sie doch bitte heute Nachmittag gegen vier Uhr in mein Büro. Dann erkläre ich Ihnen alles.»

Zurück an ihrem Schreibtisch, massierte sie sich mit den Fingern die Schläfen und dachte an Jacob und ihr missglücktes Experiment.

Im letzten Sommer hatte sie in den Tiefen von François' Bücherschrank ein Buch des Chemikers Jean-Antoine Chaptal entdeckt. Chaptal, so viel war ihr zuvor schon bekannt gewesen, hatte festgestellt, dass die Zugabe von Zucker vor der ersten Gärung für die Alkoholbildung im Wein von Vorteil war. Doch wie sie bei der Lektüre erfuhr, gingen seine Erkenntnisse noch wesentlich weiter. Mit wachsender Faszination hatte Barbe die Kapitel über den Einfluss der Luft, der Temperatur und des Mosts auf die Gärung gelesen. Hinsichtlich der exakten Bedeutung der einzelnen Faktoren und ihres Zusammenspiels konnte auch Chaptal nur Theorien anstellen. Immer wieder sprach er davon, dass diese Elemente näher untersucht werden müssten. Und so hatte sie sich einige Versuche überlegt, die Jacob jedoch offenbar nicht in der Lage oder nicht willens war umzusetzen.

Sie zog das Büchlein, das sie sich von Jacob hatte zurückgeben lassen, aus der Tasche ihres Rocks hervor. Zwar erinnerte sie sich daran, dass François die Abhandlung erwähnt hatte, jedoch nicht, welche Schlüsse er daraus für ihre eigenen Weine gezogen hatte. Und Fourneaux, den sie darauf angesprochen hatte, kannte den Aufsatz zwar und wusste auch einiges über Chaptal zu sagen, maß ihm jedoch keine überragende Bedeutung bei.

«Ein intelligenter Mensch, dieser Chaptal. Doch er ist und bleibt ein Mann der Theorie», hatte er ihr in seiner ein wenig behäbigen Art erklärt. «Was davon zu gebrauchen ist, wenden wir bereits an, der Rest ist wenig relevant. Chaptal ist Chemiker. Ein erfahrener Kellermeister versteht mehr vom Wein.»

Jacob war ein erfahrener Kellermeister, das war ihm nicht abzusprechen. Doch die Tatsache, dass weder ihm noch ihrem Geschäftspartner Fourneaux, der der eigentliche Spezialist für den Wein hätte sein sollen, der Sinn nach Höherem stand, bereitete ihr großen Verdruss. Sie war sich sicher, dass manche ihrer Konkurrenten die Erkenntnisse von Chaptal längst dafür nutzten, ihre Weine zu vervollkommnen. Nachdenklich betrachtete sie den Titel: *Die Kunst, Weine zu machen, die Weinbereitung zu steuern und zu verbessern.* Als Erscheinungsjahr war 1801 angegeben. Wenn sie recht hatte, galt es, einiges aufzuholen. Sobald die Wirtschaft sich nach der momentanen Rezession erholte und die Kunden wieder über mehr Mittel verfügten, wollte sie ganz vorn mit dabei sein.

Sie dachte an ihre bisher erfolgreichsten Cuvée, jenen Champagner, der dank ihrer List beim Empfang für Napoleon Bonaparte und Kaiserin Joséphine serviert worden war. Ihr Kaiserwein. Der Most war in jenem Jahr besonders gehaltvoll und süß gewesen. Andererseits war laut Chaptals Niederschrift nicht allein der Zucker für die Gärung verantwortlich, sondern das Zusammenspiel der Kräfte. Der Weinstein spiele eine Rolle, schrieb er, und ein gewisser Schleim, der sich in den Trauben befände. Es sei nicht der süßeste Most, der den meisten Alkohol erzeuge, behauptete er.

Diesen Punkt zweifelte Barbe an, das galt es zu überprüfen. Noch mehr erstaunte sie jedoch, dass der sogenannte Schleim in den Schriften Chaptals als Katalysator für die Gärung Erwähnung fand. Sie hatte ihn immer als reines Ärgernis empfunden, etwas, das den Wein zäh und ölig machte. Doch wenn dies stimmte, dann könnte eine längere Lagerung womöglich von Vorteil sein. In Bouteillen hielt sich der Wein jedenfalls länger als im Fass, so viel stand fest. Er kam weniger mit Luft in Kontakt, die wiederum die Gärung beförderte.

Und dann gab es da noch das elende Problem der Trübstoffe. Das sogenannte *Depot*, das während der ersten Gärung in der Bouteille entstand und den Wein unansehnlich machte. Wenn sie ihre Kunden fragte, war dies im Grunde das größte Ärgernis. Die Klarheit des Weins schien sogar wichtiger zu sein als der Wohlgeschmack. Der Kaiserwein hatte sich eben auch dadurch ausgezeichnet. Also sollte sie womöglich besser alles andere hintanstellen und als Allererstes an diesem Punkt ansetzen: Irgendwie musste es ihr gelingen, ihren Wein so klar zu bekommen, wie die Kunden ihn wünschten, ohne dass der Schaum dabei verlorenging.

Barbe hielt in ihren Überlegungen inne. So kam sie nicht weiter. Was feststand, war ihr Ziel, ihren Champagner einzigartig zu machen. Seitdem sie im Sommer mit Georges,

Alphonse und Joseph in Bouzy gewesen war, hatte es in ihrem Kopf immer konkretere Formen angenommen. Ihr schwebte eine Art industrieller Weinherstellung im großen Stil und unter immer gleichen Bedingungen vor. Denn das war genau die Zutat, die ihnen zum Erfolg fehlte: Kontrolle.

Aber sie allein würde das nicht schaffen. Sie brauchte einen Kellermeister, der dachte wie ein Wissenschaftler, ein wenig wie Chaptal. Alles, was geschah, musste genau protokolliert werden, und sie mussten von jeder Cuvée eine gewisse Anzahl Bouteillen zurückbehalten und systematisch untersuchen. Sie hatten schon viel zu viele Monate, sogar Jahre, nutzlos verstreichen lassen.

Georges war ein kluger Kopf, er verstand sie, und er würde auch die Theorien von Chaptal nachvollziehen können. Gemeinsam konnten sie darüber nachdenken, was zu tun sei. Es war sicher richtig, die Dinge jetzt und sofort persönlich in die Hand zu nehmen.

Nachdenklich strich Barbe mit den Fingern über den Einband des Buches vor sich. Sie plante für den Frühsommer eine Reise durch die Champagne, um mit ein paar Winzern zu sprechen und herauszufinden, ob ihr etwas Wichtiges entgangen war. Vielleicht lagen ja dort draußen auf dem Land einige der Antworten verborgen, nach denen sie suchte, und sie musste nur die richtigen Fragen stellen. Vielleicht lernte sie bei dieser Gelegenheit sogar einen begabten Kellermeister kennen, den sie für ihre Zwecke gewinnen konnte.

Und womöglich war es das Beste, Georges endlich in ihre Vorhaben einzuweihen und ihn zu bitten, sie auf diese Fahrt zu begleiten.

Kapitel 20

Grand-père ist da», rief Mentine mit einem Blick hinaus in den Hof freudig. Sie saß an einem kleinen Schreibtisch, den Barbe für sie in ihrem Kontor hatte aufstellen lassen über ein paar Rechenaufgaben. Der Hauslehrer, der sie und ihren Cousin Augustin sonst unterrichtete, war krank geworden, und Barbe hatte beschlossen, ihrer Tochter einige Extralektionen im Rechnen zu erteilen. Mentine war zwar bemüht, es ihrer Mutter recht zu machen, trotzdem stellte der Besuch ihres Großvaters eine willkommene Unterbrechung dar. Sie sprang auf und eilte ihm entgegen.

Barbe stand auf und ging zur Tür. Sie hatte ihren Vater schon länger nicht mehr gesehen. Ihr Arbeitstag begann morgens um sieben und endete abends gegen neun oder zehn Uhr, und da auch ihr Vater ein vielbeschäftigter Mann war, begegneten sie sich manchmal wochenlang überhaupt nicht.

«Welch eine Überraschung, Papa», sagte sie. «Was führt dich zu mir?»

«Brauche ich einen speziellen Grund, um meine Tochter zu besuchen?», fragte Nicolas Ponsardin in launigem Ton und strich Mentine über den Kopf, die vertrauensvoll zu ihm aufsah. Barbe drückte ihr einen Kuss aufs Haar und entließ sie mit dem Auftrag, sich von Céline ein paar Strümpfe zum Stopfen geben zu lassen. Ihr Vater sah seiner Enkelin hinterher, die fröhlich zur Tür hinauslief.

«Strümpfe stopfen? Ist das dein Ernst?»

Barbe zuckte die Achseln. «Es macht ihr Spaß. Mehr Spaß jedenfalls als das hier», sagte sie mit einem schiefen Lächeln und wies auf das Blatt mit den ungelösten Aufgaben. «Schau nicht so. Mentine kommt nicht nach mir, aber sie ist mein Sonnenschein. Ich weiß nicht, was ich ohne sie täte.»

«Ist sie deshalb immer noch nicht im Internat?», wollte ihr Vater wissen.

«Sie ist doch noch so klein. Im Herbst ist es immer noch früh genug», erwiderte Barbe. Ihr Vater hatte natürlich recht. Aber sie befürchtete, sich ohne ihre Tochter allzu einsam zu fühlen, und das, obwohl sie alles in allem nur wenig Zeit für sie erübrigen konnte.

Ihr Vater ließ sich mit einem Ächzen in einem der Besucherstühle nieder. Er war mittlerweile über sechzig und konnte sein Alter nicht mehr verleugnen, trotzdem ging er in keiner Weise schonend mit sich und seiner Gesundheit um. Seine Bewerbung um das Bürgermeisteramt im nächsten Jahr war beschlossene Sache und der Bau der Spinnerei in vollem Gange.

Barbe setzte sich zu ihm. Sie war nervös, denn sie ahnte, warum er gekommen war. «Du hast mit Fourneaux gesprochen», stellte sie fest.

Nicolas Ponsardin nickte. «Dein Geschäftspartner hat mir erzählt, dass er seinen Gesellschaftervertrag nicht verlängern wird.»

«Hat er das», sagte Barbe und schwieg für einen Moment. «Bien, dann ist es also heraus.»

«Du hast es vorausgesehen?»

«Sein Vertrag ist befristet, und dass er ihn nicht verlängern würde, nun ja, in Anbetracht der Lage war das abzusehen. Was hat er noch gesagt?»

«Dass es nicht gut aussieht.» Ihr Vater räusperte sich und sah sie an. «Wir müssen darüber reden.»

Barbe atmete tief durch. Sie hatte sich vor diesem Gespräch gefürchtet, weil sie wusste, dass sie auf die Unterstützung ihres Vaters angewiesen war. In ihrer Firma steckte auch sein Geld. Wenn er sich von ihr abwandte, würde sie in ernsthafte Schwierigkeiten geraten.

«Die Bilanz ist noch nicht endgültig, weswegen ich auch noch nicht bei dir war. Ich denke, ich werde wohl etwas von meinem Schmuck verkaufen», sagte sie.

«Das würdest du tun? Was, wenn du auch ...»

«Nein, Papa, ich weiß, was du sagen willst. Aufgeben kommt nicht in Frage», unterbrach Barbe ihren Vater entschieden. «Ich habe so sehr für diese Firma gekämpft, habe so vieles geopfert. Ich werfe jetzt nicht die Flinte ins Korn.»

Ihr Vater blickte sie zweifelnd an. «Fourneaux ist derjenige, der eure Bankkontakte pflegt. Ist Leclerc nicht sogar ein persönlicher Freund von ihm?»

Barbe nickte. Sie wusste ebenso gut wie er, dass sie von den Pariser Banken abhängig waren. In ihrem Fall waren dies die Banque Rougement de Lowenberg, die auch mit vielen ihrer Konkurrenten in Geschäftsbeziehungen stand, sowie die Banque Leclerc. Der Champagnerhandel, aber auch die Geschäfte ihres Vaters waren überhaupt nur möglich, weil die Zahlungen über Paris abgewickelt wurden, oftmals mit Zahlungszielen von mehreren Monaten – welche ihre Kunden inzwischen nur noch selten einhielten.

«Georges Kessler war einige Male mit Fourneaux in Paris. Er ist gut in solchen Dingen, und er hat jetzt noch ein paar Monate Zeit, um zu lernen. Er kann in Zukunft die Korrespondenz übernehmen. Ich vertraue ihm», sagte Barbe.

Sie verschwieg, was sie in Wirklichkeit dachte, nämlich

dass sie keine Idee hatte, wie sie ihre säumigen Abnehmer dazu bringen sollte, zu zahlen. Wenn diese in Königsberg, Danzig oder Moskau, in Rom oder Neapel saßen, war es schwierig, rechtlich gegen sie vorzugehen. Die Anwaltskosten konnten sie sich nicht leisten. Und überhaupt: Wo kein Geld war, konnte man nichts holen. Viele ihrer Kunden hatten sich übernommen. Wie man es auch betrachtete, es sah wirklich nicht besonders gut aus.

Ihr Vater hatte Glück. Er machte trotzdem sein Geschäft. Durch die Seeblockade war die Nachfrage nach französischen Textilien sogar gestiegen. Die Automatisierung der Fabrikation würde ihr Übriges zu seinem Erfolg und dem ihres Bruders beitragen. Es war der richtige Schritt zur richtigen Zeit, selbst wenn es auch für einen Nicolas Ponsardin, trotz seiner Beziehungen und finanziellen Möglichkeiten, nicht immer einfach sein würde.

«Die Flinte ins Korn werfen», griff ihr Vater ihre Worte auf. «Niemand würde das so sehen, selbst wenn du ein M...» Er sprach den Satz nicht zu Ende, dies tat Barbe für ihn.

«Selbst wenn ich ein Mann wäre, meinst du?»

«Wie auch immer, glaubst du, Fourneaux gibt sich selbst die Schuld? Das tut er nicht.»

«Eben. Und das ist ein Problem», lachte Barbe bitter.

«Er gibt sie auch nicht dir, falls du das meinst. Im Gegenteil, er spricht in den höchsten Tönen von dir.»

«Mag sein. Leider hört er aber zu wenig auf mich. Unser Champagner hätte einzigartig sein müssen, unverwechselbar, und das war er nicht immer. Gegen Moët kann in der Champagne niemand bestehen, der nicht die beste Qualität liefert.»

«Qualität hat ihren Preis. Sind eure Abnehmer bereit, dafür zu bezahlen?»

«Sie werden zahlen, sobald es ihnen wieder besser geht. Ich bin sicher, dass unsere treuen Stammkunden mehr wert sind als die paar Schulden, die wir bei den Banken haben. Daran wird auch Fourneaux' Weggang nichts ändern. Selbst Monsieur Bohne wird nicht müde zu betonen, welchen Vorsprung wir außerhalb Frankreichs vor unseren Konkurrenten haben.»

Sie stand auf, suchte etwas in ihrem Registraturschrank und zog aus einer Mappe ein Schreiben von Louis hervor.

«Hier, lies selbst», sagte sie und wies auf einen Satz, den sie unterstrichen hatte.

«Der gute Ruf, der sich im Ausland mit dem Namen Clicquot verbindet, ist zu einer Konstante geworden und kann als einzigartige Grundlage Ihres Unternehmens angesehen werden», las ihr Vater vor und nickte.

«Monsieur Bohne ist ein guter Mann. Es ist wichtig, dass er weiterhin an eure Sache glaubt», sagte er und reichte ihr den Brief zurück.

«Das tun wir beide. Vielleicht ist diese Atempause sogar genau das, was wir gebraucht haben.» Sie sah ihrem Vater eindringlich in die Augen. «Papa, wir verkaufen Bouteillen von 1805. Früher haben wir noch geglaubt, der Champagner sei nach drei Jahren ungenießbar, dabei ist er sogar besser geworden statt schlechter. Sobald die Lage sich beruhigt hat, werden wir wieder Gewinne machen. Wir müssen nur geduldig sein. Und wenn wir erst einen neuen Kellermeister haben ...»

«Einen neuen Kellermeister? Jacob soll der beste sein in Reims.»

«Das ist er vermutlich auch, der beste Kellermeister in Reims. Doch das reicht mir nicht. Ich will den besten in ganz Frankreich!»

Ihr Vater sah sie ernst an. «Um wie viel sind eure Umsätze zurückgegangen?»

Barbe zögerte mit der Antwort. Es zu wissen war eine Sache, es auszusprechen eine andere.

«Um ungefähr siebzig Prozent», gab sie schließlich zu. «Aber wir sind noch nicht am Ende. Du warst es, der mir beigebracht hat, dass man stets bereit sein muss, die Welt neu zu erfinden, Papa. Bedenke doch nur deine eigenen Pläne. Du hast auch keine Angst vor der Zukunft.»

Nachdem ihr Vater gegangen war, blieb Barbe in nachdenklicher Stimmung zurück. Redete sie sich das alles schön? Ihr Vater befürchtete ihren finanziellen Untergang. Aber er erkannte auch ihren Fleiß an und bewunderte ihren Willen. Er würde nicht von ihr verlangen, ihre Firma aufzulösen. Vorerst jedenfalls nicht.

Sie dehnte und streckte sich, sie fühlte sich erschöpft wie nach einer langen Wanderung. Das Gespräch mit ihrem Schwiegervater Philippe Clicquot stand ihr noch bevor. Auf seine Einlage von dreißigtausend Franc war sie ebenso angewiesen wie auf das Geld ihres Vaters.

Es klopfte. Es war Georges. «Störe ich, Madame?»

«Nein, nein. Kommen Sie herein», sagte Barbe, noch ganz in Gedanken. «Was gibt es, Georges?»

«Die Bilanz, Madame. Sie ist fertig.»

«Oh», sagte Barbe. Sie brauchte einen Moment, um sich zu sammeln, setzte sich an ihren Schreibtisch und faltete die Hände auf der Tischplatte.

Georges stand vor ihr und blickte sie mit glänzenden Augen an. Er sah übernächtigt aus, aber da war noch etwas. Irgendetwas stimmte nicht mit seinem Gesicht. Sie betrachtete ihn genauer.

«Was ist mit Ihnen, Georges? Was haben Sie da?»

«Nichts, Madame. Die Bilanz, Madame.»

«Reden Sie keinen Unsinn. Ich habe doch Augen im Kopf.»

Barbe wies in Richtung seiner linken Wange. Seine Hand fuhr hoch und legte sich schützend über die Schwellung, die seitlich an seinem Kiefer zu sehen war.

«Es ist nichts», wiederholte er. Doch nun merkte Barbe, dass er auch anders sprach. Georges nuschelte.

«Das sieht aber nicht aus wie nichts.»

Er schwieg.

Barbe stand auf und trat zu ihm hin.

«Jetzt lassen Sie schon sehen.» Sanft griff sie nach seiner Hand, zog sie von seiner Wange fort und befühlte vorsichtig die Schwellung. Georges zuckte bei der Berührung zusammen.

«Sie scheinen eine Zahnentzündung zu haben. Was haben Sie dagegen getan?»

«Mit Kamille gespült», nuschelte Georges.

«Links unten? Ein Backenzahn? Lassen Sie sehen.»

Georges sah sie entsetzt an und schüttelte den Kopf.

«Nun gut, dann eben nicht. Es ist ohnehin offensichtlich, so geschwollen, wie ihre Wange schon ist, muss der Zahn sehr wahrscheinlich raus.»

Sie befühlte seine Stirn.

«Haben Sie Fieber?»

Georges schüttelte wieder den Kopf. Er sah nun regelrecht verängstigt aus. Sie nahm seine Hand.

«Wenn Sie da nichts machen lassen, wird es nur immer schlimmer», sagte sie sanft.

«Ich war einmal dabei, in meinem Dorf. Der Barbier auf dem Marktplatz, er hat ...» Georges brach ab. «Es war schrecklich», murmelte er mit gesenktem Blick. Barbe hatte ihn noch nie in einem so erbarmungswürdigen Zustand gesehen.

«Bei Ihnen in Deutschland zieht noch der Barbier die Zähne?», sagte sie ungläubig.

Georges zuckte zusammen, es ging ihm wirklich schlecht. Das Herz zog sich ihr zusammen vor Mitleid.

«Seien Sie unbesorgt.» Sie ging zu ihrem Schreibtisch und schrieb etwas auf einen Zettel. «Hier. Das ist die Adresse von Quesnel. Er ist Chirurg, und er kennt sich mit Zahnextraktionen aus. Nehmen Sie Alphonse mit, er soll nicht von Ihrer Seite weichen, bis Sie wieder zu Hause sind. Denn dorthin werden Sie anschließend gehen. Ruhen Sie sich aus. Ich komme heute Abend selbst bei Ihnen vorbei und sehe nach Ihnen.»

Sie drückte Georges den Zettel in die Hand. Er wollte protestieren.

«Aber die Bilanz –», begann er.

«Schaue ich mir gleich an, sobald Sie fort sind. Und denken Sie daran: Bevor Sie das erledigt haben, dürfen Sie nicht wieder herkommen.»

Sie sah ihm vom Fenster aus hinterher, wie er mit hängenden Schultern über den Hof ging. Kurz darauf trat er zusammen mit Alphonse wieder aus dem Haus. Er sah zu ihr hinüber, versuchte ein schiefes Lächeln und hob grüßend die Hand. Sie winkte zurück.

Als er fort war, setzte sie sich wieder an ihren Tisch und vertiefte sich in die Papiere. Georges hatte auf einem Deckblatt die wichtigsten Zahlen zusammengetragen, weiter hinten fand sie die Details. Alles war übersichtlich und verständlich. Und das Ergebnis eindeutig: Ihre Verluste beliefen sich Summa summarum auf vierunddreißigtausend Franc. Barbe erschrak, das war mehr, als sie geglaubt hatte. Sie begann, die Zahlen nachzurechnen. Georges hatte keinen Fehler gemacht. Diese Summe entsprach den gesamten Lohnkosten eines Jahres, Arbeiter und Handelsreisende zusammengenommen.

Sie nahm erneut die Feder zur Hand und überschlug einige Zahlen, die sie auch zuvor schon oftmals hin und her gerechnet hatte, suchte nach weiteren Einsparmöglichkeiten. Die Hälfte der Arbeiter hatte sie bereits entlassen. Sie würde die Zahl noch weiter reduzieren müssen. Was die Handelsreisenden betraf, so waren Kruthofer und Christ schon seit einigen Wochen nicht mehr dabei. Sie wusste, dass Georges ihr empfehlen würde, noch weiter zu reduzieren, doch das wollte sie, wenn irgend möglich, vermeiden. Ihr blieb schließlich noch der Schmuck. Sie hatte ihn schätzen lassen. Zehntausend Franc war er wert. Selbst wenn sie ihn mit Verlust verkaufte, würde er hoffentlich siebentausend bringen. Sechstausend betrug die Summe der ausstehenden Rechnungen. Irgendwie musste es ihnen gelingen, wenigstens die Hälfte davon einzutreiben. Am Ende blieben immer noch gut zwanzigtausend Franc, die irgendwie ausgeglichen werden mussten. Sie würden weitere Kredite aufnehmen und hohe Zinsen zahlen müssen, doch es war machbar. Nur ein oder zwei, maximal drei Jahre mussten sie die Firma über Wasser halten. Hinterher würde sie dafür umso mehr verdienen. Das hoffte sie jedenfalls.

Am Abend ging sie zu dem Haus, in dem Georges Kessler wohnte. Sie war noch nie dort gewesen und ein wenig überrascht, wie einfach alles war. Seine Wirtin ließ sie anstandslos herein. Offenbar hatte sie keine Lust, sich um ihren kranken Untermieter zu kümmern, sondern schien erleichtert darüber, dass dies jemand anderes übernahm.

«Madame, Sie sind wirklich hergekommen», murmelte Georges schlaftrunken, als sie eintrat. Er lag vollständig angekleidet auf seinem Bett.

Barbe öffnete das Fenster, um den Geruch nach Alkohol und abgestandener Luft zu vertreiben. Von draußen hörte man Stimmen und das Rattern eines Handwagens auf dem Pflaster. Sie sah sich um. In dem Zimmerchen konnte man sich kaum drehen. Eine Kommode, auf der eine Waschschüssel stand, und ein einziger Stuhl stellten zusammen mit der Schlafstatt das einzige Mobiliar dar. An der Wand neben der Tür lagen einige Stapel Bücher. Georges lebte wirklich außerordentlich bescheiden, dabei hätte sein Lohn bestimmt für eine bessere Unterkunft ausgereicht.

Barbe hatte Weinbrand, Nelkensud gegen die Schmerzen und ein paar Kräuter mitgebracht und goss nun aus den Kräutern und dem heißen Wasser, um das sie die Wirtin gebeten hatte, einen Tee auf. Auch wenn Georges wach war, schien er sehr benommen.

«Wie ist es gewesen, Georges?», fragte Barbe.

«Wunderbar», murmelte Georges und versuchte, sich aufzurichten. «Einfach wunderbar.»

«Tut es sehr weh?»

Er griff mit der Hand an seine Wange, die immer noch arg geschwollen war, und schüttelte den Kopf. «Ich habe ihn geküsst, diesen Teufelskerl.» Er spitzte die Lippen. «Zum Abschied habe ich ihn geküsst.»

«Wen haben Sie geküsst? Quesnel?»

Georges nickte. «Er hat mir Opium gegeben», sagte er und verzog die Lippen zu einem seligen Lächeln.

«Opium. Was hat er Ihnen noch gegeben?»

Georges tastete blind im Bett umher und zog eine Flasche zwischen den Laken hervor. Barbe nahm sie und roch an der Flüssigkeit. Irgendetwas Hochprozentiges. Die Flasche war fast leer. Sie dachte an den Alkohol, den sie mitgebracht hatte. Vorerst würde sie ihn nicht brauchen.

«Haben Sie das komplett getrunken?», frage sie.

Georges nickte und setzte eine stolze Miene auf.

«Natürlich nicht so gut wie ein Veuve Clicquot, aber es tut seine Wirkung.»

Barbe sah ihn besorgt an. Unvermittelt schloss er die Augen und begann leise zu schnarchen, und sie lehnte sich in ihrem Stuhl zurück. Sie stellte sich auf eine längere Nachtwache ein.

Georges erwies sich als erstaunlich zäh. Er schreckte ein paarmal hoch, ohne recht wahrzunehmen, dass sie da war, drehte sich auf die andere Seite und schlief weiter. Ein wenig beruhigt, nickte auch Barbe auf ihrem Stuhl ein. Als sie im Morgengrauen erwachte und die Augen öffnete, begegnete sie seinem Blick. Er saß auf der Bettkante, hatte sich gewaschen und gekämmt und ein frisches Hemd angezogen. Draußen vor dem geöffneten Fenster rauschte Regen herab. Kühle Luft strömte ins Zimmer.

Er lächelte sie schief an. Seine Wange tat offenbar noch weh, und seine Augen waren gerötet, aber er sah vergleichsweise erholt aus.

«Wie geht es Ihnen, Georges?», fragte sie, und dehnte ihren schmerzenden Rücken. Das Zimmer war so klein, dass sich ihre Knie fast berührten. Sie langte zu ihm hin und betastete die Schwellung mit den Fingern.

«Besser. Dank Ihnen», sagte Georges, griff nach ihrer Hand, die an seiner Wange lag, und nahm sie in die seine.

«Danke, dass Sie darauf bestanden haben, mich zu diesem Teufelskerl zu schicken. Und danke, dass Sie bei mir geblieben sind», sagte er und sah ihr in die Augen. Sie wollte ihm ihre Hand wieder entziehen, doch er hielt sie sanft fest und drückte sacht seine Lippen darauf.

«Das war doch selbstverständlich», erwiderte Barbe, während ihr bei der Berührung ein Schauer den Rücken hinunterlief.

«Sie sind so fürsorglich, und ich habe ein schlechtes Gewissen, weil Sie die Nacht auf diesem unbequemen Stuhl verbracht haben.»

«Ich sollte nach Hause gehen», sagte Barbe.

«Es ist noch beinahe Nacht, und es regnet in Strömen.»

«Ich sollte gehen», wiederholte Barbe und machte Anstalten, sich zu erheben.

«Bleiben Sie. Sie können bei diesem Regen unmöglich das Haus verlassen», sagte Georges heiser. Er hielt ihre Hand immer noch fest, und als er sprach, konnte sie seinen Atem auf ihrer Haut spüren. Er war bleich, aber wenn man nur die eine Seite seines Gesichts betrachtete, erschien er ihr mit seinem fiebrigen, leicht wilden Blick beinahe noch attraktiver als sonst.

«Warum legen Sie sich nicht für einen Moment hin, Madame? Ich habe die Laken gewechselt. Diesmal passe ich auf Sie auf.» Er stand auf, ließ endlich zögernd ihre Hand los und schloss das Fenster. Barbe stand für einen Moment verloren in der Mitte des Zimmers. Dann setzte sie sich wie zur Probe auf die Bettkante, und da sie sich tatsächlich müde und erschöpft fühlte, legte sie sich hin. Georges breitete die Decke über sie und ließ sich auf dem Stuhl nieder. Sie schloss die Augen, öffnete sie nach ein paar Minuten wieder und schüttelte den Kopf.

«Das geht so nicht. Ich finde keine Ruhe, wenn Sie da so sitzen.»

«Das tut mir leid, entschuldigen Sie. Ich könnte mich umdrehen.»

«Aber nein. Sie sind doch hier der Kranke.» Sie richtete sich auf. «Das ist albern. Legen Sie sich hin, Georges. Ich werde gehen», sagte sie.

«Nein. Ich werde auf gar keinen Fall zulassen, dass Sie sich da draußen im Regen den Tod holen», wehrte er ab.

«Also gut. Dann legen Sie sich eben zu mir», sagte Barbe und erschrak selbst kurz über ihren kühnen Vorstoß. Sie war allerdings zu erschöpft, ihn ernsthaft zu bereuen, und rückte zur Seite, um Georges Platz zu machen. Nach kurzem Zögern erhob er sich und streckte sich neben ihr aus.

Das Bett war schmal, und Barbe rückte noch ein wenig näher an die Wand, dennoch lagen sie dicht beisammen. Sie drehte sich auf die Seite, und Georges hinter ihr tat es ihr nach, sodass sie dicht hintereinanderlagen, wie Silberlöffel in einer Schublade. Sie spürte seine Wärme in ihrem Rücken, konnte seinen Atem hören und sogar fühlen, wie sich sein Brustkorb hob und senkte. Das ist schön, dachte Barbe und spürte ein Flattern in der Brust, weil sie sich plötzlich vorstellte, wie es wäre, wenn er sie umarmte, und ein Lächeln stahl sich auf ihr Gesicht. Aus Gedanken wurden Träumereien. Sie ließ sich vom Geräusch des Regens einhüllen, der an die Fensterscheibe prasselte, und schlief ein.

Kapitel 21

An einem Montagmorgen im Mai brachen Barbe und Georges zu ihrer Fahrt durch die Champagne auf. Anders als im Sommer des Jahres zuvor waren diesmal weder Alphonse noch Joseph dabei und auch kein Kutscher, da sie sich für eine einspännige Kalesche entschieden hatten, die auf den schmalen Wegen zwischen den Weinbergen praktischer war. Georges, der nach seiner Zahnextraktion vollkommen wiederhergestellt war, übernahm die Zügel selbst und lenkte die Kalesche das Tal der Vesle entlang, von dort hinauf nach Rilly-le-Montage und über Ludes und Verzenay nach Verzy, wo sie in einem Gasthof unterkamen.

Beim Abendessen sprachen sie über die Firma und über die Experimente im Weinkeller, die Barbe auch gegen Jacobs Willen weiter vorangetrieben hatte. Georges schien irgendetwas zu belasten, doch er wollte nicht recht mit der Sprache heraus.

«Was ist los, Georges? Sie haben doch etwas auf dem Herzen.»

«Also gut», sagte Georges, zögerte aber immer noch. «Es wird Ihnen aber nicht gefallen, was ich zu sagen habe, Madame Clicquot.»

«Lassen Sie das mal meine Sorge sein.»

«Also gut», sagte Georges noch einmal. «Ich habe mich gefragt, ob es wirklich sinnvoll ist, angesichts der angespannten finanziellen Lage der Firma so viel Zeit und

Geld in Ideen zu investieren, deren Erfolg in den Sternen steht.»

«Und, zu welchem Schluss sind Sie gekommen», fragte Barbe, als er nicht sofort weitersprach.

«Dass es meine Verpflichtung ist, Ihnen zu raten, das Augenmerk auf schnelle und sichere Möglichkeiten des Geldverdienens zu legen», sagte Georges widerstrebend.

«Und welche sollen das sein?», fragte Barbe stirnrunzelnd.

«Stillweine. Jacob produziert ausgezeichnete Stillweine, die sich zu ordentlichen Preisen verkaufen lassen. Champagner können wir immer noch zukaufen und so das Risiko minimieren.»

Barbe schüttelte den Kopf. Eine solch deutliche Kritik hatte sie tatsächlich nicht erwartet. «Sie reden wie ein Buchhalter. Sie erinnern mich an Fourneaux.»

«Ich *bin* Ihr Buchhalter, Madame», erinnerte Georges sie, offenbar leicht gekränkt.

«Als ob ich das nicht wüsste. Aber wir haben doch schon so oft darüber gesprochen. Nur die Schaumweine verschaffen uns einen echten Vorteil gegenüber der Konkurrenz aus dem Bordeauxgebiet und dem Burgund.»

«Sie sollen ja auch weiterhin Schaumweine verkaufen. Ich meine nur, dass wir die Produktion anderen überlassen könnten – und dass wir die Stillweine über alledem nicht aus den Augen verlieren dürfen.»

«Das habe ich auch nicht vor. Was jedoch die Schaumweine betrifft, haben wir alle seit den Zeiten von Louis XIV. nur sehr wenig dazugelernt. Das ist ein Fehler. Meiner Ansicht nach liegt die Zukunft der gesamten Champagne im Schaumwein», beharrte Barbe. «Irgendetwas macht unsere Weine hier besonders. Sind es die Trauben, die Böden, das

Wetter oder vielleicht sogar unsere Keller? Wir müssen besser verstehen, was es ist. Seit damals hat sich kaum etwas verändert oder verbessert – wenn man einmal von den Bouteillen absieht.»

Georges nickte. Der Einkauf der Bouteillen war Barbes Aufgabe, und er wusste natürlich, wie wichtig ihr das war. Barbe hatte den Wettbewerb der verschiedenen Hersteller untereinander für sich ausgenutzt und sie zu Höchstleistungen angestachelt. Dank ihrer Hartnäckigkeit hatten sie nicht nur die robustesten, sondern auch die elegantesten Bouteillen in der ganzen Region.

«Wie gesagt, ich rate Ihnen auch nicht, Ihre Pläne vollkommen aufzugeben, Madame, sondern mahne nur zur Vorsicht. Die Wahrscheinlichkeit, dass sich die Experimente im Weinkeller in naher Zukunft in barer Münze auswirken, ist eher gering.»

«In naher Zukunft womöglich nicht», sagte Barbe nachdenklich. Sie mochte zwar nicht, was Georges sagte, musste jedoch zugeben, dass sie ihn schließlich selbst dazu aufgefordert hatte, eigene Ansichten und Meinungen zu vertreten. «Lassen Sie uns nicht streiten, Georges. Ich schätze es, dass Sie das Unternehmen finanziell auf sichere Füße stellen wollen, und ich verspreche Ihnen, dass ich Ihre Bedenken ernst nehmen werde.»

Am Morgen des zweiten Tages bestiegen Barbe und Georges nach einem ausgiebigen Frühstück ihre Kalesche, um die Reise fortzusetzen, und nach kurzer Diskussion – Georges fand den Platz zu unbequem für eine Dame, doch Barbe bestand darauf – setzte sie sich diesmal neben ihn auf den Kutschbock, um sich besser mit ihm unterhalten zu können.

Sie genoss die Fahrt und die Aussicht. Der Wald der Montagne de Reims war zu dieser Jahreszeit vom vielstimmigen Gesang der Vögel erfüllt. An den Stellen, wo sich das Unterholz lichtete, breiteten sich bunt getupfte Teppiche von Buschwindröschen, Scharbockskraut und Leberblümchen aus. Die Luft war frisch und klar und der gut ausgebaute Weg nach einer längeren Schönwetterperiode trocken. Ruhig rollte ihr Gefährt dahin. Ihr Ziel war das Dorf Cumières, wo Barbe hoffte, eine neue Parzelle erwerben zu können. Doch sie hatte keine Lust, an diesem schönen Tag nur über das Geschäft zu reden und Georges wieder gegen sich aufzubringen.

«Wie gefällt es Ihnen eigentlich in Reims, Georges?», fragte sie daher.

«Ausgezeichnet. Ich liebe Reims.»

«Vermissen Sie niemals Ihre Heimat?»

«Aber nein, ich fühle mich in der Champagne wie zu Hause. Reims erinnert mich von Größe und Lebensart sogar ein bisschen an Mainz. Und wir haben dort auch einen Dom.»

«Ach ja? Das wusste ich gar nicht.»

«Nach einem Brand vor dreißig Jahren wurde er neu aufgebaut. Er ist sehr viel schlichter als die Kathedrale hier und besteht aus rotem Sandstein.»

«Ein roter Dom?», warf Barbe ein. «Wie das wohl aussehen mag? Das kann ich mir kaum vorstellen.»

«Es hat durchaus seinen Reiz. Trotzdem ist ihm die Kathedrale von Reims in Sachen Schönheit natürlich weit überlegen. Und beide Städte sind wiederum nicht mit Paris zu vergleichen, wo ich ja nun auch schon einige Wochen zugebracht habe.»

«Wären Sie lieber in Paris?»

«Nein, nicht auf Dauer. Ich bin wohl eher für die Provinz gemacht.» Er lachte. «Was ist mit Ihnen, Madame? Mögen Sie ihre Heimatstadt?»

«Ich?» Barbe stimmte in sein Lachen ein. «Bisher hatte ich keinen Anlass, darüber nachzudenken. Genauso gut könnten Sie mir die Frage stellen, ob ich meinen linken Fuß mag.»

«Und?», beharrte Georges schmunzelnd. «Ich nehme an, Sie haben wenig Vorbehalte gegenüber Ihrem linken Fuß. Was ist mit Reims?»

«Was soll ich sagen? Jede Hausecke ist mir vertraut. Ich habe mein ganzes Leben dort verbracht, und es sind nicht nur schöne, sondern auch traurige Erinnerungen damit verbunden. Doch wenn mich die Glocken der Kathedrale morgens wecken, fühle ich mich geborgen. Die Jahre ohne Glockengeläut unter den Jakobinern waren schrecklich.»

«Ich verstehe gut, was Sie meinen, Madame.»

«Es freut mich jedenfalls zu hören, dass es Ihnen bei uns in Reims gefällt. Soweit ich das beurteilen kann, mögen die Reimser Sie ebenfalls.»

«Kein Wunder, auch sie erinnern mich sehr an meine rheinhessische Heimat. Sie feiern gerne und sind immer geradeheraus.»

«Manchmal vielleicht ein wenig zu gerade», seufzte Barbe.

«Finden Sie?»

«Ich kann nicht leugnen, dass ich mir manchmal mehr Privatheit wünschen würde. Was man auch tut, wird öffentlich diskutiert, ob man damit einverstanden ist oder nicht. Meine Entscheidung, die Firma meines Mannes weiterzuführen, hat jedenfalls für einiges Aufsehen gesorgt.»

«Haben Sie es eigentlich jemals bereut?», fragte Georges. «Immerhin bedeutet es für Sie – nun, das heißt», er suchte nach den richtigen Worten, «ich meine, hatten Sie niemals den Wunsch, wieder zu heiraten?»

«Nein», sagte Barbe schlicht. «Die Firma ist mein Leben. Abgesehen natürlich von Mentine. Meine Tochter kommt für mich an erster Stelle. Sie soll das Leben einer Dame führen können, und es ist meine Aufgabe, ihr dies zu ermöglichen.» Sie seufzte erneut. «Ich dagegen bin ein Kuriosum.»

«Aber nein, wie können Sie das sagen?», rief Georges.

Barbe lächelte nachsichtig. «Für uns Frauen gelten andere Maßstäbe als für Männer, mein lieber Georges. Glauben Sie mir, ich weiß es, denn ich habe einen Bruder. Und mein eigener Vater, sosehr er mich auch liebt und schätzt, kann nicht anders, als ihn und mich mit unterschiedlichem Maß zu messen. Eine Frau wird für das geachtet, was ihrer Rolle entspricht. Wenn ich jedoch in einem Feld reüssiere, das üblicherweise den Männern vorbehalten ist, so gereicht mir das nicht zur Ehre. Das Ansehen einer Dame verschafft es mir erst recht nicht. Es ist nun einmal – kurios.»

«Das sehe ich vollkommen anders», sagte Georges, und seine Stimme vibrierte vor Überzeugung.

«Sind Sie sicher? Seien Sie ehrlich: Könnten Sie sich vorstellen, mit einer Frau verheiratet zu sein, die ihr eigenes Unternehmen führt?»

«Nun, selbst wenn ich es mir vorstellen könnte, ist es schlechterdings unmöglich», sagte Georges nach kurzem Nachdenken. «Der Mann ist das Familienoberhaupt. Vor dem Gesetz liegt alles in seiner Verantwortung. Aber er kann seiner Frau gewisse Freiräume gewähren. Er kann ihre Klugheit und ihren Geist anerkennen.»

«Das kann er», bestätigte Barbe. «Aber es wäre ein Akt der Barmherzigkeit. Sie wäre auf seine Gnade angewiesen, nicht wahr? Bitte verstehen Sie mich nicht falsch. Ich stelle die natürliche Ordnung nicht in Frage. Für viele Frauen ist sie stimmig und richtig, und ihr Lebensglück hängt davon ab, sich auf ihre Familie und den Haushalt konzentrieren zu dürfen. Zudem wären die meisten Männer mit einer Frau, die sich in ihre Angelegenheiten einmischt, zu Recht überfordert.»

Barbe sah seinem Gesicht an, dass ihre Worte ihn betroffen machten.

«Ich muss zugeben, dass ich über diese Dinge nie nachgedacht habe», gab er zu, «denn ich bin niemals zuvor einer Frau wie Ihnen begegnet.»

«Es ist in Ordnung, Georges, und ich weiß gar nicht, warum ich Sie damit belaste. Sie werden eine hübsche, kluge junge Frau finden, mit der Sie eine Familie gründen können. Sie haben es weiß Gott verdient, glücklich zu sein.»

Georges war ganz ruhig geworden. Er räusperte sich, und seine Stimme klang ein wenig rauer, als er wieder das Wort ergriff:

«Madame Clicquot, mir liegt seit geraumer Zeit etwas auf dem Herzen. Es ist ...» Er schluckte. «Ich meine, was ich sagen will, ist: Ich muss mich bei Ihnen entschuldigen. Ich habe mich an jenem Morgen ungebührlich benommen, und es tut mir leid. Es war nicht meine Absicht, das versichere ich Ihnen.»

Barbe antwortete nicht sofort. Sie hatte nicht geglaubt, dass dieses Thema zwischen ihnen zur Sprache kommen würde. Natürlich wusste sie, worauf er anspielte. Als sie an dem Morgen nach Georges' Zahnextraktion in seiner Kammer erwacht war, hatte Georges im Schlaf seinen Arm um sie gelegt und hielt sie von hinten umschlungen. Einige Minuten später war er ebenfalls aufgewacht und erschrocken aus dem Bett gesprungen.

Sie hatten beide kein Wort darüber verloren. Bis jetzt.

«Sie haben sich nichts vorzuwerfen, Georges», durchbrach Barbe endlich die unbehagliche Stille zwischen ihnen. «Das waren besondere Umstände. Diese Zahnentzündung hat Sie gehörig mitgenommen. Und außerdem ...»

Sie unterbrach sich. Der Moment an jenem Morgen war ihr immer noch gegenwärtig. Was sie empfunden hatte. Wie sie sich gefühlt hatte. Die Nähe zu Georges war ihr nicht unangenehm gewesen. Im Gegenteil. Sie war still liegen geblieben und hatte den Augenblick genossen, den Druck seines Arms auf ihrer Hüfte, die Wärme seiner Hand, die auf ihrem Unterarm ruhte.

«Die Wahrheit ist ....»

Sie unterbrach sich erneut.

«Die Wahrheit, Madame?»

«Die Wahrheit ist, dass ich mich an Ihrer Seite wohl gefühlt habe.»

«Wirklich?», sagte Georges und sah sie mit einem Blick an, den sie nicht recht zu deuten verstand. Überraschung lag darin – und noch etwas anderes, das ihr Rätsel aufgab.

Barbe lächelte ihn an, verlegen wie ein junges Mädchen. Sie dachte an ihre Auseinandersetzung vom Tag zuvor und fragte sich, ob Georges sie überhaupt als Frau sah. Sie war seine *Patronne*, seine Vorgesetzte. Ihr Herz schlug jetzt im Takt der Pferdehufe. Die Sonnenstrahlen und der leichte Wind ließen ihre Haut prickeln.

«Ja, Georges. Ich bin still liegen geblieben, damit Sie nicht aufwachen», fügte sie leise hinzu, doch bevor Georges etwas entgegnen konnte, scheute das Pferd vor einem Reh, das plötzlich aus dem Gehölz und quer über den Weg sprang, und stürmte in wildem Galopp los.

«Festhalten!», schrie Georges und versuchte, die Kalesche

wieder unter Kontrolle zu bringen. Es gelang ihm nicht. Das zuvor so genügsame Tier ließ sich nicht beruhigen und preschte immer weiter voran, und Barbe musste tatsächlich aufpassen, nicht vom Kutschbock geschleudert zu werden. Im nächsten Moment tauchte plötzlich ein Schatten an ihrer Seite auf. Es war ein junger Mann, der sein eigenes Pferd zur Höchstleistung anspornte, sie beherzt überholte, im vollem Ritt ihrem Zugpferd ins Zaumzeug griff und allmählich sein Tempo verlangsamte, bis sie endlich nach weiteren hundert Metern stehen blieben. Georges sprang sofort vom Kutschbock und half Barbe aus dem Wagen. «Alles in Ordnung, Madame? Sind Sie verletzt?», sagte er, immer noch atemlos.

«Danke, Georges, mir geht es gut», sagte Barbe, was zu ihrer eigenen Überraschung absolut den Tatsachen entsprach. Sie war heftig erschrocken, doch nun, da alles glimpflich ausgegangen war, stellte sie fest, dass ihr das schnelle Tempo sogar Spaß gemacht hatte und ihr eher ausgelassen zumute war. Trotzdem ließ sie sich von Georges bereitwillig zu einem Baumstumpf am Wegrand führen, wo sie sich hinsetzte.

Georges wandte sich dem jungen Mann zu, der dabei war, dem Zugpferd, dem der Schaum vor dem Maul stand und dessen Nüstern angstvoll geweitet waren, beruhigend zuzusprechen. «Das war sehr mutig von Ihnen. Darf ich fragen, wem wir unsere Rettung zu verdanken haben?»

Ihr Helfer machte eine Verbeugung, ohne das Zaumzeug des Zugpferdes loszulassen. Barbe betrachtete ihn genauer. Er zählte vermutlich keine zwanzig Jahre, hatte dunkles, fast schwarzes Haar, ein fein geschnittenes ovales Gesicht und trug einen in die Jahre gekommenen Rock aus hochwertiger Wolle zu hohen Rindslederstiefeln. Seine Wangen waren erhitzt, er strahlte vor Eifer und Stolz und bot einen herzerfrischenden Anblick von Energie und Frische. Ihm jedenfalls hatte die Aktion offenbar großen Spaß gemacht.

«Gestatten, Louis de Chevigné. Zu Ihren Diensten», stellte er sich vor und salutierte scherzhaft.

Zehn Minuten später setzten sie ihren Weg zu dritt fort. Die Pferde waren nicht zu Schaden gekommen, sollten jedoch geschont werden. Also ließen sie sich Zeit und unterhielten sich in aller Ruhe mit dem Comte, der neben ihnen her ritt.

«Ich habe noch nie von einem Comte de Chevigné gehört», gestand Barbe.

«Das ist kein Wunder. Ich stamme aus dem Westen des Landes und lebe noch nicht lange in der Gegend», erklärte der junge Mann.

Louis de Chevigné war zum Plaudern aufgelegt, und nach und nach erfuhren Barbe und Georges die ganze Familiengeschichte des jugendlichen Grafen.

Seine Eltern seien während der Französischen Revolution hingerichtet worden, berichtete er. Er selbst war damals noch ein Baby gewesen, hatte dank des mutigen Eingreifens seiner Kinderfrau überlebt und war in der Obhut von Verwandten mütterlicherseits aufgewachsen. Als einziger überlebender Sohn erbte er den Titel seines Vaters. Sein Onkel und Vormund hatte kürzlich einen Besitz an der Marne bezogen, das mittelalterliche Chateau de Boursault, das sie nun gemeinsam bewohnten.

«Mein Onkel ist allerdings verreist und wird frühestens in einer Woche zurück sein. Sehr bedauerlich, denn er ist ganz famos und hätte sicher gerne Ihre Bekanntschaft gemacht.»

«Sie sind zu freundlich. Monsieur Kessler und ich sind Ihnen zu großem Dank verpflichtet, Comte. Vielleicht ergibt sich ja zu einem späteren Zeitpunkt einmal die Gelegenheit zu einem Besuch», sagte Barbe.

«Aber nein, was reden Sie da von einem späteren Zeitpunkt? Ich werde nicht zulassen, dass Sie in einem Gasthof unterkommen. Mein Onkel würde es mir nie verzeihen, wenn ich Sie nicht bei uns einquartieren und dafür sorgen würde, dass Sie ein neues Pferd bekommen.»

«Das Tier scheint doch wieder ganz in Ordnung zu sein», widersprach Barbe, die sich dem Charme des jungen Mannes jedoch kaum entziehen konnte. Viel gehörte nicht dazu, sie zu überreden, die Einladung anzunehmen. Es war kein großer Umweg, denn das Chateau lag ihrem ursprünglichen Ziel, dem Dorf Cumières, im Tal der Marne genau gegenüber, und am späten Nachmittag trafen sie ein. Der Comte de Chevigné, der ihnen schließlich doch noch vorausgeritten war, empfing sie am Tor und schlug vor, einen Spaziergang zu machen.

«Sie müssen unbedingt die Aussicht genießen», erklärte er. «Das Herrenhaus liegt ein wenig zurückversetzt. Den schönsten Blick haben Sie jedoch von dort vorne, wo sich die Ruinen der ehemaligen Burganlage befinden.»

Barbe hätte sich lieber zuerst ausgeruht, ließ sich jedoch von der Begeisterung ihres Gastgebers anstecken. Sie gingen das leicht abschüssige Gelände hinab, das einmal ein Park gewesen sein musste, passierten ein verfallenes Gewächshaus und ein Wäldchen, kletterten über die Fundamente der ehemaligen Burg und hatten dann den Aussichtspunkt erreicht.

Verblüfft und verzaubert blieb Barbe stehen. Zu ihren Füßen lag das fruchtbare Marnetal, und zwischen dem satten Grün der Wiesen, unterbrochen von Baumgruppen und Feldern, glitzerte das Wasser des sich hindurchschlängelnden Flusses hervor. Ein paar fedrig feine Wolken zierten den Himmel, und gegenüber an den Hängen lagen, ins Licht der untergehenden Sonne getaucht, die Weinberge. Das Vogelkonzert hatte seinen frühabendlichen Höhepunkt erreicht. Ein vielstimmiges Zwitschern, Pfeifen, Flöten und Tirilieren erfüllte das gesamte Tal.

«Wunderschön», sagte sie. Die Freiheit und Offenheit dieser Landschaft taten ihr wohl. Hier zu stehen, den Vögeln zu lauschen und die frische, saubere Luft einzuatmen war ein rechter Kontrast zur Enge und zum rußigen Schmutz der Stadt. «Sie haben nicht zu viel versprochen, Monsieur.»

«Nicht wahr?», erwiderte Louis de Chevigné mit einem Leuchten im Gesicht, als ob er persönlich dieses Paradies geschaffen hätte. «Eines Tages will ich genau an dieser Stelle ein Haus bauen lassen. Ich träume von einem Salon mit ebendiesem Ausblick. Wäre das nicht wunderbar?»

«Das wäre es allerdings», bestätigte Barbe. «Das wäre wunderbar.»

Nach dem Spaziergang war der Comte bereit, ihnen auch das sogenannte *Manoir* zu zeigen, das als einziges bewohnbares Gebäude von der mittelalterlichen Anlage übriggeblieben war. Es war um einen Innenhof herum gebaut und überzeugte mit gleich zwei Geschütztürmen hauptsächlich durch seine Wehrhaftigkeit. Abgesehen davon, war es ziemlich reizlos. Auch den Comte schien dies zu bekümmern, denn er redete die meiste Zeit über von seinen Plänen für den Umbau.

Barbe suchte Georges' Blick. Er war im Verlauf des Tages immer schweigsamer geworden. Je angeregter sie sich mit dem Comte unterhalten hatte, desto ernster sah er aus, beinahe verdrossen, fand sie.

«Was ist denn nur los mit Ihnen, Georges?», fragte sie, als sie für ein paar Minuten allein waren. «Welche Laus ist Ihnen über die Leber gelaufen?»

«Es ist nichts», sagte Georges. Doch als sie ihn mit einem ungläubigen Kopfschütteln musterte, fragte er:

«Was halten Sie von ihm?»

«Er gefällt mir. Er hat gute Manieren. Und eine gewisse Frische.»

«Frische? Kein Wunder, er ist erst sechzehn, ein halbes Kind», erwiderte Georges, nun unüberhörbar schlecht gelaunt.

Barbe atmete tief durch und wusste nicht recht, ob sie amüsiert oder betroffen sein sollte.

«Ich halte ihn für einen wohlerzogenen und mutigen jungen Mann.»

«Das mag ja stimmen. Doch nach meinem Dafürhalten bildet er sich ein bisschen zu viel auf seine Herkunft ein. Sehen Sie sich um! Er hat jede Menge Ideen, jedoch keinerlei finanzielle Mittel. Weder Land noch Einkommen. Und sein Onkel hat sich vermutlich auch nicht ganz freiwillig dazu entschieden, diesen alten zugigen Kasten zu bewohnen.»

«Sie sind ungerecht, Georges. Das Unglück seiner Familie dürfen Sie ihm nun wirklich nicht zum Vorwurf machen», erwiderte Barbe, musste jedoch ein Lächeln unterdrücken. Georges war ehrgeizig. Er legte großen Wert darauf, es aus eigener Kraft weit zu bringen. Noch nie war ihr das so bewusst geworden wie in diesem Moment, und es nahm sie sehr für ihn ein, weil sie sich selbst darin wiedererkannte. Zwar mochte sie seiner Einschätzung des Comte de Chevigné nicht zustimmen, doch sie spürte, dass es ohnehin vor allem ihre offen geäußerte Sympathie für den jungen Mann war, die Georges so in Rage brachte.

Er war eifersüchtig.

Und wenn sie ganz ehrlich mit sich selbst war, gefiel ihr das.

Sie bekamen zwei Zimmer im Seitenflügel des ersten Stocks zugewiesen. In den Kaminen brannten Feuer, und an den Wänden hingen verschlissene Teppiche, die zwar etwas Wärme und Behaglichkeit in die Räume brachten, jedoch nicht über den baufälligen Zustand hinwegtäuschen konnten. Besser als in einem Gasthof war es allemal, zumal der Comte ihnen eine Stunde später ein vorzügliches Diner servieren ließ, für das vermutlich die Vorräte einer ganzen Woche angebrochen worden waren.

Barbe genoss den Abend. Ihr Gastgeber zeigte sich witzig und charmant und für seine Jugend erstaunlich belesen. Sein Hauslehrer sei vergangene Woche desertiert, erklärte er ihnen unbekümmert, weswegen er zur Zeit vogelfrei sei. Doch er habe eine große Bibliothek und widme sich leidenschaftlich gerne dem Studium der Bücher. Ab dem Sommer werde er dann die Militärschule besuchen.

Georges hatte seine verstockte Haltung glücklicherweise aufgegeben. Er beteiligte sich nun wieder am Gespräch, und als es sich der Literatur zuwandte, forderte er Louis de Chevigné regelrecht heraus. Doch da der eine eher die französischen und der andere eher die deutschen Schriftsteller gelesen hatte, stand es unentschieden, fand Barbe. Auch sonst bot der Comte wenig Angriffsfläche. Im Gegenteil. Er verstand sich darauf, die Stimmung durch heitere Geschichten aufzulockern, sodass auch Georges immer entspannter wurde. Barbe fühlte sich am Ende des Abends dank der angeregten Konversation und der galanten Aufmerksamkeiten ihr gegenüber, mit denen die beiden einander zu übertreffen suchten, auf angenehme und lange nicht gekannte Weise belebt.

Gegen Mitternacht erhob sie sich aus ihrem Sessel.

«Es ist spät geworden. Wenn Sie erlauben, werde ich mich zurückziehen», sagte sie.

Der Comte griff nach der Klingel, um den Diener zu rufen, doch Georges war bereits aufgesprungen.

«Bitte, bemühen Sie sich nicht, Comte. Wir haben morgen einen langen Tag vor uns. Auch für mich wird es Zeit, und Madame und ich haben ja denselben Weg.»

So verabschiedeten sie sich gemeinsam von ihrem Gastgeber, dankten ihm für den Abend und gingen die große Treppe mit den ausgetretenen Steinstufen hinauf, wobei Georges ihr seinen Arm reichte. Barbe nahm sein Angebot nur zu gern an. Mit jedem Schritt wurde ihr trotz der Kühle, die zwischen den alten Mauern herrschte, ein wenig wärmer. Vor Barbes Zimmer blieben sie stehen.

«Gute Nacht, Madame Clicquot.»

«Gute Nacht, Georges», sagte Barbe, doch keiner von beiden wandte sich zum Gehen. Sie standen dicht beieinander. Er nahm ihre Hand, und Barbe wehrte sich nicht. Sie war nicht einmal überrascht, sondern fühlte sich eher bestätigt. Ein warmer Strom der Zuneigung zu Georges hatte sie ergriffen, und es war ihr unmöglich, sich länger dagegen zu wehren. Ein tiefempfundenes Vertrauen lag zwischen ihnen, und Barbe, die sich in den beinahe vier Jahren ihrer Witwenschaft oft einsam gefühlt hatte, sehnte sich mit jeder Faser ihres Körpers nach Zärtlichkeit und Geborgenheit.

Lange standen sie so da. Es war so still, dass man das Knistern der Kerzen an den Wänden hören konnte.

«Sie haben da heute etwas gesagt, das mich nachdenklich gemacht hat», sagte Georges leise.

«Was? Was habe ich gesagt, Georges?», antwortete Barbe und spürte ein Flattern in ihrem Magen, merkte, wie Erregung ihren Körper erfasste.

«Dass Sie sich an meiner Seite wohl gefühlt haben. Und dass Sie mich an jenem Morgen mit Absicht nicht geweckt haben.»

«Ich wollte Ihre Nähe noch ein wenig länger genießen, Georges», flüsterte Barbe.

«Den ganzen Tag musste ich daran denken. Jede einzelne Minute.» Seine Stimme klang rau. Dann brach es aus ihm heraus: «Barbe, ich muss es einfach tun. Selbst auf die Gefahr hin, alles zu verlieren, muss ich Ihnen ein Geständnis machen: Sie sind die wunderbarste Frau, die mir je begegnet ist! Sagen Sie nur ein Wort, und ich werde nie wieder davon sprechen. Doch wenn ich hoffen dürfte ... Wenn ich Sie nur einmal in meinen Armen halten dürfte, wäre mein Glück vollkommen.»

Barbe hatte seinen Worten mit angehaltenem Atem gelauscht. In Georges' Gesicht las sie die widersprüchlichsten Gefühle, Hoffnung, Angst und Leidenschaft. Sie sah, wie sehr er mit sich kämpfte, wie sehr er seinen ganzen Mut zusammengenommen hatte, um ihr dieses Geständnis zu machen. All das konnte sie selbst nachempfinden, denn auch um sie war es längst geschehen.

Und doch gab es da etwas, das sie zurückhielt.

Sie hob die Hand und strich mit den Fingerspitzen über seine Wange. «Lieber, lieber Georges. Ich habe Ihnen gesagt, wie es um mich steht. Mein Entschluss steht fest, ich werde nie ...»

«Das ist mir egal», rief Georges, beherrschte sich aber sofort wieder, nahm nun ihre Hände in die seinen und sprach eindringlich auf sie ein. «Verstehen Sie doch, meine verehrte Barbe. Niemand muss davon erfahren. Nur Sie und ich, es bleibt unser Geheimnis. Weisen Sie mich ab, und ich werde es akzeptieren. Doch es ist mir unmöglich, mich Ihnen nicht zu offenbaren. Wenn Sie wüssten, wie sehr ich in diesen letzten Tagen und Wochen gelitten habe. Nun wissen Sie alles. Verfügen Sie über mich und mein Herz, wie es Ihnen beliebt.»

«Ach, Georges», rief Barbe mit mühsam gedämpfter Stimme. «Über Sie verfügen? Nichts läge mir ferner. Mein größter Wunsch ist, dass Sie aus freien Stücken an meiner Seite bleiben.»

«Aber Sie zittern ja», sagte Georges erschrocken, und tatsächlich bebte Barbe nun am ganzen Leib. «Das wollte ich nicht.»

Sie schüttelte den Kopf. «Das ist nur die Freude. Ich hätte nie geglaubt, noch einmal ein solches Geständnis zu hören.»

Er zögerte für den Bruchteil einer Sekunde, doch schließlich legte er seine Arme um sie – und dann küssten sie sich. In dem Moment, als ihre Lippen einander berührten, schien es Barbe, als würde ihr ganzer Körper ihm entgegenfließen. Sie versank in seiner Umarmung und in seinem Kuss, berauschte sich an der Weichheit und Nachgiebigkeit seiner Lippen. Hindernisse und Widerstände existierten nicht mehr. Es gab nur noch sie beide und ihren immer schneller werdenden Atem, die Erregung, die sie erfasst hatte und die sie nun gemeinsam wie eine einzige Gestalt eng ineinander verschlungen ins Zimmer taumeln ließ.

Minuten später standen sie einander beinahe nackt gegenüber. Das Feuer im Kamin war kurz zuvor geschürt worden, brannte kräftig und hell und erfüllte den Raum mit Wärme und Licht. Barbe ließ ihr Hemd, das Einzige, was sie noch auf dem Leib trug, über ihre Schultern hinabgleiten. Nun, da sie sich entschieden hatte und da alles offen ausgesprochen war, fühlte sie sich so frei wie nie zuvor in ihrem Leben. Sogar freier noch als mit François. Sie war älter und reifer als zu den Zeiten ihrer Ehe, und sie nahm das Geschenk, das Georges ihr machte, von ganzem Herzen und ohne Scheu an. Lange betrachtete sie ihren Liebhaber. Georges besaß muskulöse Arme und Beine, was ihr außerordentlich gefiel, weil sie für weichliche Männer noch nie etwas übriggehabt hatte, und einen wohlgezeichneten Oberkörper mit einer nahezu haarlosen Brust, die an eine griechische Statue erinnerte. Er trug nur noch seine leinene Unterhose, die tief auf seinen Hüften hing, sodass sie den Ansatz seiner Lenden sehen konnte, es jedoch ihrer Phantasie überlassen wurde, wie es darunter weiterging, wofür sie dankbar war, da sie befürchtete, der Intensität ihrer Gefühle sonst nicht standhalten zu können. Er ist schön, dachte sie. Und die Zärtlichkeit, die sie für ihn empfand, war echt und wahr und aufrichtig, genau wie das Begehren, das sie nun vollkommen ausfüllte.

Georges betrachtete ihre nackte Gestalt mit nicht weniger aufmerksamem Blick. Ohne Scham nahm sie wahr, wie er seine Augen über ihre runden Schultern und ihre kleinen festen Brüste wandern ließ, den Schwung ihrer schmalen Taille zu den Hüften verfolgte und ihre schlanken, wohlgeformten Beine bis hinunter zu den zierlichen Zehen. Sie fühlte die Hitze, die vom Kamin ausging, auf ihrer Haut, die sonst unter vielen Lagen von Stoff verborgen war. Dann trat er zu ihr und löste ihr Haar, entfernte sorgfältig eine Nadel nach der anderen aus ihrem Chignon, bis es ihr in goldblonden Kaskaden ungehindert um die Schultern fiel. Sie fühlte seine Nähe, atmete seinen Duft ein, und als er ihr Gesicht mit beiden Händen nahm und sie wieder leidenschaftlich küsste, gab sie sich ihm nur zu gerne hin, sank ihm förmlich entgegen, und in einer einzigen fließenden Bewegung hob er sie hoch und trug sie zum Bett.

Kapitel 22

Wenige Wochen nach diesem Ausflug aufs Land saß Barbe frühmorgens mit Georges und Alphonse im Kontor. Vor ihnen lagen Stapel von Papieren, Briefen, Bilanzen und Rechnungsbüchern. Monsieur Leclerc war bereit, der Firma *Veuve Clicquot Fourneaux et Cie.* einen weiteren Bankkredit zu gewähren, hatte dafür jedoch Bedingungen gestellt. Nun mussten sie die Frage klären, ob und wie diese Bedingungen am besten zu erfüllen waren, und sie mussten Leclerc die entsprechenden Belege liefern.

Es war eine schwierige Aufgabe, aber Barbe war aus einem ganz anderen Grund nervös: Immer, wenn sie aufsah, begegneten ihre Augen Georges' Blick. Er zwinkerte ihr zu. Sie schüttelte kaum merklich den Kopf, konnte sich jedoch ein Lächeln kaum verkneifen. Das war leichtsinnig. Alphonse war nicht naiv, und wenn Georges zu offensichtlich mit ihr schäkerte, würde es ihrem Commis nicht entgehen. Sie stand auf und verließ den Raum. Kurze Zeit später folgte ihr Georges in den kleinen Gang, der nach hinten zu den Wirtschaftsräumen führte und den nie jemand benutzte, weil die Verbindungstür abgeschlossen war und von der anderen Seite durch ein Regal voller irdener Krüge, Schüsseln und Töpfe verstellt wurde. Stirnrunzelnd sah sie Georges entgegen, doch bevor sie auch nur Luft geholt hatte, um ihm Vorhaltungen zu machen, verschloss er ihre Lippen mit einem zärtlich weichen Kuss.

«Du Wunderbare», flüsterte er ihr ins Ohr, als sie sich Minuten später voneinander lösten. «Ich träume Tag und Nacht von dir.»

«Bist du wohl still», sagte Barbe und legte ihm einen Finger auf den Mund. Ein breites Lächeln lag jetzt auf ihrem Gesicht. Es war immer dasselbe: Sie konnte ihm einfach nicht böse sein, und das war ein Problem. Nie zuvor hatte sie sich zu einem Mann so sehr hingezogen gefühlt, und wenn er so dicht vor ihr stand, wenn sie seinen Duft einatmete und sein hübsches Gesicht mit den sinnlich geschwungenen Lippen ihr so nah war, schmolz jede Vorsicht dahin wie Eis in der Sonne. Dann wünschte sie sich einfach nur, er möge sie küssen und nie wieder damit aufhören.

Von draußen auf dem Hof waren die Räder einer Kutsche, das Klappern von Pferdehufen und Stimmen zu hören und holten sie in die Wirklichkeit zurück. Entschlossen stemmte sich Barbe mit beiden Händen gegen Georges Brust.

«Lass mich, du leichtsinniger Kerl», sagte sie leise lachend.

Widerstrebend gab er sie frei.

Beim Hofeingang stand ihr Kellermeister Jacob und sprach mit einem Mann mit Anzug und Zylinder.

Das ist doch ..., dachte Barbe Nicole. Aber erst als sie sein Profil sah, war sie sich sicher: Bei dem Neuankömmling handelte es sich um Louis Bohne. Sie fühlte Aufregung und Freude und dann noch etwas ganz anderes in sich aufsteigen, eine gewisse Bangigkeit. Sie hatte nicht damit gerechnet, ihn schon so bald wiederzusehen. Sie hatten ihn erst in ein paar Wochen erwartet.

«Louis!», rief sie aus. «Sie sind es! Sie sind es wirklich!»

Mit ausgebreiteten Armen ging sie ihm entgegen. Louis zog seinen Hut und machte eine steife Verbeugung.

«Ich freue mich ganz außerordentlich, Sie wohlauf zu sehen, liebe Madame Clicquot.»

«Ganz der Alte! Mein lieber Freund!», sagte Barbe, küsste Louis auf beide Wangen und wischte sich eine Freudenträne aus dem Augenwinkel. Sie war überwältigt, und auch Louis schien ein wenig gerührt und sah sie mit glänzenden Augen an.

«Wann sind Sie in Reims angekommen?», fragte Barbe.

«Gestern Abend mit der Postkutsche aus Épernay. Ich habe Ihnen eine Nachricht geschickt», fügte er hinzu.

«Wirklich? Sie hat mich nicht erreicht. Was soll's. Haben Sie schon gefrühstückt? Sicher nicht. Ich werde die Köchin bitten, Ihnen etwas zu richten, und dann trinken wir eine Tasse Kaffee zusammen.»

Um zu überspielen, wie nervös sie war, redete sie zu viel und zu schnell und bemerkte erst nach einer Weile, dass Georges hinter ihr aus der Tür getreten war.

«Ach, wie dumm von mir. Georges Kessler – Monsieur Bohne», stellte sie die beiden einander vor. «Aber was rede ich, Sie kennen sich ja.»

«Sind das wirklich Sie, Georg? Als ich Sie zuletzt gesehen habe, waren Sie ungefähr so groß.» Louis Bohne deutete mit der Hand eine Höhe knapp unterhalb seines Kinns an.

Georges lachte. «Das kann gut sein.»

«Schließen Sie sich uns an, Georg? Natürlich nur, falls Madame Clicquot einverstanden ist.»

«Das ist leider ausgeschlossen, Monsieur Kessler hat zu viel zu tun, nicht wahr?», kam Barbe Georges' Antwort zuvor, sodass diesem kaum etwas anderes übrigblieb, als zustimmend zu nicken. Sie war noch ganz erhitzt von Georges' Küssen und aufgewühlt von Louis' plötzlichem Erscheinen, und der Gedanke, mit beiden an einem Tisch zu sitzen, erschien ihr in diesem Augenblick wenig verlockend. Eins nach dem anderen, dachte sie.

Es dauerte bis zum späten Nachmittag, bevor sie wieder einen Moment für sich allein hatte. Sie saß, die Feder in der Hand, aber ohne ein Wort zu schreiben, in ihrem Kontor und dachte nach.

Louis hatte ihr viel über die russischen Verhältnisse berichtet, und nichts davon war geeignet, ihr Hoffnungen zu machen. Im Gegenteil. Ursprünglich hatten sie sich vom Bündnis Russlands mit Frankreich positive Auswirkungen erhofft. Stattdessen war alles ganz anders gekommen. Die Bedingungen für den Handel wurden immer schwieriger. Und neben all diesen Problemen und Sorgen kreisten ihre Gedanken außerdem um die sehr persönliche Frage, wie Louis mittlerweile zu ihr stand.

Gedankenverloren ließ sie den Federkiel durch ihre Finger gleiten. Vor drei Jahren hatte sie noch geglaubt, dass die Zeit keine Wunden heilte. Weder diejenigen, die François' Tod bei ihr hinterlassen hatte, noch die, welche Louis ihr mit seiner plötzlichen Abreise zugefügt hatte. Denn sein Verhalten hatte sie geschmerzt. Nicht, dass sie in ihn verliebt gewesen wäre, sie vermisste vor allem ihre unkomplizierte Freundschaft und Vertrautheit. Damals war ihr zum ersten Mal schmerzlich bewusst geworden, was es hieß, eine Witwe zu sein. Jeder Mann, der sie berührte, liebte und begehrte, gefährdete ihre Unabhängigkeit. Und Unabhängigkeit, dessen war sie sich inzwischen sicher, bedeutete ihr mehr als alles andere.

Doch dann war Georges aufgetaucht, und sie war unvorsichtig geworden. Sie konnte Georges nicht einmal warnen, ohne Louis' und ihr Geheimnis zu verraten.

Oder sollte sie …? Nein.

Barbe schüttelte unwillkürlich den Kopf. Auf keinen Fall würde sie Georges etwas von Louis' Gefühlen ihr gegenüber erzählen. Das würde bedeuten, Öl ins Feuer zu gießen.

Es klopfte. Vor der Tür stand Georges.

«Störe ich?»

«Was gibt es?» Ihre Stimme klang selbst in ihren eigenen Ohren kühl und abweisend. Georges ließ sich davon jedoch nicht abschrecken.

«Das wollte ich Sie fragen», sagte er, schob sich ins Zimmer und blieb in einiger Entfernung zu ihrem Schreibtisch stehen. Er schien zu spüren, dass dies nicht der richtige Zeitpunkt für ein intimes Stelldichein war.

«Monsieur Bohne ist fort? Was gibt es Neues?»

Barbe seufzte und legte die eingetrocknete Feder beiseite.

«Der Kaiser war in Épernay.»

«Bei Moët?»

Barbe nickte. «Richtig. Bonaparte hat seinen alten Freund besucht.»

«Die Champagne hat es dem Kaiser ja wirklich angetan. Doch solange er nur bei Moët bestellt, nützt uns das wenig. Aber weshalb ist Bohne jetzt schon zurückgekommen? Wir hatten doch erst im Herbst mit ihm gerechnet.»

«Die Lage in Russland ist aussichtslos», erwiderte Barbe sachlich und ernst. «Der Handelsstopp zu Großbritannien, den Napoleon Bonaparte den Russen letztlich aufgezwungen hat, schadet der russischen Wirtschaft ungemein. Die Engländer kaufen Holz, Flachs und Pech für ihre Schiffe nun woanders ein. Und umgekehrt werden Kaffee, Tee, Tabak oder Zucker aus den englischen Kolonien nicht mehr nach Russland eingeführt. Durch diese Einschränkungen verliert nicht nur die Bevölkerung, sondern auch der russische Staat. Die Steuereinnahmen sind drastisch gesunken. Mit anderen Worten: Nur noch die Schmuggler machen ein Geschäft. Louis sagt, es sei sinnlos gewesen zu bleiben.»

Georges verschränkte die Arme vor der Brust.

«Dann ist es sicher richtig, wenn Monsieur Bohne sein Verkaufstalent nun erst einmal in der näheren Umgebung einsetzt.»

Barbe musterte Georges mit gerunzelter Stirn. Hörte sie da etwa einen feindlichen Unterton heraus? Aber nein, dass er eifersüchtig auf Louis sein sollte, war unmöglich. Falls überhaupt, war es umgekehrt. Sie musste aufpassen, dass sie die Dinge nicht noch komplizierter machte, als sie ohnehin schon waren.

«Louis meint, die Unzufriedenheit in Russland steige mit jedem Tag. Er ist sich nicht sicher, wie lange der Zar seine freundliche Haltung gegenüber Frankreich noch aufrechterhalten kann. Seine Landsleute werden ihn irgendwann nicht mehr unterstützen. Und was dann passiert ...» Sie brach ab.

Georges sah sie überrascht an. «Was meint Monsieur Bohne damit? Redet er etwa von einem möglichen Krieg? Ein Krieg Frankreichs gegen Russland?»

«Oder umgekehrt. Wie man es auch dreht und wendet, Georges, am Ende behalten Sie recht, und der Schaumwein verliert an Bedeutung. Wir werden wohl bis auf weiteres Rotwein an Franzosen verkaufen.»

Kapitel 23

Die Sonne stand hoch am leuchtend blauen Himmel, als Barbe mit ihren Eltern in deren neuem Cabriolet in Richtung Saint-Brice fuhr. Die Einweihung der mechanischen Spinnerei *Ponsardin et fils*, hätte eines der wichtigsten gesellschaftlichen Ereignisse in diesem Jahr in Reims sein sollen. Doch die Stimmung war schlecht. Viele Unternehmer und Kaufleute hatten, so wie auch Barbe und Fourneaux, Arbeiter entlassen. Maschinen, die den Menschen die Arbeit und damit auch den Lohn wegnahmen, waren unter diesen Umständen schlecht gelitten. Statt eines Volksfests gab es daher nur einen feierlichen Festakt mit Blasorchester, zu dem die Honoratioren der Stadt, befreundete Kaufleute, Fabrikanten und Angehörige des Adels eingeladen waren, alles in allem etwa achtzig Gäste.

Amüsiert beobachtete Barbe ihren Vater. Nicolas Ponsardin wirkte abwesend. Er rekapitulierte seine Rede, die er nachher würde halten müssen. Stumm bewegten sich seine Lippen.

Neben ihm saß ihre Mutter. Sie trug ein blaues Samtkleid mit kurzen gebauschten Ärmeln, das mit goldenen Bordüren abgesetzt war, und dazu eine cremefarbene Kaschmirstola mit goldenen Stickereien. Ihren Kopf zierte ein mit blauen und weißen Federn geschmückter Hut. Sie sah sehr elegant aus, fast ein wenig zu sehr für eine Veranstaltung mitten am Tag. Mit kritischem Blick musterte sie Barbes Kleid aus dunkelgrünem, schimmerndem Moiré sowie ihre schlichte Schute in derselben Farbe, deren einzige Zierde die weiße Spitze war.

«Wie lange willst du noch Trauer tragen, Kind?», fragte sie, während die Kutsche unter dem dichten Blätterdach der sich bereits herbstlich verfärbenden Kastanienbäume die Straße zur Vesle hinunterholperte.

«Lass gut sein, Maman», erwiderte Barbe. Sie hatte keine Lust auf eine Diskussion oder einen Streit. Um ihre Mutter auf andere Gedanken zu bringen, erkundigte sie sich nach dem ziselierten goldenen Armreif, den diese trug und den sie an ihr noch nie gesehen hatte. «Ein Geschenk von Papa?»

«Nein, ein Erbstück. Du weißt schon, die Großtante, die kürzlich verstorben ist.» Sie seufzte und schob den Reif ein wenig hin und her. «Dein Vater hat keine Zeit für solche Sachen.» Sie sah zu ihrem Ehemann hin, der von dem Gespräch nichts mitbekommen hatte, und wedelte ein unsichtbares Staubkorn von seiner Schulter.

Bei der Fabrik herrschte eine Stimmung wie vor einer Theaterpremiere. Noch saß kaum jemand in den blumengeschmückten Stuhlreihen, die draußen auf dem Vorplatz in einem Halbkreis auf ein Rednerpult hin ausgerichtet waren. Das Wetter zeigte sich von seiner freundlichsten Seite. Den ganzen Oktober über war es mild und trocken gewesen, und so war der Boden nur staubig, jedoch nicht schlammig, und es hatte genügt, mit Kies ein paar Löcher zu flicken. Für die Redner und die Blaskapelle gab es ein Podest. Die Gäste flanierten in der Oktobersonne umher, die Damen mit sorgfältig drapierten Schals und Sonnenschirmen, die Herren mit Zylindern, alle lachten und scherzten, und viele nutzten die Gelegenheit, die neuartigen Wundermaschinen aus der Nähe zu begutachten. Barbe hatte sie sich schon zwei Wochen zuvor von Baptiste vorführen lassen, riesige Apparate, die sich mit Hilfe von Wasserkraft in Gang setzten. Im ersten Schritt drehten sich vollautomatisch die Spindeln, im zweiten wurden die gesponnenen Fäden auf Spulen aufgewickelt. Der Mann, der die Maschine bediente, musste seine ganze Körperkraft einsetzen, um den Schlitten in seine Ausgangsposition zurückzubewegen. Dabei durfte er nicht den kleinsten Fehler machen.

Es war ein faszinierendes Schauspiel, und weil die Wolle nun in großen Mengen direkt vor Ort versponnen werden konnte und nicht mehr aus Italien oder Spanien herbeigeschafft werden musste, wurde damit der größte Engpass in der Weberei beseitigt. Die Qualität reichte zwar noch nicht an die der handgesponnenen Wolle heran, doch für die etwas günstigeren Stoffe, die in großen Mengen gebraucht wurden, genügte sie allemal. Keine Frage, diese Fabrik konnte ihren Bruder und ihren Vater reich machen.

Barbe hatte ihre Eltern aus den Augen verloren, entdeckte jedoch seitlich der Stuhlreihen ihre Schwester und Thérèse und wollte sich schon zu ihnen gesellen, als sie unter den Umstehenden auch Georges sah. Er schäkerte mit zwei ihr unbekannten jungen Frauen, was Barbe nicht verwunderte. Sein gewinnendes Wesen machte es ihm leicht, Freunde zu finden und Bekanntschaften zu schließen. Barbe beobachtete ihn aus der Distanz, doch als sie merkte, wie sie angelegentlich die Blicke und Gesten ihres Geliebten studierte, riss sie sich ärgerlich über sich selbst von seinem Anblick los. Sie hatte keinerlei Recht, irgendwelche Ansprüche an ihn zu stellen, und erwischte sich doch immer wieder dabei, dass sie eben genau dies insgeheim tat – obwohl sie ihm sogar verboten hatte, in der Öffentlichkeit etwas anderes in ihr zu sehen als seine Patronne.

Es war besser, wenn sie ihm in Gesellschaft nicht begegnete, also ging sie in die Spinnereihalle hinein, die vom Lärm des rauschenden Wassers erfüllt war und in der es nach Metall und Schmieröl roch. Sie blieb am Wasserrad stehen. Das Gestänge, welches das Rad mit den Maschinen verband, war ausgehängt worden, sodass das Rad sich zwar drehte, jedoch nichts antreiben konnte. Dies war eine Ausnahme. Sehr bald schon würden diese Maschinen Tag und Nacht laufen. Sie blickte in das schäumende Becken hinab, doch sosehr sie sich auch bemühte, ihre grüblerischen Gedanken abzuschütteln, es gelang ihr nicht.

Louis Bohne war nun seit einem Vierteljahr wieder in Reims, und seitdem hatte sich das Verhältnis ihrer beiden wichtigsten Mitarbeiter untereinander nicht zum Guten entwickelt. Ständig stritten sie sich darüber, welches Vorgehen für die Firma das richtige war. Georges beklagte die hohen Akquise- und Transportkosten, die die Gewinne minimierten. Seiner Meinung nach gab es zu viele kleine Abnehmer, die nur ein- oder zweimal dreißig Bouteillen bestellten und dann nie wieder etwas. Er verlangte, dass sie sich nur noch auf Händler konzentrierten und alle anderen gar nicht mehr belieferten, was Louis jedoch strikt ablehnte. Und als ob das nicht schon schwierig genug gewesen wäre, befürchtete sie außerdem, dass Louis etwas von der heimlichen Beziehung zwischen ihr und Georges ahnte.

Denn selbst wenn sie es gerne geleugnet hätte, musste Barbe sich eingestehen, dass sie in Georges verliebt war. Je nachdem, ob gerade ihr Herz und ihr Körper oder ihr Verstand regierte, genoss sie diesen Zustand oder verfluchte ihn. Es war unvernünftig und wunderbar zugleich. Die Heimlichkeit und das Verbotene ihrer Beziehung hatten einen unwiderstehlichen Reiz, der ihrer beider Phantasie und

Begehren zusätzlich anregte. In ihren klaren Momenten befürchtete Barbe jedoch, dass ebendieses Versteckspiel, das ihrem jungen Freund heute attraktiv erscheinen mochte, morgen hinderlich oder sogar abstoßend wirken konnte.

Sie zog ihre Taschenuhr hervor. Nur noch zehn Minuten, bis der Festakt begänne. Als sie die Uhr wieder in ihre Tasche steckte, sah sie Georges hinter einer der Maschinen stehen. Er sprach mit jemandem, vielmehr sah es so aus, als würde er streiten. Vorsichtig blickte Barbe um die Ecke.

Es war Louis Bohne.

Die beiden Männer standen einander frontal gegenüber und schrien sich über den Lärm des Wassers hinweg an. Kein guter Ort für eine gepflegte Unterhaltung. Doch sah es ohnehin eher so aus, als wollten sie sich an den Kragen gehen.

Barbe blickte sich um, ob noch irgendjemand die Auseinandersetzung bemerkt hätte. Aber da in wenigen Minuten die Reden begannen, hatte sich die Fabrikhalle bereits geleert. Unentschlossen, was sie tun sollte – die beiden Streithähne allein lassen, um rechtzeitig ihren Platz einzunehmen, oder doch lieber dazwischengehen? –, hielt sich Barbe verborgen und sah weiter zu.

Georges gestikulierte nun wild mit den Händen, während Louis immer ruhiger geworden war. Doch dann sagte der Jüngere offenbar etwas, das den Älteren aus der Reserve lockte. Louis trat näher an Georges heran und unterstrich seine Worte, indem er ihm mit dem Zeigefinger gegen die Brust stieß. Mit jedem Mal wich Georges einen Schritt weiter zurück, bis er rückwärts an die Stange prallte, die den Wasserkanal notdürftig sicherte. Direkt hinter ihm drehte sich das schwere hölzerne Rad.

Erschrocken beobachtete Barbe, was geschah. Georges

war größer als Louis Bohne und kräftiger und wenn er sich entschied, einen Schlag gegen Louis zu führen, würde ihm das vermutlich leichtfallen. Andererseits, so erinnerte sich Barbe, hatte Louis ihr erzählt, wie rau es in seiner Jugend zugegangen war. Man konnte als junger Kerl nicht seine Zeit am Hafen verbringen, ohne in die eine oder andere Schlägerei verwickelt zu werden. Womöglich provozierte er den Buchhalter absichtlich, damit dieser den ersten Schlag tat.

Barbe entschied sich zu handeln und trat genau in dem Moment aus ihrem Versteck hervor, als Georges seine Faust erhob und in Richtung von Louis' Kiefer schwingen ließ. Dieser duckte sich weg, warf sich gegen Georges und brachte ihn zu Fall.

Keiner von beiden achtete auf Barbe.

«Mon dieu, Louis, Georges, was tun Sie da?», rief sie und lief auf die beiden zu. Ihre Stimme wurde vom Lärm des Wassers übertönt.

Louis hielt Georges am Kragen gepackt und holte zu einem Faustschlag aus, der ihn mitten ins Gesicht treffen sollte, aber der Buchhalter warf sich zur Seite, riss Louis mit sich und beide rollten ineinander verknäult über den Boden. Sie zerrten und drückten und lagen im nächsten Moment direkt neben dem Kanal. Georges gelang ein Treffer, dann Louis, und beide neigten sich gefährlich über den Rand. Das hölzerne Rad mit den mächtigen Schaufeln bewegte sich gleichmäßig und unaufhaltsam. Wenn sie dort hineingerieten, konnte es tödlich enden.

«Jetzt hören Sie schon auf!», schrie Barbe, doch die Männer reagierten nicht, sondern traktierten einander mit Schlägen, während abwechselnd ein Arm, ein Bein oder ein Kopf über dem Wasser hing.

Barbe überlegte verzweifelt, was zu tun sei. Um die beiden zu trennen, war sie zu klein und zu zart, die Männer würden sie schlimmstenfalls mit sich reißen. Der Kampf ging immer weiter, trotz des lärmenden Wassers hörte sie die Schläge und das Ächzen. Georges schaffte es auf die Füße und stürzte sich auf Louis, der ihn sich halb in der Hocke mit einer geschickten Bewegung über den Rücken warf. Doch Georges drehte sich blitzschnell um und brachte Louis erneut zu Fall, und schon rollten sie wieder auf das Wasser und das Schaufelrad zu. Louis versetzte Georges mit seiner Rechten einen Schlag gegen das Kinn, geriet dabei jedoch aus dem Gleichgewicht, offenbar verließen ihn seine Kräfte, und Georges schlug zurück. Ächzend vor Schmerz ließ Louis sich auf die Seite rollen. Beide lagen keuchend auf dem Rücken.

«Louis! Georges!», rief Barbe aufgebracht. «Sind Sie verrückt geworden?»

Schwer atmend starrten die Männer sie an.

«Bei Gott, was haben Sie sich nur gedacht?», rief sie, vor Entsetzen und Wut den Tränen nahe. Louis rechtes Auge war zugeschwollen, er konnte kaum daraus hervorschauen. Georges hatte einen kräftigen Schlag aufs Kinn und einen auf die Nase abbekommen. Beide sahen grässlich lädiert aus, mit zerrissener und verrutschter Kleidung und zerzausten Frisuren. «Wie konnten Sie nur?»

«Ntschldgng», nuschelte Georges, zog ein Taschentuch hervor und hielt es vor seine blutende Nase.

«Was sagen Sie?»

«Entschuldigung», wiederholte Georges etwas deutlicher.

Louis erhob sich mühsam, rückte seinen zerrissenen Rock zurecht und reichte Georges seine Hand, um ihm aufzuhelfen. Schwankend standen sie vor ihr.

«Was war denn nur los?» Barbe sah vom einen zum anderen. Ihr Blick blieb an Louis hängen.

«Reden Sie doch mit mir!»

Der alte Freund sah sie betrübt an und zuckte mit den Schultern.

«Ich kann nicht.»

«Louis!»

Bohne senkte den Blick. «Bitte verzeihen Sie. Es tut mir leid. Das - das hätte nicht passieren dürfen», sagte er. Er schien erst jetzt richtig zu begreifen, in welcher Lage er sich befand. Georges, das Taschentuch immer noch vor die Nase gepresst, sah sie mit weit aufgerissenen Augen an, ließ sich jedoch seinerseits zu keiner Entschuldigung herab.

«Also gut», sagte Barbe, die sich fühlte, als habe sie selber Schläge abbekommen. Von draußen hörte sie die Blaskapelle einen Tusch spielen.

«Die Halle hat einen Hinterausgang. Bitte gehen Sie sofort nach Hause.»

Kapitel 24

Am nächsten Morgen ging Barbe das Erlebte immer noch nach. Der Rest des vorherigen Tages, bis hin zum Empfang am Abend im Hause ihres Bruders, war ohne Zwischenfälle verlaufen. Niemand sprach sie auf die Prügelei in der Fabrik an, also hatte wohl keiner etwas mitbekommen.

Louis war der Erste, der ihr begegnete. Um acht Uhr in der Frühe stand er sorgfältig gekleidet und frisiert in ihrem Kontor, sichtlich bemüht, seinen bedauernswerten Zustand durch Haltung zu überspielen.

«Guten Morgen, Madame Clicquot.»

«Monsieur Bohne.» Barbe nickte ihm zu, faltete ihre Hände auf dem Tisch und sah ihn abwartend an. Die halbe Nacht hatte sie grübelnd wach gelegen, trotzdem wusste sie kaum, was sie zu ihm sagen sollte. Die Wut, die sie gestern noch beherrscht hatte, war beinahe vollständig verflogen. Mitleidig musterte sie Louis' lädiertes Auge, bot ihm jedoch keinen Platz an. Ein bisschen Strafe musste sein.

«Tut es sehr weh?», fragte sie.

«Nein, Madame. Aber ich verdiene Ihre Anteilnahme nicht.»

Barbe betrachtete ihn nachdenklich. «Beantworten Sie mir eine Frage?»

«Wenn ich kann.»

«Warum haben Sie mir Georges Kessler empfohlen?»

«Er ist ein hervorragender Buchhalter.»

«Das ist er. Aber ich werde den Eindruck nicht los, dass Sie ihn nicht sonderlich mögen.»

Louis räusperte sich und sah auf seine Hände. «Nein, es ist nicht so, dass ich ihn nicht mag, Madame Clicquot. Wir haben unterschiedliche Ansichten über das eine oder andere, das ist alles.»

«Das ist alles? Aber deswegen prügelt man sich doch nicht.»

Er zuckte die Schultern.

«Louis. Was war los?» Ihre Stimme klang sanft.

Er antwortete nicht sofort. Barbe sah in seinem Gesicht, wie er mit sich kämpfte. «Ich mag die Art nicht, wie er Sie ansieht», gab er schließlich zu.

Ihr wurde heiß. Also doch. Louis war eifersüchtig. Doch sie versuchte, kühl zu bleiben. «Wie sieht er mich denn an, Monsieur Bohne?»

«Ich glaube, das wissen Sie.»

«Und Sie haben ihm gesagt, dass er mich nicht so ansehen soll?»

Louis räusperte sich erneut. «Möglich, dass ich etwas in der Art erwähnt habe.»

«Und was hat Georges dazu gesagt?»

«Dass mich das nichts anginge, zumal –», er unterbrach sich und sah zu Boden.

«Zumal was?»

«Zumal ich im nächsten Jahr heiraten werde.»

Barbe war so überrascht, dass sie ihn bat zu wiederholen, was er gerade gesagt hatte.

«Ich werde im kommenden Jahr heiraten», sagte er.

«*Sie* werden heiraten, Louis?» Verblüfft sah sie ihn an. Er nickte.

«Eine junge Dame aus Stuttgart. Ich wollte es Ihnen schon längst sagen.»

Barbe brauchte einen Moment, um das Gehörte zu begreifen, doch dann war sie so erleichtert, dass sie aufsprang und hinter ihrem Schreibtisch hervorkam, um Louis zu beglückwünschen. «Aber das ist ja wunderbar! Ich gratuliere Ihnen von Herzen. Warum, in Gottes Namen, haben Sie denn so ein Geheimnis daraus gemacht?»

«Ich dachte, nun, weil ich – Sie wissen, wie ich zu Ihnen stehe, Madame», stieß er hervor.

«Aber Louis, spielen Sie etwa auf diesen Brief an, den Sie mir geschrieben haben? Das ist Jahre her. Sie sind mir in dieser Hinsicht keine Rechenschaft schuldig. Mein lieber Freund, das ist wirklich die freudigste Nachricht, die ich seit langem gehört habe!»

«Also macht es Ihnen nichts aus?»

«Natürlich bin ich überrascht, aber nein, es macht mir natürlich nichts aus. Im Gegenteil! Ich freue mich für Sie.»

«Wissen Sie, ich habe mir immer eine Familie gewünscht.» Er blickte ihr beinahe schüchtern in die Augen und wirkte plötzlich um Jahre jünger, als er tatsächlich war. «Mit Ihnen hätte ich es mir vorstellen können.»

«Ich weiß, Louis.» Sie lächelte ihn an.

«Werden Sie ihn heiraten?», fragte er.

Barbe erschrak. «Wen, Georges? Nein. Natürlich nicht!», rief sie.

«Gott sei Dank», entfuhr es Bohne, und er schaffte es, zugleich traurig und erleichtert auszusehen. «Verzeihen Sie, aber es war schwer für mich. Sie und Kessler so zu sehen – zu sehen, wie er Sie ...», er unterbrach sich und biss sich auf die Lippen. «Aber jetzt, wo ich weiß, dass Sie ihn nicht lieben ...»

«Das habe ich nicht gesagt», sagte Barbe und verfluchte sich im selben Augenblick dafür. Louis starrte sie an.

«Aber, ich dachte ...» Louis sprach den Satz nicht zu Ende.

«Es spielt keine Rolle, ob ich ihn liebe oder nicht liebe», rief Barbe, verärgert über ihre eigene Dummheit. «Ich werde ihn nicht heiraten. Ich werde niemanden heiraten!»

Sie hörte ein Geräusch und fuhr herum. Die Tür zum Kontor war mit einem lauten Knall ins Schloss gefallen, und draußen lief Georges mit großen Schritten über den Hof. Er musste gehört haben, was sie soeben gesagt hatte. Sie wollte das Fenster öffnen und ihn rufen, doch da war er schon aus dem Hoftor hinaus und verschwunden.

Erregt drehte sie sich zu Louis um. «Wirklich, Louis. Sie machen mir das Leben recht schwer.»

«Verzeihung», sagte Louis und sah sie bestürzt, jedoch auch mit ein wenig Genugtuung an.

«Sie und Georges, Sie beide.» Barbe wandte sich ab. Sie war übermüdet und erschöpft und wegen ihrer widerstreitenden Gefühle vollkommen verwirrt.

«Verzeihen Sie, Madame. Ich wiederhole mich, aber bitte, verzeihen Sie mir. Es wird nicht wieder vorkommen.» Er griff nach seiner Tasche, die er neben der Tür abgestellt hatte. Jetzt erst fiel ihr auf, dass er Reisekleidung trug.

«Sie wollen fort?», fragte Barbe.

«Ich habe meine Abreise schon zu lange aufgeschoben. Belgien wartet.»

Bevor Barbe noch etwas sagen konnte, verbeugte er sich ein weiteres Mal vor ihr, drehte sich mit einem «Adieu, Madame» auf dem Absatz um und verließ das Kontor. Barbe sah ihn eilig über den Hof zum Tor gehen.

Müde ließ sich Barbe auf ihren Stuhl fallen. Sie wartete den ganzen Vormittag. Doch Georges kam nicht zurück.

Gegen Mittag erschien ihre Schwester, um Mentine zum

Unterricht abzuholen, und lud sie für den Abend zu ihrem Salon ein. Clémentines Salon, in dem man sich zwanglos für Gespräche oder zum Kartenspielen traf, war beliebt in Reims. Es war Routine, dass Clémentine sie einlud, und ebenso, dass Barbe die Einladung aus Zeitmangel ausschlug.

Doch heute nahm sie sie an.

Clémentine, die schon im Gehen begriffen war, sah sie verblüfft an.

«Du kommst?», fragte sie.

«Aber ja», erwiderte Barbe.

«Was war eigentlich gestern los? Wo warst du, als die Reden gehalten wurden?», fragte Clémentine, während sie ihre Handschuhe überstreifte.

«Sei nicht so neugierig. Vielleicht erzähle ich es dir eines Tages», sagte Barbe lachend, obwohl ihr nicht nach Lachen zumute war.

Aber nach Erklärungen stand ihr noch viel weniger der Sinn.

Barbe hatte vermeiden wollen, alleine zu Hause zu sitzen und zu grübeln, darüber jedoch vergessen, warum sie derartige Gesellschaften sonst immer mied. Gegen Mitternacht kehrte sie zurück nach Hause, die Ohren voll des Geplappers und Getratsches über diesen und jenen. Eine der jungen eleganten Damen, die ihre Schwester ihr vorstellte, hatte sie am Vortag bei der Einweihung der Fabrik zusammen mit Georges gesehen. Ein hübsches Mädchen, ein wenig vorlaut vielleicht. Als sie erfuhr, dass Georges bei ihr arbeitete, hatte sie versucht, von ihr Näheres über ihn zu erfahren. Doch Barbe hatte sie einfach mitten im Satz stehen lassen.

Sie schloss die Haustür auf und hoffte insgeheim, dass Georges da wäre und auf sie wartete. Den ganzen Weg über in der Kutsche hatte sie überlegt, was sie zu ihm sagen würde, und war doch zu keinem Ergebnis gekommen. Sie verstand nicht recht, warum er überhaupt fortgerannt war. Gut – er hatte sehr wahrscheinlich ihr Gespräch mit Louis mit angehört. Doch was hatte er Neues dabei erfahren? Es war doch völlig klar, dass sie ihn nicht heiraten konnte und würde. Niemals! Von Anfang hatte sie ihm das genau so gesagt. Doch natürlich – so machte sie sich bewusst und diese Gedanken wirbelten unaufhörlich in ihrem Kopf herum und schmerzten in ihrer Hartnäckigkeit – war das gewesen, *bevor* sie dem Zauber ihrer gemeinsamen Stunden so sehr erlegen war, dass sie an manchen Tagen an nichts anderes denken konnte. *Bevor* ihre Gefühle so intensiv geworden waren, dass ihr zugleich heiß und kalt wurde, wenn sie ihn auch nur aus der Ferne sah.

Womöglich war es ihm ähnlich ergangen? Womöglich bereute er längst sein Versprechen, nicht um ihre Hand, sondern einzig und allein um ihr Herz zu werben? Wie sie es auch drehte und wendete, schien ihr dies die wahrscheinlichste Erklärung für seine Flucht zu sein. Doch was folgte daraus? War es nun vorbei mit ihrer geheimen Geschichte, ja, *musste* es nicht zwangsläufig vorbei sein?

Hatte sie Georges für immer verloren?

Barbe trat ins Haus. Céline hatte wie von ihr angeordnet eine Lampe brennen lassen und war zu Bett gegangen. Und auch sonst war niemand da.

Barbe warf trotzdem einen Blick ins leere Kontor und ging dann hinauf in ihr Schlafzimmer. Als sie die Kerze auf ihrem Sekretär abstellte, fiel ihr Blick auf ein Buch, das dort lag. Georges hatte es ihr zwei Wochen zuvor gebracht. Endlich habe er eine Übersetzung seines Lieblingsromans gefunden, die gut genug sei, sie ihr zum Geschenk zu machen, hatte er ihr erklärt. Und sie hatte noch nicht einmal die Zeit gefunden, darin zu lesen. Sie griff danach und betrachtete eine Weile versonnen den Titel. Dann schlug sie das Buch auf. Die Seiten fielen an einer bestimmten Stelle auseinander. Eine Feder lag darin. Sie strich mit den Fingern darüber, schob sie beiseite und las.

> Nein, Lotte, rief er aus: Ich werde Sie nicht wieder sehen! – Warum das?, versetzte sie. Werther, Sie können, Sie müssen uns wieder sehen, nur mäßigen Sie sich. Oh, warum mußten Sie mit dieser Heftigkeit, dieser unbezwinglich-haftenden Leidenschaft für alles, was Sie einmal anfassen, geboren werden! Ich bitte Sie, fuhr sie fort, indem sie ihn bei der Hand nahm, mäßigen Sie sich! Ihr Geist, Ihre Wissenschaften, Ihre Talente, was bieten die Ihnen für mannigfaltige Ergetzungen dar! Seien Sie ein Mann! Wenden Sie diese traurige Anhänglichkeit von einem Geschöpf, das nichts thun kann als sie bedauern.

Barbe hielt im Lesen inne. Welche Dramatik aus diesen Zeilen sprach! Es passte zu Georges, der wie dieser Held zu überschwänglichen Gefühlen neigte. Sie legte das Buch zur Seite, weil sie spürte, dass ihr ein solches Übermaß von Gefühlen in dieser einsamen Nacht nicht wohl bekam, und wollte sich eben entkleiden, als ihr ein neuer, unheilvoller Gedanke kam.

Georges hatte nie erwähnt, wie die unglückselige Liebe zwischen Lotte und Werther endete.

Sie nahm das Buch wieder zur Hand, schlug es erneut bei der Feder auf und las mit wachsender Erregung diesen und jenen Absatz, blätterte hin und her, bis ihr eine Stelle ins Auge fiel, bei der ihr der Atem stockte:

Es ist beschlossen, Lotte, ich will sterben, und das schreibe ich dir ohne romantische Überspannung, gelassen, an dem Morgen des Tages, an dem ich dich zum letzten Male sehen werde …

«Mon dieu!», rief sie aus und ließ das Buch fallen.

Freitod?

Die Erinnerungen, einmal angestoßen, strömten ungehindert auf sie ein. In ihren Ohren dröhnte und rauschte es. Sie schaffte es bis zum Fenster, öffnete es mit zitternden Händen, atmete tief durch und versuchte, ihre Gefühle auf Abstand zu halten, all die Empfindungen aus jener Nacht, in der sie François gefunden hatte, die nun drohten, sie zu überwältigen. Minutenlang stand sie da. Nur sehr langsam beruhigte sich ihr rasendes Herz.

Womöglich urteile ich ja voreilig, sagte sie sich. Georges ist doch schließlich ein ganz anderer Mensch als François. Lebensfroh, weniger schwermütig. Und doch. Gab es da nicht auch etwas Verbindendes? Woran lag es, dass ausgerechnet diese beiden Männer eine Anziehung auf sie ausübten?

In der Anfangszeit ihrer Ehe hatte François sie bezaubert und so manches Mal mit seiner Leidenschaft angesteckt. Sie wusste, dass sie selbst dazu neigte, eher nüchtern zu erscheinen, was daran liegen mochte, dass sie sich stets nach der Anerkennung ihres Vaters gesehnt hatte. Sie maß sich nicht mit ihrer Schwester Clémentine, sondern mit ihrem Bruder Baptiste. Sie wollte durch Klugheit glänzen und nicht durch mädchenhaften Charme. Doch François, ihr geliebter François, war in der Lage gewesen, die Beherrschung und die kühle Distanz, die ihr Schutzschild waren, zu durchbrechen. Mehr noch. Für ihn schienen sie gar nicht zu existieren. Er sah direkt in ihre Seele. Sah sie so, wie sie war.

Ebenso wie Georges. Nicht nur, dass sie ihm ihre intimsten Gedanken und Gefühle offenbart hatte. Er hatte eine Leidenschaft in ihr entfacht, die sie zuvor nicht für möglich gehalten hätte. Diese Seite hatte sie zuvor nicht an sich gekannt.

War es wirklich möglich, dass er sich etwas antat? Nein, nicht noch einmal, dachte sie, ich ertrage das kein zweites Mal.

«Alphonse! Wach auf!»

Barbe stand in der Dachkammer ihres Commis und rüttelte ihn an der Schulter.

«Madame?» Verschlafen blickte er unter seinem zerzausten Haarschopf zu ihr auf.

«Weck deinen Bruder. Ich brauche eure Hilfe.»

Auch die Jungen hatten Georges den ganzen Tag über nicht gesehen. Sie schickte sie los zu seiner Wirtin, um nachzusehen, ob er dort wäre. Falls nicht, sollten sie sämtliche Schenken und Gasthäuser der Umgebung durchsuchen.

Sobald die beiden Jungen weg waren, bereute es Barbe, nicht mitgegangen zu sein, denn nun war sie wieder zur Untätigkeit verdammt. Sie wechselte ihr Kleid, das sie bei der Gesellschaft getragen hatte, gegen ein praktisches Hauskleid. Dann ging sie ruhelos im unteren Hausflur auf und ab. Georges› bleiches schönes Gesicht tauchte vor ihrem inneren Auge auf. Sie sah seine große schlanke Gestalt vor sich, wie er sich zu ihr umdrehte und sie anlächelte, spürte wieder seine Arme um sich, fühlte, wie er sie an sich zog, sog seinen Duft ein. Die Sehnsucht, gepaart mit Angst, wollte ihr schier den Atem rauben.

Eine Stunde später kamen Alphonse und Joseph zurück. Georges war nicht bei sich zu Haus, und auch sonst war er nirgends zu finden.

Sie standen im Vestibül und beratschlagten sich.

«Vielleicht ist er im *Bois d'Amour*?»

Joseph hatte das gesagt.

«Warum? Wie kommst du darauf?», fragte Barbe. Der *Bois d'Amour* lag am Fluss. Mon dieu, wollte sich Georges ertränken?

«Er geht dort manchmal hin. Zum Lesen, glaube ich. Also, tagsüber zumindest», sagte Joseph und erwiderte schüchtern Barbes Blick.

Sie fuhr sich durchs Haar. Welchen Anblick sie wohl bot, so erregt und zerzaust? Ich muss den beiden vorkommen wie eine Verrückte, dass ich sie mitten in der Nacht nach meinem Buchhalter suchen lasse, dachte sie. Alphonse ließ sich davon zum Glück nicht beeindrucken. Er blieb ganz ruhig.

«Wenn Sie wollen, Madame, werde ich gehen und nachsehen», sagte er, ohne zu zögern.

«Ich komme mit», sagte Barbe. Sie würde nicht noch einmal alleine bleiben und warten.

Zu zweit liefen sie durch die dunkle Stadt. Es musste mittlerweile gegen halb drei sein. Kein ehrbarer Mensch war um diese Zeit auf den Straßen unterwegs, schon gar keine ehrbare Frau. Vor ihnen leerte jemand seinen Nachttopf auf die Straße, Alphonse zog sie im letzten Moment zur Seite. Dann machten sie einen Umweg, um nicht am Freudenhaus vorbeizumüssen. In einer Nebengasse bewegte sich ein Schatten. Barbe sah nicht hin. Die Augen fest auf das Pflaster vor sich gerichtet hastete sie durch die Dunkelheit und versuchte nicht zu stolpern.

Auf der Rue de Vesle schaukelte das Licht eines Nachtwächters, der jedoch nicht weiter auf sie achtete, als sie an ihm vorübereilten. Kurz darauf hörten sie Gesang. Höchstens zehn Minuten waren sie gegangen. Das Flussufer war noch weit, die Sänger hingegen ganz nah, vielleicht einhundert Meter vor ihnen. Der Gesang wurde lauter. Es war ein deutsches Lied, auf Deutsch gesungen, das einer der Sänger jedoch lautstark ins Französische übersetzte, sodass sie einzelne Zeilen verstehen konnten.

«Ein Veilchen auf der Wiese stand,
gebückt in sich und unbekannt;
es war ein herzigs Veilchen.
Da kam ein' junge Schäferin
mit leichtem Schritt und munterm Sinn
daher, daher,
die Wiese her und sang.»

Aus der Dunkelheit schälten sich die Gestalten zweier Männer, die sich ihnen schwankend und einander stützend näherten. An einem Haus wurde ein Fenster geöffnet. «Silence!», brüllte eine Frau. Ungerührt sangen die Männer weiter.

«Ach! denkt das Veilchen, wär' ich nur
die schönste Blume der Natur,
ach, nur ein kleines Weilchen,
bis mich das Liebchen abgepflückt
und an dem Busen matt gedrückt,
ach, nur, ach nur
ein Viertelstündchen lang!»

Barbe war sich nun ganz sicher, dass einer der beiden Sänger Georges war. Sie erkannte nicht nur das Lied, es war dasselbe, das er einst am Klavier vorgetragen hatte, sondern auch seine Stimme. Ein Gefühl der Erleichterung durchströmte sie, dicht gefolgt von einer gehörigen Portion Wut – weniger auf ihn als auf sich selbst. Wie leicht sie ihm doch in die Falle gegangen war! Ihm und seinen schönen Augen. Seinen zärtlichen Lippen und seinen Worten, mit denen er ihr von Liebe sprach. Wie verletzlich sie einen doch machte, die Liebe. Die Entrüstung tat ihr gut, und sie versuchte, sie festzuhalten. Sie war so viel besser als die Angst, die sie zuvor so fest in ihrem Griff gehabt hatte.

Mit wem war Georges da zusammen? Einer der beiden Männer trug eine Fackel in der Hand und der andere eine Champagnerbouteille. Und das war sicher nicht alles, was sie an diesem Abend getrunken hatten.

«Ach, aber ach! Das Mädchen kam
und nicht in acht das Veilchen nahm,
er trat das arme Veilchen.
Es sank und starb, und freut' sich noch:
und sterb' ich denn, so sterb' ich doch
durch sie, durch sie,
zu ihren Füßen doch!»

Georges und der Unbekannte standen nun direkt vor ihnen. Bei den letzten Zeilen verbeugte sich Georges übertrieben vor ihr und grinste sie an.

«Und sterb ich denn, so sterb ich doch, durch sie, durch sie», wiederholte er auf Französisch und nahm einen Schluck Champagner.

«Georges! Was ist bloß in Sie gefahren!», rief Barbe mit mühsam beherrschter Stimme.

«*Sie*, Madame, gestatten Sie! *Sie* sind in mich gefahren.»

Er verbeugte sich erneut. Barbe musterte ihn fassungslos. Dann fiel ihr Blick auf den zweiten Mann, der beim näheren Hinsehen deutlich nüchterner erschien als Georges.

«Und was ist mit Ihnen?»

«Sind Sie Madame Clicquot?», fragte der Mann und hob die Fackel ein wenig höher. Er hatte ein rundes Gesicht mit dunklen Augenbrauen, war kleiner als Georges, aber sehr kräftig, und sprach Französisch mit einem starken Akzent, den sie nicht recht einzuordnen wusste. Bayerisch vielleicht. Georges hing regelrecht an ihm, überhaupt schien er nur dank dieses unbekannten Kumpanen noch auf den Beinen zu sein.

«Allerdings.»

«Gut. Zu Ihnen wollte ich nämlich.»

«Und wer sind Sie?»

Der Unbekannte nahm, so gut das mit dem halb bewusstlosen Georges an seiner Seite möglich war, Haltung an.

«Gestatten, Anton Müller. Ihr neuer Kellermeister.»

TEIL III

1811 bis 1814

Kapitel 25

Regierungsrat G. H. von Rheinwald und Frau
beehren sich,
Verwandte, Freunde und Bekannte
von der Vermählung ihrer Tochter Anna
mit Herrn Handelsmann Louis Bohne
in Kenntnis zu setzen.
Die Trauung findet am 10. Juli 1811 um 2 Uhr
in der Kirche Sankt Marien statt.
Hochzeitsfeier im Hotel Goldener Anker. Stuttgart.

Barbe saß in ihrem Kontor am Schreibtisch, ließ die Hochzeitsanzeige sinken und betrachtete noch einmal den Umschlag. Er bestand aus Bütten, die Adresse füllte mit verschnörkelten Lettern beinahe die gesamte Vorderseite aus. Das Siegel, das sie erbrochen hatte, zeigte drei Bäume.

Natürlich hatte sie mit dieser Nachricht gerechnet, und sie freute sich für Louis, doch es stimmte sie auch melancholisch. Was für ein Mensch diese Anna wohl war? Bei seinem letzten Aufenthalt in Reims hatte Louis ihr von seiner zukünftigen Frau erzählt und ihren Charakter über die Maßen gepriesen. Doch diese Schwärmerei war wenig geeignet, ein authentisches Bild von Anna von Rheinwald zu vermitteln. Sie konnte nur hoffen, dass sie die monatelangen Abwesenheiten ihres Mannes akzeptieren würde. Denn was wäre der Weinhandel *Veuve Clicquot Ponsardin* ohne den Arbeitseifer eines Louis Bohne? Doch noch etwas fiel ihr ein: Louis hatte ihr angetragen, Patentante seines ersten Kindes zu werden. Bei der Erinnerung daran wurde ihr warm ums Herz, und sie nahm sich vor, Anna mit dem größten Wohlwollen und der allerbesten Gastfreundschaft zu begegnen, falls sie eines Tages nach Reims kommen sollte.

Sorgfältig faltete Barbe die Anzeige wieder zusammen, schob sie in den Umschlag und öffnete das nächste Schreiben. Es kam von ihrem Handelsreisenden Monsieur Boldemann aus Italien. *«Es betrübt mich sehr, Ihnen Mitteilung machen zu müssen ...»*, las sie und hätte den Brief am liebsten sofort zur Seite gelegt. Rasch überflog sie die nächsten Zeilen und fand ihre Vermutung bestätigt. Es war Boldemann bisher nicht gelungen, einen Käufer für ihre Schmuckstücke zu finden. Dabei hatte sie so sehr auf italienische Interessenten gehofft, nachdem sie ihre Broschen, Perlenketten und ein kleines Diadem, das sie von ihrer Urgroßmutter geerbt hatte, in Frankreich zu keinem angemessenen Preis hatte veräußern können. *«Mit einem Wort: Trostlos»*, fasste Boldemann die Stimmung in Italien zusammen. *«Übrigens versuchte ich mein Glück, wie angeraten, in der Türkei. Hundertmal eher verliere ich durch einen Messerstich mein Leben, als dass ich einem Türken beibringen könnte, Champagnerwein zu trinken.»*

Barbe seufzte, übertrug die wenigen Bestellungen, die Boldemann beigefügt hatte, sowie seine Spesenaufstellung in die entsprechenden Listen, und legte den Brief zu den anderen in eine Mappe, die mit der Jahreszahl und dem Namen des Reisenden beschriftet war. Außer Boldemann und Louis Bohne, der freilich zur Zeit wegen seiner Hochzeit in Stuttgart weilte, waren drei weitere Vertreter in ihrem Auftrag unterwegs. Auch wenn Georges beständig über die Kosten klagte, hatte sie sich nicht dazu entschließen können, allen zu kündigen. Laufend korrespondierte sie mit jedem Einzelnen von ihnen und sprach ihnen Mut zu, auch wenn es ihr immer schwerer fiel, Ermutigung zum Durchhalten zu finden. Denn seit dem vorigen Jahr verzeichneten sie von Monat zu Monat weniger Verkäufe.

Aufgeschlagen vor ihr auf dem Tisch lag das neue Geschäftsbuch, das sie soeben eröffnet hatte. Fourneaux' Ausscheiden im vergangenen Jahr war am Ende nur noch eine Formsache gewesen, denn er hatte sich schon Monate zuvor weitgehend aus den Geschäften zurückgezogen, und ihr war nicht nach einem großen Festakt zumute gewesen. Die Zahlen waren schließlich damals schon alles andere als ein Grund zum Feiern gewesen, und sie waren es auch heute nicht. Ein letztes Mal ließ sie ihren Blick prüfend darüberwandern. In ihrem Bestand befanden sich 59 986 Bouteillen Wein und zweiundsiebzig Fass, viel zu viel, wenn man bedachte, dass sie im Jahr zuvor nur wenig eingekauft hatten. Mit ihren Weinen war Barbe trotzdem zufriedener als früher. Womöglich hatte ihr Schwiegervater Philippe Clicquot diese Veränderung sehr wohl bemerkt, denn er hatte seine Einlage von dreißigtausend Franc nicht zurückgezogen. Barbe war dankbar deswegen und auch ein bisschen gerührt. Wenn man bedachte, wie kritisch der alte Herr die Weiterführung des Geschäfts vor vier Jahren gesehen hatte und wie wenig er ihr zugetraut hatte, erwies er sich nun als ausgesprochen treu.

Sie schloss das Buch, schrieb den Namen der Firma auf den Titel, *Veuve Clicquot Ponsardin*, wobei sie das *Veuve* mit einem großen *V* und einem kleinen hochgestellten *ve* abkürzte, und legte es in die Ablage hinter sich. Dann pustete sie einen Rest Streusand von der Urkunde, die sie zum Trocknen beiseitegelegt hatte. Sie hatte sie selbst angefertigt, die Feder mit Bedacht angesetzt und die Ober- und Unterschwünge absichtlich betont, sodass das Schriftbild ein elegantes, ineinander verwobenes Ganzes ergab. Nur die Unterschriften und das Siegel fehlten noch. Dieses Dokument erteilte ihrem Buchhalter die Prokura und machte ihn, ebenso wie Louis Bohne, zum Partner, inklusive einer Beteiligung an den Gewinnen und allem, was sonst dazugehörte.

Nachdenklich betrachtete sie den Namen auf der Urkunde: *Georg Christian Kessler*.

Ihre letzten gemeinsamen Monate waren nicht einfach gewesen. Sie hatte sich nach seiner Prügelei mit Louis Bohne und seiner anschließenden Flucht mehr und mehr von ihm zurückgezogen. Sie liebte ihn, war jedoch der Überzeugung, dass sein Stolz es auf Dauer nicht verkraften würde, wenn sie sich weigerte, ihn zu heiraten. Also gab sie sich distanzierter, als ihr zumute war. Sie wusste, dass sie ihn damit quälte, denn mindestens ebenso sehr quälte sie sich selbst. Die Anstrengung, ihre wahren Gefühle vor ihm zu verbergen, verlangte von ihr ein Höchstmaß an Disziplin, der sie sich eisern fügte.

Barbe seufzte erneut, griff nach der Feder und schrieb ihren Namen unter die Urkunde. *Veuve Clicquot Ponsardin.* Das Dokument setzte ein Ausrufungszeichen unter ihr und Georges' kompliziertes Verhältnis. Mit dieser Urkunde bekam er das Maß an Verantwortung, das er sich wünschte und das er ganz gewiss verdiente.

Was er jedoch nicht bekam, das war sie selbst.

«Madame Clicquot, Madame Clicquot. Kommen Sie, kommen Sie schnell!»

Ein lautes Rufen schreckte Barbe aus ihren Gedanken. Was war da draußen los? Schreie und Lärm ertönten, doch bevor sie hinausgehen und nachsehen konnte, wurde auch schon die Tür zu ihrem Kontor aufgerissen, und Joseph stand vor ihr. Er war kalkweiß im Gesicht.

«Ein Unfall im Weinkeller, Madame», stieß er hervor. «Pascal und Thierry hat's mächtig erwischt. Sie sehen schrecklich aus.»

«La casse?», fragte Barbe erschrocken, und Joseph nickte.

Ohne weitere Erklärungen abzuwarten, eilte Barbe hinaus. Die gefürchtete Casse kam zwar erheblich seltener vor, seitdem Barbe so stark auf die Glasqualität achtete, doch gelegentlich geschah es immer noch, und zwar meistens in den Wochen und Monaten nach der ersten Abfüllung. Dann neigten die Bouteillen bisweilen dazu, zu bersten, weswegen die Arbeiter angewiesen waren, zu ihrem Schutz eine Art Drahtkäfig vor dem Gesicht zu tragen. Das Drahtgestell war unbequem und schränkte die Sicht ein – weswegen die Männer häufig lieber das Risiko eingingen, verletzt zu werden.

Und so auch heute.

Als Barbe in den Keller kam, war Georges glücklicherweise bereits da und brachte mit seiner besonnenen Art alles rasch unter Kontrolle. Trotzdem, gleich zwei Arbeiter hatte es heftig erwischt. Eine komplette Lage mit Flaschen, die im April abgefüllt worden waren, war just in dem Moment in die Luft geflogen, als die beiden in der Nähe ein paar Latten zurechtsägten.

Eine halbe Stunde später waren die beiden Männer fortgebracht worden. Georges und Alphonse begleiteten den Krankentransport, und Barbe stand bei Antoine Müller im Hof und versuchte vergeblich, ihn zu beruhigen.

«Wie konnte das nur passieren?», sagte ihr Kellermeister immer wieder. Er ging mit großen Schritten auf und ab und fuhr sich pausenlos mit der Hand über das Gesicht und durchs dunkle Haar, das bereits in sämtliche Richtungen abstand. «Wie konnte das nur passieren?»

Barbe fühlte sich hilflos. Sie verstand seine Verzweiflung und war selbst vom Schock ganz benommen. Auf dem Weg, der vom Keller zum Hoftor führte, waren immer noch die Blutstropfen der verletzten Arbeiter zu sehen. Es war der bisher schwerste Unfall dieser Art.

«Sie trifft keine Schuld, Antoine», wiederholte sie zum bestimmt zwanzigsten Mal.

«Aber ich hätte besser darauf achten müssen, dass die Männer die Masken anlegen.»

«Machen Sie sich deswegen keine Vorwürfe. Die Regeln sind eindeutig. Die Männer haben ihre Instruktionen. Also laden Sie bitte nicht die ganze Schuld auf sich. Ich werde heute noch an Monsieur de Montizeau in Folembray schreiben. Wir werden eine Kompensation verlangen.»

Antoine hörte nicht auf, sich die Haare zu raufen. «Womöglich liegt es ja nicht nur an den Bouteillen.»

«Woran sollte es sonst liegen? Wir haben nahezu ein Fünftel dieser Cuvée verloren. Wenn es so weitergeht, bleibt am Ende nichts mehr übrig.»

«Vielleicht ist der Keller zu warm.»

Barbe sah zur Sonne hinauf, die knapp über dem Hausdach stand und, obwohl schon später Nachmittag war, sengende Strahlen zu ihnen herabschickte. Dieser Sommer, der Sommer 1811, war tatsächlich ungewöhnlich lang und heiß. In den Nacht- und Morgenstunden regnete es zwar regelmäßig, doch tagsüber strahlte die Sonne ungehindert vom Himmel. Die Rebstöcke hingen schon jetzt voller praller Früchte. Wenn das Wetter beständig blieb, würde die Ernte so üppig ausfallen wie selten. Allerdings stand die Hitze natürlich auch auf den Dächern der Häuser, heizte sie auf und brachte die Luft in ihrem Hof zum Flimmern.

«Die Temperatur in diesem Keller, in dem wir den meisten Bruch hatten, beträgt fünfzehn Grad. Es dürften aber nicht mehr als zwölf Grad sein», fuhr Antoine fort.

Barbe sah ihn verwundert an. Dieser junge Mann überraschte sie immer wieder aufs Neue. Sie dachte an ihre eigenen Experimente, die sie wegen Jacobs Unfähigkeit und Desinteresse nie zu Ende gebracht hatten. Antoine hingegen kam jeden Tag mit neuen interessanten Ideen – und seine Weine waren besser als alle, die sie zuvor gekostet hatte.

«Woher wissen Sie das so genau?»

Antoine zog die Schultern hoch und schüttelte ungeduldig den Kopf. «Erfahrung? Mein Lehrmeister? Bestätigung durch das, was heute passiert ist? Ich weiß es einfach. Und deswegen ist es mein Fehler. Ich hätte es vorhersehen müssen.»

Barbe überfiel nun selbst das schlechte Gewissen. Ihre Keller waren so voll, dass sie in diesem Jahr notgedrungen einen nahe dem Eingang gelegenen, bisher als Lager verwendeten Raum in einen Gärkeller umgewandelt hatten. Antoine war einverstanden gewesen, doch er kannte die Gegebenheiten weniger gut als sie. Es war erst sein zweites Jahr in der Champagne. Sie hingegen hatte ihr ganzes Leben hier zugebracht. Sie wusste, dass die Sommer heiß werden konnten, wenn auch schon lange kein Sommer mehr so warm und sonnig gewesen war wie dieser.

«Haben Sie eine Idee, was wir tun könnten?», fragte sie.

«Eines steht fest: Wenn wir die Bouteillen bewegen, laufen wir Gefahr, sie zu zerstören. Wir müssten einen Weg finden, den Keller zu kühlen ...» Antoine blieb stehen, offenbar war ihm eine Idee gekommen. Er hob die Hand, wie um sie zum Schweigen zu bringen, dabei hatte sie gar nichts sagen wollen, und blickte auf den Boden vor sich, als lese er dort die Lösung für ihre Probleme ab. Dann fuhr er zu ihr herum.

«Natürlich! Wir bringen Eisblöcke in den Keller und verschließen den Eingang. Niemand darf mehr hinein. Das sollte die Temperatur in einem ausreichenden Maß senken.»

«Den Keller mit Eis kühlen?» Barbe staunte ob dieser ebenso kühnen wie leider auch kostspieligen Idee. «Aber dafür bräuchten wir große Mengen an Eis.»

«Sie verfügen doch über einen Eiskeller! Und Sie könnten welches zukaufen. Andernfalls verlieren wir die übrigen Bouteillen auch noch. Sehen Sie es einmal so: Die Schaumentwicklung ist bei diesem Wein hervorragend! Er macht sich allzu gut. Es wäre schade drum.»

Bevor Barbe weiter über diesen verrückten Plan nachdenken konnte, kam Georges, der die Arbeiter zum Arzt gebracht hatte, durchs Hoftor. Der Chirurg Quesnel, der ihn wegen seines Zahns behandelt hatte, war inzwischen ein guter Freund von ihm. Georges ging in seinem Haus ein und aus.

«Wie geht es den beiden? Was ist mit Thierrys Auge?», rief Antoine ihm schon von Weitem zu.

«Es wird alles gut», erwiderte Georges und hob beruhigend die Hand. «Halb so wild. Die Scherbe hat das Auge verfehlt. Seine Stirn sieht allerdings übel aus, da wird er eine zackige Narbe zurückbehalten. Das ganze Blut, das ihm ins Gesicht lief, hat ihm wohl die Sinne vernebelt, daher die Ohnmacht und das laute Gestöhne.»

«Und Pascal?»

«Der hat einen hübschen Schmiss auf der Wange. Recht tief. Damit wird er in Zukunft wie ein Offizier aussehen. Und dazu eine Verletzung am Arm. Quesnel hat alles genäht. So hatte zumindest ein Mensch große Freude an den Wunden.»

«Gottlob!» Antoine hatte bayerisch gesprochen, aber Barbe hörte trotzdem, dass es ein Ausruf der Erleichterung war. Georges klopfte ihm auf die Schulter.

«Du siehst, alles ist gut ausgegangen», sagte er.

«Das ist wirklich sehr erfreulich», stimmte Barbe zu, der ebenfalls ein Stein vom Herzen fiel. «Danke, Georges. Sie haben schnell reagiert. Wo ist Alphonse?»

«Quesnel wollte Thierry und Pascal noch ein oder zwei Stunden dabehalten, bis sie sich von dem Schreck erholt haben. Alphonse ist bei ihnen geblieben und bringt sie nachher wieder her. Ich werde die Köchin bitten, dass die beiden heute eine Extraration Brühe und Fleisch bekommen. Eine Empfehlung von Quesnel. Brühe statt Aderlass. Der Mann ist wirklich ein Glücksfall für Reims.»

«Einverstanden. Aber machen Sie ihnen auch klar, dass wir es nicht länger dulden, wenn sie ohne Masken arbeiten. Beim nächsten Mal sind sie ihre Arbeit los. Nicht wahr, Antoine?», sagte sie und lächelte ihrem Kellermeister aufmunternd zu, dem die Aufregung immer noch ins runde, gerötete Gesicht geschrieben stand. «Über ihre Idee, was das Kühlen betrifft, werde ich mir Gedanken machen. Ich gebe Ihnen morgen früh Bescheid», sagte sie, nickte den Männern zu und zog sich in ihr Kontor zurück.

Von ihrem Schreibtisch aus sah sie Antoine und Georges im Hof stehen und miteinander reden. Die beiden waren nicht nur Kollegen, sondern auch gute Freunde geworden. Die

Nachricht, dass sie nach einem neuen Kellermeister suchte, war vor zwei Jahren mittels Georges' Briefen, die er in seine Heimatstadt Heilbronn geschrieben hatte, über Ulm bis nach München und zu Anton Müller gelangt. Keinen Moment zu spät, dachte Barbe oft, die niemals jene Nacht vergessen würde, in der sie ihm zum ersten Mal begegnet war. Es war absurd gewesen, zu glauben, dass Georges sich damals wirklich in den Fluss gestürzt hätte. Diese Idee war einzig und allein ihrer eigenen überhitzten Phantasie entsprungen, befeuert freilich von Georges kindischer Flucht. Doch das gegensätzliche Paar, Antoine und Georges, hatte sich seit jener Nacht zum vielversprechenden Mittelpunkt ihrer Firma entwickelt. Die beiden waren neben Louis Bohne ihre fähigsten Mitarbeiter und überaus fleißig obendrein.

Rein äußerlich gaben sie ein seltsames Gespann ab. Georges war groß, blond und schlank, mit langen Armen und Beinen, und Antoine einen halben Kopf kleiner, untersetzt und dunkelhaarig. Nicht nur der Gesamteindruck, sondern jeder Körperteil für sich schien das genaue Gegenteil des anderen zu sein. Antoine war nicht dick, aber kompakt, mit Gliedmaßen wie Baumstämme, die ein wenig zu kurz für seine Statur zu sein schienen. Er hatte eine tiefe Stimme und ein dröhnendes Lachen, das bisweilen den ganzen Keller erfüllte. Sie schätzte es sehr, dass er bei allem Ehrgeiz eine gutmütige und humorvolle Ausstrahlung besaß. Er konnte es sich leisten, denn sein umfangreiches Wissen über den Wein und die Kellerarbeit verliehen ihm eine natürliche und unangestrengte Autorität. Er verstand es, aus ihrer schwierigen Lage das Beste zu machen, indem er die Weine aus den verschiedenen Jahren, die wegen fehlender Abnehmerschaft liegen geblieben waren, täglich verkostete und durch Assemblagen, wie das Mischen verschiedener

Weine genannt wurde, verbesserte. Auf diese Weise hatte er mehr als ein Dutzend Cuvées hergestellt, darunter auch ausgezeichnete Stillweine, und Barbe hatte ihren Geschmackssinn, der ohnehin schon gut ausgebildet gewesen war, weiter verfeinert. Sie spürte, dass sie damit auf dem richtigen Weg waren. Der ausgezeichnete Ruf von *Veuve Clicquot Ponsardin* sollte wie ein Banner weithin sichtbar über ihren Weinen wehen, um die Begehrlichkeiten der Leute zu wecken und wachzuhalten.

Barbe griff nach ihrem Fächer und wedelte sich Luft zu. Dieser Sommer hatte es wahrhaftig in sich. Manche führten das außerordentliche Wetter auf einen Kometen zurück, der erstmals im März in der Schweiz am Himmel entdeckt worden war. Im *Journal de Reims* hatten schon mehrfach Aufrufe gestanden, am Nachthimmel danach Ausschau zu halten, doch bisher hatte Barbe kein Glück gehabt. Aber sie glaubte sowieso nicht recht an einen Zusammenhang zwischen dem Wetter und diesem Himmelsphänomen. Sie glaubte einzig und allein an das, was ihr Instinkt und ihre Erfahrung ihr eingaben. Die freilich sagten ihr, dass es eine reichliche und überdurchschnittliche Ernte geben würde und dass sie im Oktober ausreichend Platz brauchten, um den 1811er Most unterzubringen. Es konnte ein Spitzenwein werden und ein ausgezeichneter Champagner. Sobald endlich wieder Frieden herrschte, würden sich die Käufer dank der Fähigkeiten von Antoine um ihren Champagner reißen. Bonaparte konnte ja nicht ewig Krieg führen.

Barbe beschloss, einige Briefe zu schreiben. Sie würde ihre Handelsreisenden anweisen, den Käufern vorerst nach eigenem Ermessen mit den Preisen noch stärker entgegenzukommen. Besser, sie verkauften ihre Lagerweine mit Verlust als überhaupt nicht.

Aber was sollten sie mit der Cuvée anfangen, die ihnen so viel Kummer bereitet hatte? Antoines Vorschlag, den Keller zu kühlen, war couragiert, und es wäre sicher interessant, das auszuprobieren. Doch sie konnte nicht die Menge Eis entbehren, die für das Vorhaben vonnöten gewesen wäre. Es war besser, diejenigen Bouteillen zu behalten, die zu retten waren, und den Rest aufzugeben. Trotzdem wollte sie die Idee im Hinterkopf behalten, um sie eines Tages auszuprobieren. Gekühlte Keller, das war eine ausgesprochen spannende Idee. Vollkommen neuartig. Ihres Wissens hatte dies in der Champagne noch niemand gemacht, und ebendarum war es ganz und gar nach ihrem Geschmack.

Kapitel 26

Barbe bekam den vielgerühmten Kometen doch noch zu Gesicht, und zwar wenige Wochen später zur Erntezeit in Bouzy, wohin sie diesmal ihre alte Freundin Madame Dubois eingeladen hatte. Es war nicht einfach für Barbe gewesen, Adèle zu diesem Ausflug zu überreden. Aber sie fand, dass Adèle, die eine Vielzahl von Näherinnen beschäftigte und sich nur selten eine Pause gönnte, etwas Erholung und Abwechslung verdient hatte, und schließlich stimmte sie zu. Am Abend des ersten Oktobers standen die beiden Frauen auf der Veranda ihres Landhauses – genau dort, wo Barbe drei Jahre zuvor mit Georges gestanden hatte, und sahen zum Himmel empor. Barbe kniff die Augen zusammen und erkannte den Kopf des Kometen und dahinter den langen Schweif, der wie ein Fischschwanz nach hinten breiter wurde und sich in einem schwächer leuchtenden Nebel verlor.

«Wie schön er aussieht», sagte Adèle.

«Wunderschön – und überaus faszinierend», bestätigte Barbe. «Wussten Sie, dass er sein eigenes Licht produziert? Er wird nicht, wie etwa der Mond, von der Sonne beleuchtet.»

«Nein. Aber woher kann irgendjemand so etwas wissen?»

«Wissenschaftler haben das herausgefunden. Sie haben festgestellt, dass er im Laufe des Jahres immer heller geworden ist, obwohl er sich Berechnungen zufolge von der Sonne entfernt.»

«Überprüfen lässt sich das jedenfalls kaum», sagte Adèle nachdenklich. «Da kann man leicht alles Mögliche behaupten.»

«Es sind keine Behauptungen», widersprach Barbe. «Diese Annahmen beruhen auf genauen Messungen. Ich bin sicher, dass die Wissenschaft uns in Zukunft noch ganz andere Überraschungen bescheren und oftmals recht behalten wird.»

«Meinen Sie? Was diese Kometen betrifft, ist sich die Wissenschaft jedenfalls uneins. Manche meinen, er käme in über fünfhundert Jahren wieder, andere in dreitausend. Woraus zu schließen ist, dass es niemand weiß.» Adèle lachte leise. «Die Zukunft ist und bleibt doch ungewiss.»

«Vielleicht haben Sie recht. Aber wäre es nicht schön, wenn sie uns endlich Frieden bringen würde? Diese endlosen Kriege sind so ermüdend.»

«Das ist wahr», erwiderte Adèle und sah sie an. «Wie steht es denn es denn mit Ihnen und Ihrem *inneren* Frieden, Barbe?»

«Ausgezeichnet», antwortete Barbe knapp, doch als sie merkte, wie Adèle sie ein wenig skeptisch betrachtete, musste sie über sich selbst lachen. «Ach, Adèle, Sie kennen mich einfach zu gut», sagte sie und hängte sich am Arm ihrer Freundin ein. «Ihnen mache ich nichts vor.»

«Ist es wegen Monsieur Kessler?», fragte Adèle, fügte jedoch gleich hinzu: «Aber Sie müssen mir nichts sagen, wenn Sie nicht wollen.» Sie legte ihre Hand auf Barbes.

«Monsieur Kessler?» Barbe machte eine lange Pause, bevor sie weitersprach. «Er ist drauf und dran, sich zu verloben, glaube ich», sagte sie dann in beiläufigem Ton, während sie den Blick wieder auf den hellen Lichtpunkt am Himmel richtete.

«Das denke ich auch», bestätigte Adèle ähnlich gleichmütig.

«Nein, wirklich?», fragte Barbe, unangenehm überrascht davon, dass ihre Theorie entgegen ihrer Hoffnung bestätigt wurde, und sah ihrer Freundin nun doch ins Gesicht. «Bitte, erzählen Sie mir, was sie wissen.»

Adèle lächelte. «Um ehrlich zu sein, fallen mir auf Anhieb drei junge Damen ein, die ihn vom Fleck weg heiraten würden.»

«*Drei* junge Damen? Nun, ich habe ihn nach dem Kirchgang ein paarmal mit ein und derselben Mademoiselle auf der Promenade gesehen. Sie stammt aus Sedan. Die Tochter eines Tuchhändlers, die bei Verwandten zu Besuch war.»

«Also wissen Sie ja doch mehr als ich. Und?», fragte Adèle, als Barbe nicht weitersprach.

Barbe seufzte und lehnte kurz ihren Kopf an Adèles Schulter. Bei aller Vertrautheit wollte sie ihr nicht die ganze Geschichte erzählen. Wie sie sich ein Herz gefasst und Georges so beiläufig wie möglich auf das Mädchen angesprochen hatte. Wenn er sich in aller Öffentlichkeit mit einem hübschen Mädchen sehen ließe, dann doch nur, um dem Gerücht vorzubeugen, dass er ein Verhältnis mit seiner Patronne habe, hatte er geantwortet. Barbe war bei seinen harschen Worten innerlich zusammengezuckt. Wesentlich sanfter hatte er ihr dann erklärt, dass die Kleine zu jung zum Heiraten sei und überdies schon bald wieder zu ihrer Familie zurückkehre. All das ging Barbe durch den Kopf, doch sie sprach es nicht aus.

«Ich habe ihn nach der jungen Dame gefragt, und er sagte, er sei sich unsicher. Er denke eigentlich noch nicht ans Heiraten.»

«Und dann? Was haben Sie ihm gesagt?»

«Ich habe ihm zugeraten», sagte Barbe, und während Adèle stumm ihre Hand drückte, erinnerte sie sich an Georges' überraschtes Gesicht. Sie hatte ihm fest in die Augen gesehen und nicht auf die unausgesprochenen Fragen in seinem Blick reagiert. Wollte sie überhaupt wissen, ob er eine andere liebte? Es machte sie nur traurig und änderte nichts an ihrer Lage. Er würde ganz gewiss eines Tages heiraten. Und dann blieben ihr immer noch der Wein und ihre Firma.

Die Ernte hielt, was der Sommer versprochen hatte. Barbe und Adèle konnten sich am folgenden Tag mit eigenen Augen davon überzeugen. Die Trauben hingen schwer und süß an den Rebstöcken und die Körbe voller schimmernder Früchte, dunkelblau bis beinahe schwarz, bordeauxrot oder in einem satten Gelbgrün, die die Arbeiter zur Sammelstelle trugen, glichen überquellenden Füllhörnern. Die Männer, viele von ihnen Bergleute aus Lothringen, raue Burschen mit schwieligen Händen, behandelten die Trauben mit einer erstaunlichen Zartheit. Das Verlesen übernahmen Frauen aus den Dörfern. Die meisten arbeiteten jedes Jahr zusammen. Man brauchte viel Übung um die faulen, harten oder schimmligen Früchte mit raschen Fingern auszusortieren.

Barbe liebte es, bei der Ernte dabei zu sein, und gemeinsam mit Adèle, machte es ihr noch mehr Freude. Den ganzen Nachmittag verbrachten sie im Kelterhaus, um zuzusehen, wie die Trauben gepresst wurden. Es war eine große Kunst, die Kraft der großen hölzernen Maschinen genau zu dosieren, und Patizel war ein Meister darin. Adèle stellte viele Fragen, Barbe war in ihrem Element. Sie erklärte ihrer Freundin genau die einzelnen Schritte.

«Das ist die Cuvée», sagte sie und wies auf den Traubensaft, der süß und rot aus der Kelter in einen Bottich floss.

«So werden nämlich nicht nur die fertigen Weine genannt, sondern auch der Most aus der ersten Pressung. Sehen Sie?» Barbe nahm eine Handvoll bearbeiteter Trauben, die schlaff und dennoch einigermaßen vollständig aussahen, und zeigte sie ihr. «Die Trauben dürfen möglichst nicht beschädigt werden. Die Haut der Früchte darf hinterher nur faltig sein, jedoch nicht zerrissen, und der Strunk unverändert. Eine solche Cuvée ergibt einen Wein der fein und süß schmeckt und durchs Altern immer besser wird. Die *Taille* hingegen, der Most aus der zweiten und dritten Pressung, ergibt einen Wein, der herber und zugleich mineralischer und fruchtiger ist.»

Als sie am Abend nach Bouzy zurückfuhren, fühlte sich Barbe so froh und beschwingt wie schon lange nicht mehr.

«Monsieur Müller wird zufrieden sein», lachte sie, angelte eine Traube aus dem Korb, der zu ihren Füßen stand, und steckte sich eine Beere in den Mund. «Sie müssen nämlich wissen, dass ihm eine Assemblage vorschwebt, die ausschließlich aus der Cuvée hergestellt wurde, also nur aus der ersten Pressung.»

«Aber macht man das denn nicht immer so?», fragte Adèle erstaunt. «Ich meine, zumindest für die guten und teuren Weine.»

«Nein, man mischt immer die Cuvée und die Taille, oder man mischt den Wein vom vorherigen Jahr dazu. Denn ganz selten nur hat man eine solche vorzügliche Qualität in ausreichender Menge wie in diesem Jahr. Ach, Adèle, am liebsten würde ich alle Fässer direkt mitnehmen und unter Antoines Aufsicht stellen, damit er seine zauberischen Kräfte an ihnen walten lässt.»

Adèle lächelte. «Ihre Begeisterung wirkt ansteckend. Fast möchte man ins Champagnergeschäft einsteigen.»

Kapitel 27

Als Barbe einige Tage später von ihrer Landpartie nach Reims zurückkehrte, wartete eine Überraschung auf sie. In der Rue de l'Hôpital, genau gegenüber ihrer Einfahrt, stand eine Kutsche, ein ausgesprochen vornehmes Gefährt mit zugehängten Fenstern. Zunächst dachte sie sich nicht viel dabei. Sie erwartete niemanden und vermutete, es handle sich um Gäste ihrer Eltern, doch als Barbe in ihrem Hof aus der Kutsche stieg, hörte sie jemanden ihren Namen rufen:

«Madame Clicquot?»

Ein Lakai, der offenbar zu der fremden Karosse gehörte, stand am geöffneten Hoftor und sah sie fragend an. Sie nickte, woraufhin dieser sie höflich bat, einen Moment zu warten, und durch den Vorhang hindurch mit jemandem im Inneren des Wagens einige Worte wechselte. Dann öffnete er die Tür des Verschlags und Barbe blickte auf eine vornehm gekleidete Gestalt. Barbes Herz schlug schneller vor Aufregung, denn bei der fremden Besucherin handelte es sich um Joséphine Bonaparte.

Sie verneigte sich tief. «Ihre Majestät!»

«Madame Clicquot. Ich freue mich, Sie wiederzusehen», erwiderte die Kaiserin.

«Die Ehre ist ganz auf meiner Seite», sagte Barbe den Blick nach wie vor gesenkt. Sie war ein wenig atemlos vor Überraschung. Zwar verkehrte ihre Familie, solange sie denken konnte, mit Angehörigen des Adels, doch normalerweise pflegten die hohen Herrschaften nicht einfach vor ihrem Haus auf sie zu warten, sondern sich vorher anzukündigen. Sie sah auf und direkt in das Gesicht Joséphines, die sie mit einem feinen Lächeln musterte.

«Ich möchte Champagner bei Ihnen kaufen», sagte sie.

Barbe ging mit Joséphine Bonaparte und deren Zofe, die wie ein Schatten ihrer Herrin nicht von der Seite wich, ins Haus und bemühte sich, Ruhe und Würde auszustrahlen. Das war gar nicht so einfach, denn ihre Räumlichkeiten eigneten sich nicht wirklich, um einen solch hohen Gast zu empfangen. Doch noch viel weniger konnte sie die Kaiserin ins Kontor bitten, und Barbes Vorschlag, nach nebenan ins wesentlich elegantere Hôtel Ponsardin auszuweichen, hatte Joséphine abgelehnt.

Sie wollte Champagner kaufen, hatte sie gesagt? Tausend Gedanken schossen Barbe durch den Kopf, während sie ihren hohen Besuch in den Salon führte. Etwa die Frage, wo die Kaiserin so plötzlich herkam oder warum sie im Wagen gewartet hatte und nicht im Salon. Oder warum sie selbst gekommen war. Barbe hatte nicht damit gerechnet, sie überhaupt noch einmal wiederzusehen. Die Kaiserin war im vergangenen Jahr von Bonaparte geschieden worden, wenn sie auch ihren Titel behalten durfte, wie Clémentine ihr erklärt hatte, die sich sehr für solche Dinge interessierte. Joséphines Ehe mit Bonaparte war kinderlos geblieben, und das war vermutlich der wichtigste Grund dafür, dass man sie zur Scheidung gezwungen hatte. An ihre Stelle war die wesentlich jüngere Kronprinzessin Marie-Louise getreten, eine Heirat, die unter anderem den Frieden mit Österreich besiegeln sollte. Der Champagner für die Hochzeitsfeierlichkeiten war bei Barbes Konkurrent Jacquesson in

Châlons bestellt worden, und der Kaiser hatte ihm bei der Gelegenheit auch gleich noch eine Goldmedaille für seine Cuvée verliehen, worüber sich Barbe maßlos geärgert hatte. Es ärgerte sie immer noch, gestand sie sich ein. Womöglich war jetzt die Gelegenheit, die erlittene Demütigung, denn als solche hatte sie sie empfunden, wiedergutzumachen. Jedenfalls war es eine einmalige Chance, und sie gedachte, sie bestmöglich nutzen.

Barbe hatte Céline im Vorübergehen einen Auftrag erteilt, und nun trug sie mit Hilfe eines der Zimmermädchen in einem silbernen Eiskübel drei Bouteillen Champagner herein. Barbes ganze Hoffnung ruhte auf einer Cuvée, die Antoine aus ausgesuchten Weinen von 1807 bis 1810 gemischt hatte und die sie erst vorige Woche begonnen hatten zu degorgieren. Sie hatte Céline eingeschärft, sich den Champagner von Antoine persönlich geben und beschriften zu lassen. 1807 war ein hervorragendes Jahr gewesen, die anderen allenfalls durchschnittlich, doch durch die Assemblage hatte Antoine ein ausgezeichnetes Ergebnis erzielt. Für ihre russischen Kunden vermutlich nicht süß genug, für französische Gaumen jedoch ideal. Barbe war stolz auf diesen Champagner, der sie einmal mehr von Antoines Fähigkeiten überzeugt hatte. Die beiden anderen Bouteillen enthielten ordentliche, wenn auch weniger herausragende Champagner aus anderen Jahren.

«Hierher, vor den Wandspiegel», dirigierte Barbe, weil der Spiegel das funkelnde Silber zusätzlich reflektieren und in Szene setzen würde. Kurz darauf waren die beiden Frauen wieder mit der stumm in einer Ecke stehenden Zofe allein.

«Sie sind überrascht, mich hier zu sehen?», bemerkte die Kaiserin, die ihren tiefblauen Reisemantel nicht abgelegt hatte.

«Ja, Ihre Majestät, das bin ich allerdings», bestätigte Barbe. «Überrascht, geehrt und sehr erfreut. Sie erlauben?», sagte sie und griff nach der ersten Bouteille. Das gestoßene Eis knisterte in dem großen Kühler. Sie nahm eine Serviette, um die Bouteille zu trocknen, damit sie ihr nicht aus der Hand rutschte, und durchschnitt die Schnur. Der Korken löste sich mit einem vernehmlichen Knall. Sie füllte ein Glas und beobachtete erleichtert, wie die Flüssigkeit aufs Vortrefflichste schäumte und perlte. Die Kaiserin, die es abgelehnt hatte, sich zu setzen, war indessen ans Fenster getreten und spähte an den Vorhängen vorbei hinaus in den Vorgarten.

«Ich habe festgestellt, dass es mir ein eigenartiges Vergnügen bereitet, inkognito zu reisen. Es ist wie ein», sie suchte nach dem passenden Begriff, «ein Spiel, verstehen Sie?» Mit diesen Worten drehte sie sich wieder zu Barbe herum.

Barbe nickte, war sich aber ganz und gar nicht sicher, ob sie verstand. Sie trat zu Joséphine ans Fenster.

«Wenn Sie so freundlich sein wollen, Ihre Majestät. Ich habe drei Champagner für Sie zum Verkosten ausgewählt. Dieser hier ist der erste.»

Sie reichte ihr das Glas, und die Kaiserin nahm einen Schluck, offenbar ohne recht darauf zu achten, was sie trank.

«Wie finden Sie sie?»

«Verzeihung, Ihre Majestät?»

«Welchen Eindruck haben Sie von Ihrer Majestät Marie-Louise von Österreich? Sie waren auch dort, auf der Tribüne. Ich habe Sie gesehen.»

Joséphines Stimme klang ungeduldig. Sie leerte den Champagner mit zwei, drei weiteren Schlucken. Barbe war peinlich berührt, zum einen von der Geschwindigkeit, mit der Joséphine trank, noch mehr aber von der Frage. Die

Kaiserin spielte wohl auf Marie-Louises Brautfahrt aus dem vergangenen Jahr an, die unter anderem auch durch Reims geführt hatte – ein unglaubliches Spektakel, das der Kaiser eigens hatte inszenieren lassen. Es stimmte, Barbe war dort gewesen. Ihre ganze Familie hatte dem Empfangskomitee angehört. Aber dass Joséphine an diesem Tag ebenfalls hier gewesen war, hatte sie nicht geahnt.

Barbe nahm das leere Glas entgegen, stellte es ab und öffnete die zweite Bouteille. Es war die, mit der sie die größten Hoffnungen verband. Während sie umständlich mit dem Champagner hantierte, überlegte sie, was sie antworten sollte. Marie-Louise, die Österreicherin und neue Kaiserin der Franzosen, hatte ihre Pflicht erfüllt und Bonaparte im März dieses Jahres einen Sohn geboren, den *Kaiser von Rom*, wie er aus unerfindlichen Gründen genannt wurde. Dieses scheue kleine Reh – denn so war sie ihr damals vorgekommen – das unglücklich und verzagt einer ungewissen Zukunft entgegenreiste.

«Es ist ja ist schon so lange her. Ich erinnere mich kaum», sagte Barbe schließlich mit einem verlegenen Lachen.

«Das glaube ich Ihnen nicht. Weichen Sie mir nicht aus», beharrte Joséphine.

«Nun ja, ich glaube, sie ist charmant», sagte Barbe zögernd.

«Und sehr jung, nicht wahr?»

Barbe nickte. «Ja, sehr jung.»

«Finden Sie sie hübsch?»

Barbe fühlte, wie ihr heiß wurde. Dieses Gespräch verlief anders, als sie es sich vorgestellt hatte. Insofern sie Gelegenheit gehabt hatte, sich überhaupt etwas vorzustellen. Sie atmete tief durch, straffte die Schultern und reichte Joséphine das zweite Glas Champagner.

«Ich achte für gewöhnlich nicht auf solche Dinge», sagte sie mit fester Stimme.

«Nun sagen Sie schon. Ich beiße Sie nicht», erwiderte Joséphine. Sie betrachtete die schäumende Flüssigkeit und leerte das Glas ebenso rasch wie das erste. Als Barbe die dritte Bouteille öffnen wollte, schüttelte Joséphine den Kopf. «Dieser hier ist gut, dieser soll es sein», sagte sie, «und bitte trinken Sie mit mir, Madame Clicquot. Nun? Finden Sie sie hübsch?»

Barbe, die gehofft hatte, die Kaiserin habe über dem Champagner ihre Frage vergessen, antwortete zögernd: «Ja, vermutlich schon. Ich denke, die meisten Menschen würden sie als hübsch bezeichnen.»

Joséphine ließ sich mit einem Seufzer auf ein Sofa sinken. «Bitte setzen Sie sich zu mir, Madame Clicquot. Und trinken Sie. Ich bestehe darauf.»

«Natürlich, Ihre Majestät», sagte Barbe, goss sich ebenfalls ein Glas ein und ließ sich der Kaiserin gegenüber in einem Sessel nieder. Sie nahm einen Schluck und fühlte sich augenblicklich besser. Der Champagner war süß, besaß aber dennoch eine feine Säure und perlte im Glas und auf der Zunge. Genau so musste er sein. Sie lächelte. Egal was geschah, an diesem Wein gab es jedenfalls nichts auszusetzen. Joséphine hatte ihr Glas bereits wieder geleert. Barbe schenkte ihr zögernd nach.

«Ganz vorzüglich», sagte die Kaiserin und ließ ihre rosa Zungenspitze sehen, als sie sich die Lippen leckte. «Sie verkaufen also nach wie vor Champagner, Madame Clicquot?»

«Das tue ich, Ihre Majestät. Mein ehemaliger Partner, Monsieur Fourneaux, ist aus unserer gemeinsamen Unternehmung ausgeschieden. Ich führe das Geschäft nun allein weiter.»

«Oh, nein wirklich? Das ist ganz außerordentlich! Dann kommt Ihnen meine Bestellung sicher recht.» Joséphine betrachtete mit schief gelegtem Kopf das Glas in ihrer Hand. «Zweitausendfünfhundert Bouteillen ins Château Malmaison. Nein, machen Sie dreitausend Bouteillen daraus», korrigierte sie sich mit einer gezierten Geste ihrer Hand. «Bis Ende nächsten Monats, falls das möglich wäre.»

«Selbstverständlich! Ich danke Ihnen recht herzlich für die Ehre, es ist zu freundlich von Ihrer Majestät, sich an mich zu erinnern», sagte Barbe, während es in ihrem Hinterkopf arbeitete. Sie überlegte, wie sie das schaffen sollten. Bisher hatten sie maximal eintausend Bouteillen degorgiert. Sie würden Extraschichten einlegen müssen.

Joséphine nickte huldvoll und schloss die Augen. «Nach einem Sieg verdient man ihn, nach einer Niederlage braucht man ihn», sagte sie. Sie schlug die Augen wieder auf. «Das hat Napoleon immer gesagt.»

Die zärtliche Art, wie sie seinen Namen aussprach, berührte Barbe.

«Gibt es einen Mann in Ihrem Leben? Jemanden, den Sie lieben?»

Mit einer so direkten persönlichen Frage hatte Barbe nicht gerechnet. Sie verschluckte sich ein wenig, zog ihr Taschentuch hervor und hielt es sich vor den Mund. Als sie wieder aufsah, blickte sie direkt in die aufmerksamen Augen der Kaiserin.

«Verzeihung, Ihre Majestät», sagte Barbe und räusperte sich. «Ich habe mein Geschäft, das mich sehr fordert. Da bleibt für die Liebe keine Zeit.»

«Das ist eine Ausrede», sagte die Kaiserin. Ihre Stimme klang mit einem Mal so scharf, dass Barbe innerlich zusammenzuckte. «Keine Zeit für die Liebe, das gibt es nicht.

Selbst der Kaiser der Franzosen hat Zeit für mich. Und er ist ein sehr beschäftigter Mann.»

«Ja, gewiss», beeilte Barbe sich zu bestätigen.

Auf Joséphines Miene hatte sich ein düsterer Ausdruck gelegt, der durch die Schatten unter ihren fiebrig glänzenden Augen noch verstärkt wurde. Links und rechts ihrer Nase traten senkrechte Falten hervor. Doch dann lächelte sie plötzlich, und der bleiche, nahezu kränkliche Anschein war wie weggefegt.

«Napoleon besucht mich regelmäßig, wissen Sie? Er braucht mich. Dieses kleine Ding, das er geheiratet hat ...» Sie sprach den Satz nicht zu Ende. Nachdenklich drehte sie einen Diamantring an ihrem Finger, dessen Stein erfolgreich mit dem Silber und dem Kristall um die Wette funkelte. «Anders als die Ehe, ist die Liebe nicht verhandelbar. Sie kommt und geht, wie es ihr gefällt. Und sie bleibt, wo es ihr gefällt. Ich hatte Glück mit Napoleon, ich habe ihn damals erwählt. Anders als meinen ersten Mann. Es ist gut, wenn wir eine Wahl haben, nicht wahr?», sagte sie, offenbar ohne eine Antwort zu erwarten. Sie sah Barbe ein wenig von oben herab an. «Auch wenn uns dies oftmals nicht vergönnt ist. So ist die Welt. Es ist eine Kunst, aus jeder Situation das Beste zu machen. Eine Kunst, die in dieser Form nur die Frauen beherrschen.»

«Ganz gewiss haben Sie recht, Ihre Majestät», sagte Barbe.

«Wie fühlt es sich an?»

Barbe bemühte sich, ihre Verwirrung nicht zu zeigen, aber Joséphines sprunghafte Art ein Gespräch zu führen, irritierte sie zutiefst. Die Kaiserin sah sie gelassen an. Sie schien es gewohnt zu sein, dass man ihr folgte, egal, in welche Richtung ihre Gedanken wogten.

«Verzeihung, Majestät?»

«Eine eigene Unternehmung zu haben. Geschäfte zu machen», sagte Joséphine und trank von ihrem Champagner.

«Es fühlt sich – nun – es fühlt sich gut an, Majestät. Ich könnte nicht mehr ohne sein. Ich habe Ideen. Ich habe Ziele, die ich erreichen will, und Pläne, wie ich alles bewerkstellige.»

Joséphine betrachtete sie nachdenklich. «Ich kenne kluge, unabhängige Frauen wie Sie. Die Klügsten unter ihnen suchen sich einen einflussreichen Mann und werden seine Mätresse.»

Barbe verschlug es die Sprache. Dies war eine sehr eigenartige Mischung aus Kompliment und Beleidigung. Plötzlich wünschte sie sich Clémentine herbei, sie hätte sicher gewusst, was darauf zu erwidern wäre.

«Habe ich Sie etwa gekränkt, *ma chère*?», fragte die Kaiserin. «Das war nicht meine Absicht. Ich hege Bewunderung für solche Frauen. Sie gehören einzig und allein sich selbst. Sie dienen ihren eigenen Zielen, statt dass sie für die Ziele anderer verwendet werden.» Die Kaiserin musterte sie mit einem Ausdruck im Gesicht, in dem sich Bewunderung mit Spott mischten. «Ich selbst habe das nie gekonnt. Zu viele Schmeichler», fügte sie mit einem koketten Lächeln hinzu, leerte ihr Glas und erhob sich würdevoll, wenn auch ein wenig schwankend. Sofort war die Zofe an ihrer Seite und reichte ihr die Handschuhe. Barbe stand ebenfalls auf.

«Um ehrlich zu sein, kenne ich mich mit den bürgerlichen Gepflogenheiten nicht sonderlich gut aus, Madame Clicquot, oder sollte ich vielmehr sagen, Madame *Veuve* Clicquot», sagte die Kaiserin, während sie die Handschuhe überstreifte und die Zofe ihr ihren Schal umlegte. «Aber Sie sind doch noch recht jung. Ist es in Ihren Kreisen nicht üblich, wieder zu heiraten?»

Barbe sah auf Joséphines rot geschminkten Mund. Eben noch hatte sie für einen winzigen Augenblick geglaubt, die Kaiserin auf ihrer Seite zu wissen. Doch das war anmaßend gewesen. In Wahrheit lagen Welten zwischen ihnen.

«Durchaus, Ihre Majestät. Ich meine, üblich wäre es durchaus», sagte sie, lächelte und hob ihr Kinn.

Kapitel 28

Leider blieb der Auftrag der Kaiserin Joséphine auf Jahre hinaus ein außergewöhnliches und einmaliges Ereignis. Schlimmer noch als das, markierte er den Beginn einer sehr langen Durststrecke, in denen die Geschäfte der Firma wegen der politischen Verwicklungen Frankreichs bisweilen beinahe zum Erliegen kamen. Barbe konnte es irgendwann kaum noch ertragen, morgens die Zeitung *Le Moniteur* aufzuschlagen. Die ohnehin fragile Freundschaft zwischen Russland und Frankreich war zerbrochen, der russische Zar hatte französische Luxusgüter mit hohen Zöllen belegt und zusätzlich ein Importverbot für Wein in Flaschen verhängt – womit natürlich vor allem der edle Schaumwein aus der Champagne getroffen werden sollte. Es war eine Maßnahme, die direkt auf den französischen Kaiser zielte, denn jedermann wusste, dass er Champagner zu seinem Lieblingsgetränk erkoren hatte. Barbe und ihren Kollegen und Mitarbeitern blieb nichts anderes übrig, als es zähneknirschend zur Kenntnis zu nehmen. Nur noch rund fünfzehntausend Bouteillen verkauften sie pro Jahr, um mehr als achtzig Prozent gingen die Umsätze zurück.

Trotz allem versuchte Barbe, in ihrer Zuversicht festzuhalten. Sie verbrachte ihre Vormittage im Kontor, setzte Schreiben an die Banken auf, die Georges nach Paris brachte, beantwortete die Briefe ihrer Handelsreisenden und mahnte säumige Zahler an – und sobald alle Dokumente und Schriftstücke sorgfältig geordnet und verstaut waren, ging sie in den Weinkeller.

Es war kühl und nass, als sie an einem Nachmittag Ende März hinaus auf den Hof trat. Barbe zog sich ihren wollenen Schal enger um die Schultern, steckte die Enden in den Gürtel und lief rasch durch den Nieselregen über den Hof, während ihr Schlüsselbund bei jedem Schritt leise klirrte. Sie wollte gerade die Tür zum Keller öffnen, als die Glocke am Hoftor schellte.

«Thérèse?», sagte sie überrascht, als sie ihre Schwägerin erkannte, die offenbar zu Fuß gekommen war, durch einen Regenschirm nur unzureichend geschützt. Sie ließ sie ein. «Du machst einen Spaziergang bei diesem unwirtlichen Wetter?» Barbe sah Thérèse in die Augen und erkannte, dass sie geweint hatte. «Du hast dich wieder mit Baptiste gestritten», schloss sie und seufzte.

Thérèse und sie waren gute Freundinnen geworden, und sosehr Barbe ihren kleinen Bruder auch schätzte, die Art und Weise, wie er seine Frau behandelte, gefiel ihr nicht. Drei Fehlgeburten hatte Thérèse inzwischen durchlitten. Sie fühlte sich deswegen unzulänglich, minderwertig und ungeliebt obendrein – und Baptiste trug wenig dazu bei, sie vom Gegenteil zu überzeugen. Er konnte nicht gut damit umgehen, dass seine Frau sich anderen Tätigkeiten und Aufgaben zuwenden wollte, um der Tristesse ihres kinderlosen Haushalts zu entfliehen. Zwar liebte er sie immer noch, daran glaubte Barbe fest, doch die Tatsache, dass er wohl niemals Vater werden würde, hatte ihn schwer getroffen, und statt seiner Frau ein paar Freiheiten zuzugestehen, ein bisschen Abwechslung, die sie so bitter nötig gehabt hätte, erwartete er, dass sie zu Hause saß und für ihn da war, wann immer er sie brauchte.

Thérèse schüttelte den Kopf und lächelte sie ein wenig schief an. «Vergiss es bitte. Ich will heute nicht darüber reden», sagte sie.

Barbe lächelte verständnisvoll und schloss Thérèse einmal kurz und fest in die Arme. «Was ist, leistest du mir ein bisschen Gesellschaft? Wollen wir in den Salon gehen?», fragte sie.

Aber Thérèse hatte einen anderen Vorschlag. «Du warst doch gerade auf dem Weg in deinen Keller. Was meinst du, hättest du Zeit, ein kleines hübsches Frauchen ein wenig herumzuführen?»

Barbe schmunzelte. Sie erkannte die Worte ihres Bruders wieder – und las nun eine gewisse Entschlossenheit aus der Miene ihrer Schwägerin. «Avec plaisir», sagte sie lächelnd.

Am Eingang zum Keller schlug ihnen die vertraute schwere und leicht modrige Süße entgegen.

«Wohin willst du denn damit? Idiot! Içi, imbécile!», rief einer der Arbeiter einem anderen zu und verstummte, sobald er seine Patronne in Begleitung einer weiteren Dame erblickte. Er wirkte jedoch nicht weiter erschrocken darüber, beim Fluchen erwischt worden zu sein, grüßte höflich, und Barbe nickte ihm zu.

«Es geht rau zu hier unten, das darf einen nicht aus der Ruhe bringen», erklärte sie ihrer erschrocken dreinblickenden Schwägerin. Aus einem Raum klickerte und klirrte es ihnen entgegen. «Hier werden die Bouteillen gereinigt.» Barbe musste die Stimme erheben, um das Geräusch der Bleikugeln zu übertönen, die von den sechs Frauen, die hier beieinandersaßen, in die Flaschen eingeführt und geschwenkt wurden. Barbe und Thérèse sahen einen Moment lang zu. «Ich liebe es, hier unten zu sein, weißt du?», sagte Barbe. «Es hat eine beruhigende Wirkung auf mich. Alles geht seinen gewohnten Gang – ganz so, als gäbe es die Probleme gar nicht, mit denen ich mich im Kontor herumschlage.»

«Das verstehe ich gut. Aber trotzdem – ist es nicht eine sehr ungewöhnliche Beschäftigung für eine Frau?» Thérèse schien sich nun doch ein wenig unwohl zu fühlen in ihrer Haut.

Barbe zuckte die Achseln. «Alles eine Frage der Gewohnheit. Inzwischen finde ich es ganz normal.»

«Und deine Leute offenbar auch», sagte Thérèse.

«Wie schon gesagt. Die Kellereiarbeit lenkt mich von meinen roten Zahlen ab. Ich habe viel von Antoine Müller gelernt und verstehe nun viel besser, was hier vor sich geht.»

Barbe wurde von allen Seiten freundlich gegrüßt, während sie ihren Weg durch den Keller fortsetzen. Ab und zu blieb sie stehen, um mit den Arbeitern ein paar Worte zu wechseln.

Sie kamen in einen Raum, in dem Antoine Müller gerade dabei war, zusammen mit ein paar anderen Männern mit Hilfe einer Seilwinde ein Fass umzulagern. Barbe nickte ihrem Kellermeister zu. Er hob kurz die Hand zum Gruß, wich jedoch den Männern nicht von der Seite. Schweißperlen standen ihm auf der Stirn, er war sichtlich nervös. Kein Wunder, dies war kein gewöhnlicher Wein. Er bestand, wie von Antoine geplant, ausschließlich aus dem Most erster Pressung. Ihr Wein des Kometen! In einem knappen Jahr würden sie wissen, ob er ihren hohen Erwartungen gerecht wurde.

«In diesen Fässern befindet sich die Ernte vom vergangenen Jahr. Die Männer müssen jetzt damit anfangen, den Wein auf Bouteillen zu ziehen», erklärte Barbe.

«Ist das die Tirage?», fragte Thérèse. Offenbar hatte sie bereits einige der Fachbegriffe aufgeschnappt.

Barbe nickte. «Richtig, Tirage. Die erste Gärung erfolgt bereits im Fass. Hier, probier mal.»

Sie drehte den Hahn an einem der Fässer auf, ließ etwas Wein in eine Kelle laufen und schnupperte selbst daran, bevor sie ihn Thérèse reichte. Die Flüssigkeit war trübe und bräunlich und roch sehr intensiv. «Was riechst du?», fragte Barbe.

«Wein, Früchte - und Hefe», stellte Thérèse fest.

Barbe nickte. «Genau, Hefe, nicht anders als beim Bierbrauen. Und damit kennt Antoine sich auch aus. Er weiß alles über Hefe, was man wissen kann. Doch das hier lässt nur erahnen, was am Ende daraus werden soll.» Barbe nahm einen Schluck und ließ den Tropfen eine Weile in ihrem Mund umherwandern. Dann reichte sie die Kelle ihrer Schwägerin, die gleichfalls kostete.

«Daraus entsteht dein Champagner?», fragte sie erstaunt.

«Oh ja», erwiderte Barbe. «Und ich setze wirklich große Hoffnungen in diesen Jahrgang!»

Barbes Ziel war der Degorgierkeller, in dem ebenfalls Hochbetrieb herrschte. Zwei Wochen zuvor hatten sie damit begonnen, den Champagner von 1810 für den Verkauf vorzubereiten. Auch dieser Wein war etwas Besonderes. Zwar bestand er nicht nur aus den Trauben der ersten Pressung, aber immerhin aus denen eines einzigen Jahrgangs. Sie hatte im vergangenen Frühjahr gemeinsam mit Antoine wochenlang daran gearbeitet und war mit dem Ergebnis sehr zufrieden.

Seit Antoine da war, hatte sich in ihrem Keller wirklich einiges verändert. Da er eine große Meisterschaft mitbrachte, was das Mischen der Weine betraf, hatten sie sich voll und ganz darauf konzentriert. Ihre sonstigen Experimente waren darüber ein wenig ins Hintertreffen geraten, doch nun war es an der Zeit, einen Schritt weiter zu gehen. Barbe war fest entschlossen, das Degorgierverfahren, mit dem die Weine nach der zweiten Gärung geklärt wurden, zu verbessern.

Sie waren im Herzstück ihres Weinkellers angekommen. Nirgendwo sonst hatte Barbe in den letzten Monaten so viel Zeit verbracht wie hier bei den Degorgeuren. Doch trotz aller Versuche und Veränderungen hatten sie bisher kaum Fortschritte, sondern nur marginale Verbesserungen erzielt.

Barbe und Thérèse blieben an der Tür stehen. Im Licht von Laternen und Kerzen saßen insgesamt fünfzehn Männer in drei Gruppen beieinander und bildeten Produktionsketten, in denen die Bouteillen vom einen zum anderen weitergegeben wurden.

«Was passiert denn hier?», fragte Thérèse erstaunt, nachdem sie eine Weile zugesehen hatten.

«Hier entscheidet sich, ob unser Wein 50 Centimes oder 5 Livres wert ist», sagte Barbe ernst und ließ ihren Blick wandern. Sie war zufrieden. Die Männer arbeiteten schnell und konzentriert. «Je fünf Männer arbeiten zusammen und bilden ein *Atelier*», erklärte sie ihrer Schwägerin und wies auf einen der Degorgeure. «Er stellt die Bouteille auf den Kopf, siehst du? Durch das Kreisen und Schwenken werden die Verunreinigungen im Hals der Bouteille konzentriert. Das muss er zwei- bis dreimal wiederholen.»

«Er behandelt immer mehrere gleichzeitig», stellte Thérèse fest.

«Richtig, dafür sind diese Sandkästen da. Da werden die Flaschen kopfüber hineingesteckt, dann ein zweites und ein drittes Mal geschwenkt und so weiter. Danach kommt das

Schwierigste. Der Korken wird entfernt, durch den Druck, der in der Bouteille herrscht, sprudelt eine gewisse Menge Wein heraus – und wenn man es richtig macht, schießt das Depot mit heraus. Dafür ist der zweite Mann zuständig.»

Thérèse beobachtete aufmerksam den zweiten Arbeiter, der vor einem schräg gestellten Bottich saß, in dem der abfließende Wein aufgefangen wurde. Er hatte ein kleines hakenförmiges Messer in der Hand, und sobald er die Schnur durchschnitten hatte, die den Korken festhielt, schoss er mit einem lauten Knall heraus. Der Mann verschloss die Öffnung sofort mit seinem Daumen und reichte sie an den Nebenmann weiter, der über einen Trichter etwas Flüssigkeit in die Flasche goss. Der vierte hebelte einen neuen Korken hinein und verschnürte ihn, und der fünfte versiegelte die Bouteille mit Wachs.

«Das Depot? Ist das dieser Sand, der einem manchmal zwischen den Zähnen knirscht?», fragte Thérèse, nachdem sie sich alles genau angesehen hatte.

«Genau. Man kann auch versuchen, die Flaschen vorsichtig umzufüllen, sodass das Depot am Boden bleibt, wie Kaffeesatz in einer Tasse. Aber das machen wir immer seltener. Es gehen einfach zu viele von den Bläschen verloren.»

Thérèse war von den Vorgängen inzwischen vollkommen gefangen genommen, und Barbe hatte Freude daran, wie aufmerksam ihre Schwägerin alles beobachtete.

«Und der dritte Mann dort füllt auf, was vorher verlorenging? Mit demselben Wein, oder was kommt da hinein?»

«Man nennt es *liqueur de tirage*. Wir nehmen dafür keinen einfachen Wein, sondern eine Zuckerlösung oder Traubensaft – manchmal auch Weinbrand.»

«Das verändert doch den Geschmack des Champagners sicher ganz gewaltig», warf Thérèse ein.

«Richtig. Den Geschmack und auch den Schaum.» Barbe seufzte. «Aber vieles wissen wir noch gar nicht so genau. Fest steht nur, dass beide Methoden ziemlich unbefriedigend sind. Die Bläschen sind sehr empfindlich. Schlimmstenfalls passiert es, dass aus einem Schaumwein dadurch ein Stillwein wird.»

«Was sagt denn dein Monsieur Müller dazu?», fragte Thérèse.

«Er gibt mir natürlich recht. Das Ergebnis *ist* ungenügend. Doch eine Lösung hat er auch nicht parat. Was meinst du, warum ich so viel Zeit hier verbringe?»

«Gut Ding braucht eben Weile», sagte Thérèse.

Barbe blickte nachdenklich auf Josephs breiten Rücken. Alphonses Bruder, ihr Schützling, der einst zu ihr gekommen war, um Fässer zu reinigen, hatte sich zur rechten Hand des Kellermeisters emporgearbeitet. Sechs Jahre waren vergangen, seitdem sie ihn aus seiner ärmlichen Hütte in Pont-Arcy zu sich geholt hatte. Was für ein stattlicher Kerl aus ihm geworden war! Längst überragte er seinen Bruder Alphonse und war beinahe so groß wie Georges Kessler. Ein junger Mann, der hoffnungsvoll in seine Zukunft blickte.

Sechs Jahre, dachte Barbe. Was war nicht alles in dieser Zeit geschehen? Menschen brauchten Zeit, um zu reifen. Ebenso wie Wein.

Joseph griff gerade nach einer Bouteille, bereit, die Schnur zu lösen und den Korken zu entfernen.

Plötzlich kam ihr ein Gedanke. «Was hast du eben gesagt, Thérèse?»

Ihre Schwägerin sah sie verwirrt an. «Was ich gesagt habe? Gut Ding braucht Weile, glaube ich. Entschuldige, das war nicht sonderlich hilfreich.» Sie lachte verlegen.

«Womöglich doch», sagte Barbe, aber sie sprach mehr zu

sich selbst. Sie trat zu Joseph und legte ihm eine Hand auf die Schulter.

«Warte mal einen Moment.»

Verwundert sah der junge Mann auf.

«Gib her.» Barbe nahm ihm die Bouteille aus der Hand, kopfüber, so wie Joseph sie gehalten hatte, und betrachtete ihren Inhalt. Die Flüssigkeit war in Bewegung geraten. Im Flaschenhals sah der Wein am dunkelsten aus, aber auch der Rest war trüb.

«Was meinst du, was würde passieren, wenn wir gar nichts täten?», sagte Barbe langsam.

Joseph zuckte mit den Schultern und nahm sich den Drahtkäfig vom Gesicht. «Keine Ahnung», sagte er und überlegte einen Augenblick. «Was meinen Sie damit, Madame?»

«Was, wenn wir einfach warteten?»

«Wie lange warten? Eine Stunde? Zwei Stunden?»

«Kam es schon vor, dass du eine Bouteille kopfüber in den Sand gesteckt und bis zum nächsten Tag dort gelassen hast? Vielleicht, weil du zu einer anderen Tätigkeit gerufen wurdest, oder weil Zeit zum Essen war?»

«Ja, Madame, das kam vor», gab Joseph zu, dem das ein wenig peinlich zu sein schien.

«Was passierte mit der Bouteille? Hast du nachgeschaut?»

Joseph zuckte mit den Schultern und runzelte die Stirn. «Nichts.»

«Klarer wird der Wein dadurch nicht?», hakte Barbe nach.

«Nicht dass ich wüsste.»

Barbe schüttelte den Kopf. «Nein, natürlich nicht. Eine Nacht ist nicht lang genug», sagte sie mehr zu sich als zu ihm. Grübelnd starrte sie auf die Bouteille, und es dauerte eine ganze Weile, bis sie realisierte, dass alle Männer in ihrer Tätigkeit innegehalten hatten und sie beobachteten. Durch ihr Eingreifen hatte sie Josephs gesamtes Atelier aufgehalten. Auch die Arbeiter der anderen beiden Ateliers sahen zu ihnen hinüber.

«Schon gut, mach weiter, Joseph», sagte Barbe und gab dem Jungen die Bouteille zurück. Dann hakte sie sich bei Thérèse unter. «Gut möglich, dass ich dir einen großen Dank schuldig bin.»

«Mir?» Thérèse lachte. «Wie das? Ich habe doch gar nichts gemacht.»

«Wir werden sehen», sagte Barbe geheimnisvoll. Sie spürte, dass sie einer großen Sache auf der Spur war. Konnte es wirklich so einfach sein? Doch sie beschloss, ihre Ungeduld noch ein wenig zu zügeln. Sie musste allein sein, um ihrer Idee weiter nachzugehen. «Komm. Lass uns hinaufgehen und eine Tasse Tee zusammen trinken – und dann bringt dich mein Kutscher nach Hause.»

Nachdem Thérèse fort war, ging Barbe in den Keller zurück und steuerte diesmal direkt die Lagerräume an. Lange betrachtete sie gedankenversunken im Schein einer Kerze den Wein in den Bouteillen, der beinahe ein Jahr lang geruht hatte. Er sah klar aus, aber nur, weil das Sediment sich seitlich am Glas gesammelt hatte. Es bildete dort eine Ablagerung, die durch Schwenken gelöst werden musste. Und dieses Schwenken brachte gleichzeitig die unselige und verhasste Trübung mit sich. Barbe stellte die Kerze ab und nahm mit ruhiger Hand eine der Flaschen in die Hand, ohne deren horizontale Position zu verändern. Sie hielt sie gegen das Licht der Flamme und betrachtete den Inhalt.

Das Depot bewegte sich nicht, der Wein blieb klar. Dann kippte sie die Bouteille nur ein klein wenig und dann noch etwas mehr. Das Depot bewegte sich immer noch nicht, es klebte förmlich am Glas, erst als sie auf den Boden der Flaschen klopfte, sah sie, wie sich ein paar Schlieren lösten. Dann drehte sie die Bouteille auf den Kopf und schwenkte sie, wie die Degorgeure dies taten, um das Sediment zu lösen. Die Glaswand war nun sauber, doch der Wein war trüb.

Sie schüttelte den Kopf. Genau das war das Problem. So wie es im Moment gemacht wurde, konnte es unmöglich funktionieren. «Zeit», murmelte sie vor sich hin. «Wir brauchen wesentlich mehr Zeit.»

Erst am späten Abend trat Barbe wieder auf den Hof hinaus. Die Arbeiter waren längst gegangen, aber sie hatte noch lange mit Antoine über ihre Idee gesprochen, und ihr Kopf war so voller Gedanken und Pläne, dass sie am liebsten sofort mit der Arbeit begonnen hätte. Sie sog die kalte Nachtluft ein und streckte ihren vor Anspannung schmerzenden Rücken, als sich plötzlich eine Gestalt aus dem Schatten löste. Barbe fuhr vor Schreck ein wenig zusammen, aber es war nur Georges, mit einer Pfeife in der Hand. Nun roch sie auch den Tabakqualm.

«Mon dieu!», rief sie leise aus. «Warum versteckst du dich in der Dunkelheit?»

«Verzeihung, das war keine Absicht», erwiderte Georges und trat auf sie zu. «Wie geht es dir, Barbouchette?» Sie konnte hören, dass er lächelte, und hob die Lampe, um ihn besser zu sehen. «Ich vermisse dich», sagte er.

Barbe schwieg. Sie sah ihm in die Augen und wurde sich der großen Anziehungskraft bewusst, die er immer noch auf sie ausübte.

«Du hast lange gearbeitet», fuhr Georges fort.

«Ja.» Sie lachte leise bei der Erinnerung an die letzten Stunden. «Stell dir vor, ich hatte eine Eingebung, wie das Degorgieren zu verbessern wäre. Gerade eben habe ich mit Antoine darüber gesprochen. Ich glaube, nein, wir denken beide, es könnte funktionieren.»

«Das ist wunderbar, Barbouchette», sagte Georges, erneut ihren Kosenamen benutzend, der sonst ihren intimsten Momenten vorbehalten gewesen war.

«Es könnte wirklich alles verändern. Wir werden die Einzigen sein, die einen Champagner herstellen, so klar und sprudelnd wie Quellwasser. Das habe ich mir immer gewünscht.» Die Erregung über ihren Einfall hielt sie noch immer gefangen und vermischte sich mit einer unbestimmten Sehnsucht nach körperlicher Nähe und Vertrautheit. Georges sah sie mit ernster Miene an.

«Was ist? Was hast du?», fragte Barbe und wurde mit einem Mal von einer dunklen Vorahnung erfüllt.

«Auch ich habe Neuigkeiten.»

Der Regen setzte wieder ein, Barbe fühlte die Tropfen auf ihrer Haut. Sie sah zu ihm auf. «Was ist los, Georges?»

«Ich komme soeben von Quesnel. Er hat Post bekommen von einem guten Freund, ebenfalls ein Chirurg. Sein Name ist Dominique Jean Larrey.» Georges sprach stockend, als bereite ihm jedes Wort Mühe. «Larrey ist ein berühmter Arzt. Quesnel hält große Stücke auf ihn. In dem Brief hat er ihn gebeten, nach Berlin zu kommen. Larrey soll auf Befehl des Kaisers medizinisches Personal für ein Feldlazarett rekrutieren. Dafür sucht er erfahrene Ärzte, Chirurgen vor allem.»

«Ein Feldlazarett? Das heißt ...» Barbe sprach es nicht aus, aber sie wusste, was dies zu bedeuten hatte. Berlin lag im Osten, und nach allem, was man hörte, zog der Kaiser im Osten eine neue Armee zusammen. Es waren nur Gerüchte gewesen, und sie alle hatten gelernt, Gerüchten zu misstrauen. Doch wenn man mit den Ereignissen Schritt halten wollte, blieb einem nichts anderes übrig, als sich aus vielen kleinen Anzeichen ein großes Bild zusammenzusetzen.

Georges nickte traurig. «Es gibt keine Zweifel mehr. Dieses Jahr zieht der Kaiser gegen Russland.»

«Und? Wird Quesnel dem Aufruf Folge leisten?»

Georges nickte erneut. Eine Pause entstand, in der beide ihren Gedanken nachhingen und nur das leise Knistern von Georges' Pfeife zu hören war. Die Glut leuchtete rötlich auf. Georges blies den Qualm in die Nacht.

Barbe, die eben noch euphorisch und voller Hoffnung gewesen war, fühlte, wie ein dumpfer Schmerz sich auf ihre Seele legte. Das Kämpfen und Morden würde weitergehen. Noch mehr Männer und junge Burschen würden in den Krieg ziehen, im festen Glauben, ihrem Vaterland dienen zu müssen.

«Aufgeben steht Ihnen nicht», hatte Louis einmal zu ihr gesagt. Doch manchmal war ihr alles zu viel, und sie wünschte sich nichts mehr als das.

«Also sind die Gerüchte wahr», sagte Barbe.

«Es ist kein Irrtum möglich. Ich habe den Brief mit eigenen Augen gesehen.»

Barbe atmete den vertrauten Duft von Georges' Pfeife ein und fühlte sich plötzlich sehr allein. Sie musste an das Mädchen aus Sedan denken, die Tochter des Tuchhändlers. Es war den ganzen Februar und März über in Reims gewesen und hatte die Stadt erst vor einer Woche wieder verlassen.

«Vermisst du sie?», fragte sie und schalt sich sogleich wegen dieser unbedachten Äußerung. Warum kam ihr die junge Frau gerade jetzt in den Sinn? Kurz dachte sie an das Versprechen, dass sie sich selbst gegeben hatte, Georges nicht wegen seiner Damenbekanntschaften in Verlegenheit zu bringen. Und dann hoffte sie, er habe nicht verstanden, auf wen sie anspielte. Doch das tat er natürlich. Er schien nicht einmal erstaunt darüber, dass sie so plötzlich das Thema gewechselt hatte.

«Sie ist liebenswert. Aber sie ist nicht wie du», sagte er leise, nahm ihre Hand und küsste die Innenseite ihres Handgelenks. Die Berührung seiner Lippen war tröstlich und traurig zugleich. Sie stellte sich auf die Zehenspitzen, drückte Georges einen Kuss auf die Wange und ging ohne ein weiteres Wort ins Haus.

Kapitel 29

Barbe erwachte kurz vor Sonnenaufgang. Sie lauschte auf das Krähen der Hähne und sah zu, wie sich die Konturen ihres Zimmers aus dem morgendlichen Dämmerlicht herausschälten. Als die Kirchturmuhr sechs schlug, hörte sie das Scheppern des Hoftors und das dumpfere Geräusch der Kellertür, das Schwatzen der Frauen und dazwischen die tieferen Stimmen der Männer. Clémentine hatte ihr geraten, ihr Schlafzimmer nach der ruhigeren Hausseite zu verlegen, aber Barbe wollte nicht. Sie liebte diese Momente am frühen Morgen, wenn sie mitbekam, wie sich in ihrem kleinen Reich das Leben regte.

Und sie empfand eine gewisse Demut, wenn sie daran dachte, welche Mysterien im Inneren der Fässer und der Bouteillen verborgen lagen. Wie viele Rätsel es noch zu entschlüsseln galt! In der Kellerwirtschaft lagen ihre größten Hoffnungen, und heute war ein besonderer Tag. Heute sollte die *Remuage*, wie sie und Antoine ihre neu entwickelte Methode getauft hatten, ihre Wirksamkeit unter Beweis stellen. War es wirklich schon ein ganzes Jahr her, dass sie auf Josephs breiten Rücken geblickt und über das Verstreichen der Zeit nachgesonnen hatte?

Sie sah zu ihrem Betthimmel empor und dachte über das nach, was sie am Tag zuvor im *Moniteur* gelesen hatte: Russland und Preußen, die einstigen Bündnispartner, hatten Frankreich offiziell den Krieg erklärt. Dann kam ihr plötzlich Quesnel in den Sinn, der vor wenigen Wochen aus Russland zurückgekehrt war. Er hatte stark abgenommen, und der Schrecken war ihm deutlich ins hagere Gesicht gezeichnet, auch weil ihm die Nasenspitze fehlte, die ihm bei Smolensk abgefroren war.

Napoleon Bonaparte und seine verfluchten Feldzüge!

Die letzten Monate hatten sich komplett im Schatten seiner Kriege abgespielt. Im Juli, etwa zur gleichen Zeit, in der Bonaparte mit seinen Truppen in Richtung Russland marschierte, war sie gezwungen gewesen, ihre Handelsvertreter zu entlassen. Nur noch Louis Bohne reiste seitdem in ihrem Namen durch Nordfrankreich, Deutschland, Belgien und Holland und natürlich nach Paris und sorgte dafür, dass man *Veuve Clicquot Ponsardin* und ihren Champagner nicht vergaß. Immerhin hatten Louis und Georges damit aufgehört, sich ständig zu streiten. Wenigstens ein Frieden, der geschlossen worden war.

Wieder öffnete sich das Hoftor, und kurz darauf hörte sie, wie Georges mit Antoine sprach. Sie redeten deutsch miteinander, und plötzlich lachten sie herzhaft und laut. Barbe lächelte und streckte sich. Die Politik konnte sie nicht ändern, die Kriege nicht aufhalten – aber sie würde zumindest versuchen, die Geschichte des Champagners ein klein wenig umzuschreiben. Und heute war der alles entscheidende Tag gekommen.

Ein Hauch von winterlicher Kälte lag in der Luft, als Barbe nach einem kleinen Frühstück hinaus auf den Hof trat. Aus dem Unterstand bei der Scheune drang ein beißender Geruch. Er rührte von den Korken her, die sie in diesem Jahr mit einem Brandzeichen versehen ließ. Sie wechselte ein paar Worte mit den beiden Frauen, die dabei waren, die

Korken nach Größe und Güte zu sortieren, und nahm einige der bereits markierten Exemplare aus dem Korb. Georges kam aus dem Haus, und gemeinsam begutachteten sie das Brandzeichen.

«Sind Sie zufrieden?», fragte Georges, der das Eisen in Auftrag gegeben hatte.

«Sehr!», erwiderte Barbe lächelnd. «Wir sollten eine Regel daraus machen, es beugt Betrügereien vor.»

Zufrieden wog sie die Korken in der Hand. Sie waren fest, elastisch und vollkommen gleichmäßig. Diese Qualität war nicht einfach zu bekommen, und Barbe war sehr froh gewesen, als vor drei Wochen endlich die Lieferung aus Katalonien bei ihr eingetroffen war, die sie schon Monate zuvor bestellt hatte. Mangelhafte Korken konnten einen Wein ungenießbar machen.

Das Brandzeichen war wirklich gut gelungen. Neben ihrem Monogramm «VCP» und einem Anker, den schon ihr Schwiegervater zur Kennzeichnung seiner Weine benutzt hatte, zeigte es einen sechszackigen Stern, der an den Kometen erinnern sollte.

Barbe legte die Korken in den Korb zurück.

«Wo ist Alphonse?»

«Er ist schon unten.»

Barbe nickte. Ihr gemeinsames Ziel an diesem Morgen war ihr geheimer Versuchskeller, das «Labor», wie sie ihn getauft hatten. Er lag unter dem Hôtel Posardin verborgen.

Schweigend liefen sie durch die Gänge. An der richtigen Tür angekommen, klopfte Barbe an, doch nichts geschah, woraufhin Georges die Faust hob und gegen das Holz hämmerte. Endlich wurde der Schlüssel von innen bewegt, und Joseph streckte seinen verstrubbelten Kopf durch den Spalt.

«Bonjour, Madame. Bonjour, Georges.»

Er ließ sie ein und schloss hinter ihnen wieder ab. Diese Vorsichtsmaßnahmen waren notwendig. Jeder ihrer Konkurrenten würde nur zu gerne erfahren, was hier vor sich ging. Sie mussten verhindern, dass irgendjemand ihre Ideen zu Moët, Ruinart, Jacquesson oder einem ihrer anderen Konkurrenten trug, weswegen bisher überhaupt nur wenige Leute eingeweiht waren, nämlich nur Georges und Louis, Alphonse und Joseph – und natürlich Antoine. Das konnte selbstverständlich nicht für immer so bleiben. Dennoch war Barbe zuversichtlich. Das gute Verhältnis zu ihren Arbeitern würde sich jetzt hoffentlich auszahlen, und wenn sie Erfolg hatten, konnte sie künftig noch großzügiger bei den Löhnen sein und sich so das Stillschweigen ihrer Belegschaft sichern.

Der Keller, in dem sie nun standen, bot einen ungewöhnlichen Anblick. Für die *Remuage* war viel Platz vonnöten, weswegen sie nicht nur die Räume, sondern auch die Gewölbegänge nutzten, und so erstreckten sich links und rechts vor ihnen lange Reihen von Tischen, eher dicke Bretter, die auf stabilen Böcken ruhten und mit Löchern versehen waren, in denen kopfüber die Champagnerbouteillen steckten. Jedes Brett enthielt zehn mal sechs Stück, alle mit dem Hals leicht schräg nach unten und dem Flaschenboden nach oben. Neunhundert Bouteillen warteten hier darauf, degorgiert zu werden. Barbes Nervosität wuchs, als sie daran entlanggingen. Im ersten Raum trafen sie auf Antoine, der soeben den Inhalt einer Bouteille im Schein einer Kerze betrachtete, und Alphonse, der der ihm nervös über die Schulter blickte.

«Wie sieht es aus, können wir es wirklich heute wagen?», fragte Barbe statt einer Begrüßung. Alphonse zuckte die Achseln, und Antoine antwortete nicht sogleich. Er steckte die Bouteille vorsichtig, um jede Erschütterung zu vermeiden, zurück zu den anderen, nahm die Kerze, beugte sich vor und ließ den Lichtschein langsam seitlich an den Bouteillen entlangwandern.

«Sehen Sie selbst», sagte er mit heiserer Stimme. Barbe und Georges betrachteten im Gegenlicht von Antoines Kerze den Inhalt der Bouteillen. Dann begegneten sich ihre Blicke.

«Sie sind vollkommen klar. Jede einzelne von ihnen ist vollkommen klar», sagte Barbe ehrfürchtig. So lange hatten sie auf diesen Tag gewartet, hatten dem Champagner eine Woche und dann noch eine Woche mehr zugestanden. Doch jetzt gab es keinen Grund mehr zu warten.

Antoine nickte. «Wir sind so weit.»

Barbe fühlte, wie ihr Herz unter dem Rippenbogen einen Hüpfer machte, und sah von einem zum anderen. Georges Blick ruhte ernst und aufmerksam auf ihr, doch sie merkte, dass er ebenso nervös war sie sie. Antoine fuhr sich fahrig mit der Hand durchs Haar, und Alphonse konnte die Füße kaum ruhig halten. Nur Joseph wirkte ruhig wie ein Fels in der Brandung. Trotz ihrer eigenen Anspannung bemerkte es Barbe mit einem Lächeln. Sie war zuversichtlich und trotzdem – oder gerade deswegen – sehr aufgeregt.

Ihr Plan, den sie im vergangenen Herbst ersonnen hatte, war ebenso schlicht wie raffiniert: Sie würden das Degorgieren künftig nicht mehr nur einige Minuten, sondern wochenlang vorbereiten. Die Bouteillen, die ein Jahr lang zur Reifung horizontal auf Latten geruht hatten, wurden frühzeitig mit dem Flaschenhals nach unten gekehrt, um dem Depot Zeit zu geben, abwärts in Richtung Verschluss zu sinken. Sehr schnell hatten sie bei ihren Versuchen festgestellt, dass dennoch viele Trübstoffe am Glas hängen blieben, und so waren sie auf die Idee mit dem Rütteln gekommen. Sie hatten verschiedene Geschwindigkeiten und Bewegungen ausprobiert und endlich einen Rhythmus gefunden, der ihnen optimal erschien: jeden Tag eine Achteldrehung, immer wieder hin und her. Antoine, Joseph und, weil es so viel Arbeit gewesen war, auch Alphonse hatten die neunhundert Bouteillen fünf Wochen lang dieser Behandlung unterzogen, hatten sie jeden Tag nur ein klein wenig bewegt, damit nicht zu viel aufgewirbelt wurde, aber doch so viel, dass das Depot ins Rutschen kam. Erfreulicherweise gab es dabei bisher auch keine Probleme mit der gefürchteten *Casse.* Antoine erklärte sich dies so, dass der Boden der Bouteillen deutlich dicker war als der Hals und dem Druck deswegen besser standhielt. Trotzdem, für das Degorgieren war es sicherer, Masken zu tragen, und seit dem schweren Unfall von vor zwei Jahren, der glücklicherweise für beide Männer glimpflich ausgegangen war, achtete Barbe noch stärker darauf. Also banden sich Joseph und Antoine nun ihre Masken vors Gesicht.

«Fang an, Joseph!», sagte Barbe.

Der junge Mann nickte, griff nach einer Bouteille und vollführte routiniert die üblichen Handgriffe. Der Korken ploppte heraus und sprudelnder Wein ergoss sich in den Bottich, den er zum Auffangen bereitgestellt hatte. Er verschloss die Öffnung rasch mit seinem Daumen und reichte die Bouteille an Antoine weiter, der so viel *Liqueur de Tirage* hineingab, wie zuvor an Champagner abgeflossen war, einen frischen Korken in die Öffnung hebelte und mit Eisendraht fixierte. Dann hielt er die Bouteille gegen das Licht der Kerze.

Niemand sprach ein Wort. Schulter an Schulter betrachteten Barbe und die vier Männer die Champagnerbouteille, das Ergebnis monatelanger Arbeit. An der Oberfläche sah man den perlenden Schaum, der sich noch nicht beruhigt hatte. Abgesehen davon, war die Flüssigkeit völlig klar. Keinerlei störende Schwebteilchen trübten den Wein, und auch die Glaswände waren rein. Barbe griff in den Bottich und holte den Korken heraus, an dem das *Depot* wie vorgesehen hängen geblieben war. Sie zeigte ihn Antoine, und während der Korken vom einen zum anderen wanderte und wie ein Edelstein bewundert wurde, fühlte Barbe, wie Erleichterung und ein unbändiges Glück sich in ihr auszubreiten begannen. Das war phantastisch. Besser hatte sie es sich nicht wünschen können. Doch dann ermahnte sie sich selbst, nicht zu euphorisch zu sein. Was, wenn das nur ein glücklicher Zufall gewesen war? Aber während Barbe noch zwischen Hoffen und Zweifeln schwankte, waren Joseph, Antoine, Alphonse und Georges schon in ein regelrechtes Freudengeheul ausgebrochen, umarmten einander und klopften sich gegenseitig auf die Schultern – und dann hob Georges sie plötzlich hoch und drehte sich lachend mit ihr im Kreis.

«Contenance, Contenance, Monsieur Kessler, bitte nicht», wehrte Barbe lachend ab und befahl ihm energisch, sie wieder herunterzulassen, was er schließlich auch tat – aber erst eine Weile später hatten sich die Aufregung und Freude so weit gelegt, dass kurz Ruhe einkehrte und Barbe sich bemerkbar machen konnte. Sie strich sich ihr Kleid glatt und räusperte sich.

«Gute Arbeit, Messieurs», sagte sie lächelnd. «Also, lassen Sie uns weitermachen!»

Kapitel 30

Auch wenn sie sich zurückhaltend gab, blieb Barbe weiterhin hoffnungsvoll – und spätestens im Herbst war endgültig bewiesen, dass die erfolgreiche Remuage kein Zufall gewesen war. Sie degorgierten die vorbereiteten Bouteillen, füllten die freigewordenen Tische aufs Neue und stellten weitere Tische auf, bis sie über zwanzigtausend Bouteillen nach der neuen Methode degorgiert hatten.

Barbe war unsagbar stolz auf ihren «Kometenwein». Nie zuvor hatte es einen besseren Champagner gegeben. Er war kristallklar, hatte eine goldene Farbe und einen Geschmack wie trockener Honig. Doch dann stellte sich heraus, dass es unmöglich war, ihn zu verkaufen. Die politische Lage hatte sich ein Jahr nach Napoleon Bonapartes Russlandfeldzug kein bisschen verbessert. Boissonet, ihr treuer Handelsvertreter in Sankt Petersburg, ließ sie wissen, dass die Nachfrage trotz oder wegen der Verbote sehr groß sei, doch bei allem Mut zum Risiko erwiesen sich sämtliche Pläne, ein Schiff zu chartern oder den Warentransport auf dem Landweg zu versuchen, als undurchführbar. Stundenlang diskutierte Barbe darüber mit Georges und, wenn er zwischen seinen Reisen zu ihnen nach Reims kam, mit Louis Bohne. Doch wohin sie auch sahen, überall drohte Krieg. Ende Juni schloss sich Österreich der russisch-preußischen Koalition an, und der Rheinbund, die einzigen Verbündeten, die Bonaparte geblieben waren, drohte zu zerfallen.

Dann erging ein Befehl, der die ganz jungen Burschen zu den Waffen rief, solche, die eigentlich erst in ein bis zwei Jahren wehrpflichtig geworden wären, und auch die Nationalgarde, die zur Verteidigung der Stadt abgestellt war, hauptsächlich Bürger und einige wenige Bauern, rekrutierte neue Männer. Die schönen Uniformen täuschten darüber hinweg, dass Schusswaffen fehlten. Immerhin bekam jeder einen Säbel und ein Bajonett.

An einem trüben Tag Anfang November wurde Barbe zusammen mit anderen Kaufleuten und wohlhabenden Bürgern der Stadt zu ihrem Vater, der inzwischen tatsächlich zum Bürgermeister gewählt worden war, ins Rathaus gerufen. Der Kaiser hatte die Schlacht bei Leipzig verloren und nun erwartete man Hunderte von Verletzten, wofür die vier Hospitäler, drei städtische und ein militärisches, nicht ausreichten. Ein weiteres musste eröffnet werden, und als Ort dafür war die Kirche Saint-Remi vorgesehen. Für die Ausstattung mit vierhundert Liegen benötigte man Mittel und Materialien, welche die Bürger der Stadt aufzubringen hatten.

Barbe war überrascht, unter den Anwesenden auch Quesnel zu begegnen. Er lebte seit seiner Rückkehr aus Russland zurückgezogen, und man sah ihn nur noch selten in der Öffentlichkeit. Wie sich herausstellte, war er nun für die Leitung des neuen Hospitals vorgesehen. Barbe sah dem Arzt deutlich an, wie wenig ihm diese Vorstellung behagte, und als sie eine Weile später mit ihm gemeinsam das Rathaus wieder verließ, sagte er mit heiserer Stimme:

«Wissen Sie eigentlich, wie viele Arme und Beine ich amputiert habe?»

Barbe war sich nicht sicher, ob er wirklich mit ihr gesprochen hatte, da er seinen Blick an ihr vorbei ins Nirgendwo gerichtet hielt. Doch außer ihr war niemand da. Sie blieb stehen und schüttelte den Kopf.

«Über zweihundert allein nach der Schlacht bei Borodino. Später kamen noch etliche weitere hinzu, Erfrierungen zumeist. Und ich sage Ihnen noch etwas: Wenn sie nur einen Arm oder ein Bein vor sich haben, können Sie einen Franzosen nicht von einem Russen unterscheiden. Beim einen sägt es sich genauso gut oder so schlecht wie beim anderen. Bonjour, Monsieur l'Abbé! Habe die Ehre, Madame.»

Barbe hatte dem Chirurgen mit wachsendem Entsetzen zugehört und gar nicht gemerkt, dass der ehrwürdige Abbé Maquart hinzugetreten war. Er musste die letzten Worte des Chirurgen ebenfalls gehört haben. Gemeinsam blickten sie dem Arzt nach, der sich leicht hinkend entfernte.

«Sie sind blass, meine Liebe. Bitte, stützen Sie sich doch auf meinen Arm, ich begleite Sie nach Hause», erbot sich der Abbé.

«Danke sehr, das ist freundlich von Ihnen, mir ist tatsächlich nicht ganz wohl», erwiderte Barbe. Sie mochte den Abbé, und ihm gegenüber fiel es ihr leicht, eine Schwäche zuzugeben. Die hitzigen Reden bei der Versammlung, die drastischen Worte von Quesnel, aber auch seine ganze Erscheinung und sein fast schon irrer Blick hatten ihr zugesetzt.

«Sie müssen es ihm nachsehen. Er hat furchtbare Dinge erlebt», sagte Maquart, als sie gemeinsam die Straße hinuntergingen.

«Ich sehe es ihm nach. Nicht nur das, er tut mir entsetzlich leid. Wie ist es mit Ihnen, Ehrwürden? Sie haben viel Zeit in Russland verbracht. Was sagen Sie über die Russen?»

Der Geistliche, der vor drei Jahren aus dem russischen

Exil nach Reims zurückgekehrt war, hatte beinahe fünfzehn Jahre als Professor in einer von Zar Alexander gegründeten Schule für junge Adlige in Sankt Petersburg gelehrt und sich dort einen herausragenden Ruf erworben. Nun war er als Kaplan und Lehrer für Philosophie und Rhetorik am hiesigen Lycée tätig und eine angesehene Persönlichkeit in Reims.

«Quesnel hat recht. Sie sind in erster Linie Menschen wie wir. So manchen russischen Adligen würden Sie ohne weiteres für einen geborenen Pariser halten. Und viele bringen den Franzosen große Achtung und Bewunderung entgegen.»

«Auch heute noch? Ich meine, nachdem Bonaparte in ihr Heimatland einmarschiert ist?», fragte Barbe und hörte selbst, wie zaghaft ihre Stimme klang. Die Entwicklungen der jüngeren Zeit machten ihr Angst. Maquart wiegte auf ihre Frage hin seinen großen Kopf. Er war Anfang sechzig, besaß jedoch noch immer die Statur eines jungen Bullen, was sicherlich seinen Teil dazu beitrug, dass man ihm von allen Seiten so viel Respekt entgegenbrachte.

«Ich korrespondiere nach wie vor mit dem einen oder anderen. Fürsten und Grafen, die ich einst unterrichtet habe. Wolkonski oder Saint-Priest etwa.»

«General Saint-Priest, den sie den Verräter nennen?», fragte Barbe überrascht.

«Bonaparte nennt ihn so, aber ich sehe das anders. Er wurde vertrieben, so wie ich vertrieben wurde. Sein Vater war ein Vertrauter von Ludwig XVI. Sie wissen ebenso gut wie ich, Madame, dass es in Frankreich direkt nach der Revolution weder für Freunde der Bourbonen noch für Freunde der katholischen Religion sicher war. Nur zu schnell war man seinen Kopf los.»

«Aber Sie sind vor drei Jahren zurückgekehrt, Ehrwürden», sagte Barbe. «Saint-Priest hingegen dient nach wie vor unter dem Zaren.»

«Sie dürfen dabei nicht vergessen, dass der Zar vor nicht allzu langer Zeit noch ein Verbündeter und angeblich ein guter Freund unseres französischen Kaisers war. Verzeihen Sie Madame, aber Saint-Priest ist einem Mann treu geblieben, der ihn nach seiner Flucht aus Frankreich freundlich aufgenommen hat, ihm seine Ehre zurückgab und eine Karriere ermöglichte. Ich kann daran nichts Verwerfliches finden.»

Barbe dachte eine Weile über die Worte des Geistlichen nach. Was der Abbé sagte, schien ihr gar nicht so weit entfernt von ihren eigenen Überzeugungen zu sein, auch wenn sie die Russen selbst nie kennengelernt hatte. Sie dachte an die Dinge, die Louis Bohne ihr erzählt hatte, dachte daran, wie sehr man in Moskau und Sankt Petersburg ihren Champagner liebte, und spürte, wie sie ruhiger wurde, während sie neben dem Abbé die Straße hinunterging. Egal, was sie dachte oder tat, um sie herum ging das Leben weiter. Gerade kam ihnen ein Fuhrwerk entgegen, das viel zu hoch mit Zuckerrüben beladen war. Ein paar Kinder liefen lachend und rufend nebenher in der Hoffnung, eine Rübe werde für sie abfallen, und eine Frau fegte mit einem Reisigbesen den Unrat vor ihrem Haus zusammen. Sie lächelte Barbe schüchtern zu.

«Was meinen Sie, was wird passieren, Ehrwürden? Werden unsere Feinde in Frankreich einmarschieren?» Barbe wusste, was jeder wusste: Nicht nur, dass die Schlacht bei Leipzig verloren war, die französischen Truppen waren inzwischen westlich des Rheins zurückgedrängt worden. Erst vor wenigen Tagen hatte Bonaparte Mainz verlorengeben müssen, die Stadt, die Georges Kessler so gut kannte und die sechzehn Jahre lang französisch gewesen war. «Und falls sie es tun, welche Folgen wird es haben? Kann Napoleon Bonaparte diesen Krieg gewinnen?»

«Wir sind alle müde», erwiderte Maquart, und Barbe glaubte schon, seine Antwort habe sich in diesem Satz erschöpft, als er nach einer Pause weitersprach: «So wie ich das sehe, ist die Koalition gegen Frankreich ein sehr zerbrechliches Gebilde, in dem jeder, sei es der russische Zar oder Metternich, Friedrich Wilhelm von Preußen oder der schwedische König, seine eigenen Machtinteressen verfolgt. Trotzdem mag es sein, dass sie bis zum Sieg standhält. Aber ist es wirklich so wichtig, wer gewinnt? Ich werde froh und glücklich sein, wenn der Krieg vorbei ist und uns wieder ein friedliches Miteinander beschieden ist.» Der Geistliche suchte ihren Blick. «Ich vertraue Ihnen dies an, Madame, weil ich Sie für vernünftiger halte als viele andere. Man hat Bonaparte einst gerufen, um der Nation Freiheit, Gleichheit und Brüderlichkeit zu sichern. Das hat er getan, sonst wäre ich nicht hier, sondern nach wie vor in Russland. Doch es mag durchaus sein, dass er seine ursprünglichen Ziele, das, was wirklich wichtig ist, irgendwann aus den Augen verloren hat.»

Barbe fühlte, wie die Worte des Abbé etwas in ihr in Bewegung brachten. So deutlich hatte dies noch nie jemand ihr gegenüber geäußert. Für die meisten ihrer Mitbürger war Napoleon Bonaparte ein Held. Die lange Reihe seiner Siege hatte ihm den Status eines Halbgotts verliehen. Selbst ihr Vater, der einst ein glühender Anhänger der Bourbonen gewesen war, hatte längst seinen Frieden mit Napoleon Bonaparte gemacht, nicht zuletzt deshalb, weil er ihm im Januar dieses Jahres endlich den langersehnten Adelstitel verliehen hatte. Er war nun ein *Baron de l'Empire.* Doch womöglich war er dadurch ja in noch größerer Gefahr?

Der Abbé unterbrach sie in ihren Gedanken.

«Verzeihen Sie, wenn Sie meine Aussagen verstört haben.»

«Nein, im Gegenteil. Ich bin sehr froh, Sie bei uns in Reims zu wissen, Monsieur l'Abbé. Vielleicht können Sie ja den einen oder anderen zur Vernunft bringen», erwiderte Barbe. Sie war sich sehr wohl bewusst, dass der Abbé ihrer Frage, ob Bonaparte diesen Krieg gewinnen konnte, ausgewichen war, doch was er gesagt hatte, schien ihr Antwort genug. «Auch ich kann es mir kaum erlauben, zu denken wie eine Patriotin. Mein Geschäft geht schlecht, niemand kauft noch meinen Champagner. Ehrlich gesagt weiß ich nicht mehr ein noch aus.»

Der Abbé lächelte grimmig. «Nun», sagte er. «Das wird sich ändern, meine Liebe. Sobald dies alles vorbei ist, werden die Menschen mit Freude die Korken knallen lassen.»

Doch Barbes Gedanken gingen schon in eine ganz andere Richtung. Ein Friedensschluss, wie auch immer er geartet sein mochte, konnte den Handel hoffentlich wieder in Gang bringen. Dennoch blieb völlig unklar, was ihnen bis zu diesem Zeitpunkt noch alles bevorstand. Wie sicher würden sie sein, wenn Reims wirklich vom Feind eingenommen wurde, wie es der Abbé anzudeuten schien?

Sie sah ihn an. «Was raten Sie mir, Ehrwürden?», fragte sie. Sie waren mittlerweile vor Barbes Haus angekommen und standen am Tor, und der Abbé blickte nachdenklich auf das Messingschild mit ihrem Namen, das über ihrem Kopf funkelte.

«Entfernen Sie dieses Schild, Madame. Und dann besorgen Sie sich Branntwein, Madame. So viel Branntwein wie nur möglich. Sie werden ihn brauchen.»

Kapitel 31

Würden Sie mich in die Kathedrale begleiten, Georges?»

Georges, der im Kontor tief über die Bücher gebeugt saß, sah überrascht auf.

«Jetzt?», fragte er, legte aber beim Anblick von Barbe, die mit Hut, Mantel und Schal bekleidet in der Tür stand, sofort die Feder beiseite. «Natürlich, sehr gerne. Ich hole nur rasch Überschuhe und Mantel.»

Das Wetter war schrecklich in diesem Winter. Schneefall und Regen wechselten sich ab, der Matsch gefror in der Nacht und machte außerhalb und innerhalb der Stadt Menschen, Pferden und Fuhrwerken das Durchkommen schwer. Doch das war nicht der einzige Grund, weswegen Barbe den kurzen Weg nicht mehr allein zurücklegen mochte. Reims bereitete sich auf eine Belagerung vor.

Die Stadt war in den vergangenen Jahrzehnten stark gewachsen, vor allem nach Norden hin, sodass ein großer Teil der Siedlung außerhalb der Stadtbefestigung lag. Außer den mittelalterlichen Mauern besaß Reims keinerlei Verteidigungsanlagen, nichts war in den letzten zweihundert Jahren modernisiert oder erneuert worden. Doch jetzt verströmten die Reste des Befestigungsrings mit seinen vierundvierzig Türmen und Türmchen eine trügerische Sicherheit, und viele Menschen drängten ins Zentrum hinein, auch weil zahlreiche Manufakturen und Fabriken in den letzten Monaten hatten schließen müssen und die entlassenen Arbeiter kein Einkommen mehr hatten. Wer ein Haus in Reims besaß, hielt Fenster und Türen fest verschlossen, um sich und seine Vorräte zu schützen.

«Wie geht es Mentine? Ich habe sie seit Tagen nicht mehr gesehen. Ist sie wieder in Paris im Internat?», fragte Georges, als sie zusammen die Straße hinuntergingen. Barbe hatte sich bei ihm eingehängt. Ihr Mantel und ihr Rocksaum schleiften durch den Schnee und wurden mit jedem Schritt ein wenig schwerer.

«Nein, ich habe sie mit meinen Eltern nach Le Mans geschickt. Es ist mir nicht leichtgefallen, doch es schien mir das Sicherste zu sein. Meine Schwester ist mit ihren Kindern und zwei Kinderfrauen ebenfalls mitgefahren. Barrachin ist ohne sie zurückgeblieben.» Barbe hatte es nicht fertiggebracht, in dieser unsicheren Lage Mentine nach den Weihnachtstagen zurück nach Paris zu schicken. Zu lebhaft waren ihr noch ihre eigene Flucht und ihre Ängste in Erinnerung, die sie einsam und ohne Familie bei den Nonnen ausgestanden hatte.

«Ich bin ja zum Glück trotzdem nicht allein», fügte Barbe nach einer kleinen Pause hinzu und dachte an ihre Hausgemeinschaft, die aus Céline, Cathérine, der Köchin, dem Küchenmädchen, zwei Dienstmädchen und zwei Knechten bestand sowie Alphonse, Joseph und dem achtjährigen Cyril. Alle zusammen hatten sie sich in ihren vier Wänden regelrecht verschanzt. Georges und Antoine und ein gutes Dutzend ihrer Arbeiter kamen jeden Tag zur Arbeit, wenn es auch immer schwieriger wurde, zu definieren, worin diese eigentlich bestand. Es war eher ein Durchhalten als ein Wirtschaften. Doch Barbe wollte niemanden mehr entlassen. Ohne ihren Lohn und die Mahlzeiten in ihrem Haus würden all diese Menschen vor dem Nichts stehen.

«Sie sind sehr großzügig, Barbe. Gott segne Sie dafür», erwiderte Georges. «Sie stopfen weit mehr Mäuler als diejenigen, die bei Ihnen am Tisch sitzen.»

«Ich kann sie doch nicht hungern lassen», sagte Barbe. «Aber leichtsinnig bin ich nicht. Sie dürfen sicher sein, dass ich meine Vorräte im Blick habe, Georges», fügte sie mit einem kleinen Lächeln hinzu.

«Das bin ich», sagte er.

Vor ihnen auf der Straße stritten sich ein paar Männer und Frauen um einen Kürbis. Das absurd leuchtende Orange der Frucht zeichnete sich deutlich vor dem Schwarzgrau der Umgebung ab. Georges legte ihr den Arm um die Schulter und zog sie schützend an sich. Rasch gingen sie vorbei. Niemand nahm von ihnen Notiz.

«Was reden die Leute eigentlich?», fragte Barbe. Sie empfand Georges' Umarmung als so tröstlich, dass sie sich nicht lösen mochte. Hinter sich hörten sie immer noch wütende Rufe und Schreie. «Ich meine, was sagen Sie dazu, dass der Bürgermeister – dass mein Vater – die Stadt verlassen hat?»

Ihre Stimme klang rau. Es fiel ihr schwer, darüber zu sprechen, und trotzdem ließ es ihr keine Ruhe. Sie selbst hatte ihrem Vater, der vor einigen Tagen an einem Fieber erkrankt war, zugeraten, zusammen mit ihrer Mutter zu ihren Verwandten in den Südwesten zu reisen. Zumal ein Schreiben des Präfekten die Inhaber höherer Ämter in Städten mit mehr als fünftausend Einwohnern dazu aufgerufen hatte, sich selbst sowie all seine offiziellen Verwaltungspapiere und -dokumente in Sicherheit zu bringen. Dennoch, in einem Augenblick, in dem Reims womöglich einem der dunkelsten Kapitel seiner Geschichte entgegensah, konnte ihm diese Flucht als voreilig und feige ausgelegt werden. Noch waren sie nicht angegriffen worden.

Georges blieb stehen, nahm ihre Hände und sah ihr in die Augen.

«Lass es. Nun sorge dich nicht auch noch um das Gerede der Leute, Barbouchette», sagte er.

«Ach, Georges», erwiderte Barbe. Etwas in ihrem Inneren wurde ganz weich, als sie ihn ihren Kosenamen sagen hörte. «Ich bin es manchmal einfach so leid. Was soll ich nur machen?»

«Du tust doch alles, was du tun kannst», sagte er.

Sie waren inzwischen bei der Kathedrale angelangt, die sich wie ein gewaltiger Schatten über ihnen erhob. Er zögerte kurz. «Und das muss ich auch», fügte er dann hinzu. «Ich hatte es dir schon die ganze Zeit sagen wollen.»

Barbe überkam eine dunkle Ahnung. «Was ist? Was hast du vor?», fragte sie.

«Miteau braucht mehr Leute. Ich habe mich freiwillig gemeldet.»

«Miteau? Der Kommandant der städtischen Nationalgarde?», fragte Barbe bestürzt.

Georges nickte. «Genau der.»

«Du willst helfen, die Stadt zu verteidigen? Du willst kämpfen?»

«Morgen trete ich meinen Dienst an. Ich muss das tun», fügte er mit Nachdruck hinzu. «Diese Stadt ist zu meiner Heimat geworden. Ich kann doch nicht einfach zusehen, wie sie ...», er unterbrach sich.

«Wie sie von den Feinden eingenommen wird», beendete Barbe seinen Satz. «Das verstehe ich. Aber ich verbiete es!», fügte sie in hilflosem Trotz hinzu. «Ich brauche dich, Georges, ich kann nicht auf dich verzichten.» Sie sah ihn eindringlich an. «Die Firma kann nicht auf dich verzichten. Außerdem ist Miteau kein richtiger Kommandant. Er war ja nicht einmal bei der Armee. Und du genauso wenig.»

Georges schüttelte den Kopf und lächelte traurig. «Ich wusste, dass du versuchen würdest, mich zu hindern.»

«Na also, dann sind wir uns ja einig.» Sie sah immer noch zu ihm auf. Plötzlich kam er ihr um zwanzig Jahre älter vor. Seine Wangenknochen traten wie dunkle Balken scharf hervor, und die kühne Nase, die ihr so gefiel, verlieh seinem Gesicht eine ungewohnte Strenge.

«So einfach ist das nicht», sagte er heiser. «Du brauchst mich nicht so sehr wie sie.» Georges wies mit dem Kopf in die Richtung von ein paar Gestalten, die sich in der Nähe um ein kümmerliches Feuer scharten. «Du bist stark. Die stärkste Frau, die ich kenne. Und ich muss nun auch stark sein. Lass mich tun, was ich tun muss. Die Preußen sind auf dem Weg hierher.»

«Aber Bonaparte hat doch gesiegt – oder hat er etwa nicht? Vor wenigen Tagen erst, in Brienne. Er wird kommen und uns verteidigen.»

«Umso besser. Dann habe ich ja Unterstützung.» Er sagte es mit einem Lächeln, aber Barbe ging nicht auf seinen Scherz ein.

«Was ist mit Antoine? Will er etwa auch ...?»

«Nein, keine Sorge, Antoine denkt nicht daran. Außerdem habe ich ihm aufgetragen, dich zu beschützen.» Er zog sie noch enger an sich und nahm sie in die Arme. Barbe ließ es geschehen, fühlte, wie seine Nähe und Wärme sie tröstend umfingen.

In den drei folgenden Tagen hörte und sah Barbe nichts von Georges. Jeder in der Stadt schien auf etwas zu warten, ohne genau zu wissen, auf was. Anstelle ihres Vaters residierte jetzt sein Adjutant, ein Monsieur Andrieux, im Rathaus und scharte zu seiner Unterstützung eine Gruppe von Männern um sich, Fabrikbesitzer, Kaufleute oder Verwaltungsbeamte, unter ihnen auch ihr Bruder Baptiste und ihr Schwager, der Postdirektor Barrachin. Mit ihrer Schwägerin Thérèse tauschte sie nahezu täglich mittels Boten Nachrichten aus, sodass sie trotz ihrer Zurückgezogenheit in ihrem Haus in der Rue de l'Hôpital, das sie kaum mehr zu verlassen wagte, gut über alle Vorgänge informiert war.

Man erwartete den Feind, genauer gesagt die preußische Armee, aus südwestlicher Richtung, weswegen der Kommandant, Monsieur Miteau, die Nationalgarde an der Porte Dieu-Lumière, dem Stadttor im Südwesten der Stadt, zusammenzog. Dort wurden ein paar altertümliche Kanonen von zweifelhafter Funktionalität und Reichweite in Stellung gebracht. Nachts lag Barbe wach und versuchte, sich Georges in Uniform und mit einer Flinte im Anschlag vorzustellen.

Am späten Nachmittag des sechsten Februar kam Bewegung in die dunkle Stadt. Barbe stand am offenen Fenster und lauschte auf die Rufe und Schreie, das Trappeln von Pferdehufen und vereinzelte Schüsse. Dann läutete es plötzlich am Hoftor. Draußen stand Georges.

«Gott sei Dank!» Fast wäre Barbe ihm um den Hals gefallen, doch Céline, die ihn hereingelassen hatte, war schneller. Zur Überraschung von Barbe küsste sie den Prokuristen auf beide Wangen und ließ erst von ihm ab, als Barbe ihr befahl, in der Küche ein Abendessen herrichten zu lassen. Die Uniform kleidete Georges gut, auch wenn er unrasiert und übernächtigt aussah. Er war erhitzt, und seine schneebedeckten Stiefel hinterließen nasse Spuren auf dem Fußboden.

«Wie ist es dir ergangen?», fragte sie, als sie allein im Vestibül waren. Sie wollte ihm eine Haarsträhne aus der Stirn streichen, ließ die Hand jedoch wieder sinken, als sie sein ernstes Gesicht sah. Seine schönen Lippen waren zu einem schmalen Strich zusammengepresst. Er nahm die Flinte von der Schulter, lehnte sie an die Wand und griff sich an den Kragen, um ihn zu lockern. «Die Kosaken sind da», sagte er knapp. «Um fünf Uhr standen sie vor der Porte de Mars, und jetzt lagern sie vor dem Rathaus. Sie verlangen nach Brot und Schnaps.»

Antoine war von draußen hereingekommen, rieb sich ungläubig die Stirn, und auch Barbe versuchte immer noch zu verstehen, was geschehen war. Ganz Reims hatte darüber spekuliert, wie groß die preußische Armee wohl wäre, und nun waren die Kosaken schneller gewesen? Über diese wilden Kämpfer zu Pferd existierten jede Menge Gerüchte.

«Die Kosaken haben die Porte de Mars gestürmt?», fragte sie.

«Nein. Andrieux hat sie hereingelassen», antwortete Georges.

«Hereingelassen?», fragte Barbe verwirrt.

«Erzählen Sie, wie sehen die Kosaken aus?», fragte Antoine neugierig.

Georges zuckte die Achseln. «Abgekämpft sehen sie aus. Ein überschaubarer Haufen mit langen Haaren und Bärten. Sie tragen hohe Pelzmützen und schwarze Röcke, und manche haben nicht einmal einen Gürtel, sondern nur einen Strick. Vor allem brauchen sie dringend neue Schuhe.»

«Und die Pferde? Was ist mit den Pferden?», hakte Antoine nach.

«Kleine ungestüme Braune und Schwarze, besser gepflegt als die Männer.»

«Aber wieso hat Andrieux sie denn hereingelassen?», wiederholte Barbe ungeduldig ihre Frage.

Und dann erzählte Georges ihnen die ganze Geschichte. Ein Major Schelling, der Anführer der Kosaken, habe in feinstem Französisch erklärt, dass seine hundertfünfzig Männer die Vorhut des Generals seien. Die preußische Armee von zweitausend Mann unter einem gewissen General Wintzingerode folge ihnen auf dem Fuße. Das Zentralkomitee habe daraufhin entschieden, sie hereinzulassen.

«Darum brauchen wir Schnaps. Zwei kleine Fässer sollten fürs Erste genügen», fuhr Georges fort. «Das Komitee zahlt.»

Barbe konnte es kaum glauben. Die Porte de Mars war ein massiver Bau aus Stein, dort wäre eine Verteidigung durchaus möglich gewesen. Natürlich hatte sie nicht gewollt, dass Georges in Kämpfe verwickelt wurde. Doch dass Miteau und Andrieux ihre Feinde hereinbaten und zum Schnaps einluden, damit hatte sie nicht gerechnet. Unwillkürlich überlegte sie, wie ihr Vater wohl entschieden hätte.

«Madame?» Georges wartete auf ihre Antwort.

«Natürlich. Antoine, kümmern Sie sich bitte darum?»

Antoine nickte. «Und ich werde Sie begleiten», sagte er und legte Georges die Hand auf die Schulter.

Céline kam mit einem Tablett voll Brot, Käse, Schinken und Wein aus der Küche. Georges steckte sich Brot und Käse in die Tasche, nahm seine Flinte und ging mit Antoine wieder hinaus. Wenige Minuten später sah Barbe die beiden mit den beiden Fässern auf einem Karren über den Hof gehen und sandte einen stummen Dank an Abbé Maquart. Sie hatte die Warnung sehr ernst genommen, war seinem Rat gefolgt und hatte nach und nach ihre vorderen Keller mit Fässern und Flaschen voll Schnaps und billigem Wein gefüllt, bis nichts mehr hineinpasste. Nur ein paar Dutzend Bouteillen ihres Champagners lagerten ebenfalls dort, den allergrößten Teil hatte sie jedoch hinter einer neuen, mit künstlichen Alterungsspuren versehenen Ziegelmauer versteckt, die nun wie ein Schutzschirm vor der Felswand saß. Von den Türöffnungen und Gängen, die in ihr wirkliches Lager führten, war nichts mehr zu sehen. Mit ein bisschen Glück würde niemand die Täuschung bemerken, denn die Keller waren auch so immer noch ansehnlich groß.

Barbe hoffte ungeduldig auf Georges' Rückkehr, aber er tauchte erst am folgenden Abend wieder bei ihr auf. Er war nicht allein, sondern in Begleitung eines großgewachsenen, schlanken deutschen Offiziers in russischer Uniform.

«Madame Clicquot Ponsardin – Major Schelling», stellte Georges sie einander vor.

Der Major machte eine Verbeugung und deutete einen Handkuss an. «Ich bin hier, um mich bei Ihnen zu bedanken, Madame», sagte er.

«Wofür, Monsieur?», fragte Barbe, vom gewandten Auftreten des Fremden vollkommen überrascht.

«Für den Branntwein. Mein Freund Georg», er sagte tatsächlich *mein Freund Georg*, auf Deutsch, und klopfte Georges bei diesen Worten auf die Schulter, «hat mir gesagt, dass er aus Ihrem Keller kommt. Ich habe schon viel von Ihnen gehört, Madame. Sie müssen mir unbedingt mehr über Ihren Champagner erzählen.»

Georges warf ihr über die Schulter des Majors hinweg einen Blick zu, doch sie hatte ohnedies verstanden, dass es Schelling nach einer Kostprobe verlangte. Sie überlegte kurz, ob es nun so weit war und sie um ihren Champagner fürchten musste, entschied jedoch, dass ihr so oder so keine Wahl blieb. Immerhin hatte sie alles an Vorsichtsmaßnahmen getroffen, was möglich war. Also lud sie ihn und Georges zum Diner ein.

Unter anderen Umständen hätte Barbe sich gefreut, wieder einmal Zeit mit Georges zu verbringen, doch unter diesen Gegebenheiten war die Stimmung mehr als angespannt. Die Männer erzählten ihr, dass die Kosaken auf Anordnung des Komitees nun zusammen mit der Nationalgarde an der Porte de Mars und auf den Wällen der Stadtbefestigung patrouillierten.

Barbe begriff kaum, was sie da hörte, so absurd erschien es ihr. Verteidigte jetzt der Feind die Stadt?

Major Schelling nahm keine Notiz von ihrer Verwirrung. Er übernahm die Rolle des Unterhalters, erzählte von seinem Cousin, einem Philosophen, und entpuppte sich als ein großer Anhänger des Theaters. Er sei selbst begeisterter Laienschauspieler und ob es wohl möglich wäre, für seine Kosaken das Theater zu öffnen?

«Es ist sicher sinnvoll, wenn sie außer dem Branntwein noch eine andere Beschäftigung haben», erklärte er lachend.

«Sprechen denn Ihre Kosaken ebenso gut Französisch wie Sie?», fragte Barbe.

«Wohl kaum», erwiderte der Offizier, «doch das ist egal. Hauptsache, es gibt ein Spektakel auf der Bühne.»

Barbe versprach, sich bei Andrieux und dem Komitee dafür einzusetzen.

«Was ist denn nun eigentlich mit dem Korps von diesem Wintzingerode, das uns angekündigt wurde, Monsieur Schelling?», wagte sie zu fortgeschrittener Stunde zu fragen. Sie hatten soeben die dritte Bouteille Champagner geöffnet, und Major Schelling befand sich in bester Stimmung. «Sie haben Miteau doch nicht etwa getäuscht?»

«Oh nein, der General muss wohl aufgehalten worden sein», antwortete Schelling kein bisschen beleidigt. «Er kommt sicher bald.»

Kapitel 32

Diese erste Besetzung von Reims, die gut auszuhalten war, täuschte darüber hinweg, dass ringsumher in der Champagne, sei es in Laon, Soissons, Châlons oder Épernay, heftig gekämpft wurde. Allerdings drangen auch kaum Nachrichten zu ihnen durch. Vor allem wusste niemand, wo sich der Kaiser befand. Man hörte nur, dass er in der Nähe sei und versuche, General Blücher, der ihn im Jahr zuvor in Leipzig besiegt hatte, davon abzuhalten, nach Paris zu marschieren.

Eine knappe Woche nach dem Eintreffen der Kosaken kam die Nordarmee zwar immer noch nicht, doch nun rückte ein preußisches Bataillon von Südwesten her nach Reims, kein bisschen irritiert von den paar Kanonenschüssen, die die Nationalgarde an der Porte Dieu-Lumière abfeuerte. Barbe saß immer noch in der Rue de l'Hôpital fest und diskutierte die Lage wann immer möglich mit Antoine und Alphonse. Sie waren sich einig, dass es zur Verteidigung von Reims mehrere Garnisonen gebraucht hätte und nicht nur ein paar zusammengewürfelte Kaufleute und Bauern. Bald darauf biwakierten die Preußen mit siebenhundert Mann in der Rue Large.

Barbe war es leid, immer nur vom Hörensagen Bescheid zu wissen, und ließ sich von Antoine quer durch die Stadt fahren, um sie sich anzusehen. Diese Soldaten wirkten so gar nicht wie Eroberer, sondern waren erschöpft, müde und kurz vorm Verhungern, was ihr eher noch mehr Angst machte, als dass es sie beruhigt hätte. Weil sie sich vor dem fürchtete, was diese abgekämpften Männer anrichten konnten, ließ sie Major Schelling, der in den letzten Tagen mehrfach bei ihr zu Gast gewesen war, zwölf Paar Stiefel für seine Brigade schicken und versorgte ihn und seine Männer laufend mit Lebensmitteln und Schnaps. Ihr Plan ging auf. In dem Moment, in dem die hungernden Preußen wie von ihr befürchtet damit begannen, die Straßen unsicher zu machen und gewaltsam in die Häuser einzudringen, hielten immer mindestens drei Kosaken vor ihrem Tor Wache.

Drei Tage später zogen sich die Preußen plötzlich in den Südwesten der Stadt zurück. Während ihre Schwägerin Thérèse, mit der sie immer noch im Austausch stand, ein Hoffnungszeichen darin sah, befürchtete Barbe, dass es nun noch schlimmer kommen würde – und so war es auch. Nun marschierte nämlich Blüchers Nordarmee unter General Wintzingerode, deren Ankunft seit zehn Tagen erwartet worden war, gegen die Porte de Mars und die Porte Cérès heran. Eine wahre Flut von Männern strömte in die Stadt oder lagerte ringsumher in den Vororten und Dörfern. Diese Truppen waren nahezu unbesiegt und entsprechend arrogant. Fünfzehn bis zwanzig Mann pro Haus und Tausende Pferde mussten von den Dorfbewohnern versorgt werden – und in Reims selbst, wo gleichfalls ganze Bataillone nach Obdach und Essen verlangten, wurde die Lage unerträglich.

Barbe war wegen Major Schelling, der ihr Haus inzwischen ganz für sich beanspruchte, verschont geblieben – doch dann verschwanden er und seine Kosaken vom einen auf den anderen Tag. Da sie mittlerweile glaubte, verstanden zu haben, wie sie sich am besten schützen konnte, ließ sie Andrieux und dem Zentralkomitee ausrichten, dass sie ihr Offiziere zur Einquartierung schicken sollten. Es dauerte nur wenige Stunden, bis zwei Russen vor ihrer Tür standen, und sich für die Einladung bedankten. «Generalmajor Alexander Iwanowitsch Tschernyschow und Generalmajor Fürst Michail Semjonowitsch Woronzow», stellten sie sich vor.

Barbe war erleichtert über das höfliche Auftreten der russischen Offiziere und angenehm überrascht von ihrem Äußeren. Sie wies ihren Gästen Schlafräume im Obergeschoss zu. Beide mochten um die Anfang oder Mitte dreißig sein, stattliche, schöne Männer, wobei ihr der Fürst Woronzow, der eine vornehm zurückhaltende Ausstrahlung besaß und einen freundlichen Blick aus sanften Augen, regelrecht Vertrauen einflößte, anders als der eher draufgängerische Tschernyschow.

Für den Abend bat sie die Herren, die, wie von ihr erwartet und erhofft, sofort vor ihrem Tor Wachen aufstellen ließen, zum Diner in ihr Speisezimmer. Beide sprachen ausgezeichnet Französisch, Tschernyschow noch ein bisschen besser als der Fürst, und Tschernyschow war es auch, der sie, während er eine Portion Ententerrine verspeiste, mit der Mitteilung überraschte, sie hätten einen gemeinsamen Bekannten.

«Tatsächlich? Wie kann das sein? Wer ist es denn?», fragte Barbe.

«Monsieur Louis Bohne!» Tschernyschow freute sich wie ein kleiner Junge über ihr verwundertes Gesicht. «Mir ist, als würde ich Sie schon seit Ewigkeiten kennen, Madame Clicquot. Er hat viel von Ihnen erzählt. Ich hatte so sehr gehofft, Sie eines Tages kennenzulernen, und nun sitze ich hier. Und Ihr Wein …!» Er hob sein Glas mit der Linken und küsste wie ein Italiener die Fingerspitzen seiner rechten Hand. Dann folgte ein ausführlicher Bericht über seine Zeit am Zarenhof: «Es muss etwa sechs Jahre her sein. Dort bin ich Monsieur Bohne begegnet. Ja, so muss es gewesen sein, denn kurz darauf wurde ich als Militärattaché nach Paris geschickt.» Tschernyschow zwirbelte seinen Schnurrbart, sodass seine rosigen, ein wenig zu mädchenhaften Lippen sichtbar wurden. «Ein wichtiger Auftrag! Es ging darum, das Vertrauen Bonapartes zu gewinnen. Die diplomatische Tätigkeit ist nämlich mein eigentliches Metier. Nur dass man mich wegen meiner – nun ja – zusätzlichen geheimdienstlichen Aktivitäten leider aus Paris verbannt hat. Ich kann Ihnen gar nicht sagen, wie sehr ich mich auf ein Wiedersehen mit dieser großartigen Stadt freue.»

An dieser Stelle wurde er von Fürst Woronzow unterbrochen. «Der Generalmayor hat recht, Ihr Champagner ist wirklich ganz ausgezeichnet!», sagte er, hob sein Glas und trank ihr zu.

Barbe lächelte zurückhaltend. Die selbstgefälligen Reden von Tschernyschow widerten sie an, über das Kompliment ihren Champagner betreffend, freute sich jedoch insgeheim. Es war der Champagner von 1810. Sie hatte das Risiko abgewogen und sich entschieden, diese Gelegenheit zu nutzen. Sie kannte ihre russischen Kunden sonst nur aus Erzählungen, und immerhin gehörten diese beiden Herren ganz offenbar zur besten russischen Gesellschaft. Sie musste an die Zukunft denken, vor allem an die Zukunft.

«Es ist heute das zweite Mal, dass ich Ihren Champagner kosten darf. Das erste Mal war in London», fuhr Woronzow fort.

«Ach, London!», bemerkte Barbe mit einem kleinen Lächeln. «Ich bin selbst nie dort gewesen, aber ich habe viel darüber gehört, und vor der Kontinentalsperre haben wir viel dorthin verkauft. Die Engländer verfügen über einen ausgezeichneten Geschmack und haben einen beträchtlichen Beitrag geleistet, unseren geliebten Champagner zum Erfolg zu machen. Doch noch lieber als die Engländer sind mir die Russen, verehrter Fürst Woronzow.»

Während die Herren die hohen roten Kragen ihrer Uniformjacken öffneten, entkorkte Barbe zum Hauptgang, einem Coq-au-Vin, die nächste Bouteille. Der prickelnde Champagner in den kristallenen Schalen, das im Kerzenlicht funkelnde Silber und das reichhaltige bäuerliche Essen taten ihre Wirkung. Schon bald war die Stimmung so locker und die beiden Offiziere so entspannt, dass der Krieg und die Besetzung weit weg zu rücken schienen. Zum Dessert, einer Schokoladentarte, ließ Barbe den Generalmajor Tschernyschow, der sich dieses Privileg um keinen Preis nehmen lassen wollte, ihren Kometenwein öffnen.

Die Offiziere waren begeistert.

«Wie phantastisch, mein Gott, wie außerordentlich! Und so klar!», sagten sie, sich gegenseitig in ihren Komplimenten zum Wein, zur Gastgeberin und zum Essen überbietend.

Barbe, die sich beim Trinken sehr zurückgehalten und aufmerksam verfolgt hatte, wie ihre Gäste immer lockerer wurden, sah ihre Gelegenheit gekommen und wagte einen Vorstoß: «Es freut mich, dass mein Champagner Ihnen so zusagt, und es ist mir so ganz und gar verdrießlich, dass er nun nicht mehr seinen Weg nach Russland findet. Wie gerne würde ich Ihnen meinen Champagner nach Hause schicken, sobald dies hier alles vorbei ist. Aber was kann ich tun? Was denken Sie, Messieurs, wann wird der Zar das Importverbot wieder aufheben? Generalmajor Tschernyschow, Sie als Diplomat können mir darauf doch vielleicht eine Antwort geben.»

Der Angesprochene neigte geschmeichelt seinen hübschen Kopf und strich sich mit zwei Fingern mehrfach über den Schnurrbart.

«Hm», sagte er. «Das ist wahrlich eine gute Frage. In Russland hat niemand ernstlich etwas gegen die Franzosen. Napoleon Bonaparte – nun ja, er mag sein Ansehen verspielt haben, falls er es jemals besaß. Doch sehen Sie, die Franzosen an und für sich werden vielleicht nicht immer verstanden, nein, ganz gewiss geben sie uns Rätsel auf. Aber trotz allem werden sie geliebt! Und ihr Champagner erst recht! Will sagen, das Importverbot gegen die französischen Waren wird das Erste sein, was fällt. Wenn ich eines mit Gewissheit weiß, dann, dass der Zar ein Friedensstifter ist, und ich wüsste nichts, was sich besser eignen würde, um den Frieden zu besiegeln, als Champagner!»

«Wie freundlich von Ihnen, Monsieur Tscheryschow, das zu sagen. Und Sie sind ein Mann mit so großem Einfluss. Könnten Sie nicht beim Zaren ein gutes Wort für uns einlegen?»

«Aber selbstverständlich! Ich werde das dem Zaren genau so mitteilen. Das bin ich Ihnen und meinem alten Freund Louis Bohne schuldig, dass ich mich für Sie verwende.»

Bei diesen Worten beugte er sich zu ihr hinüber, legte seine Hand auf die ihre und kam ihr so nah, dass es Barbe unangenehm wurde. Sie konnte nur hoffen, dass an seinen Worten etwas Wahres dran war und sich ihre Manöver zumindest ein bisschen auszahlte, denn der Preis dafür war hoch.

Fürst Woronzow schien sofort zu spüren, wie unwohl sie sich fühlte, denn er stellte sein Glas geräuschvoll ab und räusperte sich vernehmlich, woraufhin der andere sich wieder in seinem Stuhl zurücklehnte, wenn auch ohne den Blick von ihr abzuwenden.

Die beiden Offiziere blieben beinahe zwei Wochen bei Barbe und baten sie beinahe jeden Tag, ihnen beim Diner Gesellschaft zu leisten. Fürst Woronzow, der anschaulich von seiner Kindheit und Jugend in Venedig und London zu erzählen verstand, gefiel ihr immer besser. Er hatte ein gut geschnittenes Gesicht, leicht gewelltes braunes Haar und trug keinen Bart, sondern nur Koteletten, was seine regelmäßigen Züge in besonderer Weise zur Geltung brachte. Überhaupt war er eine gepflegte Erscheinung. Mit ihm konnte sie sich über Literatur ebenso unterhalten wie über die Notwendigkeiten und Pflichten, die mit der Verantwortung für ein Unternehmen einhergingen. Er schien extrem reich zu sein, kannte jedoch die Sorgen und Nöte seiner Bauern sehr wohl. Leidenschaftlich konnte er sich über dieses Thema ereifern, was ihn in Barbes Augen nur noch sympathischer machte. Dabei war er ein Lebemann, der ganz offenbar zu genießen verstand. Mit leuchtenden Augen berichtete er ihr von seinen Plänen, sich ein Schloss am Meer bauen zu lassen.

«Einen Architekten habe ich bereits gefunden. Er hat bedeutende Bauten in Sankt Petersburg errichtet, sowohl Landsitze als auch Stadtpaläste, sogar für den Zaren war er schon tätig. Er ist genau der Richtige für mein Vorhaben. Ich wünsche mir große Fenster und helle, luftige Räume, von denen aus man auf das Meer blicken kann. Es ist herrlich dort! Sie müssen mich unbedingt eines Tages auf der Krim besuchen kommen, Madame Clicquot. Versprechen Sie mir das?»

Tschernyschows Vornehmheit hingegen nahm mit zunehmendem Weinkonsum erheblich ab, weswegen sie sich, trotz des Vergnügens, das es ihr bedeutete, sich mit Fürst Woronzow zu unterhalten, oft so frühzeitig wie es ihr eben noch höflich erschien, in ihr Zimmer zurückzog. Einen regelrechten Schreck bekam sie, als ihr Tschernyschow eines Abends nur mit Hemd und Hose bekleidet auf dem Flur im ersten Stock begegnete. Er hatte an der Wand gelehnt, als habe er auf sie gewartet. Sein Gesicht leuchtete weiß unter dem dunklen Haarschopf, und einmal mehr fielen ihr seine runden Lippen auf, ohne Kontur und feucht glänzend wie die eines Kindes.

«Guten Abend, Madame», sagte er mit heiserer Stimme, so nah, dass sie seinen Alkoholatem riechen konnte. Er hatte offenbar nicht nur dem Champagner, sondern auch dem Branntwein gründlich zugesprochen, stützte einen Arm an der Wand ab und den anderen in seine Hüfte und versperrte ihr auf diese Weise den Weg.

«Guten Abend, Generalmajor Tschernyschow», sagte Barbe betont gelassen. «So spät noch auf?»

«Ich konnte nicht schlafen. Und Sie?»

Barbe versuchte, ruhig zu bleiben, während ihr Herz heftig schlug. «Ich habe etwas im Salon vergessen», sagte sie, doch als sie sich umdrehen wollte, griff er nach ihrem Arm.

«Wohin wollen Sie, Madame? Zwei schlaflose Menschen in der Nacht sollten sich Gesellschaft leisten.»

Sie überlegte fieberhaft, wie sie von ihm loskommen könnte, ob es Sinn hatte zu schreien und ob sie überhaupt eine Chance hatte, sich zu wehren, als sich eine Tür öffnete und Fürst Woronzow, seine silberne Schnupftabakdose in der Hand, in ruhiger und gleichmütiger Haltung auf den Flur trat.

«Alexander Iwanowitsch, lieber Freund. Eben wollte ich Sie fragen, ob Sie mir wohl etwas Tabak borgen könnten?», sagte er, und während er Barbe zulächelte, legte er dem Offizier mit festem Griff den Arm um die Schultern und führte ihn in sein Zimmer.

Glücklicherweise war dies der letzte Abend der Einquartierung gewesen. Der Abzug der russischen Armee hatte sich schon seit einigen Tagen angekündigt, sehr zu Erleichterung der gesamten Bevölkerung, welche die Anwesenheit der Soldaten und ihre Ansprüche an Nahrung und Obdach längst nicht mehr zu befriedigen vermochte. Denn zu allem Unglück dauerte der Winter viel länger an als üblich. Die Kälte hielt das Land im eisigen Klammergriff, weswegen auf allen Plätzen Feuer brannten, genährt von den Bäumen der einstmals prächtigen Alleen zwischen der Porte Cérès und der Porte Dieu-Lumière. Barbe hatte es bei einem ihrer seltenen Ausflüge, die sie in Begleitung von Antoine, Alphonse oder Joseph unternahm, mit eigenen Augen gesehen. Das Stadtviertel Couture, so erfuhren sie, war vollständig geplündert und teilweise niedergebrannt worden, ebenso wie viele der Dörfer. Entsetzen, Trauer und Wut machten sich in Barbe breit, wenn sie an das viele Elend und die schrecklichen Wunden dachte, die ihrer geliebten Heimatstadt geschlagen wurden.

Tschernyschow küsste Barbe zum Abschied die Hand und sah sie mit seinem traurigen Blick von unten her an. «Bewahren Sie Ihre Schätze gut, Madame», sagte er. «Nach uns kommen womöglich welche, die es weniger nett mit Ihnen meinen.»

Trotz der Freundlichkeit in seiner Stimme klang es wie eine Drohung, doch Barbe hatte keine Lust, sich einschüchtern zu lassen, und hob das Kinn. «Das werde ich ganz gewiss, Monsieur Tschernyschow. Und Sie denken an Ihr Versprechen und legen ein gutes Wort beim Zaren für den Champagner ein?»

Tschernyschow nickte und zog dann zu ihrer Überraschung einige Rubel hervor, die er ihr reichte. «Für Kost und Logis, auch im Namen von Generalmajor Woronzow», sagte er knapp. Sein Säbel rasselte nachdrücklich, als er sich zum Gehen wandte.

Woronzow, der hinter ihm gewartet hatte, sah sie ernst an. «Ich muss mich bei Ihnen für Tschernyschow entschuldigen», sagte er, als der andere fort war.

«Und ich mich bei Ihnen bedanken», erwiderte Barbe. Sie sah den Fürsten nur ungern fortgehen. Vielleicht war es eine Illusion, doch seine Anwesenheit hatte ihr Hoffnung gegeben. «Was meinen Sie, wie wird es weitergehen mit uns allen hier? Was erwartet uns als Nächstes?»

Woronzows Miene verdüsterte sich. «In dieser Hinsicht kann ich Generalmajor Tschernyschow leider nur zustimmen. General Wintzingerode hat Prinz Gagarin die Verantwortung für die Stadt übertragen.»

«Prinz Gagarin? Sie sagen dies, als sei *er* das Problem? Was ist er für ein Mensch?»

«Jung und unerfahren. Jähzornig obendrein, also passen Sie auf sich auf! Ich hatte Sie nicht beunruhigen wollen, aber Sie sollten doch wissen, dass in Épernay und Châlons mehrere Champagnerkeller geplündert wurden. Fast hunderttausend Bouteillen Champagner sollen leer getrunken worden sein.»

Barbe fühlte, wie ihr die Knie weich wurden. Sie dachte an Jacquesson und Moët. Die beiden hatten vermutlich alles verloren.

Woronzow betrachtete sie aufmerksam. «Ihre Konkurrenten?»

Barbe nickte. «Ja», sagte sie, und die Angst, die sie eben noch zu unterdrücken versucht hatte, kam mit Macht zu ihr zurück.

Kapitel 33

Woronzow sollte mit seiner Vorhersage recht behalten. Die Herrschaft von Prinz Gagarin währte vier Tage, und nichts von dem, was er anordnete, zeugte von Großmut oder Weitsicht. Er spannte die Männer der Nationalgarde für Handlangerdienste ein, und weil diese nicht in seinem Sinne spurten, drohte er damit, das Viertel in Brand zu setzen. Innerhalb kürzester Zeit war er der verhassteste Mensch in Reims.

Dann gab es schon wieder einen Angriff auf die Stadt – diesmal allerdings von französischer Seite. Barbe misstraute der Nachricht von der angeblichen Befreiung, erst als plötzlich ihr Bruder vor ihrer Tür stand, gab es keinen Zweifel mehr. Die Freude über die gute Nachricht wurde jedoch durch Baptistes Zustand getrübt.

Es war das erste Mal seit Wochen, dass sie ihn wiedersah, und im ersten Moment erkannte sie ihn gar nicht, so bleich und abgemagert war er. Seine Kleidung war zerrissen und verschmutzt, seine Wangen hohl, und sein ungekämmtes Haar hing ihm in die Stirn. Erleichtert schloss sie ihn in die Arme, und kurze Zeit später saß er in ihrem Speisezimmer und schaufelte heißen Eintopf in sich hinein. Ungeduldig wartete sie darauf, dass er fertig würde. Er legte den Löffel beiseite, nahm ein Stück Brot, wischte den Teller sauber, und dann erzählte er ihr, was geschehen war. Ein französischer General mit Namen Corbineau hatte Reims mit zweitausend Mann zurückerobert. Kaum einem Russen war die Flucht geglückt. Prinz Gagarin allerdings war entkommen. Er war in Unterhosen auf einem ungesattelten Pferd gesehen worden.

«Ich komme eben von der Place de Ville. Dort sind alle Gefangenen versammelt, Russen und Preußen, bis zum Mittag werden sie aus der Stadt getrieben», schloss er seinen Bericht.

«Und was ist mit dir? Bist du unverletzt?»

«Es geht mir gut. Ich bin einfach nur erschöpft. Übrigens soll ich Grüße ausrichten von Georges Kessler.»

«Du hast ihn gesehen? Was ist mit ihm?», rief Barbe.

«Er hat alles gut überstanden. Du sollst dir keine Sorgen um ihn machen.»

Barbe sah ihren Bruder aus großen Augen an und bemühte sich, ihre Gedanken zu ordnen. Baptiste wusste natürlich nichts von ihrer besonderen Beziehung zu Georges. Und das musste auch so bleiben. Obwohl sie gerne mehr erfahren hätte, drang sie aus Furcht, sich zu verraten, nicht weiter in ihn.

«Was macht die Spinnerei?», fragte sie stattdessen.

«Seit drei Wochen haben wir Wache gehalten. Etwa zwanzig Mann, Angestellte und Arbeiter», erklärte er müde. «Die Halle und die Maschinen sind intakt.»

Er lehnte sich in seinem Stuhl zurück. Nun, da sein größter Hunger gestillt war, wurde Baptiste ein wenig ruhiger. Er betrachtete seine Schwester aus dunklen, verschatteten Augen.

«Wie ist es dir ergangen?», fragte er. Und sie schilderte ihm ihre Erlebnisse mit den Kosaken, Major Schelling und den Generalmajoren Woronzow und Tschernyschow.

Baptiste musterte sie mit einem Ausdruck im Gesicht, der zwischen Erstaunen und Missbilligung lag. «Du hast mit russischen Offizieren zu Abend gegessen und über die Zukunft des Champagnergeschäfts geplaudert?»

«Geplaudert? So würde ich es nicht nennen», erwiderte Barbe, verärgert über die Geringschätzung in seiner Stimme. Sie erzählte ihm, wie es Moët und Jacquesson ergangen war. «Was hätte ich deiner Meinung nach tun sollen? Man hat mich nicht ausgeraubt, nicht vergewaltigt, und niemand wurde verletzt. Was erwartest du von mir? Soll ich mich mit einer Flinte hinstellen und um mich schießen?»

Baptiste schien ob der Heftigkeit ihrer Reaktion betroffen. Er winkte ab. «Verzeih, Schwester. Du hast sicher richtig gehandelt. Die letzten zwei Wochen waren anstrengend für uns alle. Und es ist noch nicht vorbei.»

«Was, glaubst du, wird geschehen?»

«Napoleon Bonaparte muss siegen, das wird geschehen.»

Barbe wurde es bei diesen Worten übel. «Hat der Kaiser uns nicht längst vergessen?», sagte sie und konnte nicht verhindern, dass ihre Stimme bebte. «Wo bleibt er denn? Warum hören und sehen wir nichts von ihm?»

«Wie kommst du darauf?», erwiderte Baptiste. «Bonaparte ist bei Fismes, nur einen halben Tagesmarsch entfernt. Andrieux ist mit ein paar anderen vom Zentralkomitee auf dem Weg zu ihm, um sich für die Rettung der Stadt zu bedanken.»

«Und vermutlich auch, um sich dafür zu entschuldigen, dass er sich einhundertfünfzig Kosaken ergeben hat. Warst du eigentlich mit dabei, als diese Entscheidung getroffen wurde?» Herausfordernd sah sie ihm in die Augen, immer noch verärgert darüber, dass Baptiste die Tatsache, dass auch sie gezwungen gewesen war, sich und die Ihren und ihr Hab und Gut zu verteidigen, augenscheinlich so geringschätzte.

«Ich wurde überstimmt», brummte Baptiste missmutig und stand vom Tisch auf. «Jetzt muss ich nach Hause. Thérèse wartet auf mich.»

«Wirst du von nun an in Reims bleiben?»

«Nein, nur bis heute Abend. Ich will ein Bad nehmen und ein wenig schlafen, aber dann muss ich zurück nach Saint-Brice.» Er sah sie an und schien nun doch besorgt um sie. «Pass gut auf dich auf, kleine Schwester», sagte er.

«Du auch, kleiner Bruder», erwiderte Barbe, und dann umarmten sie einander so fest, dass sie noch Minuten nachdem er fortgegangen war seine Wärme und den Druck seiner Arme fühlen konnte. Ihre Angst minderte das nicht. Im Gegenteil, sie war zutiefst beunruhigt. Baptiste war offenbar fest entschlossen, sein Leben zu riskieren, um seine Fabrik zu retten.

Dass es dann doch nicht dazu kam, lag an Thérèse. Statt ihren Mann, wie von ihm befohlen am Nachmittag zu wecken, ließ sie ihn vierundzwanzig Stunden lang durchschlafen, und als er wieder erwachte, war es zu spät: Reims war umzingelt. Vor den Toren der Stadt standen russische und preußische Bataillone – angeführt ausgerechnet von General Saint-Priest, dem ehemaligen Franzosen und Wahlrussen, über den Barbe schon einmal mit Abbé Maquart gesprochen hatte. General Corbineau, der nun für die Verteidigung von Reims zuständig war, beantwortete die Aufforderung, sich kampflos zu ergeben, mit Kanonenfeuer. Unaufhörlich hörte man das Donnern der Geschütze und Flintenschüsse.

Am fünften Tag musste Corbineau sich geschlagen geben. Erneut ergossen sich Soldatenhorden wie eine schmutzig braune, wogende Flut über die Stadt, und zum Geräusch der Schüsse gesellte sich schon bald der dumpfe Klang von Axtschlägen. In riesigen Feuern verbrannten die Belagerer alle Dinge, deren sie habhaft werden konnten, Möbel, Bilder und anderes Inventar, sowie die Fensterläden, Dielen und Türen der geplünderten Häuser, bis eine einzige riesige Rauchwolke alles einhüllte. Ein ständiges Lärmen und Rufen und Schreien war zu hören. Barbe verschanzte sich in ihrem Haus, wo ihr Antoine, Alphonse und Joseph, ihre Knechte und einige wenige treue Arbeiter ohne eigene Familie, hauptsächlich sehr alte und sehr junge, zu ihrem Schutz geblieben waren. Sie ließ das hohe Hoftor verstärken und Tag und Nacht bewachen und versuchte Haltung zu bewahren, während sie in Wahrheit mehr und mehr verzweifelte.

Georges blieb verschwunden. Am Abend des sechsten Tages hatte Barbe immer noch nichts von ihm gehört. Endlich, mitten in der Nacht, machte er sich an ihrem Tor bemerkbar. Antoine, der Wache gehalten hatte, bemerkte ihn als Erster. Nach einem kurzen Wortwechsel – beinahe hätte der Kellermeister seinen Freund vor lauter Schreck erschossen – ließ er ihn und seinen Begleiter ein. Barbe beobachtete die Szene vom Fenster aus und ließ sich vor Erleichterung zurück auf ihr Bett sinken. Jetzt erst wurde ihr bewusst, wie groß ihre Angst um Georges gewesen war. Sie hatte befürchtet, dass er in Gefangenschaft geraten oder sogar getötet worden war, und hatte versucht, sich innerlich gegen das Schlimmste zu wappnen. Doch nun war er heil zurückgekehrt. Er war wieder da! Sie wusch sich das Gesicht, zog ein Hauskleid über und ging hinunter.

Georges' unbekannter Kamerad entpuppte sich als der besiegte General Corbineau selbst. Unbehelligt waren sie durch die Reihen der betrunkenen Soldaten geschlüpft.

Barbe versteckte die beiden im Weinkeller und versorgte sie mit Essen und Wein.

«Dem Verräter Saint-Priest wird schon sehr bald der Garaus gemacht», versicherte Corbineau und wischte sich einen Tropfen Suppe vom unrasierten Kinn. «Ich habe Verstärkung angefordert. Sie muss jeden Moment eintreffen.»

Barbe betrachtete den General im flackernden Schein der Lampe. Er war etwa so alt sie selbst, mittelgroß und drahtig – und er war als ein glühender Patriot und treuer Anhänger Bonapartes bekannt.

«Glauben Sie, dass der Kaiser diesen Krieg noch gewinnen kann?», fragte sie.

Corbineau sah sie stumm an, schlug die Augen nieder und leerte den Rotwein, den sie ihm gereicht hatte, in einem Zug. Es war offensichtlich, dass Barbe keine Antwort erhalten würde. Doch so leicht wollte sie ihn nicht davonkommen lassen.

«Ist die Hauptstadt noch zu retten?», fragte sie weiter, und als er immer noch schwieg, beschloss sie, wenigstens das Naheliegende in Erfahrung zu bringen.

«General, haben Sie eine Ahnung, wie es um Saint-Brice steht? Westlich von hier am Ufer der Vesle. Mein Bruder besitzt dort eine mechanische Spinnerei.»

Corbineau musterte sie mit zusammengezogenen Augenbrauen.

«Saint-Priest hat gleich am ersten Tag der Belagerung mehrere Fabriken auf den Dörfern zerstören lassen. Eine Demonstration seiner Macht. Die Spinnerei in Saint-Brice war auch darunter», erklärte er und griff nach dem Rotwein, um sich nachzuschenken. «Viele Männer und auch Frauen und Kinder sind getötet worden. Es tut mir sehr leid.»

Barbe war zumute, als ziehe sich eine Schlinge um ihr

Herz zusammen. Baptiste würde über den Verlust der Spinnerei am Boden zerstört sein. Andererseits war er offenbar nur knapp einem Massaker entgangen. Für seinen Seelenfrieden und den ihrer Schwägerin konnte sie nur hoffen, dass er verstand, welch großen Dienst Thérèse ihm erwiesen hatte.

Wieder ging die Sonne auf und tauchte die geschundene Stadt in ein sanftes Morgenlicht. Die Feuer waren zu Glutnestern zusammengefallen, die feindlichen Soldaten schliefen ihren Rausch aus, und als Barbe an diesem Tag, einem Sonntag, auf ihren Hof trat und in den blauen Himmel hinaufsah, herrschte ringsumher eine nahezu gespenstische Stille. Abbé Maquart, so erfuhr sie später, hatte die halbe Nacht auf seinen früheren Schüler eingeredet, damit dieser Vorkehrungen traf, die Bevölkerung zu schonen, woraufhin Saint-Priest für die Soldaten einen Feldgottesdienst in der Kathedrale anberaumte und zumindest für einige Stunden Ruhe einkehrte. Doch noch am selben Nachmittag begannen neue heftige Kämpfe südlich und westlich der Stadt und das Blatt wendete sich erneut. Wie ein Lauffeuer verbreitete sich die Nachricht, der Kaiser selbst habe die preußische Landwehr besiegt. General Corbineau verließ bei den ersten Anzeichen, dass Rettung nahte, sein Versteck in Barbes Keller, und Georges schloss sich ihm an, sosehr Barbe auch versuchte, ihn zu überzeugen, es nicht zu tun. Nachts um zwei Uhr war alles vorbei. Saint-Priest wurde in die Flucht geschlagen, und Napoleon Bonaparte zog in Reims ein.

Kapitel 34

Haben den Kaiser zu Gast. Benötigen dringend Champagner.

Verblüfft blickte Barbe auf die Nachricht, die ihr Bruder ihr soeben per Boten hatte zukommen lassen. Napoleon Bonaparte hatte also bei Baptiste Quartier bezogen. Eine große Ehre, ihr Vater würde stolz auf ihn sein. Wahrscheinlich waren die Tage des Empire trotz allem gezählt. War sie eine schlechte Patriotin, weil sie mit dem Gedanken an einen Sieg der Alliierten ein Gefühl von Hoffnung verband? Sie dachte an Tschernyschow und Woronzow und daran, wie begeistert sie von Zar Alexander gesprochen hatten. Ebenso wie Louis Bohne oftmals. Vom Benehmen der russischen Soldaten durfte man keine Rückschlüsse auf den Regenten ziehen. Dieser hatte allgemein den Ruf, ein gebildeter und kultivierter Herrscher zu sein. Hinzu kam, dass selbst Männer wie General Corbineau nicht mehr wirklich an einen Sieg Bonapartes glaubten.

Der Überbringer der Nachricht, ein schweigsamer Kutscher mit vernarbtem Gesicht, wartete mit seinem Gefährt draußen vor dem Tor. Barbe inspizierte den Inhalt ihres reduzierten Kellers und ließ den Rest ihres Kometenweins – die wenigen Bouteillen, die nicht eingemauert waren – sowie ein Dutzend von 1810 zusammenpacken und einladen. Knapp dreißig Stück insgesamt. Und dann beschloss sie kurzerhand, ihrem Bruder selbst einen Besuch abzustatten.

Es war der erste Tag nach der Rückeroberung der Stadt durch die Franzosen, und während sie in einen langen Schal gehüllt, der nur die Augen freiließ, neben dem Kutscher auf dem Bock sitzend entlang der Rue Cérès und über die Place Imperiale in die Rue Vesle fuhr, hatte Barbe Gelegenheit, das Ausmaß der Verwüstungen zu besichtigen. Mehrfach musste sie vor Entsetzen den Blick abwenden. Rauchwolken stiegen aus den leeren Fensterhöhlen der Häuser, und ein paar Männer waren dabei, die Toten einzusammeln, die in den Straßen lagen. Sie vermutete, dass manch russischer Soldat nicht durch eine Kugel oder einen Säbelhieb ums Leben gekommen war, sondern sich fern der Heimat mit französischem Eau de Vie bewusstlos gesoffen hatte und erfroren war. Auch viele Einheimische waren unter den Toten, Kranken und Verletzten, und wie sie später erfuhr, waren nicht nur der Friedhof, sondern auch die Hospitäler überfüllt.

Im Hause ihres Bruders herrschte geschäftiges soldatisches Treiben. Barbe, völlig erschüttert von dem, was sie soeben gesehen hatte, war fassungslos, wie wenig diese Offiziere mit ihren goldenen Uniformknöpfen, den Orden und Epauletten von dem allgemeinen Elend berührt zu sein schienen. Unter den Männern, die im Vestibül darauf warteten, vom Kaiser Befehle zu erhalten, entdeckte sie General Corbineau. Als Einziger schien er ihre Anwesenheit wahrzunehmen. Er nickte ihr über die Köpfe der anderen hinweg zu. Sie grüßte zurück und dachte an Georges, der sich auf einem Lager im Kontor ausruhte und glücklicherweise mit einer Stichwunde am Arm davongekommen war.

Baptiste erschien in der Tür. Über seine Schulter hinweg erhaschte sie einen Blick auf den Kaiser, der über einen Tisch gebeugt dastand, auf dem eine Karte ausgebreitet lag. Er war barhäuptig, und sein schwarzes Haar klebte ihm verschwitzt an der Stirn. Doch bevor sie sich einen umfassenderen Eindruck verschaffen konnte, hatte ihr Bruder die Tür auch schon wieder geschlossen. Er hatte sie sofort entdeckt, steuerte direkt auf sie zu und nahm sie zur Seite.

«Barbe, was machst du hier?», fragte er.

«Ich habe den bestellten Champagner gebracht», sagte Barbe, verstimmt über den kühlen Empfang.

«Du hättest nicht selbst zu kommen brauchen. Du kannst unmöglich bleiben.»

«Kann ich nicht?»

«Du siehst ja selbst, was hier los ist. Dies ist kein Ort für eine Dame.»

Barbe musterte ihren jüngeren Bruder, der einen gehetzten Ausdruck im Gesicht hatte. Für einen winzigen Moment sah sie wieder den kleinen Jungen vor sich, der durch den Garten lief und mit einem hölzernen Säbel Soldat spielte.

«Es tut mir leid, was mit deiner Fabrik geschehen ist.»

«Danke. Der Kaiser persönlich hat mir Mut zugesprochen. Er sagt, ich sei jung und tatkräftig, in Kürze hätte ich alles wieder aufgebaut. Aber woher weißt du überhaupt davon?»

«Von General Corbineau. Ich habe ihn eine Nacht und einen halben Tag lang in meinem Keller versteckt.»

Sie konnte Baptiste ansehen, dass ihn diese Mitteilung überraschte. Glaubte er wirklich, nur weil sie eine Frau war, ginge der Krieg spurlos an ihr vorbei? «Ich bin hier, um zu erfahren, was vor sich geht. Was hat Bonaparte als Nächstes vor?»

«Warum willst du das wissen?», fragte Baptiste, schien aber im nächsten Moment zu merken, wie berechtigt ihre Frage war. Ihr aller Schicksal hing davon ab, was der Kaiser plante. Er nahm seine Schwester am Arm und zog sie in den nächstgelegenen Raum. Es war die Stiefelkammer.

«Wird er sich ergeben?», stellte Barbe ihre Frage noch einmal anders.

«Könntest du bitte leiser sprechen!», zischte Baptiste und zog die Tür hinter sich zu. «Die Verhandlungen laufen, aber auf die Forderungen der Alliierten wird er sich nicht einlassen. Er will Zeit gewinnen und dann zuschlagen.»

«Er wird weiterkämpfen?», fragte Barbe ungläubig. Der Raum war eng. Ihr wurde beinahe übel von dem Geruch nach Schweiß und Lederfett.

«Der Kaiser hat allein im Februar vier Schlachten gewonnen und soeben Reims zurückerobert. Fünftausend Mann gegen vierzehntausend! Ein Geniestreich! Natürlich wird er weiterkämpfen. Jeder Sieg bringt ihn seinem Ziel näher.»

Barbe schüttelte den Kopf. «Er ist größenwahnsinnig.»

«Was redest du da?»

«Die Wahrheit. Kannst du das nicht erkennen? Frag General Corbineau nach seiner Meinung. Seiner *ehrlichen* Meinung. Frag irgendjemanden, all die Offiziere, Majore und Generäle da draußen. Jemand muss ihn aufhalten! Er bringt Unglück über uns alle.»

Baptistes Miene wandelte sich. Hatte er sie zuvor noch wütend angesehen, so betrachtete er sie nun mit einer Art von Mitleid. Ernst und milde sah er auf sie herab, schüttelte den Kopf, und seine Stimme klang ein wenig gerührt und sehr sanft. «Du bist eben doch eine Frau, liebste Schwester. Es freut mich. Es freut mich außerordentlich, dass du ein so weiches und empfindliches Gemüt beweist. Doch ein Mann kann sich diesen Luxus nicht erlauben. Ein Mann muss tun, was er tun muss.» Er wandte sich zum Gehen.

Barbe griff nach seinem Arm. «Was meinst du damit,

Baptiste? Was hast du vor?» Er legte kurz seine Hand auf die ihre. «Warum gehst du nicht nach oben und begrüßt Thérèse? Sie wird sich über deinen Besuch sicher freuen. Und gib Bescheid, wenn du uns wieder verlassen willst, der Kutscher bringt dich nach Hause.» Mit diesen Worten ließ er sie stehen.

Kapitel 35

Zwei Tage später machte Napoleon Bonaparte sich bereit, mit seiner Armee weiter in Richtung Épernay zu ziehen. Die Verantwortung für die Stadt Reims, die Nationalgarde und die paar hundert Soldaten, die zurückbleiben sollten, übertrug er wiederum an General Corbineau.

«Bleib hier!», flehte Barbe Georges an, der dabei war, seinen Uniformrock notdürftig auszubürsten. «Ihr seid doch viel zu wenige Männer. Wie viele aus der Nationalgarde sind gefallen? Ein Drittel? Wenn die Stadt wieder überfallen wird, habt ihr ohnehin keine Chance.»

«Wir können nicht einfach aufgeben», erwiderte Georges und legte den Rock beiseite, um seine Stiefel anzuziehen.

«Aber du hast ein gutes Verhältnis zu General Corbineau. Er muss noch einmal mit Bonaparte reden. Der Kaiser darf Reims nicht einfach so im Stich lassen», beharrte Barbe.

«Du überschätzt meinen Einfluss gewaltig. Und den von Corbineau. Abgesehen davon, würde er die Befehle des Kaisers niemals in Frage stellen.»

«Dann ist er ein Narr!», rief Barbe.

Georges sah sie erschöpft an. Doch sie war viel zu wütend und empfand in diesem Moment kein Mitleid.

«Ich habe selbst gesehen, was dort draußen vor sich geht», fuhr Barbe mit mühsam gedämpfter Stimme fort. «Die ganze Stadt ist voller Kranker, Verwundeter und Verletzter. Und wie sich herausstellt, war die Anwesenheit des

Kaisers nur ein kleiner Trost. In Wirklichkeit bleibt uns nichts. Nichts, worauf man aufbauen könnte! Was nutzen uns leere Versprechungen? Wo sind die Soldaten, die uns verteidigen?»

Georges zuckte ratlos die Achseln. «Du hast ja recht, Barbe», sagte er leise. «Doch ich kann absolut nichts tun.»

«Eines schon. Du könntest hierbleiben, bei mir», erwiderte Barbe und ging vor Anspannung und Erregung im Zimmer auf und ab. «Mon dieu!», rief sie aus. «Warum müssen Männer nur immer so sinnlos patriotisch sein?!»

Georges saß mit hängenden Schultern vor ihr. Dann stand er auf und wollte sie an sich ziehen, doch sie wehrte ihn ab. «Lass mich. Geh zurück zu Corbineau, wenn du unbedingt musst. Ich komme schon klar», sagte sie und verschränkte die Arme vor der Brust.

Georges sah sie mit einem letzten traurigen Blick an und griff nach seiner Flinte.

«Ich komme wieder», sagte er. «Ich verspreche es.»

Barbe blieb ruhelos zurück – und da sie es in ihren eigenen vier Wänden nicht mehr aushielt, beschloss sie, sich den Abzug des Kaisers und seiner Soldaten mit eigenen Augen anzusehen. Als sie hinaus auf die Straße trat, wurde sie vom kalten Nordwind, der sie auf der Rue Cérès unvermittelt anblies, beinahe wieder ins Haus zurückgetrieben. Sie biss die Zähne zusammen, passierte die Place Imperiale und ging weiter in Richtung der Rue Vesle. Die Aufräumarbeiten waren in den vergangenen zwei Tagen weitergegangen, und alle Toten waren fortgeschafft worden. Die Menschen, die vermummt und schweigend aus den Häusern und den Seitenstraßen in Richtung der Porte Vesle strömten, machten einen verlorenen Eindruck. Barbe erkannte manche ihrer

Nachbarn kaum wieder, so sehr hatten sie sich verändert, so sehr hatten Angst und Hunger ihre Spuren in den Gesichtern hinterlassen.

Sie war etwa zehn Minuten gegangen, als sie plötzlich ihren Namen rufen hörte: «Madame Clicquot, Madame Clicquot!»

Es war Adèle Dubois. Sie hatte sich gleichfalls in einen dicken Schal gehüllt und sah sehr blass aus. Erleichtert über das unverhoffte Wiedersehen, fielen die beiden Frauen einander in die Arme.

«Ich bin so froh, Sie wohlbehalten und gesund zu sehen. Ich dachte, Sie hätten die Stadt verlassen», sagte Barbe.

«Das dachte ich von Ihnen auch», erwiderte Adèle. «Es hieß, der Bürgermeister – ich meine, sind Ihre Eltern nicht in Le Mans?»

«Ja, das sind sie, zusammen mit meiner Schwester und den Kindern. Aber ich konnte doch die Firma nicht im Stich lassen! Mentine ist in Sicherheit, das ist die Hauptsache.»

«Ihre Firma? Was ist, haben Sie … konnten Sie …» Adèle beendete ihren Satz nicht. Man sah ihr an, dass sie das Schlimmste befürchtete.

Barbe nickte. «Sie haben vermutlich auch gehört, was in Épernay geschehen ist. Dort ist kaum eine Bouteille heil geblieben. Aber nein, bisher ist alles gut gegangen, und ich bete, dass es so bleibt. Verkaufen können wir natürlich nichts mehr. Aber erzählen Sie, wie ist es Ihnen ergangen?»

Doch der Andrang um sie herum war inzwischen so groß geworden, dass sie zuerst angerempelt und dann auseinandergerissen wurden. Nur mit Mühe konnte Barbe über die Köpfe der anderen hinwegblicken, sah, wie die ersten Soldaten der kaiserlichen Eskorte auftauchten, und schließlich, umgeben von seinen Offizieren, zu Pferd im grauen

Mantel und mit einem Zweispitz auf dem Kopf, der Kaiser selbst.

Zunächst blieb die Menge ruhig, es war, als hielten alle bei seinem Anblick den Atem an, doch dann rief jemand: «Hoch lebe der Kaiser!», andere stimmten ein, und schließlich war lauter Jubel zu hören, der jedoch in Barbes Ohren verzweifelt klang, als wollten sie Napoleon Bonaparte zum Bleiben bewegen.

Barbe hielt nach Adèle Ausschau und entdeckte schließlich in ein oder zwei Metern Entfernung das Gesicht ihrer Freundin. Doch sie sah gespenstisch aus. Adèles große angstvolle Augen begegneten Barbes Blick. Sie rief etwas und deutete in die Richtung der marschierenden Soldaten:

«Dort ist Baptiste, Madame Clicquot, Ihr Bruder! Er zieht in den Krieg!»

Barbe fuhr herum. Tatsächlich, inmitten der sehr jungen und sehr alten Soldaten, die an ihnen vorüberparadierten und denen Furcht, aber auch ein gewisser Trotz anzusehen war, ritt auf seinem großen schönen Grauschimmel ihr Bruder.

«Du Wahnsinniger», entfuhr es ihr. Sie fing an, nach ihm zu rufen, und versuchte, ein Stück mitzulaufen, was jedoch wegen der Menschen um sie herum nicht möglich war, hören konnte er sie auch nicht, also musste sie aufgeben.

Arme Thérèse, dachte sie und bekreuzigte sich. Ihre Schwägerin war ahnungslos gewesen, als sie vor zwei Tagen mit ihr in ihrem Haus gesprochen hatte. Baptiste hatte sie nicht darüber aufgeklärt, dass er vorhatte, sich dem Kaiser anzuschließen. Jetzt wurde ihr klar, dass sie seit der Begegnung mit ihrem Bruder in der Stiefelkammer unbewusst die Sorge umgetrieben hatte, er könne etwas Derartiges im Schilde führen.

Am nächsten Tag war schon wieder Kampflärm zu hören. Barbe war gerade erst von einem Besuch bei Thérèse zurückgekehrt, die jedoch völlig apathisch war wegen des Laudanums, das der Arzt ihr verabreicht hatte, als die Stadt zum dritten Mal von Kosaken, Russen und Preußen überfallen wurde – und ganz so wie von Barbe vorausgesehen, kam diesmal alles noch schlimmer. Corbineau und seine Soldaten sowie die Nationalgarde hatten gegen eine Übermacht von Tausenden nicht die geringste Chance. Sie wurden überrannt. Innerhalb von Stunden war das Rathaus teilweise zerstört, waren weitere Häuser geplündert und angezündet worden, und eine unüberschaubare Menge wilder, hungriger Männer randalierte in den Straßen.

Barbes Verzweiflung wuchs, und sie drohte, von Hoffnungslosigkeit überwältigt zu werden. Schon wieder war sie gezwungen, hinter verschlossenen Toren und Türen zusammen mit ihrer Hausgemeinschaft auszuharren und zu warten. Nach Einbruch der Dunkelheit saßen sie stumm und frierend beieinander, die Männer mit den Waffen im Schoß, und zündeten weder eine Kerze noch ein Feuer im Kamin an, um nicht durch den Lichtschein auf sich aufmerksam zu machen.

Nach vier oder fünf Tagen wurde es endlich wieder ruhiger um sie herum, und Antoine und Alphonse wagten sich hinaus, um herauszufinden, was draußen sich ging. Als sie zurückkamen, brachten sie überraschende Neuigkeiten mit.

«Reims hat wieder einen neuen Gouverneur», erklärte Antoine. «Ein Prinz Serge Alexandrovitch Wolkonski.»

Wieder die Russen. Barbe dachte an das Regime des Prinzen Gagarin, der die Stadt beinahe zugrunde gerichtet hatte.

«Was ist er für ein Mensch? Haben Sie ihn gesehen?», fragte sie.

«Nein, gesehen haben wir ihn nicht. Immerhin haben die Plünderungen erst einmal aufgehört, und dafür hat er gesorgt. Offenbar weiß er, sich Gehör zu verschaffen.»

Auch wenn es unwahrscheinlich schien, dass sich die Dinge doch noch einmal zum Guten wenden würden, erwies sich Prinz Wolkonski tatsächlich als ein Segen für die Stadt. Am folgenden Tag stieß zu Barbes übergroßer Freude und Erleichterung auch Georges wieder zu ihnen, denn als Signal des guten Willens waren die Mitglieder der Nationalgarde, die ja doch als Zivilisten zu gelten hatten, von Wolkonski auf freien Fuß gesetzt worden. Ähnlich wie zuletzt ihr Bruder, saß nun Georges in ihrem Speisezimmer und aß heiße Suppe, während Barbe, Antoine und Alphonse ihm ungeduldig dabei zusahen.

«Er ist noch sehr jung, dieser Prinz Wolkonski», berichtete Georges, nachdem er seinen ärgsten Hunger gestillt hatte. «Aber er scheint trotz seiner Jugend ein einsichtiger und vernünftiger Mensch zu sein. Er hegt keinerlei persönlichen Groll oder Rachegedanken wie Saint-Priest. Er ist auch nicht so impulsiv und tyrannisch wie Prinz Gagarin oder so desinteressiert am Schicksal der Reimser wie Wintzingerode.» Georges nahm einen großen Schluck Wein und spülte damit einen Bissen Brot hinunter. «Wir können nur hoffen, dass er sich bewährt, denn wir werden ihn brauchen.»

Barbe las aus seinen Worten und aus seinem Blick, dass noch etwas Wichtiges passiert sein musste, wagte jedoch nicht nachzufragen, sondern schloss für einen Moment die Augen, um sich gegen das Schlimmste zu wappnen.

«Was ist los, Georges? Nun reden Sie schon weiter», durchbrach schließlich Antoine die Stille.

«Der Kaiser. Er hat seine nächste Schlacht geschlagen. Bei Arcis-sur-Aube.»

Barbe dachte an Baptiste und fühlte sich so erschöpft, als sei sie eine lange Treppe hinaufgerannt. Sie stützte den Kopf in beide Hände.

«Und?», riefen Antoine und Alphonse gleichzeitig.

Georges war kaum zu verstehen, als er leise weitersprach: «Wir haben verloren. Der Feind war den Unsrigen um das Vierfache überlegen.»

Verloren. Hinter Barbes Stirn hämmerte es unbarmherzig. Baptiste, ihr kleiner Bruder Baptiste war dort draußen irgendwo. Hatte er fliehen können? War er gefangen genommen worden? Oder Schlimmeres?

«Ich muss zu Thérèse», sagte sie tonlos.

«Ich begleite Sie», erbot Georges sich sofort.

Barbe schüttelte den Kopf.

«Nein. Wenn es stimmt, was Sie sagen, sind die Straßen nun sicher genug. Und ich will für einen Moment allein sein.»

Sie ließ einige Lebensmittel in einen Korb packen, die sie Thérèse versprochen hatte, und lief los, doch schon kurz hinter der Place Imperiale wurde sie von einem Gefangenentransport aufgehalten, der vor ihr die Rue Vesle überquerte. Auf einigen Karren lagen verletzte oder halbtote Soldaten. Wer sich aufrecht halten konnte, ging zu Fuß. Die Soldaten waren grüppchenweise mit Seilen aneinandergebunden worden, wie man es gelegentlich auf den Bildern von Sklaven sah, sie waren deutlich geschwächt, und manche gingen barfuß. Und dort, mitten unter ihnen, entdeckte sie ihren Bruder.

Barbe wurde von Entsetzen gepackt. Ohne darüber nachzudenken, rief sie nach ihm: «Jean-Baptiste! Baptiste! Baptiste!», immer wieder und so laut sie konnte, und diesmal reagierte er, anders als eine Woche zuvor – war das wirklich nur eine Woche gewesen? –, und sah sie an. Sie waren vielleicht drei Meter voneinander entfernt, und näher kam sie wegen der österreichischen Wachsoldaten, die den Zug begleiteten, auch nicht an ihn heran. Er hatte eine klaffende Platzwunde über dem rechten Auge, trug aber wenigstens noch seine Stiefel und einen Mantel. Er öffnete den Mund, und seine Lippen formten einige Worte, doch sie verstand keinen Ton, und er sah so schrecklich dabei aus, dass sich Barbes Augen mit Tränen füllten. Ihr geliebter kleiner Bruder hatte doch für seine Stadt und sein Land nur das Beste gewollt! Wie unter Schock lief sie eine ganze Weile neben dem Zug her und in einem kurzen Moment der Geistesgegenwart gelang es ihr sogar, ihm den Korb in die Hand zu drücken, doch kurz vor der Porte de Vesle jagte man sie fort, ohne dass sie hätte in Erfahrung bringen können, wohin man die Gefangenen brachte.

Zutiefst erschüttert, blieb sie zurück. Womöglich bestand ja noch Hoffnung? Ja, ganz sicher bestand Hoffnung! Er lebte, das war eine gute Nachricht! Er hatte einen Mantel und Stiefel getragen, würde also nicht erfrieren, und lebensbedrohliche Verletzungen hatte sie an ihm nicht entdeckt. Nur diesen schrecklichen, elenden Blick.

Widerstrebend und zögernd setzte sie ihren Weg fort, voller Furcht davor, Thérèse diese Nachricht zu überbringen, doch im Haus ihrer Schwägerin wusste man bereits Bescheid, und der Arzt hatte ihr diesmal so viel Laudanum gegeben, dass sie kaum bei Bewusstsein war. Barbe saß eine Weile an Thérèses Bett, bevor sie sich niedergeschlagen auf den Weg zurück nach Hause machte. In der Rue de l'Hôpital angekommen, erlebte sie die nächste Überraschung: Vor ihrem Tor stand ein russischer Offizier. Sie sah ihn aus einiger Entfernung, erkannte die typische Mütze und den blauen Mantel und als er sich zu ihr umwandte auch ihn selbst.

Es war Fürst Woronzow.

Er kam ihr entgegen und begrüßte sie mit einem Handkuss.

«Madame Clicquot. Ich freue mich, Sie wohlbehalten anzutreffen.»

«Fürst», erwiderte Barbe, ließ es aber, verwirrt und durcheinander, wie sie war, an der üblichen Höflichkeit vermissen, dabei freute sie sich tatsächlich, ihn zu sehen. Unter allen Menschen, die ihr in den vergangenen Monaten begegnet waren, war dieser russische Gentleman die einzige erfreuliche Bekanntschaft gewesen. «Was machen Sie hier? Suchen Sie wieder ein Quartier?», fragte sie und sah sich nervös um, als müsste auch Oberst Tschernyschow jeden Augenblick hinter ihm auftauchen.

Woronzow erriet ihre Gedanken. «Generalmajor Tschernyschow ist nicht hier. Und ich habe bereits ein Quartier. Ich bin nur gekommen, um zu fragen, ob Sie vielleicht etwas brauchen?»

«Oh», sagte Barbe und wusste angesichts seiner unerwarteten Freundlichkeit und Anteilnahme kaum, was sie erwidern sollte. «Warum warten Sie hier draußen? Haben Sie nicht geläutet?»

«Das habe ich. Aber ich wollte die Bewacher Ihres Anwesens nicht in Verlegenheit bringen, und das hätte ich wohl, wenn ich darauf bestanden hätte, eingelassen zu werden. Allerdings, liebe Madame Clicquot, beunruhigt es mich zu sehen, dass Sie offenbar ganz allein hier draußen unterwegs sind. Sie sollten nicht ohne Schutz aus dem Haus gehen.»

Barbe fühlte sich von dieser leicht bevormundenden Aussage angegriffen, und ihr Tonfall gewann etwas von seiner üblichen Festigkeit zurück.

«Ich weiß ihre Sorge zu schätzen, aber ich sehne mich nach Normalität», sagte sie. «Was meinen Sie, wann können wir damit rechnen, wieder unbehelligt auszugehen? Vielleicht legen Sie ja ein gutes Wort bei dem neuen Gouverneur für uns ein.»

«Sie haben recht, Madame. Darum bin ich gekommen. Ich werde mein Bestes tun, Ihnen in allem beizustehen. Brauchen Sie etwas? Haben Sie einen Wunsch, den ich Ihnen erfüllen könnte?»

Ernst sah er ihr in die Augen. Aufgewühlt, wie Barbe seit der Begegnung mit Baptiste immer noch war, hielt sie dem intensiven Blick kaum stand und wandte sich ab, konnte jedoch nicht verhindern, dass der russische Offizier ihre Tränen sah.

«Was ist los? Ist etwas geschehen?», fragte er mit ebenso viel Nachdruck wie Mitgefühl in der Stimme.

Barbe schluckte und versuchte, sich zu sammeln. Prinz Woronzow meinte sein Angebot offenbar ernst, und falls sich dahinter noch andere Absichten verbargen, würde sie zu einem anderen Zeitpunkt darüber nachdenken. Sie musste diese Gelegenheit, diese einmalige Chance, unbedingt ergreifen.

«Ja, es ist etwas geschehen. Etwas Schreckliches», sagte sie.

Kapitel 36

Etwa zehn Tage nach diesen Ereignissen zog endlich der Frühling ins Land ein, und die Temperaturen stiegen vom einen auf den anderen Tag vom Gefrierpunkt auf fünfzehn bis zwanzig Grad. Bäume und Sträucher, Wiesen und Felder beeilten sich, die verlorene Zeit aus dem überlangen Winter nachzuholen, und das frische Grün breitete sich so rasch aus, als hätte ein Maler seinen Pinsel in Farbe getaucht und diese großzügig verteilt.

Die erlittenen Verwüstungen wurden dadurch jedoch umso offensichtlicher. Nicht nur die Alleen innerhalb der Stadt, sondern auch die ehemals herrlichen Promenaden außerhalb wiesen Lücken auf. Manche der nahezu hundertjährigen Bäume waren von den Besatzern gefällt worden, und aus den Überresten begann es zwar ebenfalls zu sprießen, doch es war klar, dass die Säfte, die sich in den Stämmen gesammelt hatten, über kurz oder lang versiegen mussten. Draußen auf den Dörfern sah es nicht besser aus. Zahlreiche Weinberge waren zerstört worden, und so mancher Unglückliche hatte nicht nur Haus und Hof, sondern auch seine Felder verloren. Auch Barbes Besitztümer waren nicht vollständig verschont geblieben, doch angesichts der allgemeinen Verwüstungen war sie alles in allem gut davongekommen.

Die beste Nachricht war jedoch, dass der neue Gouverneur, Prinz Serge Alexandrovitch Wolkonski, offenbar tatsächlich daran interessiert war, den Schaden zu begrenzen. Er arbeitete eng mit dem Zentralkomitee zusammen, das die Beschwerden der Bevölkerung sammelte, hörte sich sämtliche Eingaben und Bitten an und bemühte sich darum, dass Stadt und Provinz zu einem geregelten Alltag zurückfanden.

Dann wurde zum ersten Mal seit Wochen wieder Markt gehalten. Barbe besuchte ihn selbst, zusammen mit Cathérine. Es gab nur wenige Stände, und die Auswahl war bescheiden. Wo früher überquellende Schütten, Fässer und Körbe mit Nahrung angeboten worden waren, gab es nur noch kleine Haufen Rüben, Kartoffeln, Kohl und ganz wenig Getreide, und die Preise waren fürchterlich hoch. Noch war die Natur nicht so weit, dass man irgendetwas hätte ernten können. Alle – und auch sie selbst – würden sich erst einmal einschränken müssen.

Trotzdem sah Barbe auch Hoffnung in den Gesichtern der Menschen. Es entsprach dem Naturell der frommen Reimser, das Geschehene wie ein Naturereignis zu betrachten, ein unabänderliches Schicksal, dem einzig mit Gebeten beizukommen war. Entsprechend gut besucht waren die täglichen Messen in der Kathedrale und in den Kirchen, und vor den Altären brannten Kerzen, selbst wenn die Heiligenstatuen zerschlagen worden waren.

Zehn Tage vor Ostern wurde das Soldatenlager von der Place de Ville in die Rue Large verlegt, und am Palmsonntag ließ Prinz Wolkonski vor seinem Fenster Musiker zum Tanz aufspielen. Was nur zwei Wochen zuvor undenkbar gewesen wäre, geschah nun: Besatzer und Städter feierten miteinander ein Fest. Die Schlacht bei Paris, bei der die Alliierten die Hauptstadt eingenommen hatten, war zu diesem Zeitpunkt schon vorüber. Doch es gehörte zu den Eigenheiten dieses Frühjahrs, dass Nachrichten nur spärlich weitergegeben wurden und die Adressaten oftmals mit großer Verspätung oder überhaupt nicht erreichten. Erst fünf Tage nachdem Napoleon endgültig besiegt worden war, erfuhr man davon auch in der einhundertfünfzig Kilometer entfernten Provinz. Barbe las die entsprechende Proklamation an einer Hauswand an der Place Imperiale, vor der sich eine Menschentraube versammelt hatte, und war so gefesselt von den Neuigkeiten, dass sie kaum spürte, wie sie von allen Seiten angestoßen wurde. Nachdenklich setzte sie ihren Weg nach Hause fort. Sie war nicht überrascht und wenn sie ehrlich war, nicht einmal sonderlich erschüttert über die Niederlage Frankreichs. Die vergangenen Wochen und Monate waren so hart gewesen und die Entwicklungen so unberechenbar, dass es nicht schlimmer kommen konnte. Viele der Russen, die sie kennengelernt hatte, hatten sich als gesittet, gebildet und vernünftig in ihren Ansichten erwiesen und schienen den Franzosen mit Wohlwollen zu begegnen.

Fürst Woronzow trug einen erheblichen Teil zu diesem Eindruck bei. Nur drei Tage hatte er gebraucht, um ihrer Bitte, Baptiste aus der Kriegsgefangenschaft zu befreien, nachzukommen. Doch das war nicht das Einzige, was sie für den Fürsten einnahm. Sie war empfänglich für die Mischung aus Charme und Witz, Bildung und altem Adel, die sich in der Person des Generalmajors verbanden. Selbst der russische Akzent, der bei ihm stärker als bei anderen zu hören war, gefiel ihr, wenn es ihr auch gar nicht so leichtfiel, sich das einzugestehen.

Georges hatte die Nationalgarde verlassen und war ins Kontor zurückgekehrt. Er hatte sich verändert. Sein mutiger Einsatz für die Verteidigung der Stadt war allerseits bemerkt worden, und war er zuvor schon beliebt gewesen, so hatte sich sein Ansehen nun noch einmal gesteigert. So war es womöglich diesem neuen Selbstbewusstsein zu verdanken, dass er Barbe eines Tages zur Rede stellte. Sie waren gerade zusammen mit Alphonse dabei, ihre Bücher auf den neuesten Stand zu bringen, nachdem Barbe die Ziegelmauer in ihrem Keller hatte niederreißen lassen. Eine feine Staubschicht bedeckte die Bouteillen mit Kometenwein, die in langen Gestellen dicht an dicht ruhten, aber sie waren noch da und dabei vollkommen unversehrt. Ihre Verluste konnte Barbe relativ leicht verschmerzen. Ihr Keller war in der ganzen Zeit nur ein einziges Mal von Preußen überfallen worden, die sich jedoch schon nach kurzer Zeit so betrunken hatten, dass sie von Antoine und den anderen überwältigt und hinausgeworfen werden konnten. Nur ihre Vorräte an billigem Rotwein und Eau de Vie hatten sich stark dezimiert.

Trotz dieser positiven Bilanz war Georges schlechter Laune. Mehrfach wies er aus nichtigem Grund Alphonse zurecht, und als der Commis das Büro verließ, um eine Besorgung zu machen, herrschte zwischen Barbe und Georges eine ungemütliche Stille, bis sie es nicht mehr aushielt und ihn zur Rede stellte.

«Was ist los mit Ihnen, Georges? Sie haben es doch in Wahrheit gar nicht auf den armen Alphonse abgesehen. Irgendetwas anderes geht Ihnen gegen den Strich.»

«Es ist nichts.»

«Nun reden Sie schon.»

«Also gut.» Georges stieß seine Feder so heftig ins Tintenfass, dass es spritzte. «Sie haben recht, ich habe etwas auf dem Herzen. Es geht um diesen Herrn und um Ihren vertraulichen Umgang mit ihm.»

«Auf wen spielen Sie an?»

«Natürlich auf Fürst Woronzow. Auf wen sonst.»

«Warum sollten Sie etwas gegen diese Freundschaft einzuwenden haben?», erwiderte Barbe ehrlich erstaunt. «So wie ich das sehe, hat er meinem Bruder das Leben gerettet.»

«Das mag ja sein. Doch damit hat er allenfalls seine Schuld abgetragen, am Überfall auf Reims beteiligt gewesen zu sein.»

«Lieber Georges, wenn wir anfangen möchten, in Kategorien von Schuld und Sühne zu denken, wird dieser Krieg niemals ein Ende nehmen.»

«Das ist aber nun einmal die allgemein übliche Sichtweise. Ich sorge mich um Ihren Ruf, Madame.»

Barbe war im ersten Moment sehr entrüstet. «Sie sorgen sich um meinen Ruf, Georges? Aber Sie waren doch derjenige, der mich darauf hingewiesen hat, dass ich mir um das Gerede der Leute keine Gedanken machen solle.»

Diese Bemerkung brachte Georges zum Verstummen. Nachdenklich betrachtete Barbe den bitteren Zug um seinen Mund. Seine Vorwürfe waren hart und kamen überraschend, obwohl sie seinen Hang zur Eifersucht kannte. Doch ihr war es vorgekommen, als sei ihre Beziehung nie zuvor so einvernehmlich gewesen wie in den Zeiten der Gefahr, und sie hatte gehofft, dass dies so bliebe – offenbar eine naive Vorstellung von ihr. Nun, da die unmittelbare Bedrohung vorüber war, kehrten auch ihre alten Schwierigkeiten zurück. Sie horchte in sich hinein und merkte, dass sie nicht wirklich zornig auf Georges war. Auf eine Art rührte es sie sogar, dass er so heftig reagierte. Sie fühlte, wie die Wut, die sie eben noch empfunden hatte, verflog, und ihre Stimme wurde nun sehr sanft.

«Es geht Ihnen doch nicht wirklich um meinen guten Ruf, Georges», sagte sie ruhig.

«Er macht Ihnen den Hof, das sieht jeder», beharrte Georges.

«Und damit ist er nicht der Erste, und er wird vielleicht auch nicht der Letzte sein. Der Fürst ist ein Gentleman und inzwischen auch ein guter Freund, und seine Komplimente lenken mich von Zeit zu Zeit auf angenehme Art und Weise von meinen Verpflichtungen und meiner Verantwortung für die Firma ab. Sie erinnern mich daran, dass ich – nun ja –, dass ich womöglich immer noch auch eine begehrenswerte Frau bin.»

«Mich muss niemand daran erinnern, dass du begehrenswert bist», fuhr Georges auf. «Hast du vergessen, was wir miteinander hatten?»

«Niemals könnte ich das vergessen, Georges», erwiderte Barbe. «Aber über mich kann niemand verfügen. Nicht mein Bruder oder meine Eltern und auch nicht Fürst Woronzow – oder du.» Sie sprach eindringlich, und ihre Stimme hatte mit jedem Wort an Festigkeit gewonnen. «Lass es nicht zu, Georges, lass nicht zu, dass Eifersucht zwischen uns steht! Wir können gemeinsam so viel erreichen. Ich kann und will nicht auf dich verzichten, aber das müsste ich, wenn ...» Sie unterbrach sich.

Georges sah sie mit düsterer Miene an. «Wenn? Wenn was? Sprich es aus!»

«Wenn du einen Besitzanspruch auf mich geltend machen willst», beendete Barbe ihren Satz. «Denn das darf niemand, Georges. Niemand auf der ganzen Welt.»

Später am Abend kam ihr die Szene vom Nachmittag wieder in den Sinn. Sie hatte sich nicht beirren lassen. Sie war ruhig geblieben und war es noch. Die letzten Jahre hatten sie gelehrt, wie stark und unabhängig sie war. Die Selbständigkeit, die ihr der Status der Witwe verlieh, hatte sie mit Aufgaben konfrontiert, mit denen sich üblicherweise nur Männer auseinanderzusetzen hatten. Ihre Gedanken konnten sich nicht erlauben, umherzuschweifen oder sich mit Schöngeistigem oder Gefühlsduseleien zu beschäftigen. Sie hatte Probleme zu lösen.

Von einem vernunftbegabten Geist, davon war Barbe mehr und mehr überzeugt, profitierten nicht nur Geschäftsangelegenheiten, sondern gleichermaßen gesellschaftliche Verpflichtungen, Kindererziehung – und sogar das Eheleben, auch wenn dies im Allgemeinen als umstritten galt. Doch die Verwaltung eines Geschäfts, die Sorge für ihre Mitarbeiter, die Verhandlungen mit Lieferanten, die Korrespondenz mit Händlern, Reisenden und Handelspartnern in der ganzen Welt stellten eine ungleich größere Herausforderung dar; ganz abgesehen davon, dass sie ihrem Champagner erst noch zur rechten Blüte verhelfen musste. Diese allgegenwärtigen Ansprüche hatten sie verändert, und es gab offenbar Männer, die sich von dieser Lebendigkeit und Eigenständigkeit im Denken, dem damit einhergehenden Selbstwertgefühl und der Persönlichkeit, die daraus erwuchs, angezogen fühlten. Zumindest solange diese Frau nicht ihre Ehefrau war.

Sie trug Georges nichts nach. Es schmeichelte ihr durchaus, dass er mit so viel Nachdruck an ihr, der zehn Jahre Älteren, Interesse zeigte. Doch er würde darüber hinwegkommen und eines Tages, womöglich schon bald, eine schöne junge Frau zum Altar führen. Sie selbst war vom Leben an einen anderen Platz gestellt worden. Clémentine, ihre geliebte Schwester Clémentine, war womöglich die Einzige, die niemals Anstoß daran genommen hatte, dass sie so war, wie sie war. Und vielleicht noch ihre alte Freundin Madame Dubois. Ihr und ihrem Vorbild hatte sie viel zu verdanken, wenn sie ihr auch unterstellte, dass sie mit ihrem Schicksal haderte, weil sie ihr Leben lang einen Mann geliebt hatte, den sie nicht haben durfte.

Barbe haderte nicht mehr. Auf die eine oder andere Art liebte sie sie alle. Georges' Klugheit und sein impulsives Wesen ebenso wie Fürst Woronzows weltgewandten Charme und Louis Bohnes Zuverlässigkeit und Treue. Und nach wie vor auch den armen François, der sich dem Leben und damit auch ihr viel zu früh entzogen hatte. Doch auch wenn sie zu Beginn ihrer Witwenschaft noch das eine oder andere Mal mit dem Gedanken an eine neue Ehe gespielt hatte, verspürte sie inzwischen nicht mehr den geringsten Wunsch, wieder zu heiraten. Offenbar fiel es Männern schwer, dies zu akzeptieren. Doch was machte das schon? Wenn sie erfolgreich war, konnte sie sich – genau wie ein Mann – nehmen, was sie wollte. Wenn sie erfolgreich war, konnte sie sich die Freiheit kaufen, so zu leben, wie sie es wünschte, und es wäre ganz allein ihr eigenes Verdienst. Den Reichtum, der ihr dies erlauben würde, hatte sie heute gesehen. Er ruhte in der Gestalt von Tausenden Bouteillen herrlichsten klaren Kometenweins in ihrem Keller.

Kapitel 37

Im Laufe der folgenden Woche trafen mehrere Briefe bei Barbe ein, unter anderem eine Nachricht von ihren Eltern aus Le Mans:

> *Dein Vater hat einen schlimmen Rückfall erlitten, und die Straßen sind noch gar nicht sicher, weswegen an eine Abreise nicht zu denken ist. Mentine geht es gut. Sie verbringt viel Zeit mit deinen Kusinen und hat hier einige interessante Bekanntschaften gemacht.*

Sofort als sie diese Zeilen las, hatte Barbe die stets ein bisschen exaltierte Stimme ihrer Mutter im Ohr. Sie war nicht allzu besorgt um die Gesundheit ihres Vaters, denn stünde es wirklich schlecht um ihn, hätte sie sich viel stärker darüber ausgelassen. Barbe vermutete eher, dass sie sich die Chance nicht nehmen lassen wollte, Mentine noch ein Weilchen im Auge und unter ihren Fittichen zu behalten. Ihre Tochter wurde bald fünfzehn und war zu einem hübschen Mädchen herangereift, das sich für junge Männer zu interessieren begann – und umgekehrt, die jungen Männer für sie. Die Obhut ihrer Großmutter würde gewiss ihren Teil dazu beitragen, ihre Aufmerksamkeit in diese Richtung zu lenken.

Auch Louis Bohne hatte geschrieben und sein Kommen angekündigt, und zwischen dem Empfang der Nachricht und seiner Ankunft verging nur ein Tag. Barbe saß, da der

Kamin in ihrem Kontor nicht richtig zog, an dem Sekretär in ihrem Salon, als er eintraf. Er trug einen rotbraunen Rock mit passender Weste, dazu ein neues glänzendes Paar Stiefel, und auch wenn sein Haar an den Schläfen ergraut war, schien er ganz der Alte zu sein.

«Louis, Sie sind schon da, welch eine Überraschung», begrüßte Barbe ihn voller Herzlichkeit. «Seit wann haben wir uns nicht mehr gesehen?»

Sie küssten einander auf die Wangen.

«Seit vergangenem Frühjahr, fürchte ich», erwiderte er. «Eine lange Zeit, viel zu lang. Vor allem weil mich nicht Geschäfte von Reims ferngehalten haben, sondern nur dieser verdammte Krieg.»

«Aber Sie mussten doch nicht etwa selbst kämpfen?»

«Nein, das nicht. Es sei denn, man zählt die Gesprächsscharmützel hinzu, die ich mit meinen Zeitgenossen ausgefochten habe. Es war für die meisten nicht leicht zu verstehen, dass ausgerechnet ich, der halbe Franzose, schon früh gegen Frankreich gestimmt habe. Im Oktober freilich, nach Leipzig, waren auch die letzten Patrioten verstummt. Erstaunlich, dass es so lange gedauert hat, wo doch so viele brave Württemberger schon ein Jahr zuvor in Russland den Tod gefunden haben.»

Barbe seufzte und nickte zustimmend. «Es ist zu schrecklich. Auch hier in Reims haben in den letzten Wochen viele ihr Leben gelassen und auf den Dörfern erst! Von dort hört man schreckliche Dinge. Hier hatten wir jedoch alles in allem großes Glück.» Sie hielt inne und läutete nach dem Mädchen. «Ich werde Ihnen gleich alles erzählen, aber zuerst wollen wir unser Wiedersehen feiern. Lassen Sie uns ein Glas Champagner zusammen trinken. Oder mögen Sie lieber Schokolade? Ich besitze noch einen geheimen Vorrat.»

«Was für eine Frage, Champagner natürlich! Wie habe ich ihn vermisst, in ganz Württemberg war keiner aufzutreiben. Und spannen Sie mich nicht auf die Folter. Wie sieht es aus? Sind alle gesund? Was machen Georges und Antoine? Und wie viel von unserem guten Wein haben wir verloren?»

Barbe sah ihn erstaunt an. «Sie wissen also gar nichts?»

«Seit Januar kam nicht ein Brief bei mir an.»

«Dann verstehe ich, dass Sie neugierig sind. Sie sollen alles erfahren. Doch erzählen Sie mir zuerst, wie es Ihrer Frau geht und der kleinen Babette? Wann kann ich mein Patenkind kennenlernen?»

Ein weicher Ausdruck zeigte sich bei der Erwähnung seiner Familie auf Louis' Gesicht. «Sehr bald hoffentlich. Die Kleine plappert den ganzen Tag, es ist ganz erstaunlich. Und sie ist kein bisschen schwächlich, so gut wie nie krank. Das einzig Gute an dieser leidigen Situation war doch, dass ich erleben durfte, wie sie aufwächst. Wann habe ich sonst schon zehn Monate am Stück zu Hause verbracht?»

Cathérine erschien in der Tür und gleich darauf Georges, der gesehen hatte, dass Louis angekommen war. Barbe trug dem Mädchen auf, Antoine zu holen, der eine Bouteille des Kometenweins mitbringen sollte, und Alphonse Bescheid zu sagen. Als alle beisammen waren, stand sie still daneben, während sie voller Stolz und Genugtuung die vier Männer beobachtete, die einander freundlich begrüßten, sich umarmten und einander auf die Schultern klopften. Sie waren so verschieden voneinander, und dies, so empfand sie es, war ein unschätzbarer Vorteil. Sie hatte wirklich die besten Mitarbeiter, die man sich wünschen konnte. Zusammen hatten sie Veuve Clicquot Ponsardin sicher durch immer neue Wellengänge gesteuert. Und sie wusste, dass sie sich auch in zukünftigen Stürmen auf sie würde verlassen können.

«Meine Herren», ergriff sie nach einer Weile das Wort, und obwohl sie nicht laut gesprochen hatte, wandten sie ihr augenblicklich ihre Aufmerksamkeit zu.

«Jetzt, da der Krieg vorbei ist, ist es für uns an der Zeit, Kriegsrat zu halten. Sie haben mir geschrieben, lieber Louis, dass Sie es gar nicht abwarten können, wieder auf Reisen zu gehen. Darum wird es Sie interessieren zu hören, dass ich dem Reeder Monsieur Rondeaux in Rouen eine Mitteilung gemacht und ihn darum gebeten habe, ein Schiff für uns bereitzuhalten.»

«Und wohin soll dieses Schiff fahren?», fragte Louis.

«Nach Königsberg und Sankt Petersburg», erwiderte Barbe.

Stille breitete sich im Raum aus. Louis sah sie erstaunt an. «Ist das Importverbot aufgehoben worden?», fragte er, nachdem er sich von seiner Überraschung erholt hatte.

«Nein, bisher nicht», sagte Georges. «Der Auftrag geschieht im guten Glauben.»

«Georges ist hinsichtlich meines Optimismus skeptisch, und seine Gründe sind nachvollziehbar, darum wollte ich zuerst mit Ihnen reden, bevor ich eine Entscheidung treffe», erklärte Barbe. «Meine Argumente sind folgende: Zum einen hat man in Russland viele Jahre lang auf unseren Champagner verzichten müssen, weswegen ich annehme, dass die Resonanz ganz ausgezeichnet sein wird. Und zum anderen hat ein Freund mit guten Kontakten nach Paris und zum Zaren mich dazu ermutigt.»

«Sie meinen diesen Fürst Woronzow?», fragte Louis.

«Sie kennen ihn?», fragte Barbe überrascht.

«Nein, aber ganz Reims scheint ihn zu kennen. In dem

Gasthaus, in dem ich abgestiegen bin, stand ein Rappe, ein überaus edles Tier. Er gehöre einem Fürsten Woronzow, sagte man mir, und dass er mit Ihnen, Madame, gut befreundet sei.»

«Das ist der Mann», sagte Georges grimmig.

«Fürst Woronzow hält sich zur Zeit in Paris auf und hat von dort eine Nachricht geschickt, in aller Eile, offenbar zwischen Tür und Angel abgefasst, und er hat extra seinen Burschen beauftragt, sie mir zu bringen», sagte Barbe, ging zu ihrem Sekretär, zog den entsprechenden Brief hervor und faltete ihn auf.

«Bonaparte am Ende, Verhandlungen im Gange, lassen Sie die Segel setzen», las sie vor.

«War das bevor oder nachdem der Kaiser seine Reise nach Elba angetreten hat?», fragte Louis.

«Davor, was beweist, dass der Fürst gut informiert ist. Ich vertraue ihm», antwortete Barbe.

«Selbst wenn Woronzow noch so gut informiert sein sollte, kann er doch den Ablauf der Zeit nicht beschleunigen. Ein verlässlicher Friedensvertrag wird Wochen in Anspruch nehmen», wandte Georges ein. «Was geschieht, wenn wir den Champagner nicht verkaufen können? Wenn er im Hafen liegen bleibt und verdirbt? Es wäre nicht das erste Mal, dass so etwas passiert. Was denken Sie, Monsieur Bohne, finden Sie es richtig, ein solches Risiko einzugehen?»

«Zugegeben, es klingt verwegen. Sie haben recht, dass Wochen oder sogar Monate ins Land gehen könnten, bis die Handelsschranken fallen.»

«Meine Worte», sagte Georges knapp. Er sah sich offenbar bereits bestätigt.

«Andererseits, wenn wir die Ersten in Russland wären, würde uns dies einen einmaligen Vorsprung verschaffen», fuhr Louis fort, dessen Augen zu leuchten begannen. «Stellen Sie sich vor, der Champagner käme genau in dem Moment an, in dem der Frieden besiegelt ist und alle Welt feiern möchte. Es wäre ein grandioser Erfolg!»

«Natürlich muss man das in die Waagschale werfen. Ich gebe auch zu, wie Madame Clicquot ebenfalls vorgebracht hat, dass die Transportpreise steigen werden, sobald die Grenzen wieder offen sind. Trotzdem, zum jetzigen Zeitpunkt wäre es ein ausgesprochen großes Wagnis mit ungewisser Aussicht auf Erfolg», beharrte Georges.

«Ich gebe Georges recht, dass das Wagnis größer ist als üblich, denn wir haben mehr als üblich zu verlieren», merkte Antoine an, der bisher geschwiegen hatte. «Der Champagner, den Madame Clicquot verschicken lassen möchte,wäre überall gut verkäuflich, und zwar ohne dass wir ein großes Risiko eingehen, etwa in Paris, Flandern, Belgien oder Holland. Bei aller Bescheidenheit, er ist wirklich ganz außerordentlich gut gelungen.»

Barbe lächelte ihm zu. «Warum lassen Sie Monsieur Bohne nicht einfach probieren? Er kennt unseren Kometenwein noch nicht.»

Antoine tat wie ihm geheißen und öffnete mit geübten Handgriffen eine Bouteille, wobei er es sich gelegen sein ließ, nicht etwa einen lauten Knall zu erzeugen, sondern vielmehr durch vorsichtiges Entweichenlassen der Luft so viel Schaum wie möglich in der Flasche zu behalten. Dann füllte er eines der Kristallgläser, die Barbe bereitgestellt hatte, und reichte es Louis, bevor er auch allen anderen einschenkte.

Louis zeigte sich schon vom Anblick des Weins beeindruckt. «Wie klar er ist!», rief er aus, hielt sein Glas gegen das Licht und griff nach der Bouteille, um auch diese einer

Prüfung zu unterziehen. «Und wie fein er perlt! Sie haben sich selbst übertroffen. Sind alle so wie diese?»

Antoine nickte stolz. «Jawohl, alle, ohne Ausnahme.»

«Als Sie mir von der Remuage schrieben, Madame, hatte ich ja vieles erwartet, aber kein solches Wunder.»

«Kosten Sie, Louis», sagte Barbe.

Er nahm einen Schluck, und als er sie wieder ansah, strahlte er. «Er schmeckt wie Honig, ist gehaltvoll und dabei angenehm trocken. Und dieses Prickeln auf der Zunge und am Gaumen – köstlicher als ein Kuss. Es *ist* ein Wunder. Wie viel haben Sie?»

«Von diesem Champagner ungefähr fünfundzwanzigtausend. Und dazu noch einmal zwanzigtausend, die auch nicht schlecht sind», sagte Antoine.

«Nicht schlecht, sagen Sie? Wenn sie nur halb so gut sind wie dieser hier, ist Veuve Clicquot gerettet.» Er hielt einen Moment inne und betrachtete versonnen das Glas in seiner Hand. «Wissen Sie was? Vergessen Sie Paris oder Belgien. Sie haben ein Schiff, sagen Sie?», wandte er sich an Barbe. «Dann schicken Sie es los! Dieser Wein wird in Preußen und Russland pures Gold wert sein.»

Alle vier sahen jetzt Barbe an, die vom einen zum anderen blickte. Sie hatte zwar gehofft, dass Louis ihr zustimmen würde, aber nun, wo es so weit war, fürchtete sie, dass sie einem reinen Wunschdenken aufsaßen. Die Vorstellung, dass ihr wertvoller Champagner, den sie gerade so über den Krieg gerettet hatten, verlorengehen könnte, machte auch ihr große Angst. Trotzdem musste sie eine Entscheidung treffen.

«Also gut», sagte sie schließlich. «Auf nach Preußen und Russland!»

Die Reaktionen fielen unterschiedlich aus. «Gut, gut, sehr gut», sagte Louis immer wieder und rieb sich die Hände, aber er schien trotz allem überrascht zu sein. Antoine sagte gar nichts und leerte mit einem grimmigen Ausdruck im Gesicht sein Champagnerglas. Georges sah sie lange mit leicht schiefgelegtem Kopf an. Dann sagte er mit einer kleinen Verbeugung:

«Madame Clicquot, Sie haben in der Vergangenheit Weitblick und Mut bewiesen, und ich habe keinen Anlass, an Ihrem Urteil zu zweifeln. Selbst wenn der Buchhalter in mir zur Zurückhaltung mahnt, so stehe ich selbstverständlich an Ihrer Seite, egal was kommt.»

«Danke, Georges», sagte Barbe und warf ihm einen warmen, dankbaren Blick zu. «Ich hatte gehofft, dass Sie das sagen würden, und es bedeutet mir sehr viel.»

«Also gut», sagte Louis noch einmal, der schon mit konkreteren Zukunftsplänen befasst war, «ich werde die Ladung persönlich in Königsberg in Empfang nehmen.»

Alphonse räusperte sich. «Verzeihen Sie, Monsieur Bohne, aber sollten Sie nicht lieber auf dem Schiff mitfahren?», sagte er.

Verblüfft sahen ihn alle an. Der Commis errötete, weil er so plötzlich im Mittelpunkt des Interesses stand. «Der Wein ist außerordentlich wertvoll, nicht wahr? Sie sagen es selbst, also sollte man kein Risiko eingehen. Jemand sollte mitfahren, um die Ladung zu begleiten, und zwar den gesamten Weg», sagte er, etwas mutiger geworden.

Georges klopfte ihm auf die Schulter. «Wo er recht hat, hat er recht.»

«Ich gebe zu, Alphonse, der Gedanke ist nicht falsch», brummte Louis und kratzte sich im Nacken. «Wenn ich auch nicht gerade begeistert über die Aussicht bin, auf einem Frachtschiff zu reisen. Die Wanzenstiche jucken mich schon, wenn ich nur daran denke.»

«Also abgemacht», sagte Barbe. «Antoine, Sie bereiten die Ladung vor. Ich dachte an rund zehntausend Bouteillen in Kisten zu sechzig Stück. Um die Papiere kümmern sich Georges und Alphonse. Ich werde an Boissonet in Sankt Petersburg schreiben und Rondeaux darüber informieren, dass sein Kapitän einen Passagier einplanen soll. Und Sie, Louis, treffen Ihre Reisevorbereitungen.»

Die Männer verabschiedeten sich. Barbe blieb allein zurück, doch statt sich wieder an ihren Sekretär zu setzen, blieb sie stehen und goss sich noch ein Glas Champagner ein. Sie war nervös und aufgeregt, wenn sie an ihre Entscheidung dachte, auch wenn sie nach außen hin Zuversicht ausgestrahlt hatte. War es wirklich richtig, dieses Risiko einzugehen? Wogen die Chancen das Wagnis auf?

Barbes Blick fiel auf François' jugendliches Porträt über dem Kamin. Ihr Ehemann und Vertrauter – und ihre Inspiration. Denn hatte sie nicht auch dank ihm all die Mühen auf sich genommen? Weil sie sein Andenken hatte ehren und bewahren wollen?

Nachdenklich hob sie ihr Glas und prostete ihm zu. «Was meinst du dazu, mon chéri?», fragte sie leise.

Hab' Vertrauen!

Fast meinte Barbe, François' Stimme zu hören. Sie fühlte, wie sie ruhiger wurde. Die Remuage *war* ein wichtiger Meilenstein auf dem Weg zum Erfolg. Und in Russland hatte alles begonnen. Nirgendwo auf der Welt wurde ihr Champagner mehr geschätzt als dort. Wenn Louis mit ihrem Kometenwein rechtzeitig vor Ort wäre, konnte ihr das auf viele Jahre hinaus einen unschätzbaren Vorteil verschaffen.

Sie mussten es einfach versuchen!

«Dann wünsch mir Glück!», sagte Barbe.

Epilog

September 1817

Barbe saß in ihrem ehemaligen Kinderzimmer im Hôtel Ponsardin an ihrer Frisierkommode und lauschte auf die Musik im Stockwerk unter ihr, den Beifall, die vielen Schritte auf dem Parkett und das Stimmengewirr und Lachen der Hochzeitsgäste.

Ihre Frisur hatte sich gelöst, doch statt sich das Haar festzustecken, war sie untätig vor dem Spiegel sitzen geblieben, weil sie merkte, wie sehr sie einen Moment der Ruhe und Entspannung nötig hatte. Dieser Festtag war lang und bewegend gewesen und schon die Vorbereitungen eine Herausforderung, sodass sie in den vergangenen Wochen kaum noch zum Schlafen gekommen war. Doch dieses Hochzeitsfest war es wert. In das strahlende Gesicht ihrer Tochter zu blicken machte sie so glücklich, dass es schmerzte, und sie war hingerissen davon, wie schön Mentine aussah. Madame Dubois hatte das Brautkleid nach Vorlagen aus Paris geschneidert und sich dabei selbst übertroffen. Es war cremeweiß und mit goldenen Stickereien versehen, die die Mitte des lang und weich herabfallenden Stoffs und den Saum zierten. Die halblangen Ärmel bestanden aus kostbarer Spitze und eine duftige Spitze dekorierte auch den Kragen des Kleides und war so angeordnet, dass sie, Schmetterlingsflügeln gleich, Mentines Nacken umspielte.

«Wusste ich doch, dass ich dich hier finde», unterbrach Clémentines Stimme ihre Gedanken.

Barbe lächelte ihrer Schwester im Spiegel zu. «Du kommst gerade zur rechten Zeit. Könntest du mir mit meinem Haar behilflich sein? Ich weiß nicht, wo Cathérine mit ihren Gedanken gewesen ist, als sie diese Frisur gemacht hat.»

«Vielleicht ist sie verliebt?», erwiderte Clémentine und begann mit geschickten Fingern die Strähnen, die sich gelöst hatten, festzustecken. «Alle Welt ist heute verliebt. Es ist ein wunderschönes Fest, Barbe. Ich weiß nicht, wann ich mich zuletzt so gut amüsiert habe. Alle sind beschwingt und fröhlich. Der Comte ist ganz außerordentlich charmant und ein so hervorragender Gastgeber, dass man glatt vergessen könnte, dass das Hôtel Ponsardin nicht ihm gehört. Alle beten ihn an.»

«Diese Hochzeit ist letztlich nur dank deiner Unterstützung ein solcher Erfolg, und das weißt du genau, liebe Schwester.»

«Nun übertreib mal nicht. Ich habe nur deine Anordnungen befolgt und deine Geldbörse geleert. Apropos: Wann hat sich der Comte de Chevigné eigentlich entschieden, doch in seiner Uniform zu heiraten? Hat er sich nicht extra einen neuen Anzug für die Trauung anfertigen lassen?»

«Das hat er», sagte Barbe mit einem Seufzer, aber sie lächelte dabei. «Ich wusste zuvor nicht, wie teuer eine Herrenweste sein kann. Er wird bestimmt schon bald eine Gelegenheit finden, sie zu tragen. Doch auch die Uniform ist neu, wie du vielleicht gesehen hast?»

«Ich habe es mir gedacht. Einen hübscheren und charmanteren Burschen findet man kaum. Papa ist unendlich stolz darauf, dass seine Enkelin nun eine leibhaftige Comtesse ist. Haben die beiden endlich entschieden, wo sie wohnen werden?»

«Die Renovierungsarbeiten auf dem Anwesen in Boursault, das er geerbt hat, sollen noch ein wenig ausgedehnt werden. Es ist allzu zugig zwischen den alten Mauern. Der Comte ist der Meinung, das sei Mentine nicht zuzumuten, weswegen das junge Paar zunächst einmal bei mir wohnen bleiben wird.»

«Wie schön für dich», sagte Clémentine. «Dann musst du deine Kleine noch nicht gleich ganz hergeben.»

«Ich gebe zu, dass ich ganz froh darüber bin. Es geht doch alles sehr schnell.»

«Jetzt behaupte nur noch, du hättest diesen attraktiven Comte de Chevigné aus Versehen zu dir nach Hause eingeladen?», neckte Clémentine. «Du hast diese Verbindung doch von Anfang an ins Auge gefasst!»

«Es stimmt, ich mochte ihn von Anfang an – das heißt, seitdem Monsieur Kessler und ich ihn vor Jahren auf dem Land kennengelernt haben. Doch ich bitte dich, damals war er sechzehn und Mentine erst zehn – und ich habe ihn in all der Zeit nur ein paarmal wiedergetroffen. Nein, ich habe nicht im Entferntesten damit gerechnet, dass sie sich so rasch und mit solcher Leidenschaft ineinander verlieben würden. Drei Monate von der Begegnung bis zur Hochzeit, das ist doch recht ungewöhnlich. Ich hätte gerne noch gewartet, aber Mentine hat nicht lockergelassen.»

«Und er hat wirklich gar kein Vermögen?»

«Das wäre zu hart gesagt. Seine Stelle beim Militär bringt ihm ein bisschen etwas ein. Außerdem haben Verwandte von ihm einen Rechtsstreit über die Rückgabe einiger Ländereien angestrengt, die sie während der Revolutionsjahre verloren haben. Allerdings sind die Aussichten auf Erfolg gering, und der Comte selbst ist dabei nach eigenen Aussagen nicht sonderlich engagiert. Es sei ihm zu profan, dem Geld nachzurennen.»

«Also habe ich recht. Er hat kein Vermögen.»

«Vielleicht nicht, doch macht ihn diese Nonchalance nicht auch außerordentlich sympathisch? Ich sehe es ihm nach. Der Comte dichtet lieber, er hat schon mit zweiundzwanzig Jahren bedeutende lateinische Texte ins Französische übersetzt. Damit hat er bei allen, die etwas davon verstehen, regelrecht Aufsehen erregt. Mentine hat eben einen Schöngeist geheiratet, der in den höchsten Kreisen verkehrt und über Kontakte und Ansehen verfügt.»

Clémentine lächelte. «Keine Frage, er ist eine echte Bereicherung für eine Kaufmannsfamilie aus der Provinz. Nicht nur Mentine, sondern wir alle können uns glücklich schätzen.»

Für einen Moment widmete sie sich schweigend Barbes Frisur und lächelte versonnen vor sich hin.

«Papa ist übrigens auch auf dich sehr stolz», sagte sie dann.

«Auf mich?»

Clémentine war fertig mit den Haaren. Sie legte ihr die Hände auf die Schultern.

«Aber natürlich! Ich weiß, wie sparsam er mit Lob und Komplimenten umgeht, darum sage ich es dir. Er erzählt jedem, der es hören oder nicht hören will, wie mutig es von dir war, praktisch mitten im Krieg dieses Schiff loszuschicken, und dass sich Moët und Jacquesson, Ruinart und Heidsieck und all die anderen so gar nicht erklären können, wie es sein kann, dass dein Champagner so viel besser ist als ihr eigener. Allein heute habe ich gehört, wie er vor drei Leuten mit dir angegeben hat. Nicht nur, weil du für Mentine einen Comte gefunden hast, sondern vor allem, weil du eine so glänzende Geschäftsfrau bist. Und weil du Russland im Griff hast, wie er es nennt. Und er wird nicht müde zu betonen, wie leicht du dir die Ausgaben für ein solches Fest leisten kannst. Seine eigene Rolle spielt er dabei vollkommen herunter.»

«Nein, wirklich?»

Barbe sah ihre Schwester mit großen Augen an. Sie war ehrlich überrascht. Ihr Vater hatte sie zwar durchaus schon spüren lassen, dass er anerkannte, was sie tat. Doch so direkt und so deutlich, wie sein Lob nun aus dem Munde ihrer Schwester klang, hatte er es ihr gegenüber nie ausgedrückt, und darum gingen ihr Clémentines Worte sehr nahe.

Clémentine zog ein Taschentuch aus ihrem Kleid hervor, um sich damit die Augen zu tupfen. Sie war gleichfalls sichtlich gerührt.

«Habe ich es dir nicht prophezeit?», sagte sie. «Ich habe dir gesagt, dass es so kommen würde. Und ich prophezeie dir noch etwas: Dies ist erst der Anfang! Ich habe selbst erlebt, welche Begeisterung dein Champagner unter den Gästen hervorruft. Manche kosten ihn zum ersten Mal, denn zwischendurch warst du ja regelrecht ausverkauft, und sie können es nicht glauben. Du *bist* die Champagnerkönigin!»

Barbe begriff einmal mehr, wie viel sie Clémentine zu verdanken hatte. Nur die Unterstützung einer anderen Frau, selbst wenn sie vornehmlich moralischer Natur war, hatte ihr dieses Maß an Kraft, Energie und Durchhaltevermögen geben können.

«Ich erinnere mich noch genau an den Tag, an dem du das zum ersten Mal zu mir gesagt hast. Damals in deinem Garten. Die Kinder saßen in der Laube. Womöglich hätte ich aufgegeben, wenn du nicht gewesen wärst.»

«Das kann ich mir nicht vorstellen. Dafür bist du viel zu sturköpfig», erwiderte Clémentine, steckte ihr Taschentuch weg und setzte wieder ihr schelmisches Lächeln auf.

«Ich habe übrigens allen, die sich nach dir erkundigt haben, versichert, dass du gleich wieder da sein würdest.»

«Allen? Du meinst wohl Maman. Sie ist ohnehin der Meinung, dass ich meine Pflichten als Brautmutter vernachlässige.» Barbe seufzte. «Könntest du mir noch ein paar Minuten verschaffen? Ich komme gleich nach.»

«Natürlich», erwiderte Clémentine, drückte ihr einen Kuss auf die Wange und ließ sie allein.

Unten setzte wieder Musik ein, eine Quadrille. Noch eine Viertelstunde, sagte sich Barbe. Zum nächsten Tanz würde sie wieder bei der Gesellschaft erscheinen.

Ein Eiskübel mit einer einzelnen Flasche Champagner stand auf ihrem Kaminsims. Das Eis war zwar fast vollständig weggetaut, doch der Champagner hatte noch die richtige Temperatur, und so goss sie sich ein Glas ein, nahm einen Schluck und genoss den Geschmack und das Prickeln in ihrem Mund. Sie schloss die Augen. Anders als manche glaubten, konnte man Champagner durchaus allein und still für sich genießen. Es war womöglich der größte Genuss überhaupt.

Ihre Gedanken wanderten zurück zu jenen Monaten im Jahr 1814, die Clémentine soeben angesprochen hatte. Als sie immer noch mit den Folgen des Kriegs kämpften und sie trotzdem das größte Risiko ihres Lebens eingegangen war.

Wie viel Glück ihnen doch beschieden gewesen war! Louis Bohne hatte das Schiff mit zehntausendvierhundert Bouteillen Kometenwein an Bord in Rouen bestiegen. *Les Gebroders* hatte es geheißen. Ein merkwürdiger Name, den sie nie vergessen würde. In seinen Briefen beklagte er sich bitter über die Unterbringung und verfluchte Alphonse für seinen Einfall. Scherze und bissige Bemerkungen waren eben seine Art, mit der unsicheren Situation umzugehen. Er hatte es aber auch nicht leicht gehabt und musste wochenlang inmitten der Ladung schlafen.

Anfang Juni verließ das Schiff Le Havre in Richtung Königsberg, und das nächste Schreiben, das Barbe erhielt, kam aus dem dänischen Helsingör, wo die *Les Gebroders* ein paar Tage vor Anker lag, bevor sie weiterfahren durfte. Mit weiteren Briefen von Louis war zunächst nicht zu rechnen gewesen, und als aus Paris die Nachricht eintraf, dass Russland das Einfuhrverbot für Bouteillen in diesem Sommer aufheben würde, waren sie immer noch im Unklaren über den Erfolg oder Misserfolg ihrer Aktion. Trotzdem hatte sie Anfang Juli entschieden, ein weiteres Schiff zu chartern und noch einmal zehntausend Bouteillen auf den Weg zu bringen.

Aus Louis' Briefen, die er im Laufe des Monats von Königsberg schrieb und die sie sechs Wochen später erhielten, erfuhren sie, dass er die gesamte Ladung verkauft hatte. Sämtliche zehntausendvierhundert Bouteillen waren unbeschädigt angekommen und in Königsberg zu einem Preis von fünf Franc fünfzig pro Stück weggegangen. Von einem solchen Erlös hätte sie niemals zu träumen gewagt. Damit waren sämtliche Transportkosten zurückverdient, und es blieb obendrein ein satter Gewinn übrig. Die Entscheidung, ein zweites Schiff loszuschicken, hatte sich somit als goldrichtig erwiesen.

Während sich ihre Konkurrenten noch ungläubig die Augen rieben, nahm Louis schon die nächste Ladung Champagner in Königsberg in Empfang und schickte den größten Teil weiter nach Sankt Petersburg, wo ihr Handelspartner Boissonet bereits ungeduldig wartete und der Erfolg sogar noch überwältigender ausfiel. Ihr Champagner, der Champagner der Veuve Clicquot, war der erste, der in Russland nach diesen Kriegsjahren eintraf – und dank seiner Qualität war er auch der beliebteste. Dies war bis zum heutigen Tag so geblieben. Ihre einzige Schwierigkeit bestand nun darin, die große Nachfrage zu befriedigen. Stets hatten sie mehr Aufträge, als sie bewältigen konnten, und ein Ende dieser erfreulichen Entwicklung war beim besten Willen nicht abzusehen.

Ein wichtiger Teil dieses Erfolgs, wenn nicht der wichtigste überhaupt, war die Remuage. Eindringlich hatte sie ihre Mitarbeiter darauf eingeschworen, ihr Geheimnis zu wahren. Sie zahlte Provisionen an alle, sogar an die Kellereiarbeiter, sodass jeder Einzelne von dem Erfolg profitierte, und bisher hatte sich dieses Vorgehen bestens bewährt. Ihr Geheimnis war nicht enthüllt worden. Niemand unter ihren Konkurrenten hatte auch nur eine Ahnung, wie sie es schaffte, einen so klaren und prickelnden Champagner herzvorzubringen, und Barbe war guter Dinge, dass dies noch für eine ganze Weile so bliebe. Falls das Rätsel eines Tages gelüftet werden sollte – und gewiss würde der Tag kommen, auch wenn sie ihn so weit wie möglich hinauszuschieben gedachte –, würde ihr Vorsprung bereits so groß sein, dass der Vermehrung ihres Reichtums nichts im Wege stand. Denn das war sie schon jetzt: reich. Sie hatte ihre eigenen Erwartungen nicht nur erfüllt, sondern übertroffen. Mentines Aussichten waren glänzend. Das Vermögen ihrer Mutter sicherte ihr ein sorgenfreies Leben, und durch ihre Heirat mit einem Grafen alten Adels hatte sich ihr Ansehen um ein Vielfaches erhöht.

Clémentine hatte recht gehabt. Der junge Mann, den

sie und Georges damals auf ihrer Landpartie kennengelernt hatten, war ihr nie aus dem Kopf gegangen. Sie hatte von Anfang an gewusst, dass er keinerlei Talent im Geldverdienen oder -vermehren besaß. Er beherrschte nur das Geldausgeben ausgezeichnet. Doch zum einen waren Barbe Geizhälse zuwider, und zum anderen verfügte ihr Schwiegersohn über so viele andere positive Eigenschaften, dass sie darüber gerne hinwegsah. Sie würde nur darauf achten müssen, dass er ihre Firma niemals in die Finger bekam.

Auf ihre Menschenkenntnis hatte sie sich bisher immer verlassen können. Nicht ein einziges Mal war sie beispielsweise von Alphonse enttäuscht worden, und Cyril machte sich in dem Pariser Internat, auf das sie ihn geschickt hatte, ausgezeichnet. Antoine und mit ihm seine rechte Hand Joseph waren ohnehin über allen Tadel erhaben. Höchstens seine neu entwickelte Eitelkeit konnte man ihrem Kellermeister vorwerfen. Er hatte sich einen Adelstitel zugelegt und nannte sich nun «Antoine de Muller». Georges wiederum hatte sich ihrer gemeinsamen Sache so sehr verschrieben und war so fleißig, dass sie ihn manchmal beinahe am Arbeiten hindern musste. Und es gab neuerdings wieder eine junge Dame, der er ernsthaft den Hof machte, eine kluge, hübsche Frau, die ihr ausgesprochen sympathisch war. Wahrscheinlich würden sie schon bald eine weitere Hochzeit feiern.

«Madame Clicquot?»

Barbes Herz machte einen Sprung, als sie die vertraute Stimme mit dem inzwischen bekannten Akzent vernahm. Sie wandte sich um. Im Türrahmen stand Fürst Woronzow.

«Michail», sagte sie und ging ihm entgegen. Er trug seine Galauniform. Den grauen Mantel hatte er über die rechte Schulter geworfen.

«Sie sind wirklich gekommen! Ich hatte es kaum zu hoffen gewagt. Ich dachte, Sie würden es nicht rechtzeitig schaffen.»

«Zugegeben, die Zeit war knapp», erwiderte der Fürst und verbeugte sich. «Ich bin sofort aufgebrochen, als mich Ihre Einladung erreicht hat. Ich freue mich, Sie wiederzusehen.»

«Und ich mich erst, lieber bester Freund. Woher wussten Sie, dass Sie mich hier oben finden würden?»

Woronzow zog lächelnd die Brauen hoch und legte den Zeigefinger auf seine Lippen.

«Hat Ihnen meine Schwester ...?»

«Madame Barrachin ist eine außergewöhnliche Frau. Darin gleichen Sie sich.»

«Wie lange können Sie diesmal bleiben?»

«Den ganzen Herbst und Winter über, bis zum Frühjahr. Ich werde dann und wann in Paris zu tun haben, doch ich werde Ihnen so viel meiner Zeit widmen wie irgend möglich.»

«Wunderbar. Vielleicht haben Sie ja Lust, mich zu begleiten? Ich hatte vor, sehr bald schon, noch im September, die neuen Weinberge zu besichtigen, die ich kürzlich erworben habe.»

«Es wird mir eine Ehre und ein Vergnügen sein.»

«Und ich wollte dem Anwesen meines Schwiegersohnes in Boursault einen Besuch abstatten.»

«Werden Sie nach dorthin umziehen?»

«O nein, noch lange nicht. Aber der Comte de Chevigné hofft, dass ich ihm dabei helfe, einen gemeinsamen Traum zu verwirklichen.»

«Einen gemeinsamen Traum? Und der wäre?»

«Ein Château mit Blick auf das Marnetal. Er hat mir bei

unserem ersten Kennenlernen davon erzählt, und seitdem hat mich der Gedanke daran nicht mehr losgelassen. Ich stelle es mir vor als einen Ort für unsere ganze Familie. Ein Platz, an dem ich mich eines Tages zur Ruhe setzen und meinen Enkelkindern beim Spielen zusehen kann.»

Fürst Woronzow sah sie schmunzelnd an.

«Sind Sie nicht zu jung, um an Enkel zu denken?»

Barbe lachte. Sie war neununddreißig. Fünf Jahre älter als er selbst. Doch er hatte recht damit, dass sie sich nicht alt fühlte. Das Leben lag noch vor ihr.

«Sie dürfen nicht vergessen, dass es vom Traum bis zu seiner Realisierung noch eine Weile dauern wird. Bis es so weit ist, müssen mir Ihre russischen Landsleute noch eine Menge Champagner abkaufen.»

«Das werden Sie, Madame. Ich übertreibe gewiss nicht, wenn ich sage: Sie sind schon heute eine Legende.»

«Eine Legende? Nun lassen *Sie* mich aber alt aussehen, lieber Michail.»

«Nichts läge mir ferner. Dafür sehen Sie heute Abend viel zu bezaubernd aus», sagte er, nahm ihre Hand und küsste sie, ohne den Blick von ihr abzuwenden.

«Sie schmeicheln mir», erwiderte sie, aber sie hatte es nicht eilig, ihm ihre Hand wieder zu entziehen. Stattdessen betrachtete sie ihn voller Wärme.

«Jetzt merke ich wieder, wie sehr ich Sie vermisst habe.»

«Das beruht auf Gegenseitigkeit, Madame.»

Unten setzte die Musik wieder ein. Fürst Woronzow nahm seinen Mantel von der Schulter und reichte ihr seinen Arm.

«Darf ich Sie um diesen Tanz bitten, Madame Clicquot?»

Nachbemerkung und Dank

Madame Clicquot wurde 89 Jahre alt und konnte also noch viel Zeit mit ihren Enkelkindern verbringen, die sie sehr liebte. Sie starb im Château Boursault, das sie etwa zwanzig Jahre nach der Heirat ihrer Tochter mit dem Comte de Chevigné, einem charmanten und mittellosen Lebemann, für ihre Familie bauen ließ. Es steht bis heute und wer auf dem dortigen Weingut eine Champagnerprobe macht, kann denselben Blick über das Marne-Tal genießen, in den Madame Clicquot sich einst verliebte. Noch beeindruckender ist aber die Tatsache, dass auch ihr Unternehmen, das sie in einer Zeit aufgebaut hat, in denen Frauen sonst eher eine Nebenrolle zugedacht war, über zweihundert Jahre später immer noch existiert. Der Champagner fasziniert und begeistert mit seinem prickelnden Charme immer noch Menschen auf der ganzen Welt, und seine Anfänge, bei denen Veuve Clicquot eine solch herausragende Rolle spielte, sind recht gut erforscht. Anders als das Privatleben dieser außergewöhnlichen Unternehmerin. Insbesondere aus ihren frühen Jahren vor dem überwältigenden Erfolg in Russland sind nicht viele Details bekannt, und so habe ich mir die Freiheit erlaubt, ihre Biographie in diesem Roman zum Leben zu erwecken. Es gibt keine Briefe oder Tagebücher, aus denen hervorginge, wie Madame Clicquot zu Georg Kessler stand, ihrem smarten jungen Mitarbeiter, der übrigens später sein eigenes Weinimperium aufbaute: Kessler Sekt in Esslingen ist Deutschlands älteste Sektkellerei. Auch kann man nur ahnen, welche Rolle Louis Bohne in ihrem Leben spielte. Ihr Ehemann François Clicquot starb womöglich an einem Fieber, doch auch das ist nicht restlos geklärt. Das Gerücht über einen Selbstmord kam jedenfalls damals schon auf. Sicher ist hingegen, dass Madame Clicquot nie wieder geheiratet hat. Ihre unfassbar erfolgreiche Firma übergab sie einem Mann, der in diesem Buch noch keine Rolle spielt, weil er erst später in ihr Leben trat: Edouard Werlé, auch er ein gebürtiger Deutscher. Er fing vier Jahre nach den geschilderten Ereignissen als Lehrling bei ihr an.

Für die Firma Veuve Clicquot und die Entwicklung des Champagners hatten diese Männer jedenfalls eine große Bedeutung. Sie alle hat es wirklich gegeben. Ebenso wie viele andere historische Persönlichkeiten, die in diesem Roman auftreten, etwa der französische General Corbineau oder Abbé Maquart, Saint-Priest oder Prinz Gagarin – und allen voran natürlich Kaiserin Joséphine und Napoleon Bonaparte, der für die Champagne und für den Champagner tatsächlich eine große Bedeutung hatte. Seine Freundschaft mit Madame Clicquots Konkurrenten Jean-Remy Moët ist historisch belegt, ebenso wie sein Aufenthalt im Haus ihres Bruders in Reims, kurz vor seiner endgültigen Niederlage. Und die beiden russischen Offiziere nahmen damals wirklich an den sogenannten Befreiungskriegen teil.

Was die historische Entwicklung des Champagners betrifft, so lagen mir die Details besonders am Herzen. Die Analysemethoden der Kellerwirtschaft steckten zu Beginn des 19. Jahrhunderts noch in den Kinderschuhen, und die beschriebenen Schwierigkeiten, einen klaren, prickelnden Champagner herzustellen, sind in einschlägigen Quellen belegt. Trotz dieser Schwierigkeiten haben Madame Clicquot und ihr Kellermeister Anton Müller das vermeintlich Unmögliche geschafft: Sie haben das berühmte «Rüttelverfahren» erfunden, die *Remuage.* Hinsichtlich des exakten Zeitpunkts ist man sich nicht ganz sicher – weshalb ich ihn kurzerhand ein kleines bisschen vorverlegt habe, damit auch der Kometenwein, mit dem die Firma ihren Durchbruch in Russland hatte, in dieser Geschichte schon nach dieser Methode geklärt werden konnte. Da die Remuage für eine erstaunlich lange Zeitspanne ein gut gehütetes Firmengeheimnis blieb, ist es immerhin nicht vollkommen ausgeschlossen, dass es so gewesen sein könnte – und natürlich hat es auch den Kometenwein wirklich gegeben. Die phantastische Geschichte, wie er noch während der Kriegswirren auf den Weg gebracht wurde, musste ich mir nicht ausdenken, weil Madame Clicquot genauso wagemutig war wie beschrieben. Und das Logo mit dem Stern findet man heute noch auf jeder Champagnerflasche von Veuve Clicquot.

Dieses Buch zu schreiben war eine aufregende Reise und zugleich ein großes Vergnügen, und das nicht nur wegen der einen oder anderen Flasche Champagner, die ich im Laufe der Zeit vor allem mit meinem Mann und meiner Familie öffnen und genießen durfte. Vielen Dank, dass ihr mich bei meiner Arbeit unterstützt habt! Außerdem danke ich meinen Testleserinnen, die mir mit ihren Rückmeldungen sehr geholfen haben, meiner Agentin Dorothee Schmidt, die mich auf die Idee brachte, eine historische Romanbiographie zu schreiben und den gesamten Prozess von der Idee bis zum fertigen Buch begleitet hat, und meiner Lektorin Dinah Fischer vom Rowohlt-Verlag, die der Geschichte den letzten Schliff verlieh. Ich hoffe sehr, wir haben noch öfter einen Grund und die Gelegenheit, miteinander zu feiern und anzustoßen!